KNAUR

Kati Wilde

Lost in a Kiss

Roman

Aus dem Amerikanischen
von Karla Lowen

KNAUR

Die amerikanische Originalausgabe erschien 2017 unter dem Titel
»Going Nowhere Fast« bei Intermix, published by Berkley,
an imprint of Penguin Random House LLC.

Besuchen Sie uns im Internet:
www.knaur.de

FSC
www.fsc.org
MIX
Papier aus verantwortungsvollen Quellen
FSC® C083411

Deutsche Erstausgabe Oktober 2018
Knaur Taschenbuch

Redaktion: Catherine Beck
Covergestaltung: ZERO Werbeagentur, München
Coverabbildung: FinePic/shutterstock
Satz: Sandra Hacke
Druck und Bindung: CPI books GmbH, Leck
ISBN 978-3-426-52306-3

2 4 5 3 1

1

Brauchst du Geld für eine Kaution?

Die Nachricht meiner Mutter erreicht mich, als der Bus an der Haltestelle vor Walmart einfährt. Nur ein Satz, und das flaue Gefühl im Magen, das mich seit Wochen begleitet, wird stärker.

Die Zeit reicht noch für eine Antwort, bevor ich einsteige. *Warum? Steckt Nash mal wieder in Schwierigkeiten?*

Wenn ja, werde ich mich darum kümmern müssen. Mom kommt erst morgen zurück – aus ihrem ersten Urlaub, seit mein Dad vor sieben Jahren gestorben ist.

Ich werde es meinem Bruder nie verzeihen, wenn er ihr die Reise vermiest.

Gelegentlich beschließt Nash, sein Leben in den Griff zu bekommen, und kehrt nach Hause zurück, wo er auf eine solide Basis aufbauen kann. In den meisten Fällen sucht er aber nur ein paar Wochen Unterschlupf bei Mom, weil ihm mal wieder alle anderen Möglichkeiten ausgegangen sind. Seine letzte Rückkehr gehörte in die Kategorie »Leben in den Griff bekommen«. Er arbeitet jetzt an einer Tanke in der Nachbarschaft und hält sich laut Mom ganz gut. Doch wenn sie nur ein paar Tage aus dem Haus sein muss, damit er in alte Gewohnheiten zurückfällt, weiß ich nicht, wie er sein Leben *jemals* in den Griff bekommen will.

Und Mom wird einfach immer wieder dafür zahlen.

Der Bus ist voll, aber ich entdecke einen Platz ganz hinten – oder besser gesagt einen halben, denn der Typ auf dem Fensterplatz übt sich im Manspread. Sein linkes

Knie ragt weit in meinen Fußraum und zwingt mich zu einer verkrampften Sitzhaltung, die Knie schräg im Gang, den neuen Schlafsack an die Brust gedrückt. Natürlich merkt er nichts davon, denn er hat die Augen geschlossen und Stöpsel in den Ohren.

Idiot, denke ich und überlege, ihm »versehentlich« den Ellbogen in die Flanke zu rammen, doch mein Handy summt und rettet ihn.

Die Kaution ist für dich. Ein grinsender Smiley begleitet Moms Antwort. *Wenn du Bethanys Bruder ermordet hast.*

Ich ersticke mein Schnauben im zusammengeknautschten Nylongewebe. In einer guten Stunde starte auch ich in den Urlaub – zu einer vierwöchigen Reise mit meiner besten Freundin und ihrem Bruder Bramwell Gage. Und obwohl ich nicht vorhabe, ihn umzubringen, werde ich vermutlich stündlich mit dem Gedanken spielen.

Für wie dumm hältst du mich, schreibe ich zurück. *Wenn ich ihn ermorde, dann doch nicht heute. Ich warte, bis wir durch eine einsame Landschaft wandern. Wenn sie mich nicht erwischen, brauche ich auch keine Kaution, oder?*

Wie clever von dir. Man sieht, dass du deinen schicken neuen Bachelor nicht umsonst gemacht hast. Ihre Stimme ist mir so vertraut, dass ich den trockenen Ton im Ohr habe, während ich die Nachricht lese.

Ja, so clever, dass mir gerade noch was viel Besseres eingefallen ist: Knack doch den Jackpot, wo du schon in Vegas bist. Dann kannst du meinen Anwalt bezahlen, wenn sie mich doch erwischen.

Meine teuerste Aspen, ich liebe dich über alles, aber wenn ich den Jackpot knacke, stehen deine Anwaltskosten ganz unten auf der Liste der Schulden, die ich begleichen werde.

Der Kommentar verpasst mir einen Dämpfer. Ihr Ton bleibt scherzhaft, aber ich möchte niemals zu ihrem Schuldenberg beitragen.

Dann muss ich wohl einfach nett zu Bram sein und über unseren unguten Start hinwegsehen.

Genau, nachdem du ja so leicht verzeihst. Der angefügte Smiley verdreht die Augen.

Ich habe guten Grund, sauer auf ihn zu sein. *Ich werde ihn mit Küssen überschütten und in die Arme schließen. Wenn ich fest genug zudrücke, plumpst ihm vermutlich ein Diamant aus dem Hintern, so verklemmt, wie er ist. Dann bin ich reich, und wir können uns den Anwalt doch noch leisten.*

Deine Tante Clara meint, sie weiß nicht, was sie schlimmer findet: die Vorstellung von Plumps-Diamanten oder davon, sie aufzusammeln, wenn man weiß, woher sie stammen.

Sag ihr, BRAM ist schlimmer.

Nur zur Information: Solltest du mir je einen Diamantring schenken, werde ich ihn nicht tragen.

Sollte ich dir je einen Plumps-Diamanten schenken, hoffe ich, dass du ihn verkaufst. Und alle Geldsorgen los bist. *Kannst du Tante Clara fragen, wie kalt es nachts am Newberry-Campingplatz wird?*

Ziemlich kalt. Zwischen drei und sechs Grad.

Mist. Aber eigentlich logisch. Auf einem Berg in der Hochwüste von Oregon ist es nachts nun mal kalt. Mein Blick fällt auf den Nylon-Schlafsack in meinem Schoß. Er war nicht das billigste Modell aus dem Walmart-Sortiment, aber fast – und das Beste, was ich mir leisten kann. Leider werde ich damit erfrieren.

Nicht, dass ich Mom davon erzählen und sie in Sorge versetzen würde. *Okay, danke.*

Clara meint, du sollst dich bei Aaron und Anna melden, wenn ihr nach Bend kommt. Vielleicht könnt ihr euch treffen.

Mein Cousin und meine Cousine, beide älter als ich – Anfang dreißig. Die wenigen Male, wenn wir uns im Urlaub gesehen haben, sind wir zwar gut miteinander ausgekommen, aber vermutlich haben sie Besseres zu tun, als sich mit mir abzugeben. Ich glaube, Mom denkt sie sich immer noch als Teenager – und Aarons und Annas Bild von mir ist vermutlich immer noch das einer Zehnjährigen, die mal einen Sommerurlaub mit ihnen im Pine Valley verbracht hat, was nicht weit von der zweiten Station auf unserer Reise entfernt ist.

Ich habe ihre Nummern nicht im Handy. Kannst du meine weitergeben und ihnen sagen, dass ich nächste Woche da bin? Ich erwarte keinen Anruf, aber Mom wird sich freuen, dass ich mich bemühe. *Ich bin voraussichtlich ein paar Tage in der Gegend.*

Wird gemacht. Gib mir Bescheid, wenn ihr in der Timberline Lodge ankommt. Schick mir Fotos.

Mach ich, verspreche ich, und plötzlich brennt meine Kehle, weil ich weiß, was sie nicht schreibt. Eigentlich wollten sie und Dad ihren zwanzigsten Jahrestag im Ferienresort Mount Hood verbringen. Doch dann wurde bei Dad Knochenkrebs diagnostiziert. Er hat es bis zum Jahrestag geschafft, war aber zu schwach für irgendwelche Reisen. Es wäre ohnehin nichts geworden. Zu dem Zeitpunkt hatten die Behandlungskosten bereits ihre Ersparnisse aufgefressen und sämtliche Kreditrahmen gesprengt. Auch sieben Jahre später müht sie sich noch ab, die Schuldenberge abzubezahlen, aber sie wachsen immer weiter.

Aber niemanden ermorden, ermahnt sie mich noch mal.

Ich garantiere für nichts.

Im Grunde mache ich mir keine großen Sorgen um Bram. Er hat mich bei jeder Begegnung davon überzeugt, dass er ein geschniegelter verklemmter Kontrollfreak mit beeindruckendem Überlegenheitskomplex ist, aber ich bin wild entschlossen, mich mit ihm zu arrangieren.

Ich sorge mich um seine Schwester. Und um mich, wenn ich ehrlich bin – denn ginge es nicht um Bethany, würde ich absagen und zu Hause bleiben.

Dabei hatte ich mich auf die Reise gefreut. Ein paar Tage auf dem Mount Hood, danach in Central Oregon. Anschließend runter nach Kalifornien, an den Mount Shasta, und die letzte Woche am Lake Tahoe. Bethany hat sich diese Reise von Bram zum Abschluss gewünscht. Anscheinend hat ihre Familie diese Tour jeden Sommer gemacht, bevor ihre Eltern vor acht Jahren bei einem Autounfall ums Leben kamen. Damals war Bram neunzehn und Bethany vierzehn.

Ich wurde erst nachträglich mit eingeplant. Bethany hatte sich die Reise irgendwann um Weihnachten herum von ihrem Bruder gewünscht, mich hat sie erst vor einem Monat gefragt. Schätzungsweise musste sie Bram erst dazu überreden.

Obwohl ich auch nicht sonderlich scharf auf seine Gesellschaft bin, habe ich sofort zugesagt. Zum einen, weil ich mir eine solche Gelegenheit nicht entgehen lassen sollte – unwahrscheinlich, dass ich so bald wieder über einen vollbezahlten Urlaub stolpere –, und zum anderen, weil Bethany mich dabeihaben möchte. Wir haben uns jetzt vier Jahre lang ein Zimmer geteilt, doch ab Herbst studieren wir an verschiedenen Unis in verschiedenen Städten: Sie am MIT in Cambridge, ich an der Seattle University. Sie meint also, wir könnten die unvermeidliche Trennung hinauszögern.

Bis vor ein paar Wochen war ich auch sehr dafür, unsere gemeinsame Zeit zu verlängern. Ich wollte diese Reise. Für mich. Denn immer, wenn ich an die Zukunft denke, befällt mich schreckliche Atemnot.

Ich weiß, dass ich nur ein wenig ausgebrannt bin. Das letzte Jahr war heftig. Die Bewerbung am Graduiertenkolleg, die Abschlussarbeit schreiben, ein Paper nach dem anderen abgeben, die Vorbereitung auf die Abschlussprüfungen.

Also dachte ich, ein paar Wochen Abwechslung, in denen ich mal *nicht* an meine Zukunft denke, könnten mir wieder einen klaren Kopf verschaffen.

Leider ist es nie so einfach. Vor ein paar Wochen habe ich herausgefunden, dass mir zur Finanzierung des Studiengangs nichts anderes übrig bleibt, als den fetten Bildungskredit aufzunehmen, den ich bisher vermeiden konnte. Ich weiß, dass Tausende Studenten einen Kredit aufnehmen und wundervoll damit klarkommen, aber ich habe gesehen, wie meine Mutter in den letzten sieben Jahren gekämpft hat, und diese Erfahrung verstärkt mein ohnehin schon ungutes Gefühl.

Ich will keinen Urlaub. Ich will mir einen Job suchen und herausfinden, wie ich zwei weitere Jahre studieren kann, ohne in einem Berg aus Schulden zu versinken.

Und es ist wirklich krank, aber einen Moment lang habe ich mir allen Ernstes gewünscht, mein Bruder Nash hätte tatsächlich etwas angestellt. Dann hätte ich einen Grund gehabt, zu Hause zu bleiben.

Ginge es allein um Urlaub, hätte ich längst abgesagt. Ich glaube aber, Bethany möchte mich nicht nur als Reisebegleitung dabeihaben. Das letzte Jahr mag heftig für mich gewesen sein, doch für sie war es die Hölle, und sie ist noch immer wackelig auf den Beinen. Deshalb glaube ich, sie möchte jemanden als Puffer zwischen sich und ihrem übertrieben fürsorglichen Bruder haben, obwohl sie es nicht ausdrücklich gesagt hat. Und dieser Puffer bin ich. Also *werde* ich mich mit Bram verstehen.

Und wenn es mich umbringt.

2

Der ungute Anfang zwischen Bramwell Gage und mir war wirklich nicht meine Schuld, sondern ganz allein seine, denn er hat seiner Schwester im ersten Semester nach zwei Wochen einen Überraschungsbesuch abgestattet.

So was tut man doch einfach nicht. Das ist Regel Nummer eins für einen rücksichtsvollen Umgang zwischen Erwachsenen: Man fällt seinen Mitmenschen nicht unangemeldet ins Haus – und auch nicht ins Studentenwohnheim. Man ruft vorher an. Die einzige Ausnahme gilt für Eltern, aber nur, solange die Kinder unter ihrem Dach wohnen.

Diese Ausnahmeregel ist vermutlich der Grund, warum sich Bram eingebildet hat, er könnte einfach auf dem Campus erscheinen. Schließlich war er für eine Weile Bruder und Vater zugleich für Bethany gewesen. Das verstehe ich. Er war es gewohnt, nach ihr zu sehen und sich zu vergewissern, dass es ihr an nichts fehlt.

Trotzdem hätte er vorher anrufen können. Dann hätte Bethany nämlich nicht geglaubt, sie hätte an diesem Freitagabend frei. Und ich hätte ein anderes Wochenende abgewartet, um meine neue schüchterne Zimmergenossin aus ihrem Schneckenhaus zu locken, indem ich sie überrede, mit mir auf einen Rave zu gehen. Dabei waren wir gar nicht lange unterwegs gewesen. Wie sich herausstellte, vertrug sie keinen Alkohol. Ich war gerade mal leicht angeheitert, als ich merkte, dass sie stockbesoffen war und wir nach Hause mussten.

An der Eingangstür von unserem Gebäude liefen wir dann in ihren Bruder hinein. Nicht, dass ich ihn als Bethanys Bruder erkannt hätte, als ich ihn im gelben Lichtschein vor der Tür stehen sah. Er trug eine Anzugsweste über einem schneeweißen Hemd, das fast schon leuchtete, seine breiten Schultern warfen einen langen Schatten, die hohen Wangenknochen wurden von seinem Handy angestrahlt. *Nein*, war mein erster Gedanke, *heilige Scheiße, entweder habe ich mir die Wirklichkeit schöngetrunken, oder Photoshop produziert jetzt schon perfekte männliche Exemplare für die Realität.* Eine Sekunde später fiel Bethany diesem Exemplar um den Hals und lallte etwas davon, wie schön es sei, ihn zu sehen, und dass sie nicht geahnt habe, dass er geschäftlich in Portland war. Dann lehnte sie sich zur Seite und kotzte knapp an seinen schwarz glänzenden Schuhen vorbei auf die Betonstufen.

Die folgenden Minuten waren die einzigen, in denen ich Sympathie für Bram empfand. Er hielt Bethany das Haar nach hinten, während sie den zweiten Schwall in ein Gebüsch spuckte. Und so gern ich es auf das Reihern geschoben hätte, dass sich mein Magen zusammenzog, war es in Wirklichkeit die Reaktion darauf, wie sich seine schmalen Lippen zu einem Lächeln verzogen und er murmelte: »Sieht aus, als hättest du dich ein bisschen zu gut amüsiert.«

Was für eine Stimme. Tief und polternd und so voller Zuneigung, dass er Bethany vermutlich nie sagen musste, dass er sie liebte. Sie hörte es aus jedem Wort.

Bethany schüttelte langsam den Kopf und hob den Zeigefinger vor sein Gesicht. »Von wegen *zu* gut.«

Grinsend hielt er ihren Finger fest, bevor sie ihm das Auge ausstechen konnte. »Gerade gut genug?«

»Fast.« Sie kicherte und grinste wie er. »Aber Aspen

meinte, ich wäre betrunken und wir sollten gehen. Bin ich betrunken?«

Er sah aus, als müsste er ein Lachen unterdrücken. »Ich glaube schon.«

»Ganz genau, ich bin betrunken! Das Bier hat eklig geschmeckt, aber die Musik war so laut, dass ich den Beat in der Brust gespürt habe. Bumm. Bumm. Und wir haben mit zwanzig heißen Typen getanzt, glaube ich.« Sie befreite ihre Hand aus seinem Griff, hob die Arme über den Kopf und schwenkte den Hintern, doch dabei stolperte sie auf den Stufen.

Wir fingen sie gleichzeitig auf. Bram erwischte ihre Handgelenke, ich fasste ihr von hinten um die Hüfte. Eine atemlose Sekunde lang stützten wir Bethany zwischen uns.

»Schalt einen Gang zurück, Beyoncé«, sagte ich. »Alles okay?«

»Mehr als okay.« Unbeholfen langte sie nach hinten, um meine Schulter zu tätscheln. »Du bist die Beste, Aspen. Ich bin so froh, dass wir zusammenwohnen.«

Anhänglich im Suff, wie schön. Man weiß nie, wie sich Leute verändern, wenn sie etwas getrunken haben.

»Darüber bin ich auch froh, Süße.«

Sie packte Bram beim Revers und zog ihn zu sich. »Hörst du ihre Stimme? Sie klingt heiser, aber das ist sie gar nicht. Ist das nicht sexy?«

Ich schnaubte. »Sexy« war besser als die üblichen Kommentare, die ich zu hören bekam. »Bist du krank?« war noch die nettere Variante. Weniger nette reichten von »Raucherstimme« bis hin zu »Hast wohl gerade einen Schwanz gelutscht«.

Und auch die Ursache für meine Reibeisenstimme war alles andere als schön. »Mom und Dad fanden meine Stimme vermutlich nicht so sexy, als ich mir als Baby wegen Dauerkoliken die Stimmbänder wundgeschrien habe.«

»Sie hat *Knötchen*«, erklärte Bethany und nickte ernst. »Wie Chloe.«

Eine Information, die ihrem Bruder vermutlich wenig sagte, es sei denn, er war Fan von *Pitch Perfect.* »Vielleicht sollten wir hochgehen«, meinte ich und sah ihm über ihren Kopf hinweg in die Augen. Sie waren dunkler als ihre, braun, nicht karamellfarben. Mit einem Blick bat ich ihn wortlos, mir zu helfen, sie auf unser Zimmer zu schaffen.

Er nickte, als hätte er genau das vor.

»Ins Bett? Aber Bram ist doch gerade erst angekommen!«

»Ich bin bis Sonntag in der Stadt«, tröstete er sie. »Wir haben morgen Zeit.«

»Gleich ganz früh«, sagte Bethany, als erwartete sie, am nächsten Morgen fit zu sein und nicht total verkatert.

Ich ging die Stufen hoch, um den Code an der Tür einzugeben, dann drehte ich mich um und sah, wie sie sich mit dem Absatz an der Kante des Gehwegs verfing und fast wieder stürzte.

Mit elegantem Schwung fing Bram sie auf, hob sie an die Brust und trug sie hinein. Nachdem wir nun auf gleicher Höhe waren, fiel mir auf, dass er fast einen Kopf größer ist als ich, vielleicht mehr. Und auch Bethany ist ein ganzes Stück größer als ich, dennoch trug er sie, als würde sie nichts wiegen.

Wow, das war sexy. Die Typen vom Rave waren nichts im Vergleich zu Bramwell Gage. Eigentlich stehe ich nicht auf schick, aber er machte eine gute Figur darin. Anscheinend hatte er vor seinem Erscheinen nur Sakko und Krawatte eines Dreiteilers abgelegt und noch nichts Bequemeres angezogen. Sein Hemd war zu, bis auf den obersten Knopf an der Halsgrube, unter dem gebräunte Haut zum Vorschein kam. Die graue Weste schmiegte sich an seinen flachen Bauch, unter den langen Ärmeln zeichnete sich die Spannung der Armmuskeln und die Kraft in den Handgelenken ab, während er Bethany trug, und der lockere Sitz seiner Anzughose betonte schmale Hüften und lange, muskulöse Schenkel.

Bethany hatte ihren Bruder ein paarmal erwähnt, seit wir uns ein Zimmer teilten. Jetzt bedauerte ich, dass ich mir keine Bilder hatte zeigen lassen. Viele Bilder.

Im Foyer hielt ich die Tür zum Treppenhaus auf und wartete, bis er Bethany hindurchgetragen hatte. »Dritter Stock.«

»Wo sonst«, sagte er trocken, und ich grinste, als er vorbeiging. Lieber Gott, auch sein Hintern war perfekt.

Und ich Glückspilz würde ihm drei Stockwerke nach oben folgen.

»Ich kann selber laufen«, protestierte Bethany, aber als er sie nicht absetzte, ließ sie den Kopf an seine Schulter sinken. »Du hättest mit auf den Rave kommen sollen.«

Diesmal wirkte sein Lächeln angespannt. Vielleicht war es doch nicht ganz so leicht, sie zu tragen. »Ich war nicht eingeladen.«

»Wir auch nicht. Aber nächstes Mal kannst du Aspen fragen. Sie weiß, wo man hinmuss.«

»Ach ja?«, fragte er und streifte mich mit einem Blick, bevor er sich an den Aufstieg machte.

Plötzlich beschlich mich ein ungutes Gefühl, und statt auf seinen Hintern blickte ich auf seinen Rücken, während ich ihm langsam folgte. Hatte ich seinen Blick falsch interpretiert? Sein »Ach ja« hatte nicht wütend geklungen, höchstens desinteressiert, aber als er mich angesehen hatte, war sein Kiefer angespannt, und seine Augen hatten sich verengt, als wäre er nicht nur voller Zuneigung und Wärme, sondern außerdem stinksauer.

Nicht auf Bethany. Auf mich.

Aber warum? Vielleicht irrte ich mich. Meine Mom wirft mir immer vor, dass ich zu schnell in die Defensive gehe und Kritik wittere, wo gar keine beabsichtigt ist. Manchmal hat sie vermutlich recht. Aber oft habe ich auch das Gefühl, dass sie Leute freundlicher einschätzt, als sie es verdienen.

Doch nachdem er Bethany so fürsorglich behandelte, wollte ich nicht vorschnell über Bram urteilen. Außerdem war ich mir keiner Schuld bewusst und hatte mich vermutlich getäuscht.

Wir wohnten in einem der älteren Gebäude auf dem Campus, wo die Holzstufen unter jedem Schritt knarzten. Im Treppenhaus war es wie immer kalt, aber im dritten Stock hing noch immer die Hitze vom Tag, trotz der Ventilatoren, die sich in den Fenstern an den Enden der Gänge drehten. In das ratternde Gebläse mischte sich »Demons« von *Imagine Dragons*, das aus einem der Zimmer drang. Jemand brannte Räucherstäbchen ab, aber das schwere Parfum vermengte sich nur mit dem süßlichen Duft von Marihuana, statt ihn zu verdecken. Das war vermutlich Rachel, die Bethany und mir ein paar Joints angeboten hatte, bevor wir losgegangen waren.

Himmel, dieser Geruch. Ganz wie zu Hause – zumindest an den Tagen, an denen mein Bruder da ist. Dafür war Rachel unterhaltsamer als Nash. Und natürlich klüger.

Ich führte Bram zu unserem Zimmer, das dritte von links, kam aber kaum darüber hinaus, die Tür aufzuschließen. Bethanys Füße berührten kaum den Boden, da stürzte sie schon in den Gemeinschaftswaschraum.

»He!« Ich lief ihr nach, doch dann sah ich, wie eine der Toilettentüren zuschwang und ihre Knie auf dem Linoleumboden landeten. Also machte ich kehrt und ging zurück in den Flur und zu unserem Zimmer. Dabei sagte ich zu Bram: »Ich bringe ihr eine Zahnbürste und …«

Eine große Hand klatschte vor mir an die Wand, und ein weißer Hemdsärmel versperrte mir den Weg, sodass ich schlitternd zum Stehen kam.

Bram blickte wütend auf mich herab. »Wo hast du sie hingeschleppt?«

Automatisch ballte ich meine Hände zu Fäusten, doch ich biss die Zähne zusammen und verkniff mir die Antwort, die mir auf der Zunge lag. *Vorsicht, Arschloch. Leg dich nicht mit mir an.*

Ich hielt mich zurück. Seine Schwester hing über der Kloschüssel, und er war besorgt. Leute reagieren gereizt, wenn sie sich um einen geliebten Menschen sorgen.

Ich war schließlich auch gereizt. »In die alte Kitty-Cat-Lounge am MLK-Boulevard. Eine der Studentenverbindungen hat sie gemietet. Bethany hat zwei Gläser getrunken …« Er öffnete den Mund, aber ich kam ihm zuvor: »Und ich habe sie die ganze Zeit im Auge behalten. Ihr wurde nichts eingeflößt.«

An seiner Schläfe pulsierte eine Ader. »Du weißt, dass sie noch nicht volljährig ist?«

»Nein, sag bloß.« Meinte dieser Typ das ernst? »Ich auch nicht, aber ich wette eine Million Dollar, dass du auch minderjährig warst, als du dich das erste Mal betrunken hast. Wen interessiert das?«

»Mich.« Er presste die Kiefer so fest aufeinander, dass es hätte knacken müssen. Seine breite Brust hob und senkte sich in tiefen Atemzügen, als würde er um Beherrschung ringen. Damit war er nicht allein. »Diese Art von Leichtsinn kann ihr Leben zerstören.«

»Ach wirklich?« Ich konnte mir ein Lachen nicht verkneifen. »Dann lass dir was sagen: Deine Familie ist reich. *Nichts* wird zerstört, wenn sie sich auf einer Party betrinkt. Selbst wenn sie morgen die Uni abbricht, wird sie danach ein Leben führen, von dem die meisten nicht mal träumen können.«

Ich hätte jedenfalls nicht halb so viel anstellen können wie Bethany, wenn sie wollte. Die Uni war für mich der einzige Weg zu einem einzigen Ziel. Ich konnte mein Leben ganz leicht ruinieren. Sie hätte sich verdammt anstrengen müssen.

Frustriert stieß er den Atem zwischen den Zähnen aus. »Ich rede nicht davon, dass sie sich betrunken hat, ich rede von ihrer Sicherheit. Hast du nicht bemerkt, dass sie noch nie bei einem Rave war?«

»Natürlich.« Schließlich hatte Bethany es mir gesagt.

»Trotzdem hast du sie mitgeschleift.«

Mitgeschleift? Sie war begeistert gewesen. Aber ich war mir nicht sicher, ob ich sie nicht in Schwierigkeiten brachte, wenn ich das sagte.

Also nickte ich und schürzte die Lippen. »Du hast recht. Sie ist diesen wilden Leichtsinn nicht gewohnt. Also erkläre ich es zu meinem neuen Lebensziel, sie waghalsigen Situationen auszusetzen, damit sie lernt, damit umzugehen, nachdem du bei dieser Aufgabe so kläglich versagt hast. Wenn du mich jetzt also entschuldigst …«, ich duckte mich unter seinem Arm hindurch, »… kümmere ich mich um deine Schwester, statt hier tatenlos auf dem Gang zu stehen.«

Ich schlüpfte in unser Zimmer und schlug die Tür zu, halb in Erwartung, dass Bram hinterherstürzte, um weiter zu streiten. Dann hätte er etwas erleben können, denn ich neige zu Revierverhalten. Bramwell Gage schien mir der Typ zu sein, der einfach hingeht, wo es ihm passt, doch einen Schritt durch diese Tür, und ich hätte ihm den Kopf zurechtgerückt.

Mist, warum war ich gleich noch mal hier? Einen Moment lang sah ich mich verdattert um, bevor es mir wieder einfiel.

Bethany.

Unser Zimmer war ein einziges Chaos, überall lagen Pappkartons und Klamotten herum. Die Kartons, weil Bethany vor Kurzem einen Mini-Kühlschrank, eine Espressomaschine und einen Breitbildfernseher erstanden hatte, die alle am Nachmittag geliefert worden waren. Die Kleidung, weil sie ihren Schrank durchwühlt hatte, bevor sie sich für ein ähnliches Outfit wie meins entschieden hatte: ein eng anliegendes Camisole-Top und schwarze Shorts. Bei mir herrschte nur deswegen weniger Unordnung, weil ich nicht so viele Klamotten besaß.

Ich schnappte mir Bethanys Necessaire und das »Feeling like Shit?«-Notköfferchen, das Mom für mich zusammengestellt und mit Marker beschriftet hat – vermutlich, weil sie wusste, dass es mir beim Anblick der Aufschrift immer gleich besser gehen würde.

Hoffentlich hatte es auf meine Zimmergenossin die gleiche magische Wirkung.

Sie war noch immer in der Toilettenkabine. Ihr Bruder stand in der Tür zum Waschraum, die er mit dem Rücken offen hielt, und erkundigte sich mit tiefer Stimme, ob sie etwas bräuchte. Ich spürte, wie er mich ansah, als ich an ihm vorbeiging, doch ich sparte mir die Mühe, seinen Blick zu erwidern oder nachzusehen, ob er sich mittlerweile beruhigt hatte.

Keine Zeit für den Idioten.

»Hey, Fliegengewicht«, sagte ich, ging vor ihrer Kabine in die Hocke und schob ein Handtuch unter dem Spalt durch. »Leg dir das hier unter die Knie.«

Ein Stöhnen hallte in der Toilettenschüssel. »Ich glaube, ich bin fertig.«

»Okay. Ich hab dir deine Zahnbürste und ein paar andere Sachen gebracht.«

»Stell es bitte ans Waschbecken und geh, solange ich noch einen letzten Rest Würde besitze.«

»Ich bin mir ziemlich sicher, deine Würde hat sich über die Schuhe deines Bruders ergossen.«

»Oh, Mist. Ist Bram noch da draußen?«

»Ja«, antwortete er von der offenen Tür aus. »Und deine Würde hat meine Schuhe verfehlt.«

»Applaus für mich.« Der leichte Sarkasmus war offensichtlich zu viel für sie, denn sie stöhnte erneut. »Aspen, ernsthaft, ich habe Kotze auf dem Top. Lass mich allein, bis ich es gewaschen habe.«

»Ich hab dir deinen Pyjama gebracht.«

»Ich liebe dich.«

»Klar tust du das, ich bin ja auch so liebenswert. Okay, ich lass dir alles am Waschbecken. Nimm eine Ibuprofen und trink möglichst viel Wasser, sonst fühlst du dich morgen noch viel mieser.« Damit ging ich zurück auf den Gang, schob Bram aus dem Waschraum und schloss die Tür. »Sie braucht ein paar Minuten für sich.«

»Habe ich gehört.« Er sah mich durchdringend an. »Du machst das nicht zum ersten Mal.«

Wie konnte man es einem zur Last legen, sich um jemanden zu kümmern? Doch genau das tat er.

Ich riss die Augen in gespielter Bewunderung auf. »Großer Gott. Du bist ein echter Sherlock Holmes. Du siehst die Indizien und leitest den Tathergang ab. Du könntest recht haben. Vielleicht hatte ich schon mal mit Alkohol zu tun. Oder vielleicht, ganz vielleicht, kann ich lesen und habe irgendwo zwischen all den Worten eine Passage darüber gefunden, wie man einen Kater behandelt. Ich überlasse es deinem Genie herauszufinden, welche der Möglichkeiten zutrifft.«

Er presste die Kiefer zusammen. Wenn er so weitermachte, würde er bald keine Zähne mehr haben. Aber er hielt den Mund, wie ich gehofft hatte.

Die richtige Antwort lag ohnehin in der Mitte. Ich hatte schon öfter gefeiert. Ich mochte Partys. Das Leben ist kurz, man muss die Gelegenheiten nutzen.

Aber ich war nicht dumm. Ich hatte Pläne für die Zukunft und würde mich daran halten. Also musste ich auf mich aufpassen, weil es sonst niemand tat, mal abgesehen von Mom – der ich auf keinen Fall zur Last fallen wollte. Sie hatte es schon schwer genug.

Doch sein Schweigen dauerte nicht an. Bramwell Gage war noch nicht mit mir fertig.

»Du kennst Bethany noch nicht lange«, sagte er gepresst. »Dir ist vermutlich nicht klar, wie schüchtern sie ist und wie viel Mut es sie gekostet hat, zu Hause auszuziehen und …«

»Doch, das habe ich schon bemerkt.«

Er redete ungerührt weiter: »Sie ist nicht wie du.«

Tja, auch das hatte ich schon bemerkt. Dennoch stellten sich mir die Nackenhaare auf. »Ach, und wie bin ich deiner Meinung nach?«

Sein Blick wanderte auf direktem Weg zu meinen Haaren, als würden sie alles erklären. Ich hatte mein kurzes blondes Haar gerade erst pechschwarz gefärbt. Jetzt stand es ab wie die Stacheln eines Igels, deren Spitzen man in Blau getaucht hatte.

»Wow«, sagte ich trocken. »Gute Arbeit, Sherlock. Sie haben mich überführt.«

Seine braunen Augen wurden schmal, und er kam auf mich zu. Verdammt, ich hasse es, wenn Leute versuchen, mich mit ihrer Körpergröße einzuschüchtern. Ich hob das

Kinn und wich nicht von der Stelle. Sollte er nur wagen, mir das vorzuhalten.

Und genau das tat er. »Du meinst, ich würde dich nach deinem Haar beurteilen? Falsch, es geht mir um dein ›Wen interessiert das?‹ und den Schwachsinn von wegen ›Bethany ist reich, was soll ihr schon passieren?‹. Du bist genau die Sorte Freundin, die sie im Moment nicht brauchen kann. Du gehst völlig in deiner kleinen Rebellion auf und bringst ihr ganzes …«

Die Toilettentür quietschte, und er verstummte. Seine Wut war wie weggeblasen, sein Gesicht komplett verändert. Bethany kam in ihrem kurzen Captain-America-Schlafanzug heraus und blieb gleich hinter der Tür wieder stehen. Ihr Blick fiel auf mich.

Dann runzelte sie die Stirn und betrachtete Bram. Trotz seiner veränderten Miene wusste sie offensichtlich sofort Bescheid. »Was ist los? Ihr zwei seht wütend aus.«

»Nein«, widersprach ich. »So schaue ich immer, wenn ich dringend pieseln muss. Entschuldigt mich.«

Als ich wieder aus dem Bad kam, war ihr Bruder verschwunden. Genau wie meine Wut. Er war ein eingebildeter Idiot gewesen, aber soweit ich es beurteilen konnte, hatte er sich Sorgen um seine Schwester gemacht – und ich hatte mich auch nicht gerade bemüht, die Situation zu entschärfen. Sobald er hochgegangen war, hatte ich zurückgeschlagen. Er hatte es verdient. Bis auf den Kommentar über den Reichtum der Familie. Das war mies von mir gewesen. Trotzdem hatte ich gesehen, wie wichtig ihm seine Schwester war, und das rechnete ich ihm hoch an.

Ich hätte also über unseren Zusammenstoß hinweggesehen – hätte Bram es auch getan.

Stattdessen kam Bethany am Tag darauf in unser Zimmer, völlig außer sich vor Wut. Sie schäumte, weil er vorgeschlagen hatte, ihr entweder eine eigene Wohnung zu besorgen oder das Wohnheim zu bitten, eine andere, passendere Zimmergenossin für sie zu finden.

»Ist das zu fassen?« Sie stapfte zum Fenster, wirbelte herum und breitete die Arme aus. »Er sagt zu mir: ›Sie kommt offensichtlich nicht damit klar, dass du Geld hast, und sie wird dich entweder übers Ohr hauen oder benutzen.‹ Also habe ich ihm erzählt, dass du mich noch nie um etwas gebeten oder dir etwas geliehen hast, aber er meinte nur: ›Eine Freundin wie sie ist im Moment einfach nicht gut für dich.‹ Also habe ich ihm gesagt, dass er ein totales Arschloch ist und ich ihm eine reinhaue, wenn er noch ein Wort darüber verliert, dass ich eine andere Zimmergenossin brauche.«

»Ein Arschloch«, stimmte ich zu, aber es war ein hohles Echo ihrer Worte. Ich wusste, dass sie mich nicht verletzen wollte, indem sie mir das erzählte. Sie dachte, es würde mich genauso wütend machen wie sie. Doch so war es nicht, sosehr ich es mir auch wünschte. Stattdessen war mir einfach nur schlecht, wie nach einem Schlag in den Magen. Es gelang nicht vielen, meinen Schutzpanzer zu durchdringen und mir das Gefühl zu geben, der letzte Dreck zu sein. Doch Bram hatte es geschafft.

Der schlechte Einstieg lag also wirklich ganz und gar an ihm.

In den folgenden vier Jahren hat sich unser Verhältnis nicht gebessert, aber wenigstens auch nicht verschlechtert. In kürzester Zeit hatte sich Bethany wieder mit ihm versöhnt und skypte regelmäßig mit ihm, aber ich wusste immer, wann, und mied unser Zimmer so lange. Wenn ich ihm nicht aus dem Weg gehen konnte, ignorierte ich ihn einfach. Meistens. Denn er konnte mich offensichtlich nicht ansehen, ohne über mich zu urteilen, und sagte unausweichlich etwas, das mich wieder auf die Palme brachte.

Aber wenn mich Bethany auf dieser Reise braucht, werde ich mir auf die Zunge beißen, bis sie blutet – und hoffen, dass es Bram genauso hält.

3

Als mein Handy das nächste Mal summt, gehe ich davon aus, dass mir Bethany schreibt. Vermutlich will sie mich informieren, dass ihr Bruder schon da ist, oder sie fragt, wann ich meinen Hintern zurück auf den Campus schwinge.

Irrtum. Es ist schon wieder meine Mutter.

Wir gehen jetzt zu einer Show. Viel Spaß, falls wir uns vor deiner Abreise nicht mehr sprechen. Pass auf dich auf, und grüß Bethany von mir.

Mach ich. Ich liebe dich.

Ich liebe dich auch.

Als hätte ich je daran gezweifelt.

Was für eine Fehleinschätzung von Bram. Vor vier Jahren hat er meine gefärbte Igelfrisur als Zeichen der Rebellion gedeutet, doch das war falsch. Meine Mom unterstützt mich in allem, es gibt also nichts, wogegen ich rebellieren müsste. Sie hat immer hinter mir gestanden, auch als ihre Karriere den Bach runterging, wir unser Haus verloren haben und Nash immer schwieriger wurde. Und selbst wenn sie mich einschränken würde, würde ich mich nicht auflehnen. All meine Bemühungen sind auch für sie, damit sie sich nicht um mich sorgen muss – zusätzlich zu all ihren anderen Sorgen.

Bram hat also keine Ahnung. Soll er mich ruhig für eine Rebellin halten. Ich erzähle ihm bestimmt nicht, dass ich mir während der letzten Chemo-Behandlung meines Vaters die Haare abrasiert habe und fast fünf Jahre brauchte, bis ich sie wieder wachsen lassen konnte, ohne mir wie eine Verräterin vorzukommen. Als bedeuteten ein paar Zentimeter Haare mehr, dass ich sein Leid vergesse und ihn hinter mir lasse.

Aber vermutlich würde Bram auch dazu etwas Herablassendes sagen. Er hat beide Eltern verloren, und laut Bethany hat er seine Schwester einfach aufgesammelt und ist kontinuierlich voranmarschiert.

Wie so ein pedantischer, neunmalkluger Roboter. Kann ich mir gut vorstellen.

Wenn er sich weiterhin von Vorurteilen leiten lässt, frage ich mich, was er aus meinem jetzigen Aussehen schließt. Mein Haar ist mittlerweile schulterlang, aber dunkel gefällt es mir einfach besser. Tönungen sind günstig, deshalb ist es kastanienbraun statt aschblond. Nach der Abschlussfeier habe ich Mom den größten Teil meiner Kleidung mit nach Hause gegeben, und jetzt trage ich das einzig halbwegs hübsche Stück, das auf diese Reise mitkommt – ein Sommerkleid mit Gänseblümchen-Print, das ich vor zwei Jahren im Schlussverkauf im Einkaufszentrum erstanden habe.

Vermutlich denkt er *billiges Flittchen mit schlecht gefärbtem Haar*.

Flittchen. Wie ich dieses Wort liebe. Ich sollte mich selbst so bezeichnen.

Ich stehe auf und halte mich an der Stange fest, als der Bus schlingernd zum Stehen kommt. Die Nummer zehn hält an der Nordseite des Campus', ich muss also ein kurzes Stück bis zur Bibliothek laufen, wo Bethany auf unsere Taschen aufpasst.

Mein letzter Gang über den Campus. Schon wieder zieht sich mir die Kehle zusammen, aber diesmal nicht so schlimm. Reed wird mir fehlen. An einem privaten College mit lauter reichen Studenten zu studieren, war nicht immer leicht. Bram ist ein Arsch, aber keiner seiner Kommentare kommt an die Sprüche ran, die ich mir hier in Reed anhören musste. Trotzdem ist es alles in allem eine schöne Zeit gewesen. Ich habe mehr nette als ätzende Leute getroffen und fühle mich zwar nicht viel klüger als vorher, aber das liegt vermutlich nur daran, dass ich jetzt weiß, was ich alles nicht weiß.

Und das Unigelände ist einfach Wahnsinn. Sanfte grüne Hügel, riesige Bäume und ein glitzernder Bach, der mitten hindurchfließt. Im Winter ist es nicht so spektakulär, wenn es grau ist und regnet. Wohl aber im Herbst, wenn sich das Laub färbt. Oder im Frühling, wenn Blütenblätter wie Schneeflocken durch die Luft schweben. Und heute spürt man schon den Sommer. Ein lauer Wind gleicht die warme Sonne aus und streift mit perfekter Temperatur über die Haut.

Die Brücke über den Bach mündet auf den Weg, der an der Nordflanke der Eliot Hall entlangführt, einem großen Backsteingebäude wie aus einem Jane-Austen-Roman. Die Bibliothek, in der Bethany wartet, liegt östlich davon, gleich hinter einer Wendeschleife – doch als ich um die Ecke komme, fällt mein Blick auf einen grauen Range Rover, der mit offener Heckklappe in der Schleife parkt. Daneben steht eine bekannte Gestalt, den Blick aufs Handy gerichtet, und mir wird klar, dass ich gar nicht so weit laufen muss.

Bram ist schon da. Juhu.

Bethany ist nicht bei ihm, er muss also frisch angekommen sein – und gibt ihr vermutlich gerade Bescheid. Er sieht nicht glücklich aus, aber das überrascht mich nicht, denn er sieht nie glücklich aus. Okay, normalerweise sieht er auch nicht so frustriert aus wie jetzt, die Stirn herabgezogen, der Mund eine Linie. Meistens läuft er auf Robotermodus, und ich kann sein Gesicht kaum deuten.

Doch jetzt steht sein kurzes braunes Haar ab, als hätte er es zerrauft. Wie immer hat er das Sakko abgelegt, und Hose und Weste sitzen wie angegossen, während ihm der rote Schlips locker und etwas schief vom Hals hängt.

Verdammt, er ist praktisch *aufgelöst*.

Und so traurig es ist, bei seinem Anblick zieht sich bei mir alles zusammen, und es kribbelt auf der Haut. Ich weiß, dass er ein Idiot ist, aber es gibt kleine, dumme Bereiche in meinem Hirn, bei denen diese Erkenntnis noch nicht angekommen ist – oder denen es einfach egal ist. Und zufällig sind es jene Hirnregionen, die mit meinen weiblichen Zonen verbunden sind.

Ich weiß auch nicht, was er an sich hat. Es ist, als wäre sein Kopf von einer Wolke aus Leuchtpfeilen umgeben, auf denen *Hier hinschauen* steht. Selbst inmitten dieses Idylls aus weitläufigen Rasenflächen und kathedralenartigen Eichen ist es sein Gesicht, das meine Blicke auf sich zieht und nicht mehr loslässt. Und vermutlich würde ich auch in einem Raum voller Leute als Erstes Bramwell Gage erblicken.

Nicht, weil er heiß ist. Er sieht fantastisch aus, klar. Aber auf dem Campus wimmelt es von gut aussehenden Typen, und keiner hat diese Wirkung auf mich. Bei ihnen kann ich den Blick abwenden.

Aber vermutlich löst er in Wirklichkeit etwas ganz anderes in meinem Gehirn aus, nämlich die Kampf-oder-Flucht-Reaktion. Mein Blick wird von ihm angezogen, weil ich mich vor ihm in Acht nehmen muss. Es ist ihm schon mal gelungen, meinen Schutzwall zu durchbrechen und mich zu demoralisieren. Wenn ich ihm also begegne, meldet mein Gehirn: *Gefahr!*

Daher ist es nur logisch, dass sich mein Puls beschleunigt, sobald ich ihn sehe. Das ist keine Schwärmerei. Es ist Wissenschaft.

Außerdem macht mich Gefahr ein bisschen an, ich gebe es zu. Aber nicht so sehr, dass ich den Kopf verliere. Denn wirklich gefährlich wäre es zu vergessen, dass mich Bram für eine schäbige Schnorrerin hält.

Doch als er aufblickt und mich auf sich zukommen sieht, reagiert er anders als gewohnt. Normalerweise verhärtet sich sein Gesicht, als würde er noch einen Gang im Robotermodus hochschalten. Diesmal dagegen glätten sich seine Sorgenfalten, und sein Gesicht hellt sich auf, als ob er sich freuen würde, mich zu sehen.

Merkwürdig. Mein Kampf-oder-Flucht-Impuls wird stärker.

Ich bin noch zu weit von ihm entfernt, um ihn zu begrüßen, ohne zu schreien. Eine lange Sekunde blickt er mir also einfach nur entgegen, und noch nie war mir die Intensität seiner dunklen Augen so bewusst wie jetzt, während sie an mir hinabsehen, vom Scheitel bis zu den Sandalen – aber als er meinem Blick schließlich begegnet, ist er wieder da: Robotermodus. Der erfreute Ausdruck ist verschwunden.

Seine Manieren sind dagegen tadellos. Er kommt mir entgegen und streckt die Hand nach dem Schlafsack aus, den ich vor dem Bauch trage. Seine Hände sind groß wie die eines Holzfällers, aber die Nägel sind ordentlich geschnitten, und die blendend weiße Hemdmanschette bildet einen messerscharfen Kontrast zu seinem gebräunten Handgelenk.

»Lass dir das abnehmen, ich packe es in den Kofferraum.« Seine langen Finger umfassen den Kordelzug des Beutels.

Ich murmle ein »Danke« und gebe ihm den Schlafsack. Der raue Klang seiner Stimme passt überhaupt nicht zu seinem Auftreten. Passend wäre eine steife, tonlose Stimme. Stattdessen wird jedes Wort von einem tiefen Grollen untermalt, als läge grober Kies unter seinem glatten Erscheinungsbild.

Auch das ist heiß. Ich verstehe nicht, warum er keine näselnde Fistelstimme hat. Einfach Glück, nehme ich an. Glück für ihn, Pech für mich.

Es überrascht mich nicht, dass sich sein Blick wieder verfinstert, als er mich ein zweites Mal streift und sich dann suchend hinter mich richtet. »Ist das dein ganzes Gepäck? Und ist Beth nicht bei dir?«

»Nein, ich habe noch einen Rucksack bei Beth in der Bibliothek. Ich musste mir nur noch schnell einen Schlafsack kaufen.« Dabei hätte ich mir vielleicht einen bei Bram kaufen können. Es sieht aus, als hätte er ein halbes Sportgeschäft in seinem Auto. »Kommt sie gleich raus? Ich gehe ihr entgegen und helfe ihr beim Tragen.«

»Ich weiß es nicht«, entgegnet er und findet wie ein Roboter beim Tetris-Spiel die perfekte Lücke für meinen Schlafsack zwischen dem Rest der säuberlich verstauten Ausrüstung. »Ich bin seit einer halben Stunde hier, aber sie reagiert nicht auf meine Nachrichten.«

Na, so was. Schätzungsweise ist er deswegen so frustriert. »Ich hole sie. Wahrscheinlich hat sie ihr Handy stumm gestellt. Wegen Bibliothek und so.«

Ich sage es leichtfertig und lade ihn sogar mit einem Lächeln ein, sich mit mir über Bethanys Wahl eines Wartezimmers zu amüsieren. Seine Antwort ist ein knappes Nicken.

Wow, ich freue mich jetzt schon auf die Reise.

Mit einem tiefen Seufzer mache ich mich auf den Weg. Das Bibliotheksgebäude liegt gleich hinter der Schleife, an der Bram parkt, aber bis zum Eingang muss man einen Rasenabschnitt überqueren. Brams Augen brennen mir ein Loch in den Rücken, also ignoriere ich ihn und schicke selbst eine Nachricht an Beth.

Hallo! Bin wieder auf dem Campus. Dein Bruder ist auch hier. Bist du in einem der Seminarräume? Oder eingeschlafen?

Ich habe Bram verschwiegen, dass Bethany nicht ganz in der Bibliothek ist, sondern im großen offenen Vorraum, wo es Polsterbänke mit hohen Rückenlehnen gibt, die jede Menge Platz und Privatsphäre bieten, besonders in den ruhigen Sommerstunden. Dort habe ich Bethany zurückgelassen, die mit ihrem Handy herumspielen wollte, bis ich zurückkomme. Warum sie nicht antwortet, verstehe ich auch nicht. Selbst ein Toilettengang hätte keine halbe Stunde gedauert, und wie ich Bethany kenne, hätte sie Bram sogar vom Klo aus geantwortet.

Im nächsten Moment vibriert das Handy in meiner Hand, und ein Foto von Bethany Gage erscheint auf dem Display. Es ist ein älteres Bild, aufgenommen vor zweieinhalb Jahren, als sie mir dieses Handy zu Weihnachten geschenkt hat. Ihr braunes Lockenhaar ist mittlerweile kürzer, aber die ausgeprägten Wangenknochen, das spitze Kinn und die leuchtenden karamellfarbenen Augen hat sie noch immer.

Obwohl ich das Leuchten seit ein paar Monaten nicht mehr gesehen habe. Ich hoffe, die Reise bringt es zurück.

Ich melde mich mit: »Du bist der einzige Mensch der Welt, der lieber telefoniert als schreibt.«

Ihr Lachen perlt noch immer ein wenig. »Ich will eben keine Beweise hinterlassen!«

»Dann hast du Pech, denn ich zeichne dieses Gespräch auf.« Ich drücke die Tür zum Vorraum auf und suche die Ecke ab, in der ich Bethany zurückgelassen habe. Auf der Bank liegt nur eine alte College-Zeitung. »Hey, ich steh vor der Bibliothek. Wo steckst du?«

»Äh, tja …« Sie lacht erneut, aber diesmal klingt es tonlos und gezwungen, nicht mehr leicht und perlend. »Du wirst mich hassen.«

»Werde ich nicht«, verspreche ich, doch mein Magen zieht sich zusammen. Denn bei genauerem Hinhören wird mir bewusst, dass ihre Stimme etwas distanziert klingt – wie über die Freisprechanlage im Auto. »Sitzt du im Auto?«

»Ja.«

»Musst du umparken? Ich dachte, deine Parkgenehmigung ginge über den Sommer.«

»Tut sie auch, aber ...« Sie holt so tief Luft, dass ich beinahe höre, wie sich ihr Brustkorb weitet, dann sagt sie hastig: »Ich bin auf dem Weg nach Seaside, zu diesem Serenity-on-the-Sand-Center. Ich habe angerufen, und es gab einen freien Platz, also melde ich mich für das achtwöchige Programm an.«

Ach du Scheiße. Unsanft lasse ich mich auf die Bank fallen und ringe um Worte.

Ich weiß nicht, was ich sagen soll. Serenity on the Sand ist eine Entzugsklinik für Frauen, ein Ort, an dem sie Bethany helfen können, aber ich hätte nie gedacht, dass sie dorthin geht. Nicht, nachdem sie meinen vorsichtigen Vorschlag, Hilfe in Anspruch zu nehmen, mit einem Lachen abgetan hat. Sie meinte, es würde schon wieder, es sei nur eine schwierige Phase, keine große Sache.

Und ganz bestimmt habe ich nicht erwartet, dass sie ausgerechnet *jetzt* gehen würde.

»Okay«, sage ich gedehnt – aber weil ich nicht will, dass sie ihre Entscheidung anzweifelt, füge ich mit Nachdruck hinzu: »Das wird dir guttun. Kann ich irgendwas für dich tun?«

Nachdem sie ihrem Bruder nicht geantwortet hat, ahne ich bereits, was kommt. »Kannst du es Bram sagen?«

Ich wusste es. Das Ziehen in meinem Magen wird stärker, trotzdem antworte ich, ohne zu zögern: »Klar.«

»Aber sag ihm nicht, warum. Oder wohin ich fahre.«

Das … wird schon etwas schwieriger. »Was? Warum?«

»Er flippt sonst aus und ist total enttäuscht von mir und lässt mich keinen Schritt mehr allein gehen. Ich zieh das hier durch, werde vollkommen clean, und er muss nie davon erfahren.«

Glaubt sie wirklich, dass es so einfach ist? Ein paar Wochen, und die Sache ist erledigt? So funktionieren Süchte nicht.

»Ich glaube, du solltest es ihm sagen. Er flippt vielleicht kurz aus, aber er wird zu dir halten. Du *weißt*, dass er zu dir halten wird. Und er wird auch nicht enttäuscht sein.«

Bram ist ein Idiot, aber er würde alles für seine Schwester tun. Sie hat mir tausend Mal erzählt, wie er in die Rolle der Eltern geschlüpft ist, nachdem sie gestorben sind. Sie stehen sich nahe. Viel näher als mein Bruder und ich. Er kümmert sich rührend um sie. Klar übertreibt er manchmal dabei, aber er würde sich eher die Hand abhacken, bevor er ihr wehtut.

Außerdem sind ihre Erfolgsaussichten nach der Therapie vermutlich besser, wenn jemand wie Bram hinter ihr steht. Es bringt nichts, es vor ihm zu verstecken.

»Ich möchte einfach nicht, dass er davon erfährt«, sagt sie kleinlaut. »Ich schaffe es nicht, wenn er Bescheid weiß.«

Lieber Gott. Ich kneife die Augen zu und suche nach Argumenten, um sie zu überzeugen.

Mein Schweigen verunsichert sie. Ihre Stimme bekommt einen schrillen, panischen Klang. »Wenn du es nicht kannst, Aspen, drehe ich um und komme zurück und vergesse die Sache. Also sag mir, wenn du es nicht kannst.«

»Nein«, sage ich. »Dreh nicht um. Ich mach das schon.«

»Versprich mir, dass du ihm nicht sagst, warum. Versprich es mir.«

»Ich verspreche es.« Und bete, dass ich es nicht bereuen werde. Ich reibe mir die Stirn und versuche, die einsetzenden Kopfschmerzen wegzumassieren. »Was soll ich ihm erzählen?«, frage ich.

»Sag ihm, dass ich etwas Eigenständiges tun wollte. Mich der Zukunft zuwenden, statt in der Vergangenheit zu schwelgen. Das wird ihm gefallen.«

Ganz klar. Das wird großartig ankommen. »Wie zum Beispiel ...?«

»Irgendein Besinnungskurs vielleicht, wo er mich nicht erreichen kann, denn sie werden mir Handy und Laptop abnehmen, wenn ich dort ankomme. Die Frau hat gesagt, sie empfehlen, mindestens drei, vier Wochen sämtliche Kontakte nach außen abzubrechen. Damit ich mich auf die Heilung konzentrieren kann.«

Na prima. Bram kann noch nicht mal mit Bethany sprechen, um sich bestätigen zu lassen, was ich ihm erzähle? Er wird ausrasten.

Und ich kann es ihm nicht verübeln. Aber darauf kann ich keine Rücksicht nehmen. Hier geht es um seine Schwester. »Okay, irgendein Programm für Freaks, bei dem man den ganzen Tag lang Avengers-Fanfiction liest?«

Ihr Lachen perlt wieder. »Das vielleicht nicht gerade. Aber wie wäre es mit einem Kurs für kreatives Schreiben?«

»Du bist keine Schriftstellerin.« Meine Freundin hat es mehr mit Mathe und Statistik.

»Aber ich wollte einmal eine werden. In meiner Harry-Potter-Phase. Daran wird er sich erinnern. Sag ihm einfach, ich wollte mich noch einmal vergewissern, ob das MIT wirklich der richtige Weg für mich ist.«

Es ist ein merkwürdiger Zeitpunkt dafür, aber etwas Besseres wird uns so schnell nicht einfallen. »Okay. Aber er wird sich wundern, warum du ihm das nicht selbst erzählst.«

»Ich weiß. Aber ich kann ihn nicht anlügen. Ich knicke auf der Stelle ein, wenn er mich bedrängt. Du nicht. Du hältst dagegen.«

Ich muss gegen meinen Willen lachen. Da hat sie recht.

»Es wird schon nicht schlimm sein. Wahrscheinlich ist er froh, weil er so viele Meetings verschieben und alles Mögliche umorganisieren musste, um sich den Monat freizuschaufeln. Jetzt kann er seine Termine doch noch einhalten.«

Die Rettung für Roboter Bram. Ich hoffe, sie hat recht. »Das klingt ja fast, als würdest du ihm einen Gefallen tun. Jetzt kann er sich wieder daranmachen, seine Milliarden zu verdienen.«

»Ganz genau. Einen Gefallen!« Sie lacht. »Ach ja! Ich gebe deine Nummer als Notfallkontakt an, sollte also eine unbekannte Nummer bei dir anrufen, drangehen und nicht abweisen, wie du es sonst immer tust.«

Ich gehe immer davon aus, dass Anrufer eine Nachricht hinterlassen, wenn es wirklich wichtig ist. Aber ich kann die nächsten zwei Monate eine Ausnahme machen. »Okay.«

»Und es tut mir wirklich leid, Aspen.«

»Was?«, frage ich mit gerunzelter Stirn.

»Dass ich unsere Reise platzen lasse.«

»Ach so. Nein, das ist schon in Ordnung.« An die Reise hatte ich noch gar nicht gedacht. Und ich will auch nicht darüber nachdenken, dass mir das eigentlich ganz recht ist, weil ich mir jetzt einen Job suchen und den Sommer über ein bisschen Geld verdienen kann. Es käme mir mies vor, davon zu profitieren, dass sie krank ist. »Pass einfach auf dich auf.«

»Ich versuche es«, erwidert sie, dann seufzt sie tief, als hätte sie gerade eine Herkulesaufgabe bewältigt und sich von einer ungeheuren Last befreit. »Ich hab dich lieb, Aspen. Vielen Dank.«

Meine Augen brennen. »Ich hab dich auch lieb, Beth. Ruf mich an, wenn du kannst, okay?«

»Mach ich.«

Sie legt auf. Ich habe eine Aufgabe zu erledigen, doch ich stehe nicht sofort auf, denn mal ehrlich – ich muss meinen Mut zusammennehmen.

Es wird nicht gut gehen.

Ich stoße einen bebenden Seufzer aus, und mein Blick fällt auf die verwaiste College-Zeitung auf der Bank neben mir. Okay. Wenigstens ahne ich jetzt, warum Bethany so überstürzt aufgebrochen ist. In der rechten Spalte auf der Titelseite steht ein Nachruf auf eine Studentin, die direkt vor den Prüfungen an einer Überdosis gestorben ist. Vermutlich hat Bethany das gelesen und es mit der Angst zu tun bekommen.

Wahrscheinlich ist es auf lange Sicht das Beste. Auf kurze Sicht dagegen … Mist, das wird hässlich.

Aber ich würde noch ganz andere Sachen für Bethany tun, und sie auch für mich, da bin ich mir sicher. Fast komisch, wenn ich jetzt daran denke, wie schüchtern sie mir vor vier Jahren erschien, als wir uns kennengelernt haben. Sie *war* auch schüchtern, zumindest ein bisschen. Aber es brauchte fast ein ganzes Semester, bis ich merkte, dass Bethanys Zurückhaltung in Wirklichkeit die Angst war, niemand könnte sie um ihrer selbst willen mögen – und dass es einen Grund dafür gab, warum sie mir nie ein Bild von ihrem Bruder zeigte, bevor er aufkreuzte. Denn sie hatte schlechte Erfahrungen mit sogenannten Freundinnen gemacht. Mit Mädchen, die ihre Freundschaft gesucht hatten, um an ihren Bruder heranzukommen. Als wir uns also kennenlernten, war es ihr wichtig, dass ihr Bruder nichts mit unserer Freundschaft zu tun hatte – und als er schließlich auftauchte, hat es vermutlich nicht geschadet, dass ich ihn auf Anhieb doof fand.

Ich selbst wünschte mir die Freundschaft mit ihr genauso, kämpfte aber mit ganz anderen Ängsten. Auch ich hatte schon Freundinnen. Sie haben mich nicht ausgenutzt. Aber irgendwie hat sich das Geld zwischen uns gestellt.

Genauer gesagt der Umstand, dass ich keins hatte.

Dabei war es keine böse Absicht gewesen. Es war einfach … geschehen. Bevor mein Vater krank wurde, waren wir eine solide Mittelschichtfamilie, und meine Freunde, die ich seit der Grundschule kannte, kamen ebenfalls aus der Mittelschicht. Dann hatte meine Familie plötzlich kein Geld mehr, und die kleinen Extras außerhalb der Schule waren einfach nicht mehr drin. Irgendwann wurde ich nicht mehr zu Freizeitaktivitäten und Partys eingeladen – und als ich sie darauf ansprach, erklärten sie mir verlegen, sie meinten, ich hätte nicht genug Geld dafür.

Und das hatte ich auch nicht. Ich weiß, dass sie es gut meinten – sie dachten, sie würden mir die Peinlichkeit ersparen, ihre Einladungen ablehnen zu müssen. Aber so war es nicht.

Dann mussten wir unser Haus aufgeben und zogen in ein anderes Viertel, und es spielte ohnehin keine Rolle mehr. An der Highschool lernte ich neue Freunde kennen, die nicht mehr Geld hatten als ich, aber ich vergaß nie, dass manche Freundschaften nicht umsonst sind.

Deswegen hatte ich Angst, als ich nach Reed kam – ausgerechnet ich, an einem privaten College mit lauter reichen Studenten! – und Bethany meine Zimmergenossin wurde. Ich wollte ihr von Anfang an zeigen, dass wir auch ohne viel Geld Spaß haben können – zum Beispiel bei dem Rave, auf den ich sie an dem Abend mitnahm, als ich Bram traf.

Da waren wir also, zwei Erstsemestlerinnen an der Uni mit dem sehnlichen Wunsch, um unserer selbst willen gemocht zu werden, ganz gleich, mit wem wir verwandt waren oder wie viel Geld wir hatten. Und eines Abends, als wir zu zweit in unserem Zimmer waren, sturzbetrunken, kam alles ans Licht.

In dieser Nacht wurde Bethany zu mehr als einer Freundin. Sie wurde meine beste Freundin. Und ich ihre.

Ich würde *alles* für sie tun. Bram anzulügen, ist noch das Geringste. Doch das heißt nicht, dass es leicht wird.

Ich stähle mich mit einem tiefen Atemzug und stehe auf. Bringen wir es hinter uns.

Mit gestrafften Schultern gehe ich auf den Ausgang zu – bleibe aber stehen, als sich mein Handy meldet. Eine Nachricht von Bethany.

Dein Rucksack liegt an der Bücherausgabe.

Ach ja, der Rucksack. Der Großteil meiner Kleidung ist da drin, ich werde ihn also brauchen. Was ich dagegen nicht mehr brauche, ist mein brandneuer Schlafsack.

Mist, hoffentlich habe ich den Kassenzettel aufgehoben.

Der Weg über den Rasen zurück zum Wagen erscheint mir länger als der Hinweg. Diesmal bohrt sich Brams Blick nicht in meinen Rücken, diesmal blicke ich ihm entgegen, und jeder Schritt kostet mich mehr Überwindung.

Es ist offensichtlich, dass ich ohne Bethany komme. Ich sehe, wie er den Rucksack mustert, den ich mir über die Schulter geworfen habe. Es ist außerdem offensichtlich, dass ich das Gepäck bei mir habe, auf das Bethany aufpassen sollte. Vermutlich denkt er, dass Bethany gleich nachkommt. Dass sie vielleicht vor der Fahrt zum Mount Hood zur Toilette gegangen ist.

Ich suche fieberhaft nach einem Weg, es ihm schonend beizubringen, aber es gibt einfach keinen. Also lasse ich ein paar Schritte von ihm entfernt die Bombe platzen.

»Bethany kommt nicht.«

Seine Stirn zieht sich zusammen. »Was?«

»Sie sagt die Reise ab und macht stattdessen einen Workshop über kreatives Schreiben an der Küste.«

Es ist nicht verwunderlich, dass er mich nicht versteht. Forschend blickt er in mein Gesicht, dann in Richtung Bibliothek, als erwarte er, dass seine Schwester jeden Moment auftaucht. Als er einen Schritt nach vorne macht, als wollte er selbst nach ihr suchen, verstelle ich ihm den Weg.

Er schaut von oben auf mich herab. Sein Kiefer tritt hervor, und die Haut spannt über seinen Wangenknochen. Einen Moment lang glaube ich, er wird mich hochheben und zur Seite stellen. Doch er rührt mich nicht an.

Stattdessen presst er hervor: »Das ist nicht lustig.«

»Da gebe ich dir recht. Es ist auch kein Witz«, erkläre ich. »Sie hat mich gerade angerufen. Sie sitzt schon im Auto und ist unterwegs.« Als sein Blick auf meinen Rucksack fällt, füge ich hinzu: »Den hat sie an der Bücherausgabe für mich hinterlegt. Ehrlich, ich schwöre, ich verarsch dich nicht.«

Ich zeige ihm das Handy mit unseren Nachrichten. In der ersten vom Vormittag frage ich Bethany, wann Bram zum Campus kommt, in der letzten erkundige ich mich, ob sie eingeschlafen ist, gefolgt von ihrer Nachricht, wo ich meinen Rucksack finde.

Kopfschüttelnd sieht er auf. Er versteht es noch immer nicht, und es überrascht mich nicht, als er sein eigenes Handy zückt und darauf herumtippt.

Er will sie selbst anrufen. »Was genau hat sie gesagt?«

»Dass dieser Workshop …«

Ich werde von Bethanys Voicemail-Ansage unterbrochen, denn Bram hat sein Handy auf laut gestellt. Es hat kein einziges Mal geklingelt. Sie hat ihr Handy ausgeschaltet – und nachdem ich gerade noch mit ihr gesprochen habe, heißt das, sie hat es nur getan, damit ihr Bruder sie nicht erreichen kann.

Ich beiße mir auf die Lippe, während Bram zum gleichen Schluss kommt. Der Schreck lässt sein Gesicht erschlaffen, als hätte man ihn geohrfeigt, und ich frage mich, ob Bethany ihr Handy schon *jemals* ausgeschaltet hat, damit er sie nicht anrufen kann.

Vermutlich nicht.

Ruhig fahre ich fort: »Sie meinte, mit diesem Workshop könnte sie herausfinden, ob sie sich auch wirklich für die richtige Laufbahn entschieden hat. Denn wenn nicht, möchte sie auf keinen Fall die Chance vertun, etwas anderes zu machen.«

»Die Chance vertun, *Schriftstellerin* zu werden?« Er hätte genauso gut Trapeztänzerin sagen können, so ungläubig klingt er.

»Ich war auch überrascht«, sage ich ehrlich. »Aber sie meint, sie hätte früher viel geschrieben. In ihrer Harry-Potter-Phase.«

Er blinzelt. Blinzelt noch mal. Als wäre das ein erneuter Schlag. Er zieht die Finger durchs Haar, tritt einen Schritt zurück und blickt in den Himmel. Frustriert. Aber er denkt darüber nach.

Schließlich sieht er mich an. Noch immer ist seine Stirn gekräuselt. »Warum ausgerechnet jetzt?«

Ich ziehe die Schultern hoch. »Keine Ahnung. Sie sagte etwas von wegen ›den Blick in die Zukunft richten, statt in der Vergangenheit zu schwelgen‹.« Wenn ich so recht überlege, kommen mir die Worte bekannt vor. »Vielleicht hat sie sich die Abschlussrede bei unserer Zeugnisvergabe zu Herzen genommen. Der Redner hat was in diese Richtung gesagt.«

Meine letzte Bemerkung ruft eine unerwartet heftige Reaktion hervor. Bram wird blass, sein Gesicht verzieht sich.

Er wendet den Kopf. Als er spricht, klingt seine Stimme noch rauer als zuvor: »Ist es, weil ich letztes Wochenende nicht zur Abschlussfeier gekommen bin?«

Sein Flieger nach Portland hatte sich verspätet, auf dem Rückweg von einer Geschäftsreise in den Westen. Jetzt tut es mir leid, dass ich die Feier erwähnt habe.

»Nein.« Wäre es nicht Bram gewesen, hätte ich seinen Arm berührt, um meinen Worten Nachdruck zu verleihen. Stattdessen verschränke ich die Arme vor der Brust. »Sie wusste, dass du deine Termine zusammenschieben musstest, um einen Monat für die Reise freizunehmen, und keinen Spielraum für Umbuchungen hattest. Und dass du wirklich kommen wolltest.«

Im Grunde war er praktisch dabei gewesen. Vor der feierlichen Zeugnisvergabe hat er mit Bethany geskypt und sie in Talar und Doktorhut gesehen. Er hat sogar mir steif gratuliert, nachdem sie uns gezwungen hat, einander zu begrüßen. Und ich habe ein Video von ihrem Gang zum Podium gemacht, das sie ihm geschickt hat. Er hat also nicht viel verpasst.

Aber Bethany ging es letztes Wochenende nicht gut, und ich weiß nicht, was sie hatte. Sie war mit meiner Mom, meiner Tante und mir beim Essen – und trank zu viel dabei –, doch als ich vorschlug, den Rest des Wochenendes nicht bei meiner Mom zu Hause zu verbringen wie geplant, sondern mit ihr, bestand sie darauf, dass ich gehe. Sie meinte, sie wollte sich in unserem Zimmer vergraben, *Jessica Jones* schauen und viel schlafen.

Als ich am Montag zurückkam – und zwar um vier Uhr morgens, weil mich meine Mutter und meine Tante auf dem Weg zum Flughafen absetzten –, sah sie aus, als hätte sie gar nicht geschlafen. Oder auch nur Zeit im Bett verbracht und ferngesehen. Bis heute weiß ich nicht, was sie getrieben hat, mit wem oder wo. Ich weiß nur, dass sie blass war und verstört wirkte, dass sie nach Gras und Alkohol roch und auf keinen Fall darüber reden wollte.

Wüsste Bram davon, würde er sich schuldig fühlen. Verdammt, ich fühle mich ja selbst schuldig. Ich habe den Verdacht, dass dieser Nachruf in der Campuszeitung nicht das Einzige war, was sie verschreckt und zu diesem Schritt bewogen hat.

»Sie meinte, du wärst vermutlich froh«, fahre ich jetzt fort. »Weil du so viele Termine verschieben musstest, und jetzt kannst du sie doch einhalten.«

Er sieht mich ungläubig an. »Froh«, wiederholt er tonlos.

Und ich weiß nicht, was ich sagen soll, denn glücklich habe ich ihn selten erlebt, aber so richtig unglücklich noch nie. Bis jetzt. In seinen Augen spiegeln sich Sorge und Verwirrung und Schuld, und ich glaube, dass ihm seine Geschäftstreffen total egal sind.

Aus seiner Stimme klingt verhaltener Schmerz, als er über den Rasen blickt und mich fragt: »Warum hat sie mir das nicht einfach selbst erzählt?«

Ich bleibe so nah an der Wahrheit wie möglich: »Sie hatte Angst, sich nicht vor dir behaupten zu können und dann doch nicht zu gehen.«

»Warum sollte sie sich vor mir behaupten müssen?«

Das wäre nicht nötig. Nicht vor ihm. Doch ich habe meine Geschichte und halte an ihr fest. »Na ja, weil du dagegen sein könntest, dass sie so eine Bahn einschlägt. Diesen Traum verfolgt.«

Sein Blick verliert sich noch weiter in der Ferne, seine Halsmuskeln arbeiten. »Sie meint, ich würde von ihr verlangen, ihre Träume aufzugeben?«

Verdammt. Ich wusste, dass es nicht leicht sein würde, es Bram zu eröffnen. Aber ich dachte, die Wut und Schuldzuweisungen würden sich gegen mich richten. Stattdessen macht er sich Gedanken, er könnte seiner Schwester wehgetan haben oder sie könnte sauer auf ihn sein oder Angst vor ihm haben – und obwohl Bram und ich nichts füreinander übrig haben, komme ich mir schäbig vor.

»Ich glaube, sie hat einfach nur Angst, dass du enttäuscht von ihr sein könntest«, sage ich, und sein Blick fällt wieder auf mich. »Natürlich wärst du das nicht, aber …« Ich verstumme und zucke die Schultern. »Die Abschlussexamen waren stressig. Vielleicht wollte sie sich nur ein wenig von den Zahlen erholen.«

Sein Mund verzieht sich. »Diese Reise wäre eine Erholungspause gewesen.«

»Ja.« Dem lässt sich nichts entgegensetzen. Einen Moment lang herrscht angespanntes Schweigen zwischen uns, dann fülle ich es mit: »Wie auch immer. Nachdem es nicht so aussieht, als würden wir verreisen, muss ich meinen Schlafsack aus dem Auto holen, bevor du nach Hause fährst.«

Er nickt geistesabwesend, dann sieht er mich an. »Bethany meinte, ihr hättet heute euer Zimmer geräumt.«

»Das stimmt.«

»Dann fährst du auch nach Hause?«

Ich wüsste nicht, wohin ich sonst gehen sollte. »Ja.«

»Ich fahre dich hin.« Er nickt erneut und geht auf den

Range Rover zu, als wäre es mit diesem Satz entschieden und ich hätte gar keine Wahl.

Ich trotte hinter ihm her, aber nur, um meinen Schlafsack zu holen. »Das liegt nicht auf deinem Weg. Ich wohne außerhalb in Richtung Battle Ground.«

»Ich fahre auch Richtung Norden, es ist kein großer Umweg für mich. Es sei denn, du hast eine bessere Alternative?«

Sein Ton verrät, dass er nicht daran glaubt. Doch ich zögere und wäge die Alternative ab, die ich sehr wohl habe. Sie besteht in einer dreistündigen Fahrt mit öffentlichen Verkehrsmitteln zur Hauptverkehrszeit an einem Freitagnachmittag, auf der ich meinen vollgestopften Rucksack und den Schlafsack mit mir herumschleife. Die andere Möglichkeit ist eine Stunde mit Bram im Wagen.

Beides ist die Hölle, wenn auch auf unterschiedliche Art. Die Frage ist, welche Variante schlimmer ist.

Er öffnet die Tür auf der Beifahrerseite, und ich erhasche einen Blick auf einen breiten Ledersitz mit jeder Menge Beinfreiheit. Okay. Der Bus ist schlimmer.

Mit einem Seufzer schleudere ich den Rucksack in den Kofferraum und spare mir die Mühe, ihn säuberlich zu verstauen. Bram kommt zurück um den Wagen, die Lippen zusammengepresst, als würde er an meiner Nachlässigkeit ablesen, wie widerwillig ich noch mehr Zeit mit ihm verbringe, und sich darüber ärgern. Per Knopfdruck schließt er die Heckklappe und sieht mich spöttisch an.

Seine Lippen verziehen sich zu einem bitteren Lächeln. »Dann bin ich die bessere Option?«

»Eigentlich nicht.« Ich sehe ihm in die Augen. »Ich schlage nur nie etwas aus, wenn es umsonst ist.«

Sein Lächeln verblasst. »Ich weiß.«

Ich verdrehe die Augen. Nur er kann es als Beleidigung hinstellen, wenn man eine Gelegenheit wahrnimmt. Aber tatsächlich ist sein Angebot der passende Abschluss. Mein Studium in Reed war auch kostenlos – durch ein vierjähriges Stipendium. Jetzt schließe ich es mit einer kostenlosen Heimfahrt ab – in einem Wagen, der mehr wert ist, als mein Masterabschluss kosten wird.

Und es ist vermutlich das Letzte, was ich umsonst bekomme.

4

Aber, wow, was für ein cooles Auto. Bald schieben wir uns durch den Verkehr auf die Auffahrt zur Interstate 205 zu, und nachdem Bram in Schweigen versunken ist – der Roboter verfügt offensichtlich auch über einen grüblerischen Modus –, setze ich meine Sonnenbrille auf, streife die Sandalen ab und strecke die Beine aus. Das gepolsterte Leder ist purer Luxus. Das Armaturenbrett sieht aus wie die Konsole in einem Raumschiff, und ich will mit dem Bordcomputer spielen, aber ich behalte meine Hände bei mir, selbst als Fahrstuhlmusik einsetzt. Der Fahrer bestimmt über die Musik. Sogar dann, wenn er einen miserablen Geschmack hat.

Dann fällt mir ein, dass ich einen perfekten Grund hätte, mit dem Computer zu spielen. »Soll ich meine Adresse ins Navi eingeben?«

»Ist schon drin«, sagt er, drückt einen Knopf am Steuer und erklärt dem Computer: »Neues Ziel: Adresse Aspen Phillips.«

Eine Kontaktseite blitzt auf dem Display auf, mit meiner Adresse, E-Mail-Adresse, Handynummer und einem Bild von Bethany und mir, das Bethany gemacht haben muss. Eigentlich sollte es mich nicht überraschen. Bram hat mich zwar nie angerufen oder mir gemailt, aber er hat vermutlich einen Privatdetektiv auf mich angesetzt, als Bethany mit mir in ein Zimmer gezogen ist. So machen es doch paranoide Superreiche mit Beschützerdrang. Habe ich zumindest gehört.

Außerdem haben sie einen roten Raum des Schmerzes. Und einen Mutterkomplex. Und sexuelle Blockaden.

Brams Blockade hat vermutlich etwas mit dem Stock zu tun, den er im Hintern hat. Zieht er ihn raus, bevor er mit einem Date ins Bett geht? Oder ist er im Bett auch so steif wie ein Roboter?

Ein flüchtiger Kuss, ein energischer Stoß, dann ein sauberer kleiner Spritzer.

Er sieht zu mir rüber – und gleich ein zweites Mal. Seine dunklen Augen heften sich auf das breite Grinsen in meinem Gesicht. »Was ist so lustig?«

»Nichts«, erwidere ich unschuldig.

»Voraussichtliche Ankunftszeit in einer Stunde und dreiundvierzig Minuten«, meldet der Computer. *»Sie befinden sich auf der schnellsten Route, trotz gewöhnlichen Verkehrsaufkommens.«*

O nein. Aber was will man erwarten, Freitagnachmittag gibt es immer Stau auf dem Highway und über die Brücke nach Washington rein. Es ist trotzdem besser als der Bus.

Doch Bram sieht das offensichtlich anders. Seine Miene verhärtet sich, als würde er sein Angebot bereuen, weil es ihn so viel Zeit kostet. Dann setzt er eine Sonnenbrille auf und richtet seine Aufmerksamkeit wieder auf die Straße. An seinem Profil kann ich nichts ablesen. Es besteht aus steilen Winkeln und geraden Linien und dieser wundervollen Höhlung unter den Wangenknochen.

Eigentlich ist es nicht fair. Schönheit sollte man sich verdienen müssen. Alle netten Menschen sollten Supermodels sein, und bei eingebildeten Schnöseln wie Bramwell Gage sollte Schleim aus unnatürlichen Körperöffnungen suppen.

Obwohl ich selbst auch nicht immer nett bin. Ich wäre vermutlich irgendwo in der Nähe des Trolls angesiedelt. Aber immer noch besser als Bram.

Außerdem riecht er gut. Draußen ist es mir nicht aufgefallen, aber hier drin entgeht mir der würzig-warme Duft mit der holzigen Note nicht. Dabei müsste er eigentlich nach *Eau de Kotzbrocken* stinken, aber so ist das wohl mit Geld – es erlaubt Arschlöchern, ihren Gestank mit teuren Wässerchen zu übertünchen.

Ich konzentriere mich lieber auf einen anderen Geruch – den Duft des Neuwagens. »Hübsches Auto«, kommentiere ich. »Scheint nur nicht besonders praktisch für den Stadtverkehr in Seattle zu sein.«

»Ist es auch nicht«, stimmt er zu. »Ich habe es extra für die Reise bestellt.«

Bestellt. Nicht: *Ich war im Autohaus und habe mit dem Händler über den Preis gestritten.* Er hat sich einfach einen Range Rover mit allem Drum und Dran bestellt. Vielleicht sogar mit ein paar Extras.

»Und was fährst du sonst?« Was für ein Wagen passt zu einem reichen Roboter? »Einen Tesla?«

»Normalerweise fahre ich gar nicht. Ich beschäftige einen Fahrer.«

»Natürlich«, sage ich trocken.

»Natürlich«, wiederholt er ohne jede Spur von Ironie. »Mit einem Fahrer sind eine Stunde und dreiundvierzig Minuten Stau keine verschwendete Zeit. Und in Seattle hat man Glück, wenn man nur eine Stunde und dreiundvierzig Minuten im Verkehr steckt. Die Zeit summiert sich aufs Jahr.«

Sie summiert sich zu einer Menge Geld, schätze ich mal. »Dann sitzt du mit Handy und Laptop hinten im Wagen?«

»Ja.«

Ich kann es mir lebhaft vorstellen. Ein leises kleines Lachen schüttelt mich. »Hat der Wagen eigenes WLAN?«

»Natürlich.« Er sieht zu mir rüber und ertappt mich beim Grinsen. »Der hier auch. Warum?«

Es rutscht mir einfach raus: »Synchronisierst du auf diese Weise deine Robotereinstellung?«

Seine Lippen zucken. »Ganz genau. Tatsächlich habe ich das Betriebssystem auf der Fahrt umgestellt. Von Wagniskapitalgeber auf Urlaub 2.0.«

Heiliger Bimbam. Ein echtes amüsiertes Grinsen und eine selbstironische Antwort, weder verbittert noch höhnisch.

Ich sollte eine Gedenktafel aufstellen. *An diesem Tag drückte Multimillionär Bramwell Gage in Anwesenheit einer Niederen Belustigung aus.*

»Ich schätze, du musst die Software wieder aktualisieren. Zurück zu Wagniskapitalgeber.«

»Ja.« Ernüchtert blickt er nach vorn. »Wo ist dieser Workshop?«

Auch meine Belustigung ist dahin. Ich hasse diese Lügen. Bethany bringen sie nichts, und Bram verletzen sie. Ich mag Bram nicht, aber deswegen macht es mir noch lange keinen Spaß, ihm das Gefühl zu geben, sie vergrault zu haben – besonders weil die Sorge um Bethany eine seiner wenigen sympathischen Eigenschaften ist.

Doch selbst wenn sie mich nicht gebeten hätte zu lügen, würde ich es ihm nicht sagen. Denn eines hat mich meine Mutter – ehemals Krankenpflegerin – gelehrt: Menschen haben ein Recht auf Privatsphäre, besonders wenn es um gesundheitliche oder finanzielle Belange geht. Solange Bethany also in Sicherheit ist und sich helfen lässt, steht es mir nicht zu, ihm von ihren Problemen zu erzählen. Wäre sie in Gefahr oder handlungsunfähig, wäre es etwas anderes. Aber das ist sie nicht – und sie hat ihren Wunsch klar geäußert. Sie möchte nicht, dass Bram davon weiß.

»An der Küste«, sage ich leise.

»Wo an der Küste?«

Ich zucke die Schultern.

Seine Finger umklammern das Lenkrad. »Du weißt genau, wo sie ist, oder?«

»Ja.«

»Aber du sagst es mir nicht.«

»Nein.«

»Warum?«

»Weil sie mich darum gebeten hat.«

Diesmal verletzt es ihn nicht. Zumindest zeigt er es nicht. Stattdessen ist sein Ausdruck angespannt.

»Sie ist in Sicherheit«, füge ich hinzu. »Falls du dir darum Sorgen machst.«

»Danke. Das hilft mir enorm«, erwidert er, seine Stimme trieft vor Hohn. Ich kann es ihm nicht verübeln.

Aber ich will mich nicht damit herumschlagen. Wenn er meint, er könnte mich die nächsten anderthalb Stunden mit Fragen darüber löchern, wo Bethany steckt, hat er sich getäuscht. Ich werde diesem Gespräch ein Ende setzen.

Ich krame meine Ohrstecker aus meiner kleinen Handtasche. Ach ja, und da ist ja auch der Kassenbon vom Schlafsack. Ich sollte Bram fragen, ob er kurz …

»Hast du sie dazu angestiftet?«

Den Kopf geneigt, einen Stöpsel bereits im Ohr, halte ich inne und weiß nicht, ob ich mich gerade verhört habe. »Habe ich was?«

»Sie dazu angestachelt?« Er spuckt jedes Wort aus, als würde er die Frage mit den Zähnen zerfetzen. »Die Reise war ihre Idee. Jedes Mal, wenn ich mit ihr gesprochen habe, hat sie sich darauf gefreut – und bis heute Morgen wollte sie auch noch fahren. Meine Schwester ist kein impulsiver Mensch. Sie verschwindet nicht einfach, ohne mir zu sagen, wohin, und schaltet auch noch ihr Handy aus. Also: Hast du sie dazu angestachelt? Hast du sie dazu gebracht, in letzter Minute abzusagen?«

Das ist Bramwell Gage, wie ich ihn kenne und liebe. Jetzt kommen die Anschuldigungen und die Wut, die ich von Anfang an erwartet habe. »Nein«, gifte ich zurück. »Habe ich nicht.«

»Also das, was sie jetzt tut, war nicht deine Idee? Du hast es ihr nicht einmal *vorgeschlagen?*«

»Nein.«

Also nicht direkt. Ich habe sie mal gefragt, ob sie nicht Hilfe in Anspruch nehmen will. Und als ich eine Anzeige von Serenity on the Sand gesehen habe, habe ich es erwähnt.

Und Scheiße, jetzt sieht Bram noch wütender aus, weil mein dummes Gesicht immer alles verrät, selbst wenn ich eine Sonnenbrille trage. Und was auch immer er dort gelesen hat, sagt ihm: *Na ja, vielleicht habe ich es ja doch irgendwie vorgeschlagen.*

»Es war nicht meine Idee«, wiederhole ich. »Ich hatte keine Ahnung, dass sie uns sitzen lassen würde. Und ja, diese ganze Sache mit dem Seminar – vielleicht habe ich mal erwähnt, etwas in der Art könnte ihr guttun. Aber ich hätte nie erwartet, dass sie die Reise abbläst. Sonst hätte ich mir wohl kaum einen neuen Schlafsack gekauft oder zugelassen, in Reed zu stranden, sodass *du* meine einzige Möglichkeit bist, nach Hause zu kommen.«

»Du hast ihr gesagt, es würde ihr *guttun*«, wiederholt er trocken, als wäre das von vorneherein auszuschließen, wenn ein Vorschlag von mir kommt.

Aber es *wird* ihr guttun. Und wüsste Bram, warum, würde er genauso denken. Doch ich habe Bethany versprochen, es geheim zu halten, also kann ich mir die

Wahrheit nicht von der Seele reden. Aber vielleicht möchte *er* sich ja mal etwas von der Seele reden.

»Weißt du was, Bram? Wie wäre es, wenn du nicht nur nachplapperst, was ich sage, sondern einfach einmal damit rausrückst, was du meinst. Spuck es aus. Was genau, glaubst du, habe ich getan?«

Mit zusammengebissenen Zähnen, den Blick starr auf die Straße gerichtet, obwohl sich dort nichts bewegt, knurrt er: »Seit du dich an sie drangehängt hast …«

»An sie *drangehängt?*«, frage ich fassungslos. »Wir wurden ins selbe Zimmer gesteckt. Entschuldige, dass ich deine Schwester ehrlich mag und ihre Freundin geworden bin.«

»Eine Freundin mit viel zu viel Einfluss.«

Oh, ho, ho, jetzt kommen wir der Sache schon näher. »Und das regt dich auf, habe ich recht?«

Ein kurzes, humorloses Lachen entfährt ihm, als wäre das eine maßlose Untertreibung. »Ja, Aspen. Du regst mich auf. Viel mehr, als du solltest.«

Ich rege ihn auf. Nicht nur mein angeblicher Einfluss auf sie, sondern *ich.*

Die öffentlichen Verkehrsmittel erscheinen plötzlich viel attraktiver als noch vor zehn Minuten. Aber ich hänge hier fest – und *er* hängt mit *mir* fest. Auf einmal tut es mir kein bisschen leid, dass ich ihn aufrege. Das bedeutet immerhin, dass diese Fahrt für ihn genauso quälend ist.

»Es stört dich also, dass sie eine Freundin hat, deren Meinung sie schätzt. Hey, das heißt, du bist der totale Kontrollfreak.«

»Ich bin ein *besorgter Bruder*«, schnauzt er zurück. »Und natürlich stört es mich, dass sie mir nicht verraten will, wo sie ist – ihrem eigenen verdammten Bruder. Denn aus irgendeinem Grund fühlt sie sich bei dir sicherer als bei mir und vertraut sich lieber dir an. Auf einmal muss sie sich vor mir verstecken. Warum sollte sie das tun, wenn du sie nicht dazu getrieben hättest – oder davon überzeugt, dass es nötig ist?«

Ich starre ihn an. »Du glaubst, ich hätte sie gegen dich aufgestachelt?«

Sein Mund ist ein gerader, grimmiger Strich. »Du hast nie ein Geheimnis daraus gemacht, wie wenig du mich magst.«

»Nein, habe ich nicht«, antworte ich und schnaube, weil er mir gerade wieder demonstriert, warum das so ist.

Und was für ein Hohn: Er darf mich offen verachten, aber andersherum ist es nicht okay?

Trotzdem hat meine Meinung über Bram nie einen Einfluss auf Bethany gehabt. Sie liebt uns beide und verteidigt ihren Bruder. Sie sagt immer, er sei nicht so schlimm, wie es bei unserem ersten Treffen gewirkt hat. Außerdem würde er sich bei jedem Gespräch nach mir erkundigen – was mich überrascht hat, bis ich mal kurz darüber nachgedacht habe. Natürlich hat er nach mir gefragt. Vermutlich in der Hoffnung, dass ich eingesperrt wurde oder von der Uni geflogen und endlich aus ihrem Leben verschwunden bin.

Aber das bin ich nicht. Das ärgert ihn, und wie alle Arschlöcher lässt er seine Wut an anderen aus.

Und ich biete mich nur zu gut dafür an.

Ich schüttele den Kopf. »Du wärst dumm, wenn du glaubst, dass ihr irgendwer wichtiger wäre als du. Oder dass ihr die Meinung von jemand anderem mehr bedeutet.«

Sein Lächeln ist sardonisch. »Ich wäre nicht der Einzige, der so dumm ist.«

Wie? Soll das heißen, es glaubt noch irgendwer, ich hätte zu viel Einfluss auf Bethany? »Wer denn noch?«

Schließlich haben wir keine gemeinsamen Bekannten. Außer vielleicht diesen unseligen Ex-Freund …

»Heath Sutherland«, sagt er.

Der unselige Ex. Das muss ein Scherz sein. »Ist das dein Ernst?«

Bram bestätigt es mit einem knappen Nicken. »Ich habe ihn vor einem Monat getroffen. Er meinte, du wärst schuld daran, dass Bethany mit ihm Schluss gemacht hat und nicht mehr mit ihm redet.«

Ich kann nicht anders, ich muss lachen. Denn ich würde Bram nur zu gern erzählen, warum Bethany den Penner vor die Tür gesetzt hat, aber dann würde er vermutlich erraten, warum sie jetzt nicht hier ist. Ich würde nur zu gern sagen: *Stell dir vor, als Bethany im letzten Sommer für zwei Monate zu Hause in Seattle war, hat Heath sie auf den Geschmack von Ecstasy gebracht und noch Kokain obendrauf gepackt. Und als ihm sein Vater den Geldhahn zugedreht hat, hat er seine Sucht einfach mit ihrem Geld finanziert, ihre Sucht verstärkt und beinahe ihr ganzes Leben zerstört.*

Stattdessen beschränke ich mich auf: »Sie haben sich getrennt, weil er ein verzogenes, egozentrisches Arschloch ist.«

»Dasselbe würdest du auch über mich sagen.«

»Nein.« Ich schüttele den Kopf und lache nicht mehr. »Dir geht es um Bethany. Du willst das Beste für sie. Heath geht es nur um sich selbst. Damit übertriffst du Heath Sutherland so meilenweit auf meiner Anstandsskala, dass es nicht mal komisch ist. Und es wundert mich kein bisschen, dass er mir die Schuld an ihrer Trennung gibt. Er muss sie jemand anderem in die Schuhe schieben, warum also nicht mir. Mann, ich nehme sie mit Freuden auf mich.«

Bram runzelt die Stirn. »Warum?«

Vermutlich hat ihm Bethany keine Einzelheiten über die Trennung erzählt. Ich kann ihm nicht alles offenbaren, ohne mein Versprechen zu brechen, aber ich lasse ihn wissen, was geht – vielleicht hält er Heath dann von ihr fern, wenn ich nicht in der Nähe bin und eingreifen kann.

»Sie wollte sich schon länger von ihm trennen, aber er hat sie immer wieder angerufen und geheult und gebettelt, dass sie ihm verzeihen soll. Und du weißt ja, wie nachgiebig sie ist …«

»Ihm was verzeihen?«

Kann ich nicht preisgeben. »Dass er ein Wichser ist. Aber sein Gebettel hat sie runtergezogen, und das wusste sie auch. Also hat sie irgendwann einen Schlussstrich gezogen und es endgültig beendet. Aber er wollte es nicht akzeptieren.«

»Und?« Die Knöchel seiner Finger treten weiß hervor, so fest umklammert er das Lenkrad.

»Eines Abends komme ich in unser Zimmer, und er ist da. Sie geht mit ihm raus auf den Gang, lässt aber die Tür offen, sodass ich alles höre. Dort hat sie ihm erklärt, dass sie mit ihm fertig ist und er gehen soll, aber er hat rumgejammert: ›Das meinst du doch nicht wirklich so‹, und: ›Ich weiß, dass wir füreinander bestimmt sind‹. Und wie eng eure Familien miteinander verbunden sind. Dann hat er immer wieder gesagt: ›Ich gehe nicht, ehe du mich zurücknimmst‹ und ist aufdringlich geworden und ihr auf die Pelle gerückt. Also gehe ich raus und sage ihm, dass er verschwinden soll, weil ich sonst den Sicherheitsdienst vom Campus rufe. Er meint, ich solle mich gefälligst raushalten, also habe ich den Wachdienst gerufen, und sie haben ihn vom Gelände eskortiert. Danach habe ich Bethany geholfen, einen Bericht gegen ihn zu verfassen. Jetzt hat er Campusverbot, und sollte er sich je wieder dort blicken lassen, kassiert er eine Strafe.« Natürlich ist es mittlerweile egal, weil sie das College verlässt, aber zumindest hat es ihr ein paar Monate Ruhe verschafft, die sie dringend nötig hatte. »Außerdem habe ich seine Nummer auf ihrem Handy blockiert.«

»Gut«, sagt Bram leise, und der bedrohliche Unterton verrät mir, dass Heath nicht den Hauch einer Chance hat, jemals wieder in ihre Nähe zu kommen.

Sehr gut. »Toll, und von der Meinung dieses aufdringlichen Blödmanns lässt *du* dich also beeinflussen.«

»Deswegen muss er sich nicht darin irren, dass du Einfluss auf sie hast. Im Gegenteil, die Geschichte bestätigt es. Du hast ihr geholfen, also würde sie alles für dich tun.« Seine Kiefer mahlen, und er schüttelt den Kopf. »Und mir entgeht natürlich nicht, dass sie mir auch diese Geschichte verschwiegen hat.«

»Tja, ich frage mich wirklich, warum. Vielleicht weil Heaths Dad ein Geschäftspartner von eurem Vater war? Und weil du immer noch mit Sutherland senior Geschäfte machst …« Ich wedle mit den Händen, um Geschäfte zu beschreiben, von denen ich nicht viel weiß … »und eure Familien in den gleichen Kreisen in Seattle verkehren?«

»Das alles ist nicht so wichtig wie sie.«

»Ich weiß. Bethany weiß es auch. Aber ich glaube, die ganze Situation war ihr einfach peinlich. Sie meinte, du hättest Heath auch nie gemocht.«

»Das stimmt. Er ist ein verzogener, nutzloser … Blödmann.« Seine Lippe zuckt beim letzten Wort, als fände er es lustig, dasselbe Wort zu verwenden wie ich.

Ich finde es gar nicht lustig. Mich ärgert es. Denn es spielt anscheinend keine Rolle, dass ich Bethany dabei geholfen habe, ein ätzendes Arschloch loszuwerden. Mein Einfluss ist irgendwie schädlich, und in den vier Jahren hat sich nichts geändert. Er meint immer noch, ich wäre kein guter Umgang für Bethany.

Ich muss mir diesen Mist nicht anhören. Aus irgendeinem dummen Grund brennt meine Kehle. Ich stecke mir die Knöpfe in die Ohren und scrolle durch meine Playlist, auf der Suche nach dem wütendsten Song von Pink. Bram sieht zu mir rüber. Sein durchdringender Blick forscht eine lange Sekunde in meinem Gesicht, und als ich den Blick erwidere, ist seine Erheiterung wie weggewischt und der harte Roboterausdruck zurückgekehrt. Er blickt wieder auf die Straße.

Idiot.

Der Verkehr kriecht noch immer dahin. Ich bin entschlossen, Bram für den Rest der Fahrt auszublenden, deshalb blicke ich aus dem Seitenfenster. Auf Pink folgt Elle King, danach überspringe ich Ruth B, weil sie zu süßlich für meine momentane Verfassung ist.

Dann reißt mich ein vertrautes blaues Schild aus der Wut. Ich setze mich auf und deute darauf. »Können wir kurz bei Walmart halten? Ich muss meinen Schlafsack zurückgeben.«

Weil ich kein Auto habe, ist es ein Riesenakt, damit zu Walmart in Battle Ground zu fahren.

Bram mustert die Ausfahrt. Dort rollt der Verkehr auch nicht schneller. »Stimmt was nicht mit deinem Schlafsack? Du kannst ihn gegen einen der anderen dahinten tauschen. Die sind noch alle unbenutzt.«

»Mit dem Schlafsack stimmt alles. Und ich brauche auch keinen von dir. Ich brauche gar keinen Schlafsack, jetzt, wo wir nicht campen gehen. Deshalb will ich ihn zurückgeben.«

»Du willst unsere Fahrt um eine halbe Stunde verlängern, nur um ihn zurückzubringen?«

»Ja. Du kannst es dir vielleicht leisten, zwanzig Dollar für einen Schlafsack auszugeben, den du nicht brauchst, ich kann es nicht. Deshalb ist es mir die halbe

Stunde wert.« Ich lächle liebenswürdig. »Selbst wenn ich sie mit dir verbringe. Aber so lange wird es nicht dauern. Sieh mal da unten, hinter der Ausfahrt bewegen sich die Autos wieder. Es dauert höchstens eine Viertelstunde.«

»Für zwanzig Dollar«, sagt er ausdruckslos.

Soll ich mich etwa dafür schämen? Das tue ich nicht. »Ja.«

Ein Muskel in seinem Kiefer arbeitet. Abrupt klappt er das Aufbewahrungsfach zwischen uns auf und greift hinein. Eine Sekunde später schließt er es wieder und klatscht ein Bündel Scheine obendrauf.

Nicht nur Scheine. Hundert-Dollar-Scheine.

Ich starre ihn mit offenem Mund an. »Was soll das?«

»Ich kaufe dir den Schlafsack ab.«

Mir den Schlafsack abkaufen? Damit? Das müssen dreitausend Dollar sein. »Das meinst du nicht ernst.«

»Todernst.«

Obwohl ich seine Augen hinter der Sonnenbrille nicht sehen kann, weiß ich, dass er den Blick nicht von mir abwendet, während er den Kopf neigt und auf den Stapel deutet. »Ungefähr so viel ist eine Viertelstunde meiner Zeit wert, und ich zahle dir lieber was für den Schlafsack, als die Zeit mit dem Umtausch zu verbringen. Also nimm das Geld, und die Sache hat sich.«

Nimm das Geld. Dreitausend Dollar. Mehr, als ich vermutlich verdiene, wenn ich den Rest des Sommers arbeite. Aber für Bramwell Gage ist es gerade mal der Wert einer Viertelstunde.

Meine Kehle zieht sich zusammen. Ich habe immer gewusst, dass er ein Arschloch ist, aber bisher habe ich ihn nicht gehasst. Hätte er gesagt: *Hier sind zwanzig Dollar, komm, ich kaufe ihn dir ab*, hätte ich vermutlich Ja gesagt – und ihm sogar gedankt. Ich hasse es, Sachen zurückzubringen. Und natürlich frustriert es mich, dass es sein muss, weil ich es mir anders nicht leisten kann.

Stattdessen klatscht er mir dreitausend Dollar hin, als wäre es für ihn nichts. Und das ist es ja auch. Aber ein einziger dieser Hundert-Dollar-Scheine ist mehr, als ich für den ganzen nächsten *Monat* unserer Reise ansparen konnte. Dieser billige Schlafsack war eine schmerzliche Ausgabe für mich. Mir dieses Geld einfach hinzuklatschen und damit zu zeigen, wie viel mehr seine Zeit wert ist – wie viel mehr *er* wert ist –, ist wie ein Schlag ins Gesicht.

Aber am meisten hasse ich ihn dafür, dass ich trotzdem versucht bin, das Geld zu nehmen. Ich möchte es an mich reißen und in meine kleine Tasche stopfen und mir das Leben dadurch viel leichter machen. Ich hasse mich dafür, dass ich so scharf auf das Geld bin, obwohl er mich damit beleidigt hat – und ich hasse ihn dafür, dass er mir schon wieder dieses Gefühl gegeben hat. Das Gefühl, schäbig und geldgierig zu sein, obwohl ich nichts Falsches getan habe.

»Wie wäre es, wenn du stattdessen bei der nächsten Ausfahrt rausfährst und mich am Bahnsteig aussteigen lässt.« Mist, Mist, Mist. Dank der Knötchen klinge ich immer wie ein Reibeisen, doch jetzt kratzt meine Stimme noch mehr und ist belegt. »Denn wenn das der Preis für fünfzehn Minuten deiner Zeit ist, kann ich mir diese Fahrt hier *wirklich* nicht leisten.«

Tiefe Kerben bilden sich neben seinem Mund. »Ich will kein Geld für diese Fahrt.«

»Das ist eine Erleichterung. Aber es ist das Beste für uns beide, wenn ich so schnell wie möglich nach Hause komme. Denn je schneller das geht, desto weniger kostbare Zeit musst du für mich verschwenden, und desto schneller bin ich dich und dein Geld für alle Zeiten los.«

Die gespannte Haut über seinen Wangenknochen wird blass. Vielleicht vor Wut, vielleicht aus Frust. Ich weiß nicht, was er fühlt, und es ist mir auch egal.

In barschem Ton sagt er: »Das Bargeld war für die Reise gedacht, und jetzt können wir es nicht verwenden. Aber warum brauchst du es nicht, wenn dir zwanzig Dollar so wichtig sind?«

Großer Gott. Ja, ich könnte Geld gebrauchen. Aber *so* nun auch nicht. Mit zitternden Fingern stecke ich mir die Stöpsel wieder in die Ohren, froh über die Sonnenbrille, die meine brennenden feuchten Augen verdeckt.

Heiser sage ich: »Ich bringe den verdammten Schlafsack von zu Hause aus zurück. Da wirft mir wenigstens niemand Geld vor die Füße und sagt mir, wie wertlos ich im Vergleich dazu bin.«

Bram erstarrt. Sein dunkler Blick sucht mein Gesicht. »Aspen, ich wollte nicht …«

Ich schließe die Augen und drehe die Musik auf, sodass ich nicht höre, was er sagt. Er hat auf Robotor-Modus und Brüten gestellt. Aber ich stelle auf Fick-dich-Modus, und zwar auf Stufe elf.

Blöder Idiot.

5

»Aspen.«

Aus großer Ferne dringt eine tiefe Stimme durch den Nebel meiner Schlaftrunkenheit. Ich wende das Gesicht diesem sanften, dunklen Brummen zu. »Hm?«

»Wir sind da.« Er klingt entschuldigend, als widerstrebe es ihm genauso, mich zu wecken, wie mir, die Augen zu öffnen.

Aber wir sind da. Zu Hause.

Ach du Scheiße.

Ruckartig setze ich mich auf und wische mir übers Kinn. Nicht gesabbert, Gott sei Dank. Nicht, dass Bram auf mich achten würde. Er blickt über mich hinweg aus dem Fenster auf das Haus meiner Mom, und seine Brauen ziehen sich verwundert zusammen.

»Sind wir hier richtig?«, fragt er voller Missbilligung. Was denn, hat er noch nie ein Fertighaus gesehen? Die Siedlung, in der meine Mutter wohnt, ist weit entfernt von einem Trailerpark, aber vielleicht ist der Unterschied für ihn nicht erkennbar …

Ich blicke selbst durch die Scheibe und zucke zusammen. Ein Truck mit übergroßen Reifen und zwei kleinere Autos stehen auf dem gepflegten Rasen meiner Mutter. Ihre Küchenstühle stehen in einem Halbkreis hinter dem Kofferraum eines tiefergelegten Honda Civic. Zusammengequetschte Bierdosen liegen im Gras um eine Kiste Leergut, als hätten mein Bruder und seine Kumpel vor dem Haus gesessen und wären so betrunken gewesen, dass sie mit ihren Dosen nicht mal mehr die Kiste getroffen haben, die zwei Meter von ihren Stühlen entfernt stand.

»Oh, fuck«, flüstere ich, dann reiße ich am Gurt und öffne die Tür. »Dieser dumme Vollidiot.«

Eine starke Hand packt mich am Arm und hält mich zurück, als ich aus dem Auto springen will. »Wer?«, will Bram wissen. »Welcher Vollidiot?«

»Mein Bruder«, fauche ich und reiße mich von ihm los.

»Aspen …«, setzt er an, doch ich bin schon ausgestiegen und knalle die Tür zu.

Und da kommt Nash aus der Haustür auf die Veranda, in seiner Arbeitskluft von der Tanke. Als er mich sieht, winkt er, dann ruft er in die offene Haustür: »Hey, meine Schwester ist da! Seid nett zu ihr!«

Doch ich glaube nicht, dass ihn da drinnen jemand hört, denn aus dem Wohnzimmer dringt lautes Videospiel-Geballer. Vom Gehweg aus höre ich die Schüsse glasklar.

Jemand ruft: »Erschieß die Zombie-Fotze!«, und eine Sekunde später bricht männliches Gejohle aus und wird wieder gedämpft, als Nash die Tür zuzieht.

Ich fasse es einfach nicht.

Bram kommt um den Range Rover herum, aber ich kann ihm nicht ins Gesicht sehen. Meinen Bruder kann ich auch nicht ansehen, weil ich ihn sonst vielleicht umbringen muss. Stattdessen gehe ich steif zum Heck des Range Rovers.

»Danke fürs Fahren«, sage ich hölzern zu Bram. »Ich hole meine Sachen, dann kannst du abhauen.«

Er antwortet nicht, weil er, wie ich jetzt merke, meinem Bruder entgegenblickt, der mit einem breiten bekifften Grinsen auf uns zukommt. Nashs blondes Haar ist dunkel und feucht vom Duschen, seine Uniform ist sauber. Und er ist vollkommen high.

»Hallo Aspen! Mom hat gemeint, du würdest mit deiner heißen Mitbewohnerin verreisen.«

»Planänderung«, entgegne ich, dann deute ich auf Bram, der sich wie ein Fels neben mir aufgebaut hat. »Das ist Bramwell, Bethanys Bruder.«

»Ach ja?« Nash grinst noch breiter und streckt Bram die Hand entgegen. »Nett, dich kennenzulernen, Kumpel. Deine Schwester ist echt cool.«

Als Bram ihm die Hand schüttelt, ist sein Blick hinter der Sonnenbrille unergründlich. »Ihr kennt euch?«

»Wir haben uns ein paarmal gesehen. Als sie mit Aspen bei Mom zu Besuch war. Egal, tut mir leid, dass ich gleich weiter muss ...«, er deutet mit dem Daumen auf die Straße, »... ich muss los, sonst komme ich zu spät.«

Das könnte ihm so passen. Ich packe ihn am Arm, zerre ihn ein paar Meter über den Rasen und zische: »Du bleibst hier. Was fällt dir ein, Leute einzuladen, während Mom nicht da ist? Was soll der Saustall?«

Ich deute auf die Autos und Bierdosen.

Nash dreht sich um und betrachtet die Szenerie, als sähe er sie zum ersten Mal, dann schürzt er anerkennend die Lippen und nickt, als würde er denken: *Gute Arbeit.*

»Ach, das.« Er fährt sich durchs Haar. »Ich hab ein paar Schulfreunde getroffen und eingeladen. Ich schätze mal, am Straßenrand gab's keine Parkplätze mehr.«

Verdammt, die alten Kumpel aus der Schulzeit. Das sind die letzten Leute, die er irgendwohin einladen sollte, geschweige denn hierher. »Getroffen? Wann? Wie lange sind sie schon hier?«

Er zieht die Achseln hoch. »Ein paar Tage?«

»Mom kommt morgen früh zurück«, erinnere ich ihn. »Morgen *früh.* Wann wolltest du bitte schön aufräumen, wenn du jetzt zur Arbeit gehst? Oder wolltest du sie mit einem verwüsteten Haus und Garten empfangen?«

Jetzt grinst er nur und schüttelt den Kopf. »Ich komm um ein Uhr morgens raus, da bleibt noch jede Menge Zeit. Ich schicke die Jungs nach Hause und räum auf.«

Aber das wird er nicht tun. Er wird heimkommen, noch einen Joint rauchen und dann ins Bett fallen – vielleicht nimmt er sich sogar vor, ganz früh aufzustehen und aufzuräumen. Aber wenn Mom in die Einfahrt fährt und zur Tür reinkommt, wird er noch schlafen.

Ich zwicke mich in die Nasenwurzel und kämpfe gegen die Tränen an, die vor Wut und Frust in meinen Augen brennen. »Ich dachte, du wolltest dich bessern. Aber das ist genau der gleiche Mist wie früher. Der gleiche Mist, den du immer baust, wenn du deinen Freunden über den Weg läufst.«

Jetzt macht sich doch eine gewisse Verärgerung bei ihm bemerkbar. Er verzieht das Gesicht. »Ich gebe mir Mühe, Aspen. Ich gehe brav zur Arbeit, halte mich aus Problemen raus. Aber du machst es mir nicht gerade leicht. Ich *muss* jetzt los.«

»Und so willst du das Ruder rumreißen? Indem du bekifft zur Arbeit gehst?«

»Ach, Aspen.« Seine gute Laune ist zurück. »Mach dich locker. Gras ist mittlerweile legal.«

»Ach ja? Dein Chef wird sich freuen, wenn du ihm das erklärst.« Oder die Polizei, denn ich wette, seine Freunde haben ihr Gras nicht von einer zugelassenen Ausgabestelle. »Okay, egal. Wenn du gehen musst, geh. Aber schick erst deine Freunde nach Hause.«

Er tritt einen Schritt zurück und breitet die Arme aus. »Keine Zeit. Aber sie sind cool. Erinnerst du dich an Fitzy?«

»Du meinst Jared Fitzgerald?« Ein flaues Gefühl macht sich in meinem Magen breit. Neben Fitzy ist eine Zecke wie Heath Sutherland ein rotznasiger Dreikäsehoch. »Bitte nicht. *Nash.*«

»Sag ihnen einfach, sie sollen gehen, dann verziehen sie sich schon. Also dann.« Er winkt Bram, der seitlich am Range Rover lehnt und uns mit verschränkten Armen zusieht. Sein Gesicht ist hart und undurchdringlich. »Hat mich gefreut, Kumpel!«

»Ebenfalls«, sagt Bram ohne jede Betonung, aber mein fröhlich zugedröhnter Bruder glaubt natürlich, es wäre eine ebenso freundliche Erwiderung.

Mit einem letzten Winken, das in einen hochgereckten Daumen übergeht, dreht sich Nash um und joggt den Gehweg hinunter auf die Bushaltestelle am Ende der Straße zu. Hilflos blicke ich ihm nach. Warum lässt er es immer wieder so weit kommen? Ich weiß es nicht. Ich habe mich das schon tausend Mal gefragt, doch ich kapier es einfach nicht – und Nash lässt sich einfach so treiben, im Vertrauen darauf, dass sich alles von selbst regeln wird.

Aber das tut es nicht. Normalerweise muss Mom es für ihn in Ordnung bringen. Diesmal trifft es mich. Auf einmal bin ich *so* froh, dass Bethany abgesprungen ist. Jetzt kann ich dafür sorgen, dass Mom nicht von dem Chaos empfangen wird, das Nash hinterlässt.

Wie ich ihn kenne, wird das Aufräumen vermutlich die ganze Nacht in Anspruch nehmen. Mit einem tiefen Seufzen gehe ich zurück zum SUV. Wahrscheinlich triumphiert Bram innerlich, weil sich sein Verdacht über meine niedere Herkunft bestätigt hat, aber es kümmert mich nicht mal. Ich bin eher überrascht, dass er mein Gepäck noch nicht auf den Gehweg geworfen und sich aus dem Staub gemacht hat.

»Tja, also«, sage ich, als ich vor ihm stehe. »Ich hole jetzt mein Zeug raus. Nochmals Danke fürs Fahren.«

Er macht keine Anstalten, die Heckklappe zu öffnen. »Soll ich warten, bis seine Freunde weg sind?«

Damit zerstört er jede Hoffnung, dass er das Gespräch zwischen Nash und mir nicht mit angehört hat. »Nein«, erwidere ich, weil die bevorstehende Szene mit Fitzy und seinen Freunden vermutlich noch unerfreulicher wird, als meinen Bruder zusammenzustauchen. »Ich komm schon klar.«

Sein Mund wird schmal. »Und deine Mutter kommt erst morgen zurück. Wo ist sie jetzt?«

»In Vegas«, sage ich abgelenkt, als wieder gedämpftes Johlen aus dem Haus dringt, gefolgt von Sperrfeuer. Verdammt, ich hoffe, sie haben das Haus nicht in Schutt und Asche gelegt.

Wenigstens wartet Bram nicht länger. Er öffnet die Klappe und holt meinen Schlafsack und den Rucksack heraus. Doch er gibt sie mir nicht, sondern schultert den Rucksack und geht auf den Asphaltweg zu, der zur Haustür führt.

Mit einem tiefen Brummen sagt er: »Ich trag dir das rein.«

Natürlich macht er damit etwas anderes, das ist mir klar. Es ist aufmerksam, aber ich ertrage im Moment keinen aufmerksamen Bram. Besonders nicht bei mir zu Hause, wo ihm alles mangelhaft erscheinen und er sich wieder in ein herablassendes Ekel verwandeln wird. Also schlüpfe ich an ihm vorbei und halte ihn auf, indem ich ihm die Hand auf die Brust lege. Sofort bleibt er stehen, feste Muskeln reglos unter meiner Hand, sein Herz ein starkes, gleichmäßiges Schlagen. Als er so dicht vor mir steht, überragt er mich, und ich muss den Kopf in den Nacken legen, um ihm ins Gesicht zu blicken.

»Nein«, sage ich heiser und ziehe meine Hand zurück, obwohl ich das verrückte Bedürfnis habe, sie auf seiner Brust liegen zu lassen. »Danke. Aber mein Bruder hat mir gerade eine Riesenladung Mist eingebrockt, um die ich mich jetzt kümmern muss. Ich kann mich nicht gleichzeitig damit und mit dir abgeben. Also geh bitte einfach, okay?«

»Aspen. Ich versuche, dir zu helfen.«

»Ich weiß. Aber ich bekomme das schon hin. Wie immer.« Meine Kehle brennt. Ich strecke die Hand nach dem Rucksack aus. »Bitte.«

Einen Moment lang blickt er auf mich herunter, sein Atem zischt zwischen den zusammengebissenen Zähnen hindurch. Dann nickt er plötzlich und überreicht mir Rucksack und Schlafsack.

»In Ordnung«, bringt er hervor. »Du hast gewonnen. Ich verschwinde.«

»Danke«, antworte ich leise, und seine Robotermaske scheint einen Moment lang aufzubrechen. Doch ich habe keine Zeit, um zu sehen, was darunter liegt.

Er wendet sich ab, und ich bleibe auf dem asphaltierten Weg zurück und betrachte seinen breiten Rücken, während er um den Range Rover herum zur Fahrerseite geht. Er steigt ein, und seine Tür schlägt mit einem abschließenden dumpfen Schlag zu. Er hallt hohl in meiner Brust nach.

Was für ein beschissener Tag. Und er ist noch nicht vorbei.

Ich warte nicht, bis Bram gefahren ist, sondern werfe mir den Rucksack über die Schulter und trotte zur Veranda. Obwohl ich auf der Fahrt geschlafen habe, bin ich völlig erschöpft – ausgelaugt, schon bevor ich die Tür öffne.

Ein Müllberg und eine Rauchwolke begrüßen mich. Moms Haus ist nicht groß. Nach rechts führt ein Gang zu drei kleinen Zimmern und einem Bad, die Diele ist kaum mehr als ein quadratischer Fleck Linoleum gleich hinter dem Eingang, über den man in ein Wohnzimmer mit beigefarbenem Teppich kommt. Die Küche ist durch einen Tresen vom Wohnzimmer getrennt, der gleichzeitig als Frühstückstheke dient.

Auf dem Tresen türmen sich schmutziges Geschirr und Fast-Food-Tüten. Offene Cornflakes-Schachteln liegen herum, klebrige Krümel haben sich über die Arbeitsfläche und auf dem gefliesten Boden verteilt. Unter der Frühstückstheke steht eine Pyramide aus leeren Red-Bull-Dosen, flankiert von leeren Schnapsflaschen.

Im Wohnzimmer ist es noch schlimmer, denn was hier rumliegt, lebt und atmet zum größten Teil. Vier Typen und zwei Mädchen fläzen auf Sofa, Sessel und Läufer vor dem Fernseher und suhlen sich zufrieden im eigenen Dreck. Im Zuhause anderer Leute.

Ich lasse den Schlafsack fallen und setze den Rucksack geräuschvoll ab. Die Tür habe ich offen gelassen. Die schließe ich erst, wenn diese Penner weg sind.

»Hallo!«, rufe ich, und als eine Batterie von Schüssen losgeht und Zombies auf dem Bildschirm explodieren, rufe ich lauter: »*Hallo,* Freunde von Nash! Die Party ist vorbei. Zeit zu gehen.«

Ein paar Köpfe drehen sich in meine Richtung, dann wenden sich die Blicke dem Typen zu, der eingesunken und gemütlich in der Mitte der Couch sitzt, den Gamecontroller in den Händen, die offenen Springerstiefel auf dem Couchtisch. Jared Fitzgerald ignoriert mich komplett. Sein Blick ist auf den Fernseher geheftet, seine Daumen fahren über die Knöpfe.

Die Jahre seit der Schulzeit sind ihm nicht gut bekommen. Wie Nash ist er zwei Jahre älter als ich, und der breite Nacken und die muskulösen Arme zeugen davon, dass er im Fitnessstudio trainiert hat. Aber seinem Gesicht und der schlechten Haut sieht man an, dass er raucht, trinkt und wer weiß was sonst noch alles. Er sieht aus wie vierzig, nicht wie fünfundzwanzig.

»Fitzy«, sage ich etwas weniger schroff, weil es einen Versuch wert ist, vernünftig mit ihm zu reden. Vielleicht geschieht ein Wunder, und er ist auch vernünftig. »Es ist Zeit zu gehen.«

Einen langen Moment reagiert er gar nicht. Er sitzt einfach nur da in seinem Unterhemd und tötet Zombies, die blassen Augen auf den Bildschirm geheftet. Schließlich legt er eine Pause ein und trinkt einen Schluck Bier aus der Flasche, die zwischen seinen Beinen steckt, bevor er mich ansieht.

»Seht mal, Jungs«, sagt er. »Da ist ja die kleine biestige Schwester von Nash, die verklemmte Schlampe.«

Sein Kommentar erntet vereinzeltes Glucksen, und jetzt, da seine Gefolgschaft weiß, wie mit der Situation umzugehen ist, trinken auch die anderen aus ihren Flaschen und gaffen mich auf die gleiche unverschämte Art an.

»Zeit zu gehen, Fitzy«, wiederhole ich erneut. »Meine Mom kommt zurück nach Hause, und ihr könnt hier nicht bleiben.«

»Ach ja?« Mit einem dreisten Grinsen drückt er sich tiefer in die Couch. »Dein Bruder hat gesagt, wir dürften bleiben, solange wir wollen.«

»Mein Bruder ist nicht hier.« Mein Blick fällt auf einen der wenigen geordneten Bereiche, die es im Wohnzimmer noch gibt – eine Sammlung von Pfeifen und Plastiktütchen, nicht weit von seinen Füßen auf dem Couchtisch. Es ist nicht nur Gras, und so was im Wohnzimmer meiner Mutter zu sehen, macht mich wirklich wütend. »Und wer hier Meth anschleppt, ist nicht mehr willkommen.«

Er schnaubt und wendet sich einem seiner Buddys zu. »Hörst du das? Sie war sich ja schon immer zu fein für uns, die kleine hochnäsige Zicke. Dabei weiß ich zufällig genau, dass sie sich von Jim Harkin auf der Rückbank seines Rovers hat entjungfern lassen.«

Er sieht mich mit seinen blassen Augen an, während er das sagt, so selbstgefällig, als hätte er einen Treffer versenkt. Denn man stelle sich vor, ich hatte Sex. Der Fall ist klar, ich bin eine Nutte.

»Lustig, das hatte ich ganz vergessen«, entgegne ich wahrheitsgetreu. Ich kann mich nicht entsinnen, wann ich das letzte Mal an Jim Harkin oder unser unbeholfenes Gefummel in seinem Truck gedacht habe. »Aber auch irgendwie traurig, dass du nach sechs Jahren immer noch daran denkst. Oje, warst du eifersüchtig?«

Er schnaubt erneut, diesmal mit einem abfälligen Blick, mit dem er mich von oben bis unten mustert. »Wohl kaum.«

Damit wendet er sich ab, setzt das Spiel wieder in Gang und schlachtet Zombies.

Tja, das lässt sich leicht beheben. Ich gehe zur Spielkonsole und schalte die Mehrfachsteckdose aus.

Schwupps, schon sind die Zombies weg.

Fitzy fährt wie eine Rakete vom Sofa hoch. »Was soll der Scheiß?«

»Wie ich schon sagte«, erkläre ich. »Game over. Zeit zu gehen.«

»Schwachsinn.« Er grinst mich anzüglich an und greift sich zwischen die Beine. »Es sei denn, du machst dich ein bisschen locker und bittest mich besonders lieb, Schlampe.«

Seine Freunde machen »Uuuuhh!« und klatschen sich ab. Dabei kichern sie, als hätten sie noch nie so was Schlagfertiges gehört.

Und vielleicht stimmt das sogar.

Ich lächle und zeige ihm die Zähne. »Ich bitte dich um gar nichts, ich sage dir, dass ihr verschwinden müsst. Und den Scheiß von meinem Bruder fernhalten, den du verkaufst.«

Seine Augen werden schmal, und er macht, was diese Arschlöcher immer tun: Sie kommen auf einen zu und versuchen, einen durch ihre Körpergröße einzuschüchtern. Ich weiche nicht zurück, doch es ist schwer. Nicht, weil ich Angst habe, sondern weil ich seinen Atem und seine Ausdünstungen rieche und ihn einfach nur aus dem Haus haben will.

Und okay ... ein bisschen Angst habe ich doch. Mich hat noch nie jemand geschlagen oder angegriffen, aber ich bin mir sicher, dass Fitzy schon das eine oder andere Mädchen herumgestoßen hat.

Ich wette, er würde es auch mit mir gern tun. Ich glaube nicht, dass er es macht. Aber er möchte.

»Geh«, sage ich erneut, und mein Herz schlägt gegen meine Rippen. Bald sind wir an dem Punkt angelangt, an dem ich nach draußen gehen und die Polizei rufen muss. Ich habe keine Lust darauf – die Ankunft meiner Mom wird *richtig* ätzend, wenn hier die Bullen anrücken und wissen wollen, was es mit dem Meth in ihrem Haus auf sich hat –, aber Fitzy lässt mir kaum eine Wahl. »Jetzt.«

Er schiebt mir sein rötliches Gesicht entgegen. »Und warum sollte ich das tun?«

Die Antwort kommt aus meinem Rücken, tonlos, kalt und stählern. »Weil sie es dir sagt.«

Mein rasendes Herz gerät ins Stocken. Bram. Er ist nicht mal ins Haus gekommen, sondern steht auf der Veranda, lässig an den Türrahmen gelehnt, die Hände in den Taschen, und sieht durch die offene Tür ins Wohnzimmer.

Vielleicht bin ich nicht die Einzige, die nur noch ihn sieht, sobald er auftaucht, denn auch die anderen starren ihn an. Als würde er auch bei ihnen die Kampf-oder-Flucht-Reaktion auslösen. Dafür ist es bei mir diesmal anders. Ich bin einfach nur froh.

Er hat die Sonnenbrille abgenommen, aber ich kann seinen Blick noch immer nicht deuten, als er mich streift – dafür umso besser den eiskalten Ausdruck, mit dem er Fitzy mustert, der dicht vor mir steht. In der plötzlichen Stille fügt er hinzu: »Außerdem habe ich eure Nummernschilder fotografiert und habe vor, sie meinem Freund bei der State Patrol zu schicken.«

Das reißt Fitzy aus seinem verdatterten Schweigen. »Wer ist dieser Arsch?« Die Frage ist an mich gerichtet, doch er wartet nicht auf meine Antwort, sondern wendet sich an Bram: »Und wer hat dir erlaubt, Fotos zu machen? Bist du *Bulle?*«

»Niemals«, mischt sich einer seiner Kriecher ein. »Sieh ihn dir doch an. Bullen tragen keine solche Kleidung. Oder fahren solche Karren.«

Das Mädchen neben ihm stimmt zu. »Der Anzug sieht nach Anwalt aus oder so.«

»Ein Anwalt«, wiederholt Fitzy und geht mit ausgebreiteten Armen auf die Tür zu, wie um Bram aufzufordern, sich an ihm zu versuchen. »Ich habe keine Angst vor einem schnöseligen Anwalt. Warum verpisst du dich nicht, bevor es Probleme gibt?«

Er versucht bei Bram den gleichen Trick wie bei mir und baut sich vor ihm auf. Der Idiot hätte merken sollen, dass Bram auf der Veranda steht, eine Stufe unterhalb des Eingangs. Durch die lässig angelehnte Haltung hatte Fitzy vermutlich den Eindruck, er wäre größer und stärker als sein Gegenüber.

Diese Fehleinschätzung korrigiert Bram, indem er sich

aufrichtet und in die Diele kommt, ein gefährliches kleines Lächeln auf den Lippen. Langsam öffnet er mit langen Fingern die Knöpfe an seinen Manschetten – erst den rechten, dann den linken.

Seine Augen sind unverrückbar auf Fitzy gerichtet. Leise verkündet er: »Ich bin kein Anwalt. Aber ich bezahle Anwälten viel Geld, damit sie meine Probleme … verschwinden lassen.« Die Bemerkung hängt schwer in der Luft, während er präzise die linke Manschette über den Unterarm zurückschlägt. »Du willst keins meiner Probleme werden, Fitzy. Und du willst auch nicht, dass ich herausfinde, dass du eins für Aspen bist. Also wirst du dieses Haus verlassen, auf der Stelle, so wie sie es dir gesagt hat. Oder ich werde nachhelfen.«

Er hebt kein einziges Mal die Stimme, aber selbst ich fange leicht an zu zittern. Fitzy hat das Kinn nach vorn geschoben und versucht noch immer, Bram niederzustarren, obwohl er zu ihm aufblicken muss, aber das ist leeres Gehabe. Als Brams rechter Arm zwischen ihnen hochkommt, zuckt Fitzy zurück, wie um einem Schlag auszuweichen.

Bram krempelt seelenruhig den zweiten Ärmel hoch. Aber er hat gewonnen. Alle haben gesehen, wie Fitzy zurückgeschreckt ist.

Das Arschloch tut, als wäre nichts gewesen. Er schnaubt erneut und schüttelt den Kopf. »Was du nicht sagst, Anwalt.« Dann dreht er sich um und hebt das Kinn in Richtung seiner Gefolgschaft. »Gehen wir. Diese Fotze und ihr Bruder sind den Stress nicht wert.«

Ein Schauder überzieht mich, als sie ihre Pfeifen und Tütchen vom Tisch einsammeln. Bram bleibt auf seinem Posten, während sie nacheinander aus dem Haus gehen, unter Höhnen und Jubeln. Dann hört man das Schlagen von Autotüren. Ich stelle mich neben Bram, während der ungedämpfte Motor des Trucks die nachmittägliche Stille zerreißt.

»Er wird rückwärts über die Stühle fahren«, bemerkt Bram.

Fitzy, hoch oben in seinem aufgemotzten Truck. Ganz genau, das wird er tun. Ich zucke zusammen, als ich das Holz splittern höre, dann spüre ich Brams dunkle Augen auf mir.

»Alles okay?«

»Ja.« Ich sehe ihn nicht an und seufze, als Fitzy endlich wegfährt. Zwei Küchenstühle sind hinüber. »Nicht so schlimm. Es sind ja noch zwei übrig. Mom hat sicher nicht erwartet, dass *gar* nichts kaputtgeht, wenn sie Nash eine Woche mit dem Haus allein lässt.«

»Nicht die Stühle. Du.«

»Ach so. Ja, alles okay.« Ich blicke zu ihm auf, doch er sieht mich nicht an. Seine Augen sind auf das verwüstete Wohnzimmer gerichtet, der Mund ist ein grimmiger Strich. »Irgendwann wäre ich sie losgeworden, aber du hast die Sache erheblich beschleunigt. Also vielen Dank.«

Er nickt knapp, aber seine Miene hellt sich kein bisschen auf.

Neugierig frage ich: »Hast du die Nummernschilder wirklich fotografiert?«

»Ja. Ich bluffe nie.«

Dann war das Hochrollen der Ärmel wohl auch kein Bluff. Wenn nötig, hätte er seine Drohung wahr gemacht. »Wen kennst du bei der State Patrol?«

»Chief Hayden.«

Keine Ahnung, wer das sein soll, aber … »Moment, du meinst den obersten Chef der Staatspolizei?«

»Ja.« Sein Kiefer tritt kurz hervor. »Er war mit meinem Vater befreundet.«

Ha. Natürlich. Ich muss lachen, doch dann fällt mein Blick auf das Chaos, und ich seufze schwer. »Okay, ich würde dir jetzt, keine Ahnung, einen Kuchen backen, um Danke zu sagen, aber ich bin sicher, du willst nach Hause, und ich muss mich ans Aufräumen machen.«

Er nickt wieder, macht aber keine Anstalten zu gehen. Stattdessen durchquert er das Wohnzimmer. »Ich fange hier an. Habt ihr Müllsäcke in der Küche?«

Oh, nein. »Bram ...«

Seine Faust donnert mit solcher Wucht auf die Frühstückstheke, dass ein paar dreckige Teller hinunterfallen und mit lautem Scheppern auf den Küchenfliesen zerschellen. Meine Nerven liegen sowieso schon blank, und ich fahre fast aus der Haut vor Schreck. Stumm sehe ich ihn an. Seine Augen lodern, seine Haltung ist steif.

»Aspen.« Er presst meinen Namen zwischen den Zähnen hervor. »Ich wäre fast weggefahren. Ich wäre verdammt noch mal fast *weggefahren*, weil du mich darum gebeten hast. Und dann komme ich rein und sehe dieses zugedröhnte Arschloch, das drauf und dran ist, dir an die Gurgel zu gehen. Also lasse ich dich nicht allein, bis ich weiß, dass sie nicht zurückkommen. Wer weiß, was sie in diesem Chaos vergessen haben. *Und du wirst dir von mir helfen lassen.*«

»Okay«, sage ich, weil sie tatsächlich zurückkommen könnten – aber vor allem, weil er sich ohnehin nicht von seinem Vorhaben abbringen lassen wird. »Aber bitte versuch, keine weiteren Teller zu zerbrechen.«

Sein Blick verschließt sich, das Feuer darin gebändigt. »Ich kaufe euch neue.«

»Nein«, herrsche ich ihn an, gehe in die Vorratskammer und reiße vier Müllbeutel von der Rolle. »Bitte schön. Lass dich nicht aufhalten.«

Also legt er los, sammelt Pizzakartons ein, räumt halb leere Flaschen weg, während ich mit den Tellern anfange. Als ich sie vorgespült und eingeräumt habe, merke ich, dass es viel schneller gehen wird als gedacht. Das Haus sieht schlimm aus, aber das meiste ist oberflächlicher Dreck, den wir in Recycling- oder Müllsäcke stecken können – Schrubben und Wischen ist nicht nötig.

Zumindest bis jetzt. Ich gehe in den Flur, der in den hinteren Teil des Hauses führt, während Bram die ersten Müllsäcke an den Straßenrand stellt. Igitt, das Badezimmer ist eklig. Das steht als Nächstes auf meiner Liste.

Doch zuerst ziehe ich mich um. Das Trägerkleid ist süß, aber ungeeignet zum Toilettenputzen.

Mein Zimmer ist das erste, das vom Flur abgeht. Seit ich vor vier Jahren auf den Campus gezogen bin, hat Mom angefangen, es als Lagerraum zu nutzen, aber abgesehen davon ist es in seinem Originalzustand. Der Krempel, den ich letztes Wochenende schon aus dem Wohnheim mitgebracht habe, steht noch in einer Kiste vor dem Bett. Ich schlüpfe aus den Sandalen und gehe durchs Zimmer.

Beim zweiten Schritt quillt etwas Kaltes, Schleimiges zwischen meinen Zehen empor.

Bitte nicht. Ich ahne, was es ist, bevor ich nach unten blicke, aber das gebrauchte Kondom, dessen Inhalt über meine rot lackierten Fußnägel läuft, ist grausiger als eine haarige Spinne. Ich quietsche und mache einen Satz zurück, dann hüpfe ich auf einem Bein und kämpfe gegen den Brechreiz an.

Schließlich torkle ich in den Gang, wo ich gegen Brams harte Brust pralle. Mit seinen großen Händen hält er mich an den Oberarmen, als ich beinahe stürze, immer noch verzweifelt bemüht, den eingesauten Fuß nicht abzusetzen.

»Aspen? Was ist passiert?«

Ich stoße einen Würgelaut hervor und schüttele den Kopf. »Das willst du nicht wissen. Bitte – o nein. Fass mich nicht an. Du saust dich auch noch ein.«

Er muss lachen. »Bad?«

»Bitte«, flehe ich.

Halb trägt er mich, während ich hopple, dann steht er in der Tür und sieht zu, wie ich den Badewannenhahn voll aufdrehe.

Ich halte den Fuß unters Wasser, nehme die Seife und beginne zu schrubben. O Gott, im Ausguss liegt ein langes dunkles Haar. Ich weiß, dass es nicht von Nash stammt. Das ist so widerlich.

»Die Unordnung ist nicht so schlimm, wie es aussah«, meint Bram. »Es ist nicht mehr viel zu tun.«

»Ja, das liegt daran, dass meine Mom eine Sauberkeitsfanatikerin ist.« Ich drehe den Hahn ab und greife nach einem Kosmetiktuch. Die Handtücher vom Handtuchhalter liegen verstreut auf dem Boden. »Es ist gar nicht so dreckig. Das meiste ist Müll.«

Gemischt mit Sperma. *Pfui Teufel.*

Bram sieht auf einmal wieder furchtbar wütend aus. »Macht deine Mom das öfter?«

»Was? Eklige Wichse von den Zehen waschen?«

Der Roboter lächelt nicht mal. »Nach Vegas abhauen. Und dich deinem Bruder überlassen … und dem hier.«

In mir kommt alles zum Stillstand. »Was hast du gerade gesagt?«

»Ich frage mich, wie sie das tun kann: in Vegas einen draufmachen, während du keine zwanzig Dollar für einen Schlafsack hast.«

Ich starre ihn eine endlose Sekunde lang an, während mein Herz einen harten, holprigen Rhythmus in meinen Ohren schlägt. Ich wusste, dass es kommen würde. Der zuvorkommende Bram verwandelt sich in ein arrogantes Arschloch. Ich hatte nur nicht erwartet, dass sich seine Verachtung gegen meine Mutter richten würde.

Als ich mich so weit beruhigt habe, dass ich sprechen kann, ohne zu schreien, sage ich schlicht: »Verschwinde aus meinem Haus.«

Er runzelt die Stirn. Doch er geht nicht.

Ich richte mich auf. »Geh weg.« Meine Hände zittern, und ich stehe *so* kurz vor einem Tränenausbruch. »Und verschwinde aus diesem Haus.«

Seine Brauen ziehen sich zusammen, während er meinen Blick sucht. »Aspen …«

»Raus.« Meine Stimme ist belegt. »Es ist mir egal, ob Fitzy zurückkommt. Lieber er als du. Wie *kannst* du es wagen, über meine Mutter zu urteilen? ›Haut sie immer nach Vegas ab?‹« Ich äffe seinen überheblichen Ton nach, bevor sich die Wut Bahn bricht und ich einen Schritt auf ihn zumache. Ich stoße ihm den Zeigefinger in die Brust. »Das ist ihr erster Urlaub seit *sieben beschissenen Jahren*, und weißt du, warum sie an einem *verdammten Samstagmorgen* zurückkommt, statt übers Wochenende zu bleiben? Sie kann nicht länger bleiben, weil sie zwei verdammte Jobs hat und nicht länger freibekommen konnte. Im Gegensatz zu anderen Leuten kann sie sich keinen ganzen Monat freischaufeln, ohne dass man sie feuert! Also verschwinde hier und freu dich an deinem perfekten Leben, du scheinheiliger Mistkerl!«

Ich stoße ihn gegen die Brust, doch er bewegt sich nicht vom Fleck. Ich kann nicht aufhören. Er muss gehen. Ich stoße ihn noch mal, aber er hält mich an den Handgelenken fest.

Leise fragt er: »Warum hat sie zwei Jobs?«

Dumme Frage. Warum haben Leute zwei Jobs? Ich hasse ihn. Ich hasse ihn so sehr. »Weil sie zwei Jobs *braucht.* Weil sie sich vor einigen Jahren entscheiden musste, ob sie eine Behandlung für meinen Dad bezahlt, die ihm das Leben retten könnte, oder ihn einfach sterben lässt. Die Behandlung konnte ihn nicht retten, aber sie bezahlt noch *heute* dafür. Und weil sie ihren erlernten Beruf nicht mehr machen konnte, nachdem sie ihm beim Sterben zugesehen hatte, nämlich Krankenpflege, weil sie es nicht mehr erträgt, mit Krankheit und Tod zu tun zu haben. Deswegen musste sie beschissene Jobs annehmen, aber Dad ist trotzdem weg, genauso wie unser Haus, und dann kamen die Geldeintreiber und fingen an, auch noch den Rest zu nehmen. Und nur zur Information: Sie hat kein Geld für ihre Reise ausgegeben, meine Tante hat sie ihr zum Geburtstag geschenkt. Aber selbst wenn sie das Geld für ein paar freie Tage zusammengekratzt hätte, würde ich es ihr nicht verübeln, denn sie verdient es, sich etwas Gutes zu tun. Sie verdient eine verdammte Pause. Was sie nicht verdient, ist jemanden wie dich, der hier reinkommt und über sie urteilt. Du mit deinen St-Stapeln von Geld und teuren A-Anwälten, die deine Probleme beseitigen.« O Gott, o Gott, ich bin so wütend, dass ich weine, in abgehackten Schluchzern. »Also verpiss dich. V-verpiss dich, und … fick dich ins Knie.«

Ich reiße mich von ihm los, weiche zurück und schlinge die Arme um den Körper, denn jetzt schlägt meine Wut in Kummer um, und ich will einfach nur, dass er mich in Ruhe lässt.

»Aspen.« Er hebt die Hand an mein Gesicht, aber dann rammt er abrupt die Fäuste in die Taschen. Seine Stimme ist rau. »Das war völlig daneben von mir. Ich habe gesehen, mit was du dich hier rumschlagen musst, und habe das Schlimmste vermutet. Es tut mir leid.«

Ich wische mir die Tränen mit den Handballen aus den Augen und wende mich von ihm ab. »Geh.«

Er schweigt eine endlos scheinende Sekunde, dann fährt er sich mit den Fingern durchs Haar und seufzt. Schließlich verlässt er das Bad und verzieht sich in den Flur, doch ich weiß auch, ohne dass er es sagt, dass er nicht *geht*. Stattdessen höre ich, wie er die nächste Ladung Müllsäcke an die Straße räumt.

Denn Bramwell Gage macht, was er will.

Aber ich schwöre, dass er mich *nie* mehr zum Weinen bringen wird.

6

Die Wut treibt mich beim Rest der Aufräumaktion an. Ich sammle die feuchten Handtücher ein, putze Waschbecken, Toilette und Wanne, dann ergreift mich eine ungute Vorahnung, und ich eile ins Zimmer meiner Mutter – wo ich auf weitere Kondome stoße, ein Nachttischchen voller Müll und Zigarettenasche und undefinierbare Flecken auf dem Bett. Grimmig ziehe ich das Bett ab und werfe eine Waschmaschine an. Ich wünschte, ich könnte ihr neue Bettwäsche kaufen, aber Bleiche ist billig und muss reichen.

Als ich mit ihrem Zimmer fertig bin, kehre ich zurück in meins. Mit einer Handvoll Kosmetiktücher kratze ich den ekligen Fleck vom Boden. Ich rupfe die Laken vom Bett, da spüre ich, wie Bram hinter mir in der Tür erscheint. Er bleibt an der Kommode stehen und betrachtet die Pinnwand darüber, wo meine Bänder und Auszeichnungen von der Highschool hängen. Meine Debattierclub- und Model-UN-Trophäen stehen auf der Kommode, und er neigt eine nach hinten, wie um die Inschrift zu lesen.

Entschlossen, ihn zu ignorieren, werfe ich den Wäscheberg auf den Boden und ziehe frische Laken aus dem Schrank.

»Jahrgangsbeste?«, fragt er.

Dann hat er also die goldene Schärpe entdeckt, die um den Hals eines großen Teddybären drapiert ist, der uns vom Schaukelstuhl neben dem Bett aus angrinst.

»Ja«, bestätige ich knapp. »Damit habe ich mir das freie Studium in Reed verdient.«

»Auch in Seattle?«

Frei? Weit gefehlt. Das flaue Gefühl im Magen ist zurück. »Schön wär's.«

Er antwortet nicht gleich, und das einzige Geräusch ist das Quietschen meines schmalen Betts, während ich drüberkrabble, um das Spannbetttuch über die hintere Ecke zu ziehen.

Leise sagt er: »Komm mit mir auf diese Reise.«

Ein raues Lachen entfährt mir. Ich schätze mal, das ist Antwort genug.

»Vier Wochen«, fügt er hinzu. »Alles bezahlt. Hast du etwas Besseres zu tun?«

»Etwas Besseres als einen Monat mit dir? Klar. Ich kann hier rumsitzen und mir den Finger in den Hintern stecken.«

Ich drehe mich zu ihm um und sehe, dass ich wieder mit Roboter-Bram zu tun habe, denn trotz der Absurdität seiner Bitte und meiner Antwort sieht er kein bisschen amüsiert aus. Das heißt, er meint es ernst.

Also bin auch ich diesmal ernst. »Ja, ich habe etwas Besseres zu tun. Ich muss mir einen Job suchen, weil ich nicht umsonst ans Graduiertenkolleg kann. Ich wollte nur mit auf die Reise, weil mich Bethany darum gebeten hat, noch etwas Zeit mit ihr zu verbringen, also gibt es jetzt keinen Grund mehr.«

»Dann frage ich so …« Plötzlich klingt seine Stimme berechnend. »Du brauchst einen Job? Ich bezahle dich für die Reise.«

Ich lache.

»Ein Studium an der Seattle University. Zimmer, Verpflegung, Studiengebühr.«

Wütend höre ich auf zu lachen. »Verpiss dich.«

Er lehnt sich an die Wand und beobachtet mich. »Vier Wochen. Ich gebe es nicht einfach so. Du würdest es dir verdienen.«

»Wie?« Verärgert lasse ich mich vom Bett gleiten und spanne das Betttuch über das gegenüberliegende Eck. »Indem ich dich die ganze Zeit über als Arschloch beschimpfe? Das bekommst du umsonst.«

Seine Stimme klingt belustigt. »Du verkaufst dich zu billig.«

Ich verkaufe mich überhaupt nicht. Und ich verstehe wirklich nicht, worauf er abzielt. Oder *warum* er das macht.

Obwohl, vielleicht ja doch. Ich drehe mich erneut zu Bram um und mustere ihn mit schiefgelegtem Kopf. »Geht es um Bethany? Willst du herausfinden, wo sie ist? Denn ich habe ihr etwas versprochen und werde mich daran halten.«

»Vielleicht bekomme ich dich ja weich.«

»Nein.« Und das müsste er auch gar nicht, fällt mir plötzlich auf. »Ich wette, du könntest jemanden anstellen, der sie in wenigen Tagen findet.«

»Das könnte ich.«

»Sie würde dich dafür hassen.«

Er nickt verbittert.

Deswegen lässt er es. Natürlich würde ihm Bethany früher oder später vergeben. Aber es könnte ihr Vertrauensverhältnis zerstören. Etwas, das ihm bereits zerbrechlich erscheint, denn Bethany hat ihm nicht gesagt, wohin sie will, hat sich ihm nicht anvertraut.

Ich kneife die Augen zusammen und versuche, ihn einzuschätzen. »Aber was hat das mit mir zu tun? Du wirst mich nicht weich bekommen. Was bezweckst du also damit?«

Er schiebt die Hände in die Taschen und lehnt noch

immer an der Wand. Total lässig, doch nach der Szene mit Fitzy weiß ich, was diese Haltung bedeutet: Er legt sich einen Angriffsplan zurecht.

Leise sagt er: »Ich glaube die Geschichte mit dem kreativen Schreiben nicht. Aber wenn ich ihr nachspüre, vertreibe ich sie. Ich will, dass sie zu mir kommt. Also machen wir die Reise und schicken ihr Bilder, auf denen sie sieht, wie viel Spaß wir bei all den Aktionen haben, die sie aufs Programm gesetzt hat. Bis sie aufhört mit dem, was sie tut, und zu uns kommt.«

Wow. Das ist eine ausgefuchste Taktik. Sie könnte sogar aufgehen. Aber das Letzte, was Bethany tun sollte, ist, ihren Plan zu verwerfen.

Ich schüttele den Kopf.

Seine Miene bleibt unverändert, als wäre mein Widerspruch unwichtig. »Ich zahle die Schulden deiner Mutter. Angefangen bei der sechsstelligen Krankenhausrechnung.«

»Was?«, keuche ich fassungslos.

Sein Blick ist unerbittlich, und dann kommt er durch das Zimmer auf mich zu wie ein Hai, der zum Angriff ansetzt. »Die Arztrechnungen, die Darlehen, die Kreditkarten. Alles.«

Die detaillierte Aufzählung reißt mich aus der Erstarrung. »Hast du etwa ihre *Post* durchgesehen?«

Mom würde einen Anfall bekommen, wenn sie herausfindet, dass er bei ihr herumschnüffelt und in ihren Privatbereich eindringt.

»Nicht nötig. Das hängt alles an einem Klemmbrett in der Küche«, sagt Bram, und mir fällt ein, dass er recht hat. Sie führt eine Tabelle mit allem, was sie hat, und schreibt jeden Monat in die Spalten, wie viel sie abbezahlt – Beträge, die immer niedriger sind als die Zinsen und Strafzahlungen.

Bram könnte all das begleichen. Großer Gott.

Seine Stimme wird hart. »Oder ich gehe und beauftrage einen Detektiv mit der Suche nach Bethany.«

Dann findet er heraus, wo sie ist und *warum* – genau das, was Bethany vor ihm verheimlichen möchte. Natürlich hätte ich es ihm dann nicht direkt verraten. Aber ich hätte ihn auch nicht aufgehalten.

Ich könnte ihn davon abhalten, einen Detektiv zu beauftragen, indem ich mit ihm wegfahre. Und nachdem sie Handy und Laptop abgeben muss, kämen die Bilder ohnehin drei, vier Wochen lang nicht bei ihr an. Vielleicht wären sie also nicht so wirkungsvoll, wie er glaubt. Besonders, wenn die Reise vorbei ist, bevor sie die Bilder sieht.

Großer Gott, bin ich etwa gerade dabei, mich von seinem Angebot zu überzeugen? Mein Atem geht stockend, ich vergrabe die Finger im Haar, stütze die Ellbogen auf die Knie und versuche, weiter zu denken als bis *Ich zahle die Schulden deiner Mutter.*

Ich bin versucht. Sehr versucht. Dafür hasse ich ihn. Schon wieder. Das wird das dominierende Gefühl des Tages.

Bram geht vor mir in die Hocke, sodass er auf Augenhöhe mit mir ist, aber ich blicke nicht auf. Ich wage es nicht.

»Nur vier Wochen, dann ist deine Mutter schuldenfrei, und du hast dir das Studium finanziert – bis zur Promotion, wenn du so weit gehen willst.« Er macht eine Pause. »Ich dachte, du würdest nie Nein sagen, wenn es etwas umsonst gibt?«

Wieder lache ich rau. »Dein Angebot ist nicht *umsonst.*«

Er widerspricht nicht. Er sagt gar nichts. Er wartet einfach.

Weil er glaubt, dass er mich hat – eingepfercht zwischen Not und Versuchung. Auch dafür verabscheue ich ihn.

Und ich verabscheue mich, weil er recht hat.

Deswegen gebe ich aber noch lange nicht klein bei. »Ich werde Bethany schreiben, was du machst: Dass du mich erpresst, mit dir zu reisen, weil du andernfalls drohst, sie aufzuspüren. Dann weiß sie, dass die Bilder gestellt sind und wir uns *nicht* amüsieren. Und sie weiß, dass sie nicht kommen sollte.«

»Okay«, sagt er schlicht.

Ich blicke auf. Seine Lippen sind zusammengepresst, als müsste er ein triumphierendes Lächeln unterdrücken. Ich weiß nicht, warum er sich die Mühe macht, es zu verbergen. Aber so sind Roboter wohl.

»Und die Schulden meiner Mutter bezahlst du vor Aufbruch, damit du es nicht zurücknehmen kannst. Denn ich muss dich vielleicht umbringen, bevor die vier Wochen um sind, und mir ist klar, dass mir mein Studium dann nicht finanziert wird. Aber was auch passiert, Moms Rechnungen werden beglichen.«

Er nickt. »Die Schulden deiner Mutter werden als nicht erstattungsfähige Prämie bezahlt, um deine Dienste zu sichern. Deine Studiengebühr wird zu Beendigung der Anstellung gezahlt.«

Für die Bewältigung eines vierwöchigen Urlaubs. »Da du mein Arbeitgeber bist, bezahlst du auch sämtliche Ausgaben während der Reise.«

»Das hätte ich ohnehin getan.«

»Nein, ich wollte selbst für mein Essen und sonstige Ausgaben zahlen. Jetzt musst du es tun.«

Er zuckt die Schultern. »In Ordnung. Aber wenn ich zahle, gibt es nur McDonald's.«

Ich schnaube, doch danach entfährt mir ein irres Lachen. Sein Blick huscht über meinen Mund. Jetzt lächelt er, und in seinen Augenwinkeln bilden sich Fältchen. Mitten im Kichern bleibt mir kurz die Luft weg.

Verdammt, er sieht so gut aus. Aber das ändert nichts. »Du bist trotzdem ein Arschloch wegen dieser Aktion«, sage ich.

Er akzeptiert es mit einem leichtfertigen Nicken. »Ein Arschloch, das eine Beziehung zu seiner Schwester kitten muss. Und du stehst ihr im Moment am nächsten. Wenn ich dir auch nah sein muss, um das mit ihr zu reparieren, dann mache ich das. Auch wenn es schwerfällt.« Den letzten Satz murmelt er leise vor sich hin.

Ganz genau, ein Arschloch. Aber das ist mir egal. Ich atme bebend aus und stehe auf. »Also, hast du dein Scheckheft parat?«

»Nein.« Bram erhebt sich geschmeidig aus der Hocke und gibt mir sein Handy. »Aber wir brauchen keins. Fotografier die Auszüge mit Kontostand und Kontonummer, dann schicke ich sie meiner Assistentin, sobald wir unterwegs sind.«

Ich sehe ihn zweifelnd an. »Das ist nicht Zahlen vor Aufbruch.«

»Ich werde zahlen, Aspen«, sagt er bestimmt und sieht mir in die Augen. »Aber es ist Freitagabend. Nicht mal ich kann fast eine Million Dollar überweisen, um Konten auszugleichen, die nicht meine sind. Sobald die Banken öffnen, kümmern sich meine Leute um die Zahlungen. Ich schwöre es.«

Ich schätze, er könnte nicht die ganze Zeit so voreingenommen und überheblich sein, wenn er der Typ wäre, der Vereinbarungen bricht. Ich mag Bram nicht, aber in dem Punkt bin ich mir sicher: Er wird Wort halten.

So wie ich. Zumindest werde ich es versuchen.

Ich beiße mir auf die Lippe und blicke zu ihm auf. »In Ordnung. Aber wir vereinbaren Waffenruhe, okay? Soweit es uns gelingt. Ich will nicht die ganze Reise über streiten. Obwohl du ein aufgeblasenes Ekel bist.«

Ein amüsiertes Grinsen umspielt seine Lippen. »Abgemacht. Obwohl es eine langsame Form der Folter ist, mit dir zusammen zu sein.«

»Ach ja?« Auch wenn es mir einen kleinen Stich versetzt, lächle ich ihn strahlend an. »Das freut mich. Ich werde dich ab und zu daran erinnern.«

Sein Grinsen verblasst. »Ich glaube nicht, dass ich es vergesse.«

Ja. Ich auch nicht.

Keine halbe Stunde später trägt Bram meinen Rucksack und den Schlafsack aus dem Haus. Ich mache auf der Veranda halt und schließe die Haustür zu.

»Noch eine Bedingung«, sage ich, während ich den Schlüssel im Schloss drehe.

Seine Brauen schießen nach oben. »Nur eine? Ich staune.«

Und jetzt macht er sich über mich lustig – aber auf die freundliche Art, nicht auf die gemeine. Die Waffenruhe könnte funktionieren.

Ich lasse meinen Schlüssel in die Handtasche fallen und steige die Stufen hinunter zu Bram, der auf dem asphaltierten Weg von der tief stehenden Sonne beschienen wird, die in seinen Augen leuchtet und sein dunkles Haar kupfer- und goldfarben glänzen lässt. Es ist noch immer Tag. Das Aufräumen ging viel schneller als erwartet. Es sind gerade mal zwei Stunden vergangen, seit wir hier angekommen sind.

»Es ist die wichtigste Bedingung von allen«, spezifiziere ich. »Ich bestimme über das Radio.«

»Geht nicht«, antwortet er sofort und läuft mit mir zusammen los. Er trägt keine Krawatte mehr, und ich habe keine Ahnung, wann er sie abgenommen hat. »Musikauswahl ist Sache des Fahrers.«

»Du hast Fahrstuhlmusik gespielt. Wirklich, ich muss dich vor dir selbst schützen.«

Seine Brauen ziehen sich zusammen. »Fahrstuhlmusik?«, wiederholt er, dann lacht er leise und schüttelt den Kopf. »Das war Vivaldi.«

»Es war hübsch«, gebe ich widerwillig zu. »Aber du hast sicher bemerkt, dass ich eingeschlafen bin.«

»Mit deiner eigenen Musik. So laut, dass ich die Texte durch die Kopfhörer gehört habe.«

»Trotzdem bin ich eingeschlafen, *so* mächtig war die Fahrstuhlmusik.«

Er nimmt meinen Schlafsack von der rechten in die linke Hand, zieht den Autoschlüssel aus der Tasche, drückt einen Knopf und entriegelt den Kofferraum. »Klassische Musik bereichert den Geist.«

»Und ich schnarche schon jetzt«, erwidere ich, dann schielt er grinsend zu mir rüber, und mir wird klar, dass er mich nur aufzieht. »Und wie bereichert ist dein Geist?«

»Bereichert genug. Aber die Musik war für Bethany.«

»Sie hört nicht Vivaldi.«

»Nein, aber sie wollte eine Reise wie unsere Familienreisen früher.« Sein Hemd spannt über den breiten Schultern, während er meinen Schlafsack in dieselbe Lücke steckt wie zuvor, dann findet er einen Tetris-Platz für meinen Rucksack. »Unser Vater hat immer klassische Musik gespielt. Er meinte, nachdem wir so viele Stunden im Auto verbringen, könnten wir genauso gut etwas dabei lernen.«

»Also wurdest du zu Klassik bekehrt?«

»Nein. Ich saß vier Wochen schmollend auf der Rückbank.«

Oh. Das ist eine Überraschung. Eine gute. Obwohl ich ihn mir nicht schmollend vorstellen kann. Oder als Teenager, die Unterlippe vorgeschoben zu einer rebellischen

Schnute, missmutige Augen hinter einem Vorhang aus dunklem Haar.

Seine Antwort macht mich nachdenklich. »Haben dir die Reisen genauso viel Spaß gemacht wie Bethany?«

Er wirft mir einen kurzen Blick zu und schließt die Heckklappe. »Nein.«

Das hatte ich nicht erwartet. »Trotzdem warst du bereit, dieses Jahr mit ihr zu fahren?«

Aber natürlich war er das. Weil Bethany wollte.

Ein Schulterzucken bleibt für eine Weile die einzige Antwort. Dann sagt er: »Für sie war es anders. Sie war jünger als ich, und ich …«, sein Mund zuckt, »… hatte damals eine schwierige Phase mit meinem Vater.«

Und dann kamen seine Eltern bei einem Autounfall ums Leben. Bevor oder nachdem diese Phase vorbei war?

Doch die Frage behalte ich für mich. Ich weiß, wie schmerzlich es sein kann, wenn ein Elternteil stirbt. Und ich *wusste*, dass mein Vater sterben würde. Wenigstens konnte ich mich verabschieden.

Bram nicht.

»Wie auch immer«, fährt er fort, als wollte er das Thema möglichst schnell hinter sich lassen, »diesmal habe ich mich auf die Reise gefreut.«

Ich beiße mir auf die Zunge, doch nur kurz. Grinsend frage ich: »Aber nicht so sehr auf die Begleitung, die sie mitbringen wollte … weil es dir so *schwerfällt*, mich zu ertragen?«

Reue verdunkelt seinen Blick. »Das hätte ich nicht sagen sollen …«

»Schon gut, Blechmann. Ich muss gestehen, ich mache es dir gern etwas *schwer*. Aber weil wir Waffenruhe haben, lasse ich es fürs Erste bleiben.«

»Okay«, brummt er, als wäre von vorneherein klar, dass ich es trotzdem tue. »Blechmann?«

»Ja, du weißt schon, aus dem *Zauberer von Oz*. Er hat kein Herz. Und er ist eingerostet.«

Sein Mund presst sich zusammen – weil er schon wieder ein Lächeln unterdrückt. Er muss damit aufhören, sonst handelt er sich eine innere Blockade ein. Vielleicht hat er schon eine.

»Dann bin ich nicht mehr Sherlock Holmes?«, fragt er.

So habe ich ihn seit unserer ersten Begegnung nicht mehr genannt, aber es wundert mich nicht, dass er sich daran erinnert. Ich erinnere mich auch an alles, was er gesagt hat. »Nein«, sage ich leichthin. »Mir ist aufgefallen, dass du gar nicht so schlau bist.«

Jetzt grinst er richtig. Wow, ein Wunder. »Nachdem du vier Jahre gebraucht hast, um das herauszufinden«, sagt er, »bist du wohl auch kein Sherlock.«

Oh, verdammt. Ich werfe ihm einen bedrohlichen Blick zu. So wird das also laufen.

Eigentlich ganz witzig. Aber er kennt noch nicht die wahre Folter.

Lächelnd hake ich mich bei ihm ein und hänge bewundernd an seinem Arm. »Ich bin so froh, dass wir jetzt beste Freunde sind!«

Hilfe, seine Arme sind wie Stahl. Es hat kaum irgendeine Wirkung auf die Muskeln, wenn ich mit den Fingern drücke. Wohl aber auf Bram.

Er hat sich komplett versteift. Überrascht sehe ich zu ihm auf. Sein Blick ist auf mich gerichtet, und seine dunklen Augen sind unergründlich.

Er verdient eine zweite Gedenktafel. *Auf diesem Gehweg erduldete Bramwell Gage, von einer Niederen am Arm berührt zu werden. Selbstverständlich nur durchs Hemd.*

Ich drücke noch mal zu. »Du verpasst aber auch keine Trainingseinheit, was?«

Sein Mund zuckt. »Ich habe jede Menge aufgestauten Frust abzuarbeiten.«

»Das überrascht mich nicht.« Ganz im Gegensatz zu seinem trockenen Humor. Ich grinse zu ihm auf. »Es sollte dir leidtun, dass du mich nur vier Wochen bei dir hast. Stell dir vor, wie muskulös du sein könntest, wenn ich ständig in deiner Nähe wäre und dich langsam foltern würde.«

Obwohl er sich auch ohne meine Hilfe ganz gut geschlagen hat, soweit ich es beurteilen kann. Der Bauch unter der Vorderseite seiner Weste ist bestimmt genauso hart wie seine Arme. Vielleicht hat ihn ja etwas – oder jemand – schon eine Weile gefoltert.

Aber das ist jetzt *mein* Job.

Er sieht mich tadelnd an. »Du sagtest, du würdest mich nur ab und zu daran erinnern.«

»Ja, aber eigentlich meinte ich ›so oft ich kann‹. Weil es so Spaß macht, dich damit zu triezen.«

Da ist es wieder, sein Grinsen – als ließe er sich gern triezen. Ich wackle mit den Brauen, bevor ich seinen Arm loslasse und zur Beifahrertür gehe.

Vielleicht werden die nächsten Wochen ja doch nicht so übel.

7

Womöglich hätte Vivaldi wirklich zu diesem Abschnitt der Reise gepasst. Der Umweg über das Haus meiner Mutter hat uns vier Stunden im ursprünglichen Zeitplan zurückgeworfen, deswegen versinkt die Sonne hinter uns, als wir auf den Mount Hood zufahren – und verwandelt den Berg mit seiner schneebedeckten Kuppe, der sonst einen hübschen Postkartenhintergrund für Portland abgibt, in ein atemberaubendes Spektakel aus ineinanderfließenden Gold- und Rosatönen. Wir fahren direkt darauf zu, und ich kann kaum die Augen von dieser imposanten Schönheit losreißen. Ein Streichorchester, das sich zu einem Crescendo emporschraubt, wäre dem Anblick vermutlich gerecht geworden.

»Früher dachte ich immer«, sage ich, ohne Bram anzusehen, beuge mich vor und blicke ehrfürchtig durch die Windschutzscheibe, »es hieße Aspenglühen, nicht Alpenglühen. Wegen dem Song von John Denver.«

»Was für ein Song?«

»Aspenglow. Kennst du ihn nicht?« Er schüttelt den Kopf, als ich kurz zu ihm rübersehe. »Deine Schwester kannte ihn. Sie hat ihn mir immer vorgesungen. Das gesamte zweite Studienjahr hindurch.«

Und auch danach noch einige Male.

Sein Lachen ist tief und leise. Es ist ein angenehmer Klang – und in der vergangenen Stunde habe ich ihn öfter gehört als in den letzten vier Jahren zusammen.

Bramwell Gage ist okay, solange er kein Ekel ist.

»Hast du daher deinen Namen?«, fragt er, nimmt die Sonnenbrille ab und wirft sie aufs Armaturenbrett. »Deine Eltern mochten den Song? Oder die Stadt?«

»Ich bin nach der Espe benannt. Dad mochte Bäume. Bist du nach einem Vampir benannt?«

»Falscher Bram.«

Ich weiß. Bethany hat mir mal erzählt, wie Bramwell zu seinem Namen kam. Es war eine dieser Aktionen, bei der man den ehrbaren Familiennamen der Großmutter erhält, indem man ihn zum Vornamen macht.

Mit einem zufriedenen Seufzen lehne ich mich zurück. Wir fahren durch Sandy, die letzte Ortschaft am Highway, bevor es den Berg hochgeht. Ein vertrautes M leuchtet gelb am Straßenrand.

»Solltest du mich nicht verpflegen?«, erinnere ich ihn. »Ich bin mir ziemlich sicher, das ist der letzte McDonald's, den wir zu sehen bekommen.«

»Wir haben eine Reservierung für die Lodge.«

Ich blicke auf die Uhr. Es ist schon nach acht, und wir haben noch eine Stunde Fahrt vor uns. »Sind wir nicht ein bisschen spät dran?«

»Das wären wir, aber ich habe angerufen und die Reservierung verschoben.«

Daran kann ich mich nicht erinnern. »Wann denn?«

Er wirft mir einen verschrobenen Blick zu. »Nachdem du deinen Fuß gewaschen hast.«

Nachdem ich ihn angeschrien habe. *Bevor* ich mich bereit erklärt habe mitzukommen. War er sich meiner so sicher gewesen?

Vermutlich ja. Schließich hat er mir fast eine Million geboten. Damit hätte er so gut wie jeden rumbekommen.

Aber wir haben Waffenruhe, und die Schulden meiner Mutter sind bezahlt, also bin ich viel zu glücklich, um mich jetzt über seine Vermessenheit zu ärgern.

Außerdem scheint Bram zu erwarten, dass ich ausflippe. Berechenbar zu sein, macht keinen Spaß. Ich will es ihm nicht zu leicht machen.

Also gehe ich darüber hinweg und sage stattdessen: »Ich kann mich nicht erinnern, dass für heute Abend ein Essen mit Reservierung auf dem Programm stand.«

Bethany hat einen Plan erstellt und uns beiden vor zwei Wochen gemailt. Damals habe ich ihn nur überflogen, um mir einen Eindruck zu verschaffen, was ich zum Anziehen brauche – aber als ich mir die Mail jetzt auf meinem Handy ansehe, lese ich *schwimmen*, *faulenzen*, *S'Mores essen* als Programm für Freitagabend. Alle anderen Aktivitäten, für die Reservierungen nötig sind, werden mit Uhrzeit und Adresse aufgeführt – wie zum Beispiel der Wildwasser-Rafting-Trip am Sonntag.

Jetzt versuche ich, mir Bram beim Rafting vorzustellen, doch es fällt mir schwer. Er ist gelöster, als ich ihn je erlebt habe, sein Haar ist zerzaust, die Krawatte ist weg, und die Hemdsärmel sind noch immer hochgerollt. Aber Bram in Shorts und T-Shirt? Kann ich mir nicht vorstellen.

Aber vielleicht will ich es auch nicht, weil es mich so ablenkt.

Lieber Gott, unter dem harten Weiß der Hemdsärmel sind seine Unterarme höllisch sexy. Stark, mit kräftigen Handgelenken und von dunklen Haaren bedeckt. Warum ist er nicht blass und weichlich? Aber nein. Seine gebräunten Unterarme sehen genauso stählern aus, wie sich sein Bizeps angefühlt hat.

Starke Sehnen treten hervor, als er die Hand am Lenkrad verlagert. »Ich habe das Programm letzte Woche geändert. Das Essen war als Entschädigung gedacht, weil ich es nicht zu ihrer Abschlussfeier und dem danach geplanten Restaurantbesuch geschafft habe.« Er wirft mir einen unergründlichen Blick zu. »Jetzt ist es deins.«

Oh. »Das musst du nicht tun.«

Mit einem Schulterzucken richtet er den Blick zurück auf die Straße. »Ich wusste bei der Buchung, dass du dabei sein würdest. Also war es für euch beide. Ich sehe keinen Grund, es jetzt zu ändern.«

Plötzlich bin ich befangen und nicke. Ich beiße mir auf die Lippe und blicke erneut auf mein Handy. Die offene E-Mail liefert mir Gesprächsstoff. »Dann bleibt es bei diesem Programm? Wir machen alles, wie es geplant war?«

»Ja. Obwohl es heute vermutlich schon zu spät zum Schwimmen ist.«

Also werde ich ihn noch nicht in Badehose zu sehen bekommen. Ich weiß nicht genau, ob ich glücklich oder traurig darüber sein soll, denn es ist leichter, mit ihm zurechtzukommen, wenn ich nicht darüber nachdenke, wie attraktiv er ist.

Wieder schiele ich auf seine Unterarme.

Okay, ich bin *traurig*. Man muss sich nicht dafür schämen, Schönes zu schätzen. Das ist, als würde man die Schönheit eines Bergs bewundern. Ganz natürlich. Und einen Berg will ich auch nicht gleich vernaschen, nur weil er so schön ist.

Also kein Schwimmen. Nur Faulenzen und Essen … »Haben wir die Zutaten für S'Mores?«

»Nein. Sie gehören zur Ausstattung der Zimmer. Man brät sie sich am Kamin.«

An meinem eigenen Kamin. Bethany hatte ursprünglich getrennte Zimmer für sich und Bram gebucht. Als ich dazugeladen wurde, wollten wir uns ihr Zimmer teilen, aber ich schätze mal, ich werde nun einfach allein in ihrem Zimmer sein. »Dann kommst du in mein Zimmer, und wir machen Bilder, wie wir in Schlafanzügen Marshmallows rösten und fröhlich klebrige S'Mores in uns stopfen?«

Ich muss kichern, bevor ich das Ende des Satzes erreicht habe.

Seine langen Finger umfassen das Steuer fester. »Vielleicht lassen wir das aus. Sie wollte es vermutlich nur mit dir machen. Ich hatte ihr gesagt, dass ich keine will.«

»Umso mehr für mich.« Aber Bilder schicken erinnert mich an etwas. Ich hole das Handy raus und fange an zu tippen. »Ich schreibe ihr jetzt, dass du mich erpresst hast.«

»Gut«, sagt er schlicht.

»Gut?« Ich betrachte ihn von der Seite und versuche zu verstehen. »Du scheinst dir sehr sicher zu sein, dass sie alles stehen lässt und kommt, obwohl ich ihr von deinem fiesen Plan erzähle.«

Sein Ton ist unerträglich selbstgefällig. »Sie wird dich vor mir retten wollen.«

O Gott. Er hat recht.

Glücklicherweise bekommt sie die Nachrichten erst in ein paar Wochen. Und es ist besser, wenn sie weiß, was los ist, denn die Bilder von mir und Bram würden sie sonst bestimmt verwirren. Also schreibe ich meine Nachricht fertig und schicke sie los. Dann kopiere ich den Text in eine E-Mail und versende auch die.

Erledigt. Jetzt an die Arbeit. »Und gibt es sonst noch etwas aus alten Tagen, das ich aufleben lassen soll? Soll ich alle fünf Minuten fragen, ob wir bald da sind, oder nach jedem Rastplatz sagen, dass ich mal muss? Ich kann auch das komplette ›Wenn ihr nicht endlich Ruhe gebt, drehen wir um!‹-Programm.«

Brams tiefes Lachen geht mir durch und durch. »Wir hätten *niemals* umgedreht.«

»Niemals?« Unbedingtheiten sind großartig. »Und wenn es einen Erdrutsch gegeben hätte?«

»Wahrscheinlich nicht mal dann.« Bram schüttelt den Kopf. »Das war der Leitspruch meines Vaters: ›Es gibt nur eine Richtung, und die ist vorwärts.‹«

Aha. »Klingt ein bisschen wie eine der Lebensregeln meiner Mutter.«

»Was für eine Regel?«

»›Gib niemals auf.‹«

Seine Brauen ziehen sich zusammen. »Warum ist das nur ›ein bisschen‹ wie immer vorwärts?«

»Na ja, manchmal geht es eben nicht ›vorwärts‹. Manchmal muss man die Richtung ändern, um weiterzumachen. Besonders, wenn man kein Team von Anwälten hat, das einem Probleme aus dem Weg schafft.« Als sich sein Gesicht verdunkelt, füge ich schnell hinzu: »Das soll kein Seitenhieb auf dich sein. Ich sage nur, dass es manchmal eben so läuft.«

Er nickt und schweigt einen Moment, dann sieht er noch mal zu mir rüber. »Und was sind die anderen? Du sagtest ›eine ihrer Regeln‹.«

»Nichts Besonderes. Im Grunde sind es nur drei, die sie mir eingebläut hat. Die erste lautet: Gib niemals auf. Die zweite: Lass niemals eine Freundin wegen einem Kerl im Stich oder betrüge sie.«

»Oder erzähl ihrem Bruder, wo sie ist, wenn sie dich gebeten hat, es nicht zu tun?«, fragt er trocken.

»Genau.« Und ich entschuldige mich nicht dafür. »Die dritte ist: Hab immer genug Geld für ein Taxi nach Hause bei dir.« Obwohl es in meinem Fall nur die Monatskarte für den Bus ist.

»Vernünftig.«

»Das ist sie.«

»Hältst du dich an diese Regeln?«

»Ja.« Ich sehe zu ihm rüber und merke, dass er mich eindringlich mustert. Einen Moment lang kann ich gar nichts sagen. Mein Puls geht schwer, als flösse mein Blut langsam und zähflüssig durch meine Adern, schließlich frage ich: »Und geht es bei dir immer vorwärts?«

Seine Augen verdüstern sich, und er blickt wieder auf die Straße. Mit einem energischen Nicken sagt er: »Immer.«

Es ist fast dunkel, als wir die Lodge erreichen. Der Berg ragt hinter dem spitzen Dach empor, der verschneite Gipfel hebt sich noch immer gegen den dunkelblauen Himmel ab. Blendende gelbe Lichter hinter den Fenstern bereiten uns einen warmen Empfang.

Bram hält vor dem Eingang. »Was brauchst du für heute Nacht? Ich lasse es dir aufs Zimmer bringen, und wir gehen direkt zum Essen.«

»Nur den Rucksack«, sage ich.

Drinnen ist es genauso, wie man es von einer Lodge in einem Wintersport-Resort erwartet, trotzdem muss ich mich zusammenreißen, um nicht den riesigen steinernen Kamin oder das schwindelnd hohe Holzgebälk anzugaffen. Bunte Sitzgruppen stehen verteilt in der offenen Lobby, auf Inseln aus dicken Teppichen auf blanken Holzdielen. Es ist riesig und gemütlich zugleich, rustikal und charmant, und alles trieft vor Geld.

Bram erledigt die Formalitäten an der Rezeption, und wir gehen ins Restaurant, wo Bram namentlich von der Gastgeberin angesprochen wird, bevor sie uns zu einem Tisch vor einer Fensterfront führt. Der Speisesaal ist genauso wie die Lobby, rustikal und elegant, Feuerschein glitzert auf Glas, obwohl eigentlich schon Sommer ist.

Es ist leerer, als ich erwartet hätte. Besonders für einen Freitagabend in einem Restaurant, in dem man reservieren muss. Ein paar verstreute Gäste sind noch da, aber nicht viele, und alle sehen aus, als wären sie bald fertig.

»Sind wir zu spät?«, frage ich Bram leise. »Es sieht aus, als wollten sie bald schließen.«

»Wollen sie auch«, sagt er und rückt mir einen Stuhl zurecht.

Oh, fuck. Ich sehe die Gastgeberin an, die immer noch darauf wartet, dass wir uns setzen. »Sollen wir uns lieber etwas zum Mitnehmen bestellen?«

Bram antwortet mir, bevor sie Gelegenheit dazu hat: »Dafür ist gesorgt, Aspen.«

Die Gastgeberin grinst verkniffen – es wirkt wie ein Ausrutscher in ihrem warmen Lächeln –, und mir wird klar, dass die Verschiebung der Reservierung mit einer Extrazahlung belohnt wird, für jene, die länger bleiben. Ihrem Gesicht nach zu urteilen, wurde sie sehr großzügig entschädigt.

Na gut. Wenn die Extrazahlung die Küchenbelegschaft glücklich macht, bleibe ich gern und lasse Bram dafür zahlen.

Er hat die Speisekarte zugeklappt, noch bevor der Kellner mit dem Wein kommt, aber ich kann mich einfach nicht entscheiden. Alles klingt gut. Und wenn nicht gut, dann zumindest interessant, denn ein paar der Gerichte auf der Karte habe ich noch nie gegessen. Ich weiß nicht, ob ich etwas Bekanntes nehmen oder etwas Neues probieren soll. Als mich der Kellner erwartungsvoll ansieht, bin ich noch immer keinen Schritt weiter.

»Ich bin hungrig und möchte alles«, gestehe ich.

Bram grinst und sieht dabei gleich auch zum Anbeißen aus. »Wir bleiben mehrere Tage«, meint er. »Es gibt nicht viele Alternativen, wo wir essen können, du bist also nicht zum letzten Mal hier.«

Das macht die Sache einfacher. Ich bestelle meine erste Wahl aus jedem Abschnitt der Karte und lehne mich mit einem langen Seufzer zurück. Draußen ist es dunkel, und man sieht nicht viel, nur die Silhouette der Kaskaden, aber tagsüber muss es ein atemberaubender Ausblick sein.

Ich spüre Brams Blick auf mir, während ich die Umgebung auf mich wirken lasse. Vielleicht kennt er die Aussicht schon. Vielleicht ist es spannender, meine Reaktion darauf zu beobachten. Vielleicht sucht er nach etwas anderem in mir.

Ich weiß nicht, ob ich ihn jemals werde einschätzen können. Aber auf einmal ist auch er interessanter als alles andere. Er sitzt in entspannter Haltung am Tisch, zurückgelehnt auf seinem Stuhl, und befingert geistesabwesend den Stiel seines Weinglases, doch sein Blick ist alles andere als gelassen. Er sieht mich scharf an und studiert mich.

Studiert mich, aber schweigt. Ich schätze, dann muss ich wohl reden.

Ich sehe mich im Restaurant um, während die letzten Gäste vom Tisch aufstehen, um zu gehen. Sie sind zwanglos gekleidet – keine Jeans, aber die würden hier vielleicht auch nicht aus dem Rahmen fallen. Ich bin vorher nicht dazu gekommen, mein Sommerkleid zu wechseln, und auf einmal bin ich froh darüber, denn in der Schmuddelhose, die ich zum Putzen angezogen hätte, wäre ich hier ziemlich deplatziert gewesen.

Und Bram? Er ist vielleicht eine Spur zu schick.

Ich nehme einen Schluck Wein und betrachte ihn über den Rand des Glases hinweg. Lächelnd lasse ich das Glas wieder sinken, eine Warnung, dass jetzt die Sticheleien beginnen. »Gehst du immer im Dreiteiler campen?«

Bram hält meinem Blick stand. »Wir sind noch nicht auf dem Campingplatz.«

Haarspalterei. Ich verdrehe die Augen. »Dann ist das also Lodge-Wear?«

Er lenkt ein: »Ich habe mich auf dem Weg nach Reed noch in Tacoma mit einem Investor getroffen.«

Auf dem Weg von Seattle. Dann war heute also kein reiner Urlaubstag für ihn. »Ich dachte, du wärst der Investor.«

So wie Bethany es mir erklärt hat, pumpt er das alte Vermögen der Familie in Leute, die neues Geld für ihn verdienen.

»Es ist ein Gemeinschaftsprojekt.«

»Okay, trotzdem – ich dachte, junge Milliardäre gehen in ironischen T-Shirts und Chucks zu ihren Geschäftstreffen, um zu demonstrieren, dass die üblichen Regeln für sie nicht gelten.«

»Ich bin kein Milliardär.«

Schon wieder Haarspalterei. »Welche Zahl liegt näher an deinem Vermögen, eine Million oder eine Milliarde?«

Sein Schweigen ist Antwort genug. Er ist kein Aufschneider, nicht mal, wenn man ihn reizt, aber wenn er könnte, würde er die Zahl vermutlich herunterspielen. Also liegt er über der Fünfhundert-Millionen-Marke. Da ich mir so viel Geld nicht vorstellen kann, könnte er genauso gut Milliardär sein.

»Siehst du?« Ich richte einen vielsagenden Blick auf seine Weste. »Warum also kein ironisches T-Shirt?«

»Ich bin nur der Typ mit dem Geld«, sagt Bram leise, und ich bin nicht sicher, ob es ironisch gemeint ist, bis er fortfährt: »Die Ideen kommen von den Leuten, in die ich investiere. Bei manchen ist es eine neue und geniale Idee, bei anderen das Lebenswerk. Mit meiner Kleidung signalisiere ich, dass ich ihren Erfindergeist oder Arbeitseinsatz achte und nicht zum Spielen da bin oder um Regeln zu brechen. Ich treffe mich nicht mit den Leuten, um mein Selbstwertgefühl zu steigern. Ich treffe mich mit ihnen, um Geschäfte zu machen.«

Verdammt. »Ich … damit kann ich dich nicht aufziehen.«

Seine Brauen wölben sich. »Du willst mich aufziehen?«

»Ja, aber mit dir macht es keinen Spaß.«

»Wenn es dir hilft, lasse ich mir ein T-Shirt drucken, auf dem steht: ›Mit mir macht es keinen Spaß‹.«

Ich lache. »Danke, das wäre hilfreich. Und keine Bange, du siehst bestimmt auch darin gut aus.«

»Ja, meine einzige Sorge«, sagt er trocken, bevor sein Blick über meine fast nackten Schultern wandert. Dann sieht er mir wieder ins Gesicht. »Und keine Bange. Du siehst auch gut aus.«

Ich erröte und lehne mich zurück, gerade als der Kellner mit dem ersten Gang kommt. Doch trotz knurrendem Magen und zauberhaft angerichtetem Teller schmecke ich kaum etwas, als ich mit dem Essen beginne. Meine gesamte Aufmerksamkeit wird von der anderen Seite des Tisches gebannt.

Seine Hände sind wirklich schön. Groß, mit breiten Handtellern und langen Fingern und doch präzise und elegant im Umgang mit Messer und Gabel. Ich beobachte sie, als er mich plötzlich ansieht.

Der flackernde Schein der Kerze auf dem Tisch glitzert in seinen dunklen Augen. »Bethany meinte, du hättest heute Vormittag auch noch eine Besprechung gehabt und dass wir deswegen erst nachmittags fahren können.«

»Das war keine Besprechung. Nur der Abschluss eines Projekts.«

»Du musstest es noch nach der Abschlussprüfung zu Ende bringen?«

Ich greife nach dem Weinglas. »Nicht für die Benotung. Es war nur ein Abschiedstreffen.«

»Zu was?«

»Zu einem unabhängigen Studienprojekt. Letztes Jahr habe ich ein Seminar dazu belegt, wie man Fördergelder beantragt. Dazu mussten wir eine örtliche Schule oder gemeinnützige Einrichtung für eine Zusammenarbeit auswählen und eine Förderung suchen, die zu den Bedürfnissen der Institution passt. Ich habe mich für eine Highschool entschieden. Jedenfalls wurde der Antrag bewilligt, also habe ich mit Mrs Whitaker – einer Lehrerin – und einem Team aus Schülern ein Programm aufgebaut und den Schein für mein Projekt bekommen. Aber letztlich bin ich deswegen eine Woche länger in Reed geblieben. Es war nicht Pflicht, aber an der Highschool beginnen die Sommerferien eine Woche später als am College, und heute war das letzte Treffen des Schülerteams. Sie haben eine kleine Feier gemacht, also bin ich hingegangen. Es gab Kuchen, und wir haben unser Projekt gefeiert.«

Das war alles. Mehr gibt es nicht zu sagen.

Doch das scheint Bram nicht klar zu sein. »Wofür gab es das Fördergeld?«

»Um einen Kurs gegen Shaming zu entwickeln, den die Schüler jetzt an anderen Schulen halten – alles von den Schülern selbst gemacht. Ich habe nur zugesehen und protokolliert.«

»Nachdem du den Inhalt ausgearbeitet hast.«

»Okay, ja, aber das ist nur Recherche und Entwicklung. Ich musste nicht vor den anderen Klassen stehen und reden. Ich hatte den einfachen Part.« Den sehr einfachen Part. Ich hatte die Schule nicht so krass in Erinnerung. Vielleicht, weil ich mit anderen Problemen beschäftigt war – damit, dass mein Dad im Sterben lag und ich meiner Mutter auf keinen Fall zur Last fallen wollte.

»Und das möchtest du nächstes Jahr weiterverfolgen? Einen Master in Erziehung?«

Plötzlich ist mir der Appetit vergangen, und ich schiebe den letzten Happen meiner Vorspeise auf dem Teller herum. »Ja.«

»Du sprühst ja regelrecht vor Begeisterung«, bemerkt er, und als ich seinen Blick streife, sind seine Brauen höhnisch hochgezogen. »Willst du das wirklich? Unterrichten?«

Ich lasse meine Gabel klappernd auf den Teller fallen. »Ja. Das wollte ich schon immer.« Das ist seit Ewigkeiten mein Ziel: einen Master-Abschluss machen und dann entweder Geschichte oder Literatur unterrichten, ich liebe beides. »Und es ist immer noch mein fester Plan. Vielleicht ist es nicht sonderlich aufregend, und wahrscheinlich werde ich nicht reich dabei, aber es ist solide, erfüllende Arbeit.«

»Eine sichere, vernünftige Wahl. Klingt ganz nach dir.«

Höre ich da Ironie? Will er sagen, es passt *nicht* zu mir? Ich bin mir nicht sicher.

»Ganz genau«, versichere ich ihm. »Was glaubst du, wofür ich die ganze Zeit studiert habe? Und das Projekt war toll. Die Kinder waren toll.«

All das ist wahr. Was zählt es also, dass ich mir die ganze Zeit wie eine Betrügerin vorkam? Mrs Whitaker ist genau die Sorte Lehrerin, die ich einmal sein will. Ein Drache in Strickjacke, der für jeden Schüler kämpft. Witzig, durchsetzungsstark, inspirierend. Es fällt mir nur zunehmend schwer, mich an ihrer Stelle zu sehen.

Aber das kommt wieder, ganz bestimmt. Ich habe zu lange auf dieses Ziel hingearbeitet, um es aufzugeben oder den Kurs zu ändern. Die Unsicherheit wird bald vorbei sein.

Ich bin nur einfach fertig. Ich brauche eine Pause. Eine Pause wie diese, dann komme ich wieder rein.

Ich bin froh, als Bram seinen durchdringenden Blick von mir löst, weil der Kellner zurückkommt und unsere Vorspeisenteller abräumt, um den Hauptgang zu servieren.

Doch sobald er weg ist, macht Bram weiter: »Wann hast du dich entschieden, Lehrerin zu werden?«

»In der neunten Klasse.«

»Und an deinen Zielen hat sich nie etwas geändert?«

»Nein.« Ich lächle verkniffen. »Haben sich deine verändert? Oder warst du schon immer ein Roboter-Milliardär?«

»Nein. Ich war nicht immer so diszipliniert.« Ein Schatten huscht über sein Gesicht. Er lehnt sich zurück und studiert mich mit diesem unergründlichen Blick. »Ich sehe dich nicht als Lehrerin.«

Mein Lachen klingt mehr nach einem verärgerten Schnauben. Ich muss nicht nachdenken, als was er mich sieht. Er hat es oft genug gesagt.

Aber wir haben Waffenruhe. Also trinke ich einen Schluck Wein.

»Als Anwältin vielleicht«, sagt er.

Das darf doch nicht wahr sein. »Jemand, der deine Probleme aus dem Weg räumt? Meinst du nicht, dass ich sie normalerweise *verursache?*«

»Das auch.« Sein Grinsen ist kurz und gerissen. »Nicht als Firmenanwalt. Als Staatsanwältin, die Gerechtigkeit einfordert.« Er neigt den Kopf, als würde er mich aus einem anderen Blickwinkel betrachten. »Oder Pflichtverteidigerin. Jemand, der sich für Leute einsetzt, die sich keinen Anwalt leisten können.«

Eine Klammer legt sich um meine Brust. Seine Einschätzung ist unerwartet freundlich, trotzdem ist es ganz bestimmt nicht die Zukunft, die ich geplant habe. »Das ist nichts für mich. Außerdem kann ich ohnehin nicht an eine Rechtsfakultät gehen.«

»Warum?«, fragt er schroff. »Nach dieser Reise werden deine Studiengebühren bezahlt. Ganz gleich, an welcher Uni.«

»Ich habe schon die Zulassung für das Erziehungsstudium. Jura passt nicht zu mir. Und ich habe es auch nicht vor.« Ich schüttele den Kopf und versuche, das Thema zu wechseln. »Überhaupt überrascht es mich, dass gerade du gegen eine sichere, solide Laufbahn bist, Blechmann.«

Seine Augen werden schmal. »Laut Vereinbarung bekommst du Studiengebühren, Unterkunft und Verpflegung bezahlt, bis du dein Studium abschließt. Wann immer das sein mag. Dir stehen jetzt *alle* Möglichkeiten offen, Aspen.«

Einen Moment lang kann ich nicht atmen. Kann ich nicht denken. Als würde gar nicht zu mir durchdringen, was er da sagt.

Vielleicht, weil es in der Vergangenheit selten Wahlmöglichkeiten für mich gab. Ich bin es nicht gewöhnt.

Sein Blick brennt sich in meine Augen, als er sich nach vorne beugt. »Du bist hungrig. Du willst *alles.* Und jetzt … kannst du es haben.«

Vermutlich kann ich das. Und ich weiß wirklich, wirklich nicht, was ich davon halten soll. Denn ich hätte nie erwartet, einmal etwas anderes zu wollen als die paar Dinge, auf die ich hingearbeitet habe.

Ich reiße den Blick von ihm los und wende mich dem Essen zu. Jakobsmuscheln und Forellenrogen, nichts, was ich üblicherweise bestelle, aber so köstlich, dass ich es nicht bereue.

Der Kellner erscheint, sobald ich die Gabel niedergelegt habe, und räumt die Teller weg. Sein Blick richtet sich auf Bram. »Vor dem Dessert, Sir?«

Bram neigt den Kopf.

Der Kellner gibt der Gastgeberin ein Zeichen. Im nächsten Moment entkorkt er eine Flasche Champagner, und die Gastgeberin trägt ein Paket mit roter Schleife auf uns zu. Erst vermute ich, es ist ein Kuchen – es hat ungefähr die Größe eines kleinen Blechkuchens –, doch gerade als mir klar wird, dass man uns keinen ganzen Kuchen servieren würde, stellt sie das Ding vor mich auf den Tisch, und ich erkenne das Logo auf dem weißen Karton.

»Danke«, meint Bram, und der lächelnde Kellner und die Gastgeberin ziehen sich zurück.

Ich starre noch immer den Karton an. »Das ist für mich?«

Ein Laptop. Und zwar keins der billigen Modelle, die ich mir im Elektrogroßmarkt ausgesucht hätte – wie das, was sich Anfang des Jahres verabschiedet hat. Alle Computer am Reed College laufen mit diesem Betriebssystem, und ich habe mir die Preise angesehen. Sie waren jenseits meiner Reichweite.

»Für dich.« Bram hebt sein Glas. »Ein Dinner zur Abschlussfeier, falls du dich erinnerst.«

»Ja, aber …« Ich streiche über den glatten Karton. Ich will ihn aufreißen und mit dem Laptop spielen, aber ich gebe mich cool. »Wow. Das ist ein verdammt großes Geschenk.«

Er zuckt die Schultern. »Bethany hat mal erwähnt, du würdest mitten in der Nacht zurück ins Zimmer kommen, weil du die Computer im Labor nutzen musst. Deshalb dachte ich, es könnte helfen.«

»Das ist richtig. Danke.«

»Bedank dich bei Bethany. Sie hat mir gesagt, welcher dir gefallen würde – und wie man ihn personalisieren kann.«

»Er ist personalisiert?«

Sein Blick streift den Karton. »Schau doch rein.«

Das muss er mir nicht zweimal sagen. Ich streife die Schleife ab und muss nur den Deckel anheben, um zu sehen, was er meint. Die silberne Verschalung des Laptops ist mit einer Hülle umgeben – und darauf prangt das Cover eines John-Denver-Albums. Der Sänger blickt verträumt zu mir empor, und über seinem Kopf steht in großen, geschwungenen Lettern *Aspenglow*.

Ich muss lachen. »Das ist großartig. Perfekt.«

Bram grinst, als wäre er mit meiner Reaktion zufrieden. »Gut.«

»Und du hast gelogen!«, fällt mir plötzlich auf. »Du wusstest von dem Song. Hast du innerlich gelacht?«

»Auf meine Roboterart. Ha. Ha. Ha«, sagt er mechanisch.

Ich muss wieder lachen und klappe den Deckel zu. »Nun, es ist toll. Dann wusste Bethany, dass du das hier vorhattest? Diese ganze …«, ich winke in Richtung Gastgeberin, »Überraschungssache?«

Er schüttelt den Kopf.

»Was hast du für sie besorgt? Ich bin mir sicher, du hast nicht nur ein Geschenk geplant.« Ich beiße mir auf die Zunge, kann aber mein dummdreistes Grinsen nicht verhindern. »Ich verspreche, ich verrate es ihr nicht. Ich kann schweigen wie ein Grab.«

»Das glaube ich«, sagt er säuerlich.

Ganz offensichtlich. Er hat noch nicht mal versucht, aus mir herauszukitzeln, wo sie steckt, seit wir bei meiner Mom waren.

Ich wölbe erwartungsvoll die Brauen.

»Ich wollte ihr einen Schlüssel schenken«, erklärt er.

»Für einen Neuwagen?«

»Für ein Stadthaus in Cambridge.«

In der Nähe des MIT. Heilige Scheiße. »Du bist ein ganz schön toller Bruder.«

Sein belustigtes Gesicht verdunkelt sich leicht, und er antwortet nicht.

Weil er sich gerade nicht wie ein toller Bruder fühlt. Aber was soll ich verdammt noch mal sagen? Es gibt nichts. Also halte ich den Mund, und er winkt dem Kellner.

Bram deutet auf den Karton: »Bringen Sie das bitte in Miss Phillips' Zimmer?«

»Selbstverständlich, Sir. Und ich komme gleich mit Ihrem Dessert zurück.«

Obwohl Bram gar keins bestellt hat, wie mir nun auffällt, als der Kellner nur einen Teller bringt – Aprikosen-Käsekuchen für mich. Mittlerweile bin ich beinahe zu satt für die schwere Nachspeise.

Aber ich erlebe jeden Bissen sehr bewusst, während Bram mich beobachtet. Sein unverwandter Blick macht mich nervös und verlegen und bringt mich ins Schwitzen.

Ich strecke die Hand nach dem Champagner aus. Nach der süßen Aprikose ist der erste Schluck unangenehm trocken und geht nicht leicht runter.

Ich stelle ihn zur Seite und sage: »Nochmals Danke.« Ich wedle mit der Hand in Richtung Käsekuchen und der roten Schleife, die noch immer neben meinem Dessertteller liegt. »Das war sehr schön.«

Damit reiße ich ihn aus seinen Gedanken, und es scheinen keine schönen gewesen zu sein. Sein Nicken ist kurz und abrupt, sein Gesicht wieder verschlossen. Er ist erneut vollkommen im Robotermodus, aber nicht auf die humorvolle Art.

»Und für den Laptop«, füge ich hinzu.

»Danke Bethany dafür.« Sein Ton ist unbeteiligt.

»Das werde ich«, erwidere ich, dann beiße ich mir auf die Lippe. »Obwohl ich mein Abschluss-Geschenk für sie jetzt vermutlich überdenken muss.«

»Was war es denn?«

»Einfach nur eine Flasche Tequila. Wir haben gesagt, wir betrinken uns zusammen, wenn das alles vorbei ist – und sie sagte, wir sollten es dieses Wochenende machen, als Auftakt für die Reise. Sie steckt in meinem Rucksack, aber …« Mir fällt auf, dass ich mich auf gefährliches Terrain begeben habe.

Ich werde unvorsichtig.

Sein Gesicht wird finster, die Aushöhlungen unter seinen Wangenknochen vertiefen sich. »Warum überdenken, wenn sie es wollte?«

Weil sie vieles überdenken muss. Genau wie ich. Letztes Wochenende ist es mir nicht aufgefallen, während ich zusah, wie sie sich beim Essen mit meiner Mutter und meiner Tante betrank – aber wahrscheinlich hätte es mir auffallen sollen. Denn das ist typisch, nicht wahr? Menschen tauschen eine Sucht gegen die nächste aus und beruhigen sich damit, dass es schon nicht so schlimm sein kann, solange die Droge an sich nicht so gefährlich ist.

Aber selbst ein Abendessen wie das hier, mit Wein und Champagner, wäre vielleicht schwer für sie gewesen. Womöglich hätte sie sich vor Bram zusammengerissen. Aber würde sie dann nicht anfangen, es vor ihm zu verstecken? Das wäre noch schlimmer.

Mir fällt auf, dass er auf eine Antwort wartet. Also gebe ich ihm die einfachste: »Es erscheint etwas schwach im Vergleich.«

Sein Blick wird kühl. »Ich bin mir sicher, sie erwartet kein Geschenk von gleichem Wert. Und kümmert sich nicht, ob du ihr eins machst.«

»Nein. Das weiß ich.«

Doch mein Magen zieht sich zusammen. In den Jahren mit Bethany habe ich gelernt, ihre Geschenke so würdevoll wie möglich anzunehmen. Sie ist Meisterin darin, ihre Geschenke als eigennützigen Akt hinzustellen. Ich kann es mir nicht leisten, ins Kino zu gehen? Sie lädt mich ein, weil sie nicht allein gehen will. Ans Meer fahren und übers Wochenende ein Haus buchen? Für mich nicht drin, aber sie möchte mich dabeihaben, und ich bin die bessere Fahrerin. Ein Smartphone? Sie schenkt mir eins zu Weihnachten, damit sie mich immer erreichen kann.

Auf diese Art stellt sie es hin, als wären all ihre Geschenke in Wirklichkeit für sie. Und ich wehre mich nicht mehr so oft dagegen wie früher, denn sie abzulehnen, ist genauso peinlich. Ich versuche nur, im Gegenzug so großzügig wie möglich zu sein. Doch die Diskrepanz zwischen einer Flasche Schnaps und einem Laptop für zweitausend Dollar ist trotzdem ein Schlag in die Magengrube.

Und ich weiß, dass auch Bram dieses Missverhältnis erkennt. Verdammt, das war praktisch das Erste, was er über mich gesagt hat.

Sie kommt offensichtlich nicht damit klar, dass du Geld hast, und sie wird dich entweder übers Ohr hauen oder benutzen.

Ich habe tatsächlich Probleme mit Geld. Das weiß ich. Aber ich habe kein Problem damit, dass Bethany Geld hat – und ich habe sie nicht ausgenutzt. Es gibt nichts, wofür ich mich schämen müsste. Es ist nicht so, dass Bethany für meinen alltäglichen Bedarf aufkommen würde, nicht mal für meinen monatlich kündbaren Vertrag für das Smartphone, das sie mir geschenkt hat. Mom und ich haben einen gemeinsamen Haushaltsplan, und das Smartphone ist meine einzige große unnötige Ausgabe, die es mir aber wert ist, weil ich dadurch so leicht mit ihr in Kontakt bleiben kann.

Er runzelt die Stirn. »Wo liegt dann das Problem?«

»Es gibt kein Problem.« Ich ziehe hilflos die Schultern hoch. »Sie hat mir einfach nur viel geschenkt. Und manchmal wünsche ich mir, ich könnte ihr etwas zurückzahlen.«

Sein Gesicht verhärtet sich, während er mich spöttisch ansieht. »Arme kleine Aspen, muss Geschenke annehmen, für die keine Gegenleistung erwartet wird.«

Himmel. Meine Brust zieht sich zusammen. »So habe ich es nicht gemeint.«

»Das hast du aber gesagt.«

Ich sage das alles nur, weil er mich so in die Ecke drängt. »Ich habe sie nie um etwas gebeten.«

Ein verächtliches Lächeln umspielt seinen Mund. »Das war nicht nötig.«

Das stimmt. Aber nicht so, wie es jetzt bei ihm klingt. Als hätte ich geschmollt und gejammert, dass ich etwas nicht habe, bis Bethany es mir schenkt.

Aber er glaubt genau das. In meinem Magen rumort es, als würde der Käsekuchen gleich wieder hochkommen.

»Ich sage nur, dass deine Schwester es einem sehr leicht macht, ihre Geschenke anzunehmen – sie stellt es immer so hin, als würde man ihr einen Gefallen tun.« Ich beuge mich vor. »Auf diese Weise bringt sie einen zu allem Möglichen. Selbst dazu, dass ich auf diese Reise mitkomme. Ich wette, als sie es dir vorgeschlagen hat, warst du dagegen.«

Er lacht humorlos. »Allerdings.«

Die Bestätigung schlägt mir auf den Magen und verstärkt das Kratzen meiner Stimme. »Aber vermutlich hat sie dir erzählt, sie hätte mir schon zugesagt. Also hast du nachgegeben, weil das leichter ist, als sie zu zwingen, eine Freundin zu verprellen und die Böse zu sein.« Wieder sehe ich ein Flackern in seinen Augen, das meine Vermutung bestätigt. »Obwohl sie mir von Anfang an gesagt hat, du hättest bereits zugestimmt.«

Sich das alles anzuhören, verärgert ihn offenbar noch mehr. »Dann hältst du deine Freundin also für eine manipulative Lügnerin.«

»O nein«, lache ich und lehne mich zurück. »Ich finde es zutiefst beeindruckend, wie sie uns leitet – besonders, weil sie es nur deshalb tut, um alle glücklich zu machen. Mich, dich. Aber dass ich ihre Freundin bin, heißt nicht, dass ich blind bin. Die Eigenschaften von Leuten zu benennen, heißt nicht, sie dafür zu verurteilen. So wie deine Eigenschaft, immer einen Schuldigen zu suchen.«

Seine Stirn senkt sich, seine Miene wird finster. »Was meinst du damit?«

»Deine Schwester haut ab. Und was sagst du? ›Hast du sie dazu angestiftet, Aspen? Hast du sie beeinflusst?‹ Du suchst jemanden, dem du die Schuld geben kannst.«

Obwohl er sich in diesem Fall als Erstes selbst die Schuld gegeben hat. Es hat nur nicht lange gedauert, bis er jemand anderes gesucht hat.

Seine Lippen werden weiß vor Wut. »Heute habe ich an dir das Verhalten gesehen, das diese Folgerung verstärkt. Bethany tut nichts Unüberlegtes. Sie ist organisiert. Vorsichtig. Du dagegen – du rennst in ein Haus voll zugedröhnter Idioten und lehnst jede Hilfe ab. Du bist leichtsinnig. Impulsiv.«

»Unabhängig«, blaffe ich zurück. »Eigenständig. Ich wäre auch ohne deine Hilfe klargekommen.«

Er schnaubt verächtlich und lehnt sich zurück, dann redet er weiter, als hätte ich ihn nicht unterbrochen: »Bethany wohnt vier Jahre mit dir zusammen. Ob ich glaube, dass sie das beeinflusst hat? Selbstverständlich. Plötzlich läuft sie davon. Woher hat sie dieses impulsive Verhalten?«

»Vielleicht von mir.« Was spielt das schon für eine Rolle. »Aber hast du je darüber nachgedacht, dass ihr die eine oder andere impulsive Entscheidung guttun könnte? Dass *diese* Entscheidung gut für sie war?«

Er sieht mich abschätzig an. »Sie hat eine Freundin stehen gelassen, obwohl sie wusste, dass du Zeit und Geld in diese Reise stecken musstest, die du nicht hattest. Sie benutzt dich, um sich vor ihrer Familie zu verstecken, obwohl sie weiß, dass ich mir ernsthaft – und begründet – Sorgen machen würde, wo sie steckt und warum sie uns so unbedingt und unerwartet verlassen muss. Wenn das die Art ist, wie sie jetzt entscheidet, bist du wirklich nicht gut für sie.«

Nicht gut für sie. Für meine beste Freundin. Für einen der wichtigsten Menschen für mich. Als ob meine Gegenwart schädlich für sie wäre. Wie Krebs.

Dabei dachte ich, Bram hätte mir schon auf jede erdenkliche Art das Gefühl gegeben, das letzte Stück Dreck zu sein, und mich mit einem einzigen Schlag vernichtet. Das muss ich ihm lassen: Er hat es wieder mal geschafft.

Aber eher schlucke ich fünfzig von Fitzys gebrauchten Kondomen, als Bram zu zeigen, wie tief er mich gerade verletzt hat. Also lächle ich verkniffen und schiebe meinen Stuhl zurück.

»Nun«, sage ich und erhebe mich, »es war eine schöne Waffenruhe.«

Sein Handy liegt umgedreht neben seinem Weinglas. Ich hebe es auf, gehe um den Tisch, streiche über das Display, um die Kamera zu aktivieren, bücke mich und drücke die Wange gegen seinen harten Kiefer. Seine feinen Bartstoppeln kitzeln, und sosehr es mich ärgert, durchzieht mich ein Schaudern, und es prickelt auf meiner Haut. Instinktiv möchte ich mich vor dieser unerwarteten Empfindung schützen, vor seinem warmen Atem, vor dem Wissen, dass sein Mund so nah an meinem ist.

Aber ich tue es nicht, weil ich sauer bin – und meine körperliche Reaktion macht mich nur noch wütender.

Er erstarrt, als ich ihn berühre.

Vermutlich fürchtet er, der gefährliche Leichtsinn, mit dem ich seine Schwester infiziert habe, könnte sich auch auf ihn übertragen.

»Lächeln für Bethany«, sage ich, strecke den Arm aus und fange unsere Gesichter in der Mitte des Displays ein. »Zeigen wir ihr, wie viel Spaß wir haben.«

Ich drücke den Auslöser und verewige seinen grimmigen Blick und mein höhnisches Grinsen.

»Perfekt.« Achtlos werfe ich das Handy auf den Tisch, greife nach meiner Tasche und bereite mich zum Gehen vor. Seine guten Manieren sind dahin – oder ich bin es einfach nicht mehr wert. Jedenfalls presst er die Kiefer zusammen und bleibt sitzen, die rechte Hand auf dem Tisch zur Faust geballt.

Ohne ein weiteres Wort lasse ich ihn sitzen und vor sich hinbrüten, dieses scheinheilige Arschloch.

8

In meinem Zimmer packe ich sofort den Laptop aus – und ich habe mich geirrt. Aspenglow ist keine abnehmbare Hülle. Das Motiv ist in die Verschalung geprägt.

Ich streiche über das lackierte Aluminium und schüttele den Kopf angesichts solcher Extravaganz, bevor ich ihn anschalte, die Einstellungen anpasse und Informationen zu ein paar Stationen der Reise sichte, doch es ist schwer, an die erste Freude anzuknüpfen. Alles wegen dieses dummen Streits. Dabei war es so gut gelaufen. Selbst die Meinungsverschiedenheit über meine Zukunft war einfach nur das gewesen – unterschiedliche Meinungen. Dann kommt dieses Geschenk, und Bram mutiert wieder zum Arschloch, und jetzt kann ich mich nicht mal mehr über diesen Laptop freuen, ohne mich schuldig zu fühlen für … nichts.

Obwohl ich mich seiner Meinung nach allein schon dafür schuldig fühlen muss, dass ich auf dieser Welt bin.

Verdammt, ich pack das heute Nacht nicht.

Ich stelle den Laptop zur Seite, verkrieche mich ins Bett und schalte den Fernseher ein. Den Film schaffe ich nur zur Hälfte, dann fallen mir die Augen zu.

Trotz meiner Erschöpfung kann ich nicht schlafen. Ich erkläre es mir damit, dass ich allein in einer großen Hotelsuite liege, nachdem ich mir jahrelang ein kleines Zimmer mit Bethany geteilt habe. Das Zimmer ist so groß und fühlt sich so verdammt ruhig und leer an.

Und meine Gedanken kreisen die ganze Zeit um diesen dummen Streit mit Bram. Ich gehe ihn immer wieder durch, Wort für Wort. Wünschte, ich hätte bessere Antworten parat gehabt. Versuche zu ergründen, was ich getan habe, um diese bodenlose Verachtung zu verdienen.

Frage mich, warum mich das überhaupt juckt.

Als graues Licht durch die Fenster fällt, gebe ich auf, so zu tun, als würde das Gedankenkarussell anhalten, wenn ich noch länger im Bett liege. Ich muss etwas tun. Keine einzige Wolke stört die Perfektion des heller werdenden Himmels vor dem Fenster. Es ist ein wundervoller Sommermorgen, doch laut Wetter-App sollen die Temperaturen auf Höhe der Lodge nicht über fünfzehn Grad steigen. Im Moment sind es gerade mal fünf, also ziehe ich einen übergroßen Kapuzenpulli an und dazu eine enge Jeans, dann stecke ich die Füße in ausgetretene Sneakers. In der Lobby herrscht bereits Betrieb, Leute checken aus oder brechen zu Tagesausflügen auf. Ich gehe an der Rezeption vorbei, bevor ich mich in der Schlange im Café anstelle. Zehn Minuten später halte ich einen sündhaft schokoladehaltigen Kakao in der Hand und mache mich auf den Weg, um die von Mom geforderten Bilder aufzunehmen.

Wow – es ist still. Und weitläufig. Aber es fühlt sich nicht leer an hier draußen, sondern einfach nur wundervoll heiter, während ich den Grat hinter der Lodge hochsteige und einen Halt einlege, um orangefarbene Blüten zu fotografieren, Tigerlilien, wie ich der Hiking-Broschüre von der Infotheke entnehme, und Gruppen von roten Glockenblumen, die nicht genannt werden. Ich nehme noch ein paar Selfies auf, mit Bergkuppe im Hintergrund, dann kehre ich zur Lodge zurück.

Wo die Heiterkeit ein jähes Ende findet. Bramwell

Gage kommt mit finsterem Gesicht über den Parkplatz auf mich zu.

»Wo zum *Donner* warst du?«, schallt es mir schon von Weitem entgegen.

Verwundert über seine Wut, werde ich langsamer. Unter anderen Bedingungen hätte mir seine Erscheinung vermutlich die Stimme verschlagen – Wanderstiefel, ausgeblichene Jeans und ein hellbeiger Pullover –, stattdessen überlege ich fieberhaft, ob ich irgendeinen Termin verpasst habe. Habe ich das Programm falsch gelesen?

Ich ziehe das Handy aus der Gesäßtasche und checke meine Mails. Huch, in der letzten halben Stunde sind drei Nachrichten von einem unbekannten Absender eingegangen, alle mit der Frage, wo ich bin.

»Ich war da oben.« Während ich mit einer Hand durch das Reiseprogramm scrolle, wedle ich mit der anderen in Richtung Berg. »Fotos machen. Ich dachte, bis neun gäbe es kein Programm?«

Und ich täusche mich nicht. Frühstück, dann Wandern um neun. Jetzt ist es halb.

»Acht«, sagt er knapp. »Frühstück.«

»Hab schon.« Ich halte meinen leeren Kakaobecher hoch. »Den habe ich mir um sechs geholt, dann bin ich ein bisschen herumgelaufen. Auf dem Programm steht nicht, dass wir gemeinsam frühstücken.«

Außerdem wollte ich mir nicht noch ein Essen verderben lassen. So, wie mir das Ende meines kleinen Ausflugs verdorben wurde.

»Du warst wandern?«, wiederholt er streng. »Allein?«

»Ja.«

»Du bist *allein* auf den Mount Hood gewandert? Ohne mir zu sagen, wo du hingehst?«

»Verstehe. Aspen war schon wieder leichtsinnig und dumm.«

Seine Augen werden bedrohlich schmal, und er knurrt: »Du sagst es.«

Trotz der Enttäuschung in meiner Brust setze ich mich wieder in Bewegung und sage leichtfertig: »Nur dass ich mich am Info-Tresen informiert habe, welcher Wanderweg der leichteste ist und sich am besten für Fotos eignet. Sie wussten also, wo ich hinwollte. Außerdem bin ich auf dem Rückweg an dreißig anderen Wanderern vorbeigekommen. Mir wäre nichts passiert, selbst *wenn* ich gestürzt wäre und mir das Bein gebrochen hätte.«

»Es ist trotzdem unverantwortlich.« Er wartet keine Sekunde, sondern läuft neben mir her – vermutlich, damit ich kein Wort von seinem Vortrag verpasse. »Ich hatte keine Ahnung, wo du steckst. Du hast nicht auf mein Klopfen reagiert. Du warst nicht in deinem Zimmer. Du hast mir keine verdammte Nachricht hinterlassen oder gemailt.«

»Du warst in meinem Zimmer?« Auf einmal kapiere ich, worum es geht. »Du dachtest, ich wäre abgehauen.«

Die Muskeln in seinem Kiefer arbeiten, aber er antwortet nicht.

Das ist auch gar nicht nötig. Denn Bethany ist abgehauen, und mein schlechter Einfluss ist schuld daran. Ist doch nur logisch, dass ich dann auch abhaue.

Ich lache, aber ohne jeden Humor. Der hohle Klang kommt aus dem Loch in meiner Brust. »Das hast du. Du dachtest, nach deiner arschigen Nummer gestern hätte ich genug gehabt und das Weite gesucht.«

Wir kommen zum Eingang, doch anstatt mich reingehen zu lassen, fasst mich Bram beim Arm, führt mich neben den großen Steinbogen am oberen Treppenabsatz und blickt mit kaum verhohlenem Zorn auf mich herab. »Es ist unwichtig, was ich gedacht habe. Wichtig ist, dass du es nicht noch mal tust. Kein Verschwinden. Keine spontanen Schnapsideen. Wir halten uns an das Programm, und was wir tun, tun wir *zusammen.*«

Fassungslos schaue ich zu ihm auf. »Ich kann noch nicht mal einen Spaziergang machen?«

»Wenn du das willst, sag mir Bescheid. Dann komme ich mit.«

»Das ist lächerlich.«

Er steht ohnehin dicht vor mir, jetzt beugt er auch noch den Kopf hinunter, als glaubte er, ich könne ihn nur verstehen, wenn er es mir direkt ins Gesicht sagt. »Besser, als wenn du dir das Bein brichst und warten musst, bis dich ein Fremder findet.«

Da bin ich anderer Meinung. Verglichen mit dieser Aussicht hätte ich lieber ein gebrochenes Bein. »Dann machen wir *genau*, was auf dem Programm steht?«

»Ja.«

»Dann hoffe ich, du beherrschst Wiederbelebungstechniken, denn auf dem Programm steht schwimmen – und ich kann nicht schwimmen. Aber ist schon okay! Statt am Pool herumzuliegen wie geplant, ertrinke ich gern ein bisschen, während ich mich deinem allmächtigen Diktat beuge.«

Er weicht zurück und sieht mich fragend an. »Du kannst nicht schwimmen?«

»Nein.«

Er sieht mich weiter an, dann rückt er noch einen Schritt von mir ab und fährt sich durch das dunkle Haar. »Für morgen ist eine Rafting-Tour gebucht.«

»Na und?«

»Wir streichen sie«, sagt er entschieden.

»Was? Nein.« Auf die Rafting-Tour habe ich mich besonders gefreut. »Ich möchte sie machen.«

Auf seiner Stirn bilden sich tiefe Falten, als könnte er mich nicht verstehen. »Du kannst nicht schwimmen.«

»Ich weiß. Aber das hat nichts mit *Rafting* zu tun.«

»Wir fahren über Stromschnellen. In einem *Fluss.*« Er betont es, als würde ich diesen Teil nicht verstehen.

»Ich werde eine Schwimmweste tragen. Mir kann nichts passieren. Sogar Schwimmer müssen Schwimmwesten tragen.«

Er schüttelt den Kopf. »Wir ändern das Programm.«

Ich lache. »Da müssten wir aber ganz schön viel verändern. Wir halten uns an vier verschiedenen *Seen* auf, Blechmann. Geplant sind Bootsfahrten, Jet-Ski, Kanu und Angeln« – vom Boot aus, vermute ich. »Für all das braucht man eine Schwimmweste, aber man muss nicht schwimmen können. Außerdem steht fast jeden Abend Schwimmen auf dem Programm – was ich vielleicht auch in einer Schwimmweste tun kann. Es sei denn, du gibst mir Schwimmunterricht?«

Er reißt den Kopf herum und sieht mich an. »Ja.«

»Was?« Das sollte ein Scherz sein.

»Wir ändern das Programm. Schwimmen wird zu Schwimmunterricht.«

Unterricht. Ich starre ihn mit geöffneten Lippen an und gerate ins Stottern. Ich habe keine Ahnung, was ich sagen soll.

Die Falten in seiner Stirn vertiefen sich. »Willst du es denn nicht lernen?«

»Doch, sicher. Aber …«

»Gut. Wir fangen mit den Bootsfahrten an, sobald du schwimmen kannst.«

Bis morgen werde ich es nicht gelernt haben. »Aber wir gehen auf die Wildwasserfahrt.«

»Nein.«

»*Doch.* Ich habe mir gestern Abend die Website von dem Tour-Anbieter angesehen. Dort steht ausdrücklich, dass auch Nichtschwimmer teilnehmen können. Ich habe solche Lust. Außerdem wäre es doch eine ziemlich impulsive Entscheidung, einen Tag davor zu stornieren, oder?«

Er wendet den Kopf ab, die Lippen zusammengepresst, die ganze angespannte Körperhaltung Ausdruck von Frustration.

Schließlich gibt er nach. »Na gut. Verdammt.«

Wahrscheinlich sollte ich ihm danken. Aber ich bringe es nicht über mich. Nicht, nachdem ich praktisch betteln musste. Meine Kehle ist wie zugeschnürt, als ich nicke und mich dem Eingang zuwende.

»Aspen.« Es ist nur mein Name, aber es klingt wie ein Befehl.

Ich richte meinen Blick auf ihn.

Er hat die Hände in den Taschen und sieht mich finster und verstimmt an. Im Schatten unter dem Steinbogen erscheinen seine Züge wie gemeißelt. »Vergiss nicht, dass du die Studienkosten verspielst, wenn du vor Ablauf der vier Wochen gehst.«

Meine Kehle brennt. Damit kommt er mir jetzt? Mann.

Leider lässt sich meine Reaktion nicht verbergen, sosehr ich es mir auch wünsche. Ich bin wütend – aber auch verletzt. Meine Augen spiegeln sich in der gläsernen Eingangstür, groß und verwundet in einem blassen Gesicht. Blinzelnd wende ich mich von diesem Bild ab. Von ihm.

»Keine Sorge«, sage ich mit belegter Stimme. »Gehen wäre ein Verstoß gegen die Regel meiner Mutter, schon vergessen? Gib niemals auf.«

»Dann bleibst du also«, brummt er mürrisch hinter mir, doch diesmal sehe ich mich nicht um.

Ich nicke nur und drücke die Tür auf, wobei ich mein Spiegelbild meide – und seins. Ich will seinen Triumph nicht sehen oder seine Verachtung oder was auch immer ihm sein Sieg verschafft.

Denn ich werde durchhalten. Bis zum verdammten bitteren Ende.

Mir bleibt ohnehin keine Wahl, denn ich habe bereits eine andere Regel gebrochen.

Ich habe nicht genug Geld für die Heimfahrt.

Auf der Wanderung wechseln wir kaum ein Wort. Es ist eine anspruchsvolle, acht Stunden lange Rundtour, vorbei an einer zerklüfteten Schlucht, über klare Bäche und durch steinige Flussbetten, an steilen Bergflanken empor, die mit Wildblumen übersät sind. Wieder mache ich Bilder für Mom, dann lächle ich gezwungen für das Foto, das Bram an Bethany schickt. Zurück in der Lodge bin ich komplett ausgelaugt – die Wanderung, die schlaflose Nacht, das angespannte Schweigen zwischen uns.

Auf den Stufen zum Eingang erkläre ich, dass ich nicht zum Essen gehen will, sondern mir lieber etwas aufs Zimmer bestelle und ins Bett falle.

Müde füge ich hinzu: »Es sei denn, du hast beschlossen, dass wir auch zusammen schlafen müssen.«

Augenblicklich verhärtet sich Brams Gesicht, und er scheint sich innerlich vor mir zurückzuziehen, als hätte ich vorgeschlagen, uns in einem Schweinepferch zu suhlen. »Nein. Morgen brechen wir früh auf. Ruh dich bis dahin aus.«

Nach einer Dusche bestelle ich mir letztlich doch nichts mehr zu essen und krabble einfach nur ins Bett, wo ich nicht gegen die Tränen ankomme, die in meinem Kissen versickern. Ein ganzer Tag in Gesellschaft von Bram, und doch fühle ich mich vollkommen allein – und weitere vier Wochen liegen vor mir.

Wenigstens kann ich diesmal schlafen.

Nicht, dass der Schlaf viel helfen würde. Als Bram am

nächsten Tag klopft und ich ihm öffne, sieht er mich an und runzelt die Stirn. »Alles okay bei dir?«

»Alles gut.« Ich sehe hundemüde aus, meine Augen sind geschwollen, mein Gesicht ist blass, aber egal. Ich hätte es verdecken können, aber Make-up würde ohnehin nur weggespült. »Gehen wir.«

Ich nehme eine Plastiktüte mit Wechselkleidung, da bemerke ich die Becher in seinen Händen – eine heiße Schokolade für mich, Kaffee für ihn. Ich murmle ein Dankeschön und nehme meine Schokolade. Auf dem Weg zum Parkplatz fällt mir auf, dass diesmal offensichtlich jemand anders eine schlaflose Nacht hatte.

Es sind Kleinigkeiten. Aber als wir in die frühe Morgensonne treten, kneift er die Augen zusammen, sein Kinn ist unrasiert und das Haar zerzaust – außerdem ist sein Kaffee heute größer als der von gestern. Nach vier Jahren auf einem College-Campus erkenne ich die Zeichen.

»Bist du verkatert?«, frage ich, als wir vor dem Range Rover stehen.

Er antwortet nicht. Schließt nur auf und öffnet mir die Tür.

Fragend blicke ich zu ihm auf. »Bis wann warst du auf? Soll ich fahren?«

»Du fährst nicht. Steig ein«, sagt er knapp.

Doch ich rühre mich nicht.

Er stößt einen tiefen, frustrierten Seufzer aus. »Ich hab ein paar zu viele erwischt. Aber ich bin nicht mehr betrunken. Es sind nur die Nachwirkungen.«

»Okay.« Ich klettere auf den Beifahrersitz und stecke mir die Ohrstöpsel rein. Noch bevor er sich hinters Steuer setzt, habe ich die Augen geschlossen und lehne den Kopf an die Nackenstütze. Blende ihn aus.

Oder versuche es zumindest.

»Aspen.« Er wartet, bis ich die Augen öffne. Jetzt sind seine Augen von der Sonnenbrille verdeckt, und sein Kiefer ruckt kurz, bevor er hinzufügt: »Ich mache so was nicht oft. Es wird nicht wieder vorkommen.«

Dabei ist es mir eigentlich egal. Er ist unausstehlich, ob verkatert oder nicht. Ich schließe erneut die Augen.

Die Fahrt von der Lodge bis zum Ausgangspunkt unserer Flussfahrt dauert etwas über eine Stunde. Der Outdoor-Laden, wo wir unseren Tour-Leiter treffen, ist ein kleines rotes Gebäude an der Landstraße. Bram biegt auf den gekiesten Parkplatz ein.

Ich greife nach dem Türgriff, fast noch bevor er den Motor abgestellt hat, doch dann erstarre ich, als er sagt: »Ich will eine neue Waffenruhe.«

Ungläubig sehe ich ihn an.

Er hat die Sonnenbrille abgenommen. Seine braunen Augen sind ernst, der Blick ist fest. »Die letzte habe ich verpatzt. Du hast es versucht. Der erste Abend hat gut angefangen, weil du dich bemüht hast. Aber ich habe mich nicht genug angestrengt.«

Wow. »Um das zu erkennen, hast du zwei Tage gebraucht?«

»Nein. Ich dachte, Distanz zwischen uns wäre besser als Nähe.« Sein Mund verzieht sich zu einem freudlosen Lächeln. »Aber das stimmt nicht. Ich lasse mich lieber von dir foltern als anschweigen.«

»Ich weiß aber nicht, ob ich will, dass du mit *mir* sprichst. Denn du erzählst mir immer, dass ich so leichtsinnig und doof bin und Bethanys Leben zerstöre. Obwohl ich sie liebe und ihr niemals wehtun würde.«

»Ich weiß.« Seine Stimme wird rauer, das Kratzen verstärkt sich. »Es tut mir leid. Ich bin schuld, nicht du.«

»Ach wirklich?« Ich glaube keine Sekunde, dass er seine Meinung ernsthaft geändert hat. »Wie das?«

»Du kannst nichts dafür, dass du impulsiv bist – so bist du einfach. Du kannst nicht aus deiner Haut. Statt dich für Beth verantwortlich zu machen, hätte ich deinem Einfluss mehr entgegensetzen sollen. Ich hätte einfach *mehr* tun müssen. Dann wäre sie gar nicht auf die Idee gekommen, wegzulaufen.«

Ich starre ihn mit offenem Mund an – dann muss ich lachen. »Nicht zu fassen. Dann glaubst du im Grunde noch *immer*, dass mein Einfluss schädlich ist. Aber da ich nichts für meine Art kann, bist du bereit zu sagen, dass es nicht meine Schuld ist. Weil du ein stärkeres Gegengewicht zu meinem Einfluss hättest herstellen müssen.«

Seine Augen werden schmal. »Im Grunde ja.«

Ich kann nicht aufhören zu lachen. Dabei weiß ich nicht mal, was daran so lustig sein soll. Vermutlich löst sich einfach nur die Spannung des gestrigen Tages – zusammen mit dem Schmerz.

Brams Mund wird weicher, fast zu einem Lächeln – doch sein Blick ist unergründlich, während er über mein Gesicht streift. »Können wir also Waffenruhe Nummer zwei ausrufen?«, fragt er. »Diesmal werde ich mich mehr bemühen.«

Das hoffe ich. Aber ich gehe nicht blind hinein. »Was meinst du, bei welcher Nummer wir am Ende der vier Wochen sind?«

Jetzt erreicht sein Lächeln auch die Augen. »Wir werden vermutlich mindestens ein Dutzend weitere brechen und vereinbaren.«

Das klingt nach einer vorsichtigen Schätzung. Aber er hat recht. Der letzte Tag war schrecklich. Lieber versuche ich es weiter – und scheitere –, als noch mehr Tage wie gestern durchzustehen.

»In Ordnung«, sage ich. »Hiermit beginnt Waffenruhe

Nummer zwei. Ich schätze, damit beginnt auch wieder die Folter.«

Sein breites Grinsen ist so spontan, dass ich zurückgrinsen muss. Sein Blick fällt auf meinen Mund. »Gut«, erwidert er leise. »Sie hat mir gefehlt.«

Mir auch.

9

Doch wenn hier jemand gefoltert wird, dann ich.

In der Umkleide zwänge ich mich in den schwarzen Neoprenanzug, den die Flusstour-Organisatoren stellen, und ziehe den Reißverschluss bis zur Kehle hoch. Es ist ein Ganzkörperanzug, hauteng vom Knöchel bis zum Hals – bis auf die Region um Hüfte und Schritt, wo sich überflüssiges Neopren staut und bei jedem Schritt unangenehm auswölbt. Echt toll, ich bin das Ungeheuer der Schwarzen Lagune.

Ich ziehe die Wasserschuhe an, die mir Bram im Laden gekauft hat, watschle raus zur Rezeption – und bleibe wie angewurzelt stehen.

Denn Bram sieht im Neoprenanzug ganz und gar nicht nach Ungeheuer aus.

Stattdessen schmeichelt ihm das Neopren. Es schmeichelt seinen breiten Schultern und der langen Linie seines Rückens. Es schmeichelt seinen Bizepsen und Trizepsen und den unglaublichen Unterarmen. Es schmeichelt seiner schmalen Taille und dem Knackarsch.

Wow, ja, seinem Knackarsch am allermeisten.

Und seinen Beinen. Diese langen, muskulösen Schenkel sind kräftiger, als sie in der Stoffhose wirken. Oder seine Hüften sind schmaler, als seine Hose vermuten lässt, und die Muskeln wirken im Vergleich nun einfach dicker. Aber wie dem auch sei, diese kräftigen Schenkel sind einfach zum Anbeißen.

Ich habe noch nie sonderlich auf Schenkel geachtet. Jetzt glaube ich, sie könnten meine Lieblingsregion am männlichen Körper werden.

Dann sieht er mich reglos herumstehen und kommt auf mich zu, und ich bin mir nicht sicher, ob sich auch bei ihm überschüssiges Neopren im Schritt bauscht, aber heilige Jungfrau Maria, es sieht aus, als würde sich der Neoprenanzug alle Mühe geben, ihn zum schönsten männlichen Exemplar der Welt zu machen.

Doch seine Augen sind oben, rufe ich mir ins Gedächtnis. Oben.

Als ich die Augen hebe, wandert allerdings auch sein Blick nach unten. Ich kann ihn nicht lesen, und als er näher kommt, wird mir unser Größenunterschied deutlicher bewusst denn je. An ihm ist alles groß – oder an mir alles klein. Vielleicht beides. Aber in normaler Kleidung ist mir der Unterschied nie so krass vorgekommen.

Sein Blick verfängt sich irgendwo unterhalb meiner Gürtellinie. Vermutlich an dem merkwürdigen Neoprenwulst. »Passt dir der Anzug?«

Das leise, tiefe Grummeln in seiner Stimme ist angespannt. Unsicher blicke ich an mir hinunter und frage mich, warum er so klingt. »Ich glaube schon. Oder nicht?«

Schließlich sieht er mir ins Gesicht, und seine dunklen Augen funkeln amüsiert. »Hast du ihn schon mal mit dem Reißverschluss nach hinten probiert?«

Scheiße.

Drei Stunden später – den Neoprenanzug trage ich mittlerweile richtig herum – helfe ich Bram und unserem Tour-Leiter, das gelbe Schlauchboot auf eine Kiesbank zu ziehen, wo wir Mittagspause machen. Meine Arme und Schultern tun vom Paddeln weh, ich bin von Kopf bis

Fuß mit eisigem Flusswasser durchnässt, und ich glaube nicht, dass ich je im Leben so viel Spaß hatte.

Sobald das Boot gesichert ist, wendet sich Bram mir zu. Sein dunkles Haar klebt am Kopf. Er grinst, und ich versuche, zurückzugrinsen, aber hauptsächlich keuche ich, vornübergebeugt, die Hände auf die Knie gestützt.

»Alles okay?«, fragt er und öffnet seine Schwimmweste.

Ich hebe den Daumen.

»Verstehe.« Seine tiefe Stimme klingt belustigt, und er zieht mich am Gurt meiner Schwimmweste näher, bevor er mich davon befreit. »Setz dich und ruh dich aus. Ich hole unser Lunchpaket.«

Wie zuvorkommend. Einfach super, diese Waffenruhe.

Ich gehe über das steinige Ufer. An diesem Abschnitt ist der Fluss langsamer und breiter, anders als in der meilenlangen engen Schlucht, durch die wir gerauscht sind. Neben einer Baumgruppe stehen Picknickbänke. Die Martins, die mit uns im Boot fahren – eine Familie bestehend aus Mama, Papa und zwei elfjährigen Zwillingsschwestern –, haben bereits eine belegt. Ich gehe zur nächsten und setze mich in die Sonne, mit Blick auf den Fluss, den Rücken zum Tisch.

»Sieht aus, als würde unser Mittagessen aus einem Sandwich und einem Keks bestehen«, stellt Bram fest und lässt sich neben mich auf die Bank fallen. »Aber es ist ein Haferkeks, also kann man es eigentlich nicht als Nahrungsmittel bezeichnen.«

Er irrt sich gewaltig, aber das kann ich nicht sagen. Ich kann überhaupt nichts sagen, weil meine Zunge am Gaumen festklebt und sich mein Gehirn ausgeschaltet hat.

Er ist halb nackt. Er hat den Reißverschluss an seinem Neoprenanzug zur Hälfte aufgezogen, sodass die obere

Hälfte von der Taille hängt und Oberkörper und Arme frei sind. Ich dachte, das Neopren würde ihm schmeicheln. Es schmeichelt ihm nicht halb so sehr wie die Sonne. Goldenes Licht glänzt auf glatter, bronzefarbener Haut, liebkost die Haare auf seiner Brust, kräuselt sich auf seinem gerippten Bauch.

Muskeln treten an den Oberarmen hervor, während er ein Sandwich auspackt. Schwer atmend wende ich den Blick von ihm ab – und sehe, dass es unser Tour-Leiter genauso gemacht hat. Auch er hat den Reißverschluss bis zur Taille geöffnet, sodass das Oberteil herunterhängt, aber im Gegensatz zu Bram trägt er ein Muscleshirt darunter.

Und im Gegensatz zu Bram ist er nicht gebaut wie ein Gott.

Ich wende mich wieder Bram zu und merke, dass er mich ansieht. »Wenn du was drunter hast, wird dir wärmer, wenn du ihn ausziehst«, meint er.

»Was?«

Sein Blick macht einen Schwenk nach unten. »Den Neoprenanzug. Er ist noch nass.«

Ach so. Und er hat recht. Er ist nass und klebt, und obwohl die Sonne heiß ist, ist mir nicht richtig warm. Brams nackte Haut ist schon trocken.

Ich taste nach dem Bändel am Reißverschluss, das an meinem Rücken herunterhängt.

»Ich mach schon«, meint Bram. Er schiebt meinen Pferdeschwanz zur Seite, und ich spüre seine langen Finger im Nacken, bevor er den Reißverschluss aufzieht und seine Hand an meinem Rückgrat entlangstreift.

»Danke«, sage ich, und meine Stimme ist ein raues Krächzen. Ich zittere am ganzen Leib.

Aber nicht vor Kälte. Oh, verdammt.

Er nickt und beugt sich vor, mit dem Sandwich in der

Hand, und stützt sich mit den Ellbogen auf die Schenkel. Sein Blick ist starr auf den Fluss gerichtet.

Ich winde mich aus den engen, feuchten Ärmeln. Darunter trage ich mein Bikinioberteil, rot mit Punkten, das ich schon seit der Schule habe, aber selten benutze, sodass es fast neu aussieht.

Und es ist tatsächlich wärmer, jetzt, da der Neoprenanzug nicht mehr Arme und Brust bedeckt. Wir sind nicht mehr auf dem Berg, der Tag ist heiß, und die Sonne brennt herunter. Doch mein Bikini ist feucht, und mir war kalt, also habe ich zumindest eine verdammt gute Entschuldigung dafür, dass meine Nippel in 3-D zwischen den Punkten hervorstehen.

Ich nehme eine Hälfte von meinem Sandwich. Wir essen wortlos, aber im Gegensatz zu dem quälenden Schweigen von gestern ist es angenehm, obwohl Bram nicht so recht zur Ruhe kommt. Er richtet sich auf, lehnt sich mit dem Rücken gegen die Tischkante, sieht zu mir rüber, beugt sich wieder vor.

Vielleicht weiß er nicht, was er sagen soll – oder welches Thema unsere Waffenruhe stören könnte.

Ich halte ihm die zweite Hälfte meines Sandwichs hin. »Ich tausche gegen deinen Keks.«

»Gern.«

Seine starken Finger streifen meine, und ich komme nicht umhin, mir vorzustellen, wie mich diese rauen Hände an anderen Stellen berühren.

An den Schultern. Den Brüsten.

Zwischen den Beinen.

Und das ist schlimm. Ganz schlimm. Es ist keine Schande, sein gutes Aussehen zu bemerken oder Einzelheiten an ihm wirklich attraktiv zu finden. Aber sich aktiv nach ihm zu *verzehren?* Nicht gut. Denn trotz Waffenruhe hat sich im Grunde nichts geändert. Er glaubt noch immer, ich hätte Bethany verdorben – und dann war da der ganze Scheiß von wegen Geschenke annehmen und seiner Schwester auf der Tasche liegen.

So ein Problem kann ich nicht brauchen.

Ich muss mich ablenken. Den Mund voller Keks, sehe ich ihn an. Er sitzt noch immer nach vorn gebeugt da, die Ellbogen auf den Knien, obwohl er jetzt zu den Martins rübersieht. Die Zwillinge stehen vor Mama Martin, die sie mit einer frischen Schicht Sonnenschutz einsprüht.

Bram wendet sich mir zu, sein Blick streift meine Schultern. »Brauchst du Sonnenschutz?«

»Nein. Ich bekomme keinen Sonnenbrand.« Ich öffne meine Wasserflasche, trinke. »Warum bist du so braun? Ich dachte, du arbeitest die ganze Zeit und hast nie frei?«

Abgesehen von dieser Reise. Aber diese Pause ist das erste Mal, dass wir in der Sonne sind.

»Tue ich auch.« Verwundert blickt er an sich hinab – als wäre ihm gar nicht aufgefallen, wie braun er ist. »Aber ich schwimme morgens, und mein Pool ist draußen.«

»In Seattle?«

»Es ist ein beheizter Pool.«

»In einer Stadt, in der die Sonne nicht viel scheint.« Auch nicht mehr als in Portland, weswegen ich so blass bin.

Er zuckt die Schultern. »Vielleicht sonnig genug, um ein bisschen Bräune zu halten. Und auf Geschäftsreisen schwimme ich in den Hotelpools. Die sind manchmal auch draußen.«

»Dann genießt du nicht das süße Leben auf Jachten oder an Oben-ohne-Stränden?«

»In letzter Zeit nicht.«

»Heißt das, du hast es früher getan?«

»Jachten und Strände? Nein.«

Seine Antwort klingt ausweichend. Als hätte er irgendwo anders das süße Leben genossen. Nur eben nicht am Strand.

Doch bevor ich nachbohren kann, kommt Mark – unser Tour-Leiter – an unseren Tisch, ein breites Grinsen im bärtigen Gesicht. »Ihr habt euch gut gehalten, ihr beide. Note Eins für den Klippensprung!«

Er hebt enthusiastisch beide Daumen, sodass ich mich an meinem Wasser verschlucke. Das Reiseunternehmen könnte Mark genauso gut auch ohne Fluss in einen Bus stecken und Leute mit verbundenen Augen durch eine Einöde schicken, sie würden lachend zurückkommen und das Gefühl haben, einen großartigen Tag erlebt zu haben.

Er deutet auf mich. »Wie ging es dir mit dem Wasserfall am Ende, Aspen? Keine Reue?«

Ganz und gar nicht. »Das war großartig.«

»Gut, es kommt nämlich gleich noch ein größerer. Da geht es drei Meter in die Tiefe, sodass dir das Sandwich wieder hochkommt. Aber du kannst immer kneifen, wenn du willst, und diese Passagen am Fluss entlang zu Fuß gehen.«

Er macht ein Gesicht, als hielte er das für die größte Fehlentscheidung aller Zeiten.

Ich grinse. »Ich fahre im Boot.«

»Super!« Er hebt die Hand zum High Five, und ich klatsche ihn ab. »Wie steht es mit dir, Bram?«

Er klingt amüsiert. »Ich fahre auch.«

»Perfekt. Zwei willige Opfer.« Er reibt sich die Hände. »Jetzt ist wieder der Moment, wo ich die Leute frage, ob sie so dumm waren, ihre teuren und nicht wasserfesten Handys mitzunehmen. Und wenn ja, soll ich ein Bild von euch machen?«

Bram schielt zu mir rüber und greift unter das herabhängende Oberteil seines Neoprenanzugs – zu der Shorts, die er darunter trägt, wo er sein Handy in einer Tasche mit Reißverschluss aufbewahrt.

Er gibt es Mark.

»Doch nicht so dumm, verstehe«, kommentiert der Tour-Leiter und inspiziert das wasserdichte, stoßfeste Gehäuse. »Also, rutscht zusammen. Lächeln. Und jetzt gib ihr einen dicken Kuss – nein?«

»Wir sind nur Freunde«, sagt Bram.

Mark lacht leise. »Mach dir ruhig etwas vor. Vorsicht, Aspen – mit einem solchen Ausflug habe ich meine Frau rumbekommen, mich zu heiraten. Sie dachte auch, wir wären nur Freunde, bis ich mit meiner Manneskraft den Wasserfall bezwungen habe und ihr gezeigt habe, wie man auf den Wellen der Liebe reitet. Wie gefällt euch das? Gut?«

Er dreht uns das Handy hin. Es ist das erste Bild, auf dem Bram und ich aussehen, als hätten wir wirklich Spaß, weil wir beide lachen.

»Es ist gut«, sagt Bram verstimmt.

»Großartig! Jetzt mische ich den anderen Tisch auf. In zehn Minuten geht es weiter, also vergesst nicht, vorher für kleine Mädchen und Jungs zu gehen. Wenn ihr später müsst, lockt vielleicht der eiskalte Fluss, aber es ist gar nicht witzig, wenn ein Lachs an den empfindlichen Teilen knabbert.«

Bram steckt das Handy weg, dann erwischt er mich dabei, wie ich ihn ansehe, die Zunge zwischen den Zähnen, ein spöttisches Grinsen im Gesicht.

Argwöhnisch fragt er: »Was?«

Also foltere ich ihn ein bisschen, indem ich frage: »Ist das dein Plan? Hoffst du, mich auf dieser Reise rumzubekommen – mich in den Strudel der Liebe zu ziehen?«

Ausgeschlossen, dass er mitspielt. Wir haben uns darauf geeinigt, nicht zu streiten, aber jetzt habe ich wahrscheinlich die Grenze überschritten, wo es für ihn zu schrecklich ist, um noch darüber zu lachen.

Er enttäuscht mich nicht. Aber ich rechne es ihm hoch an, dass er sich nicht übergibt. Stattdessen beißt er die Zähne zusammen und sagt: »Du bist nicht mein Typ.«

»Das wäre ein fieser Konter gewesen, wäre es nicht so offensichtlich. Also, wie sieht dein Typ aus?«

Er schweigt, was mich nicht überrascht.

»Feigling«, sage ich. »Aber ist schon okay, ich kann es mir vorstellen. Sie trägt vermutlich gern Weiß, weil sie nie schwitzt, außer beim Cycling im Fitnessclub, und weil ohnehin jemand für sie wäscht. Sie liebt alles, was ihre Freundinnen lieben – die ganzen angesagten Filme, Bücher, Bands, Gerichte –, obwohl sie vermutlich so klug ist, nicht von der Brücke zu springen, wenn es ihre Freundinnen vormachen. Außerdem ist sie belesen und berufstätig, auch wenn es kein Wahnsinnsjob ist. Eher einer, wo sie mit Zahlen zu tun hat und dafür sorgt, dass alles seine Ordnung hat …«

Ich verstumme, weil er mich scharf über die Schulter ansieht.

»Was hat dir Bethany erzählt?«

»Nichts.« Aber seine Reaktion sagt alles. »Ich habe recht, oder? Nach wem hört sich das an?«

Er schüttelt den Kopf.

»Ach, komm schon. Ist es deine aktuelle Freundin?«

Eine Möglichkeit, über die ich bis zu diesem Moment noch gar nicht nachgedacht habe. Bei dem Gedanken wird mir ganz anders.

Er vertreibt das Unwohlsein mit einem weiteren Kopfschütteln. »Ehemalige. Meine Ex-Verlobte.«

Ich öffne den Mund. Bethany hat nie eine Ex-Verlobte erwähnt. »Ex? Wann?«

»Vor vier Jahren.«

»Ihr habt euch vor vier Jahren kennengelernt?« Um die Zeit herum, als ich ihn getroffen habe. Bethany hat in den vier Jahren in Verbindung mit Bram nie eine Frau erwähnt.

»Nein. Wir haben uns vor vier Jahren getrennt. Getroffen habe ich sie in meinem ersten Jahr am College.«

In dem Jahr, in dem seine Eltern ums Leben kamen. Auf einmal weiß ich nicht so recht, was ich sagen soll. Sein Gesicht ist verschlossen, ich erkenne nicht, ob es ein wunder Punkt ist. Und so gern ich ihn ärgere und sogar foltere, wirklich *verletzen* will ich ihn nicht.

Ich wähle die harmloseste Frage. »Wie hieß sie?«

»Caitlyn.« Sein Seitenblick verrät, dass er ihr nicht nachtrauert, sondern ihn mein Drängen amüsiert.

Also gehe ich in die Vollen. »Warum hat sie dich abserviert?«

Sein Blick streift mich erneut. »Woher weißt du, dass sie *mich* abserviert hat?«

Weil er einen einmal gestellten Heiratsantrag nicht wieder lösen würde, glaube ich. Weil er einen Heiratsantrag als Versprechen sehen würde, und auch wenn er manchmal ein aufgeblasener Idiot ist, bricht er nicht einfach sein Wort.

Es sei denn, diese Caitlyn hätte Bethany verletzt. Das wäre etwas anderes. Aber vermutlich würde er keiner Frau einen Antrag machen, die sich nicht mit seiner Schwester versteht.

Doch all das behalte ich für mich.

»Wie gesagt«, ich grinse, »sie ist vermutlich klug.«

Jetzt grinst er. Er mag es wirklich, gepiesackt zu werden. »Das ist sie.«

»Also, was ist passiert? Wart ihr zwei einfach zu jung?«

Er wird ernst und blickt wieder nach vorn. »Sie hat erkannt, dass ich nicht *ihr Typ* war.«

Und das macht ihm aus irgendeinem Grund zu schaffen. Also werde ich nicht nachbohren.

»Du findest sicher eine Dümmere«, tröste ich ihn.

»Wenn doch nur *du* mein Typ sein könntest …« Er verstummt mit einem tiefen Seufzen und verzieht amüsiert das Gesicht, als ich lache. »Und was ist mit dir? Jim Harkin? Ist er dein Typ?«

Ich verschlucke mich fast an meinem Wasser. Er muss Fitzys Kommentar über meine Entjungferung auf der Rückbank von Jims Truck gehört haben. Energisch schüttele ich den Kopf. »Ich habe keinen Typ. Auch keinen Ex, weder Freund noch sonst was.«

Und definitiv keinen Ex-Verlobten.

Bram sieht mich ungläubig an. »Nicht mal einen?«

»Nein. Manchmal suche ich mir einen guten Mechaniker. Du weißt schon, um das Getriebe in Schuss zu halten. Wie beim Ölwechsel.« Ich seufze. »Obwohl ich die Arbeit in letzter Zeit meist selbst erledige. Das macht weniger Umstände, und die meisten Mechaniker schrauben eh nur ein bisschen unter der Motorhaube rum und machen dann Feierabend. Dann muss ich es ohnehin allein zu Ende bringen, also spar ich mir die Werkstatt gleich.«

Mit einem lauten Stöhnen lässt Bram den Kopf in die Hände fallen und greift sich mit den Fäusten ins Haar. Die prächtigen Muskeln sind angespannt, sein Körper ist wie Stahl.

Verschlagen grinse ich ihn an. Ich weiß nicht, ob sein gequältes Stöhnen meiner schrecklichen Analogie oder dem Übermaß an unerwünschter Information gilt. Auf jeden Fall ist es ein Punkt für mich.

»Wer weiß?«, sage ich versonnen und trinke noch einen Schluck Wasser. »Vielleicht kaufe ich mir eines Tages ja wirklich ein Auto. Eins mit einem *richtig* großen Motor.«

Er gibt ein ersticktes Geräusch von sich. Dann sammelt er die Folien und Papiertüten vom Tisch und murmelt etwas von Müll wegbringen.

Bebend vor Lachen sehe ich zu, wie er steif davonstakst. Armer Bram. Ich hätte nie gedacht, dass es ihm peinlich ist, über Sex zu reden. Heutzutage und in seinem Alter? Aber eigentlich logisch. Seine verklemmte Roboter-Persönlichkeit windet sich vermutlich bei jeder Erwähnung fleischlicher Verbindungen. Als könnte die Feuchtigkeit einen Kurzschluss verursachen.

Dabei hätte ich ihn nicht für prüde gehalten. Bethany ist alles andere als prüde, und nachdem sie im selben Haus aufgewachsen sind, hätte ich ihn ähnlich eingeschätzt. Aber so macht es natürlich gleich noch viel mehr Spaß – an einem Tag, der sich langsam zum besten aller Zeiten mausert.

Drei Stunden später und sieben Meilen flussabwärts ist der Tag noch besser geworden. Als wir wieder normale Kleidung tragen und aus dem Outdoor-Laden kommen, bin ich fast bereit, das Ganze gleich noch mal zu machen – aber auch so fertig, dass die bequemen Sitze im Range Rover verlockender sind als ein Raft. Mit einem Seufzer lasse ich mich hineinsinken.

Bram setzt sich ans Steuer. Ich habe schon fast den Schreck verwunden, ihn wieder in T-Shirt und Jeans zu sehen – ausgebleichten, abgetragenen Jeans. Was darauf hindeutet, dass er vielleicht doch nicht immer Anzug trägt … es sei denn, die Jeans wurden auf abgetragen designt. Jedenfalls wurden sie darauf designt, sich vorne attraktiv zu wölben, herrlich tief auf den Hüften zu sitzen und sich seinen beeindruckenden Schenkeln anzupassen.

Ich sollte vermutlich aufhören zu starren.

Das ist nur die Kleidung. Nicht Bram.

Und wie unser Tour-Leiter Mark sagen würde, kann ich mir ja ruhig etwas vormachen.

»Hast du Hunger?«, fragt Bram, wartet ab, bis ein Auto vorbeigerast ist, und biegt vom Parkplatz auf die Straße.

Einen Bärenhunger. »Ich könnte wirklich was vertragen.«

»Ich überlege, ob wir auf dem Rückweg einen Halt einlegen sollen. Dann wird es nicht zu spät für den Schwimmunterricht.«

»Hört sich gut an.«

»Hast du auf etwas Bestimmtes Lust? Du darfst wählen.«

»Pho?« Was man hier draußen vielleicht gar nicht so leicht bekommt, aber mir ist gerade danach.

»Reisnudeln?«

»Ja, außer du magst sie nicht, dann nehmen wir was anderes. Ich esse so ziemlich alles.«

»Ich mag Reisnudeln.«

»Aber natürlich. Du warst auf dem College, und sie sind eine gehobene Version der Studenten-Instantnudeln.« Ich deute auf den Bordcomputer. »Soll ich damit nach dem nächsten Restaurant suchen?«

»Nur zu.«

Yippie, ich darf an den Computer.

»Aber ich habe nie Pho am College gegessen«, erzählt er, während ich die Liste vorgeschlagener Restaurants durchgehe. »Ich habe nie eine probiert, bis ich letztes Jahr zum ersten Mal in Vietnam war …«

»O nein«, unterbreche ich ihn mit einem misstrauischen Blick. »Gehörst du zu den Leuten, die an jedem

Restaurant etwas auszusetzen haben, weil es nicht ans Original herankommt?«

Er erwidert meinen Blick mit einem spöttischen Grinsen. »Ich würde vermutlich keinen Unterschied bemerken.«

»Na, Gott sei Dank.«

»Mein Kommentar wäre höchstens auf die Beobachtung hinausgelaufen, dass du vermutlich gern mal nach Vietnam reisen würdest.«

»Das stimmt.« Nur zu gern. Lachend füge ich hinzu: »Ich würde überall gern hinfahren. Aber ich bin noch nie geflogen.«

»Noch nie?«

Ich schüttele den Kopf. »Obwohl ich mir die Gelegenheit nicht entgehen lassen würde, sollte sie sich bieten.«

»Das wird sie.«

Ich hoffe es. Ich stoße auf einen interessanten Vorschlag. »Wie wäre es mit diesem kleinen Restaurant in Hood River? Es ist nur zwanzig Minuten von hier entfernt.«

»Probieren wir es. Im schlimmsten Fall holen wir uns eine Lebensmittelvergiftung.«

Schmunzelnd gebe ich es als Ziel ein. »Das riskieren wir.«

»Also noch keine Flugzeugreisen«, sagt er. »Aber Urlaubsreisen wie diese?«

»Bevor mein Dad gestorben ist? Klar.« Ich streife die Sandalen ab und ziehe die Beine auf den Sitz. »Wir waren ein paarmal in Disneyland. Einmal im Yellowstone-Park. Aber meistens waren wir in Central Oregon, weil wir da Familie haben. Dort hatten wir dann eine Woche lang ein Ferienhaus in Sunriver.«

Das erinnert mich an etwas. Ich ziehe mein Handy unter dem Sitz hervor, wo ich meine Handtasche während der Flussfahrt versteckt habe, und schreibe meiner Tante. Sie wollte, dass ich meinen Cousin und meine Cousine kontaktiere, wenn ich Ende der Woche in der Gegend bin. Ich bezweifle zwar, dass sich ein Treffen mit Brams Motto »Wir halten uns an das Programm« vereinbaren lässt, aber zumindest kann ich jetzt sagen, dass ich es versucht habe.

Wir kommen gerade nach Hood River, als eine Nachricht eingeht. Doch sie ist nicht von meiner Tante und richtet sich auch nicht nur an mich. »Meine Mom sagt Danke, dass du mir mit den Freunden von Nash geholfen hast«, berichte ich.

Er wirft mir einen überraschten Blick zu. »Du hast es ihr erzählt?«

»Ja. Sie musste erfahren, was passiert ist. Nash versucht, Fuß zu fassen, aber mit seinen Freunden knickt er immer wieder ein, und manchmal braucht er eine besonders feste Hand. Jetzt weiß sie, dass er wieder auf die schiefe Bahn gerät. Außerdem hätte ich die zwei fehlenden Küchenstühle ohnehin nicht erklären können. Oder den Berg Müllsäcke am Straßenrand.« Ich schreibe ihr zurück und hänge ein paar Fotos an. »Aber ich habe ihr noch nichts von der Zahlung gesagt. Ich warte, bis sie auf ihrem Konto ist.«

Brams Stimme wird rau: »Ich habe dir versprochen, dass sie kommt, Aspen.«

»Ja, ich weiß. Ich meine nur, es ist leichter, sich zu entschuldigen, als um Erlaubnis zu bitten. Außerdem würde sie es aus Prinzip ablehnen. Und wie fies wäre es, das Geld in den Händen zu halten und sich verpflichtet zu fühlen, es zurückzugeben? Also stelle ich sie lieber vor vollendete Tatsachen. Sollte sie wütend auf mich sein, ist es immer noch besser, als zuzusehen, wie sie sich zu Tode schuftet und auf keinen grünen Zweig kommt.« Mit einem Seufzer stecke ich mein Handy weg. »Außerdem weiß ich noch immer nicht, wie ich ihr die Sache mit der Erpressung erklären soll. Geld zu *bekommen*, ist bei Erpressungen ja eher ungewöhnlich.«

»Du meinst, ich habe es falsch gemacht?« Jetzt klingt er amüsiert.

»Ganz falsch.«

»Du könntest ihr sagen, dass es ein Geschenk war.«

Könnte ich. Aber das macht keinen Spaß. »Sie würde es nicht glauben. Ich habe ihr zu oft erzählt, was für ein Ekel du bist. Ich sage ihr lieber, du hast mir eine Million gezahlt, damit ich mit dir schlafe.«

Eine Hupe dröhnt. Ich werde nach vorne geworfen, und der Gurt schneidet in meine Brust. Die Ampel ist rot, und wir stehen halb in einer Kreuzung, weshalb uns die Fahrer der Autos auf der Querstraße den Finger zeigen, während sie sich um unsere Kühlerhaube schlängeln.

»Scheiße«, murmelt Bram. Seine Knöchel treten weiß um das Lenkrad hervor. »Tut mir leid.«

Ich schürze die Lippen, um nicht zu lachen. Der Witz mit dem bezahlten Sex hat vermutlich einen Kurzschluss in seinen prüden Schaltkreisen erzeugt. Ich sollte mich schämen, aber das tue ich nicht. »Soll ich fahren?«

»Nein.« Seine Finger verkrampfen sich erneut. »Aber vielleicht bereitest du mich das nächste Mal vor.«

»Okay«, hauche ich und blinzle verführerisch. »Von jetzt an werde ich sanft sein, versprochen.«

Er schließt die Augen. »Du bringst mich um, Aspen.«

Wenn ich ihn so im Profil sehe, das kantige Kinn, die festen Lippen, denke ich an alles andere als Mord. Aber alles andere sollte ich lassen.

Es wäre sicher auch das Letzte, was Bram will.

Wärme breitet sich in meinem Bauch aus, aber ich

ignoriere sie. Stattdessen lehne ich mich zurück und sage leichthin: »Nein, ich foltere dich nur. Es ist grün. Auf zu den Nudeln.«

Und einer möglichen Lebensmittelvergiftung. Aber dieses Risiko geht man immer ein, wenn man etwas Neues probiert. Man kann etwas Großartiges entdecken …

Oder man hängt danach über der Schüssel.

10

Das Restaurant in Hood River war ein Volltreffer. Was den Schwimmunterricht betrifft, bin ich mir nicht so sicher – denn trotz Abendsonne ist es hier auf dem Berg bitterkalt.

Selbst im Lodge-eigenen Morgenmantel bibbere ich, während ich über den Beton auf den Beckenrand zugehe. Über ein Dutzend Leute sind hier draußen, doch Bram ist der Einzige, der schwimmt und mit langen, kraftvollen Zügen durchs Wasser pflügt. Alle anderen haben sich in den warmen Whirlpools versammelt.

Bram erreicht den hinteren Beckenrand, vollführt eine elegante kleine Rolle und kommt zum flachen Ende zurück. Auf Dreiviertel der Strecke bemerkt er mich, stellt sich plötzlich im hüfthohen Wasser auf und streicht sich das dunkle Haar aus der Stirn.

Dann lockt er mich mit gekrümmtem Finger. »Zeit für die Schwimmstunde, Phillips.«

Ich ziehe den Morgenmantel enger um mich. »Machen wir es morgen! Es ist eiskalt!«

Ein träges Lächeln breitet sich in seinem Gesicht aus. Er watet auf mich zu, bleibt am Rand stehen und legt die Hände neben meine Füße auf die Fliesen. »Im Wasser ist es wärmer. Streck den Zeh rein.«

Ich würde vermutlich vornüberfallen, wenn ich das tue, also gehe ich in die Hocke und prüfe das Wasser mit der Hand. Und er hat recht. Es ist wirklich warm.

»Angenehm, oder?« Er tritt einen Schritt zurück, und

das Wasser bildet kleine Wirbel um seine Schenkel. Leider trägt er keine Badehose, sondern eine weite Schwimmshorts. »Und wenn wir fertig sind, kannst du in den warmen Whirlpool.«

»Pfui. Ich will nicht mit anderen Leuten im Kochtopf sitzen und in einem Sud aus ihren Keimen köcheln.«

Wieder grinst er, und Wasser tropft von seiner Augenbraue auf den Wangenknochen. »So habe ich es auch immer empfunden.«

»Du bist eben klug.«

»Ja, deshalb bin ich auch im warmen Wasser, statt mir draußen einen abzufrieren.«

Mist. Er hat recht. Außerdem sollte ich es hinter mich bringen.

So schnell ich kann, werfe ich den Morgenmantel auf einen Clubsessel und rase zu den Stufen zum Pool, die Arme um den nackten Bauch geschlungen, als könnte mich das vor der Kälte schützen. Als ich die Stufen hinuntergehe, habe ich am ganzen Körper Gänsehaut. »O Gott.«

»Schön?«

Herrlich. Als die Wärme meine Beine umfängt, seufze ich genüsslich.

»Dann komm.«

Er behält mich im Blick, während er sich ins tiefere Wasser zurückzieht und ich ihm folge. Das Wasser geht mir fast bis zu den Schultern, während ich langsam Halt und Balance verliere.

»Bleib da stehen«, sagt er und kommt auf mich zu. »Weißt du, wie man sich treiben lässt?«

Mit immer noch leicht klappernden Zähnen, die Arme an die Brust gedrückt, die Hände unter dem Kinn, schüttele ich den Kopf.

»In Ordnung. Aber erst müssen wir dich etwas aufwärmen, denn solange du so verknotet dastehst, geht gar nichts. Geh in die Knie und lass dich ein Stück sinken.«

Er macht mit, bis nur noch unsere Köpfe aus dem Wasser ragen und wir uns entgegenblicken. Er hat die Arme ausgebreitet, und sie bewegen sich leicht mit dem Wiegen des Wassers – und stabilisieren ihn, wie ich jetzt sehe. Ich versuche, es ihm gleichzutun.

Ein Lächeln umspielt seinen Mund. »Du lernst schnell.«

»Hoffen wir es.« Wasser schwappt gegen meine Lippen. »Was ist das Ziel für heute?«

»Nur, dass du dich im Wasser wohlfühlst. Treiben. Paddeln. Aber das funktioniert nicht, solange du steif bist.«

»Okay.«

»Also erst mal einfach atmen. Fühlen, wie dich das Wasser umspielt. Versuch, dich aufrecht zu halten. Wir haben es nicht eilig.«

Ich nicke und schließe die Augen. Ihn so nah vor mir zu haben, lenkt mich einfach zu sehr ab. »Hast du es schon mal jemandem beigebracht?«

»Nein.«

»Oje.«

Seine amüsierte Stimme klingt tiefer, näher. »Du bist in guten Händen. Ich kenne alle Abläufe. Außerdem habe ich mir ein Tutorial angesehen, damit ich keine Schritte vergesse. Ich komme jetzt hinter dich, okay? Mach einfach weiter wie gerade.«

»Okay«, sage ich, und es klingt atemlos, weil ich die Turbulenzen im Wasser fühle, als er sich bewegt und mit all den harten Muskeln und der bronzefarbenen Haut hinter mich kommt.

»Ich lege jetzt die Hand unter deinen Rücken und halte dich, und du wirst einfach auf dem Wasser liegen wie auf einem Bett. Einfach nur entspannen und atmen …«

Entspannen. *Entspannen.* Obwohl seine Hand riesig ist und ich ihn überall spüre. Ich verrenke mir den Hals und blicke auf. Er steht bis zu den Achseln im Wasser, das gegen seine Brust schwappt, Sonnenreflexe streichen über seine Haut, und ich liege vor ihm wie ein treibender Fisch.

Seine polternde Stimme dringt leise über das Geplätscher. »Mach die Augen wieder zu. Versuche nicht zu schauen, wo du bist. Lass einfach den Kopf zurück ins Wasser fallen und schieb das Kinn vor. Entspann dich. Ich hab dich.«

Er hat mich. Das stimmt. Seine Hand liegt ruhig unter meinem Rücken und stützt mich. Ich folge seinen Anweisungen – hebe die Arme über den Kopf, drücke den Rücken durch, winkle die Knie an und lasse die Füße tiefer im Wasser treiben.

Ich liege nicht nur vor ihm. Ich treibe mit ausgebreiteten Beinen in einem knappen Bikini vor ihm, und meine kleinen Titten stehen in die Luft.

Und seine Hand stützt mich nur wenige Zentimeter über dem Hintern.

»Aspen.« Seine Stimme ist tiefer geworden. »Du versteifst dich schon wieder. Alles okay?«

»Alles super.«

»Tief atmen.«

Mein Brustkorb weitet sich, meine Brustwarzen drücken gegen das Bikini-Top. Auf meinem nackten Bauch bildet sich eine Gänsehaut. Meine Vorderseite ragt aus dem Wasser, mein Becken ist geneigt, und meine Schenkel sind geteilt, als würde ich darauf warten, dass sich Bram dazwischenschiebt.

»Entspann dich.«

»Ich versuche es.« Ich versuche es wirklich.

»Gut. Tief atmen. Ich nehme jetzt die Hand weg.«

»Okay.«

Wasser schwappt über mein Gesicht, brennt in meiner Nase, in meiner Lunge. Panisch schlage ich um mich, und starke Arme ziehen mich hoch und an eine feste Brust.

Ich klammere mich an seine breiten Schultern, huste und blinzle das brennende Wasser aus den Augen.

Bram steht stocksteif da, den Mund zusammengepresst. »Ein Tipp, den ich vergessen habe: Nicht tief atmen, wenn du untergehst.«

Ich huste noch mehr und nicke.

»Versuchen wir es noch mal«, sagt er knapp.

Ich schätze, ich lerne wohl doch nicht so schnell. »Okay.«

»Lass dich nach hinten sinken, ich halte dich.«

Das tue ich.

»Entspann dich, Aspen.«

Ich versuche es. Wieder.

Ungeduld schwingt in seiner Stimme mit. »Tief atmen.«

So tief, dass meine Brüste erneut praktisch in sein Gesicht ragen.

»Denk daran: Rücken durchstrecken. Knie beugen, Beine öffnen …«

Ein dummes, nervöses Kichern schüttelt mich.

»Aspen.« Er klingt verärgert.

Ich beiße mir auf die Lippe. »Entschuldige. Ich konzentriere mich.«

»Okay. Atmen. Entspannen. Versuchen wir es noch mal.«

Ich gehe unter.

Im nächsten Moment drückt er mich wieder an sich, einen stählernen Arm um meine Taille geschlungen.

»Noch mal«, sagt er barsch. Seine Augen sind hart, der Mund eine gerade Linie.

Roboter Bram ist zurück – aber in der angepissten Version, und ich weiß nicht, womit ich ihn diesmal verärgert habe, abgesehen davon, dass es mir nicht auf Anhieb gelungen ist, auf dem Wasser zu treiben. Ich nicke, meine Kehle ist rau.

Seine Hand fährt an meiner Wirbelsäule hinab. »Du musst dich entspannen.«

Ich kann nicht. Aber ich lehne mich zurück.

»Aspen …«

»Ich versuche es.« Und atmen. »Du bist zu ungeduldig. Du solltest kein Lehrer sein.«

»Lustig, genauso wenig wie du.«

»Arsch …«

Ich versinke und komme prustend wieder hoch. Mit den Fäusten trommle ich gegen seine starke Schulter, bis er mich loslässt. Seine Finger spreizen sich erneut über meinen Rücken, aber ich wende mich ab und taste mich blind zum Beckenrand.

»Aspen.« Seine Stimme wird tiefer, bedrohlich. »Wo willst du hin?«

»Ich habe genug für heute.« Und genug davon, gegen dumme Tränen anzukämpfen. Was ist nur los? Was habe ich diesmal falsch gemacht?

Ich weiß es nicht, aber er verfolgt mich. Und ich hasse ihn, ich hasse ihn so sehr. Wir haben uns heute so gut gehalten, und jetzt das.

Ich erreiche den Beckenrand und halte mich fest, aber er ist zu hoch, und ich kann mich nicht rausziehen. Also hangle ich mich am Rand entlang aufs tiefe Ende zu, wo die nächste Leiter ist.

Lange Arme umfangen mich von hinten. »Der Unterricht ist noch nicht vorbei.«

Für mich schon. Mein Hals brennt, und ich schüttele den Kopf. Mit krächzender Stimme sage ich: »Können wir einfach Waffenruhe Nummer drei ausrufen? Bitte.«

Sein Schweigen zieht sich in die Länge. Dann wölben sich die Muskeln seiner Oberarme, als er sich näher an mich heranzieht. Er berührt mich nicht, aber seine Finger krallen sich neben meinen am Beckenrand fest. Missmutig sagt er: »Warum brauchen wir eine neue Waffenruhe? Was ist aus Nummer zwei geworden?«

»Ich weiß es nicht. Sag du es mir. Du bist es doch, der wütend auf mich ist.«

»Ich bin nicht wütend auf dich.«

Meine Arme zittern von der Anstrengung, am Beckenrand zu hängen. »Dann bist du eben einfach so ein fieses Arschloch. Toll.«

Sein Seufzen ist schwer. »Ich bin nicht wütend auf dich«, wiederholt er.

»Sah aber ganz so aus.«

»Ich bin wütend auf mich selbst.«

Ich drehe den Kopf, sehe aber nichts als seine breiten Schultern, die hinter mir aufragen. Seine Arme umfangen mich noch immer. »Warum? Weil du mir nicht auf Anhieb beibringen konntest zu treiben?«

»Nein. Weil … dreh dich einfach um.«

Niemals. Nicht, solange ich hier hänge. »Ich komme nicht zum Boden.«

»Aber ich. Halte dich einfach an mir fest.«

Bram gibt mir keine Gelegenheit, darüber nachzudenken. Sein Unterarm legt sich wie ein stählerner Riegel über meinen Bauch und zieht mich zurück. Reflexartig drehe ich mich um, und meine Hände tasten nach der Stärke seiner Schultern und klammern sich fest.

Dann stockt mir der Atem. Seine Hand legt sich auf meinen Rücken und schiebt mich an ihn, bis sich meine kleinen Brüste flach gegen seine harte Brust drücken.

Mein Bauch stößt an etwas noch viel Härteres.

Ich blicke zu ihm auf. Er sieht auf mich herab, mit glühenden Augen. Verunsichert und reglos beginne ich zu zittern. »Bram?«

»Deswegen«, sagt er heiser. »Denn jedes verdammte Mal, wenn ich dich berühre, kann ich nur noch daran denken …«

Mich zu küssen. Das muss der Gedanke in seinem Kopf sein, denn genau das tut er jetzt. Er presst die Lippen auf meinen Mund. Einen Moment lang kann ich gar nicht denken, aber ich merke was: Bram ist gar kein Roboter.

Er ist ein Vulkan. Heiß und explosiv. Und er küsst mich.

O Gott. Und das macht er wirklich gut.

Im ersten Moment hänge ich einfach nur an seinen Schultern, starr und taub vor Schreck, und er nutzt den Überraschungsmoment, leckt über meine erstaunt geöffneten Lippen, neckt meinen Mund, damit er sich noch weiter öffnet und seiner Zunge Einlass gewährt.

Ich gebe nach. O Gott, ich öffne den Mund. Ich habe keine Ahnung, woher dieses gierige Seufzen kommt, aber es löst sich von meiner Zunge, als seine darüber gleitet, heiß und feucht. Zur Antwort dringt ein Grummeln aus seiner Kehle. Starke Finger umfassen meinen Nacken, stützen meinen Hals, neigen meinen Kopf nach hinten, sodass er die Zunge tiefer hineinstoßen kann.

Bram küsst mich. Das dringt erst langsam zu mir durch – er dagegen dringt mit seiner Zunge schnell in mich ein, tiefer, seine Hitze brennt sich durch meine Haut, und ich zittere in seinem Arm.

Versuche, näher an ihn heranzukommen, den Kuss noch tiefer werden zu lassen.

Mit einem weiteren leisen Stöhnen schlinge ich die

Arme um seinen Hals, schiebe die Finger in sein Haar und presse ihn an mich. Mit den Schenkeln klammere ich mich an seinen Seiten fest – o Gott, und er ist hart, so hart, und es ist so einfach, sich ein wenig an ihm hochzuziehen und an der Stelle zu reiben, wo ich es brauche, wo ich heißer und nasser bin als all das Wasser um uns herum.

Brams gequältes Stöhnen erfüllt meinen Mund. Seine große Hand gleitet an meinem Rücken hinab und umfasst meinen Hintern, drückt mich noch enger an ihn, während er sich immer fester an mir reibt. Seine Zunge fährt in meinen Mund, schlingt, sucht, brennt sich mit jedem Lecken tiefer voran.

Dann küsst er mich nicht mehr.

Stattdessen vergräbt er den Kopf an meinem Hals. Seine Arme sind um mich geschlungen, meine Beine umfassen seine Hüften. Unsere Brustkörbe heben und senken sich gemeinsam. Irgendwo in der Ferne platscht und quietscht es.

Jemand springt in den Pool. Jemand, der aus dem Whirlpool kommt und jetzt schreit, wie kalt das Wasser ist.

Irrtum. Das Wasser kocht.

Ich zittere noch immer. Ich denke: *Entspann dich. Atme.*

Doch ich treibe nicht davon. Stattdessen werde ich in die Wirklichkeit zurückgeholt – eine merkwürdige Wirklichkeit, eine, in der mich Bram geküsst hat –, als er den Kopf hebt.

Ich kann die Härte in seinen Augen nicht deuten, als er meinem Blick begegnet. Roboter Bram ist zurück.

Aber er ist gar kein Roboter. In Wirklichkeit ist er ein Bram, der Aspen küssen will und sich darüber ärgert.

Ich kenne diesen Bram seit Langem. Aber ich hatte ihn verkannt.

Jetzt weiß ich nicht, was ich von ihm halten soll.

»Alles okay?« Seine Stimme ist kratzig.

Wortlos nicke ich.

»Entschuldige«, murmelt er dann. »Es wird nicht wieder vorkommen.«

Wie schade. Aber vielleicht ist es besser so.

Vielleicht.

Und ich könnte tausend Dinge sagen, aber ich möchte die Waffenruhe erhalten. »Oder setz es wenigstens auf das Programm«, sage ich leichthin, obwohl mein Herz noch immer hämmert und ich am ganzen Körper bebe. »Denn das war ziemlich impulsiv, findest du nicht?«

Die Haut spannt über seinen Wangenknochen, als hätte ich genau das Falsche gesagt – aber seine Antwort ist so gezwungen ironisch wie meine, als wäre auch er bemüht, die Waffenruhe aufrechtzuerhalten. »Anscheinend ist es auch für mich nicht gut, in deiner Nähe zu sein.«

So wie für seine Schwester. Auch das war der falsche Kommentar, doch ich lächele nur verbissen. »Sieht ganz so aus.«

Er sucht meinen Blick. »Ich schwimme ein paar Züge, um mich abzukühlen.«

Die Erektion, die sich noch immer an mich presst. Oder vielleicht nur das Verlangen.

Schluckend antworte ich: »Ich gehe ins flache Wasser und übe noch ein bisschen Treiben.«

»In Ordnung.« Er trägt mich langsam zum flachen Ende. »Ich halte ein Auge auf dich.«

»Danke.«

So höflich. Als hätte er mich nicht gerade mit der Zunge in den Mund gevögelt, als wäre ich nicht gerade fast gekommen, während ich mich an ihm gerieben habe.

Sobald meine Füße den Boden berühren, wendet er sich von mir ab und stürzt sich ins Wasser. Seine Arme durchschneiden es mit langen, kraftvollen Zügen.

Ich lege mich rücklings ins flache Wasser und blicke in den Himmel. Kühlt er ab? Oder ist sein Schwanz noch immer dick und heiß? Ist er noch immer hart und verzehrt sich nach mir?

Gott, ich habe noch nie besonders viel über erigierte Penisse nachgedacht, nicht mehr jedenfalls als über männliche Oberschenkel. Aber der Gedanke, dass er erregt und scharf auf mich ist?

Es ist das Heißeste, was ich je erlebt habe. Er sieht so verdammt gut aus, und jetzt weiß ich genau, warum er so breite Schultern hat und so schlank ist: Er hat eine Schwimmerfigur par excellence. Trotzdem könnte ich ihn ewig angaffen, und kein Detail an ihm würde mich so sehr erregen wie das Wissen, dass er *meinetwegen* hart ist.

Und das, obwohl es ihm nicht passt. Er will nicht scharf auf mich sein. Weil ich nur auf Geld aus bin und allen schade.

Zugegeben, andersherum würde ich auch nicht auf ihn scharf sein wollen. Er ist noch immer ein eingebildetes, voreingenommenes Arschloch. Ihn attraktiv zu finden, ist okay, aber *scharf* auf ihn zu sein?

Das wäre blöd. Da wäre ich auch auf mich wütend.

Und mit ihm zu schlafen, wäre wirklich dumm. Ich bin völlig aufgelöst nach seinem Kuss. Noch immer ist mir heiß und schwummrig. Ein solcher Sinnesrausch wird schnell zur Sucht.

Nein, danke. Nicht, wenn man dadurch von ihm abhängig wird.

Aber ihn zu foltern, jetzt, da ich weiß, was wirklich los ist? Das könnte lustig sein.

Darüber denke ich nach, während ich die Arme über den Kopf strecke und lächle. Entspanne. Atme.

Treibe.

11

Es gibt einen feinen Unterschied zwischen Foltern und Scharfmachen.

Glaube ich.

Denn bei meinen Folterplänen geht es mir nicht darum, Bram mit Absicht heiß zu machen. Zumindest nicht sexuell. Ihn aufzuziehen, weil er ein Idiot ist, ja, aber ihn aufzugeilen, indem ich mich an ihn schmiege oder mit Augenaufschlag an einem Lolli lutsche – das nicht. Damit wäre für mich die Grenze überschritten.

Doch seit ich weiß, worauf ich achten muss, bemerke ich im Lauf der nächsten zwei Tage, dass ich gar nichts *tun* muss, um ihn zu foltern … ich muss einfach nur sein wie immer.

Ich muss mir nur auf die Lippe beißen, wenn ich mir unsicher bin, und sein Blick wird hart und distanziert.

Ich muss nur die Sandalen abstreifen, während er fährt, mich zurücklehnen und die nackten Füße aus dem Fenster strecken, um den Wind an den Zehen zu spüren. Es ist noch nicht mal wichtig, ob ich Jeans trage statt Shorts, oder mein Trägerkleid, das an den Schenkeln hochwandert – er rutscht auf seinem Sitz herum und packt das Steuer im Würgegriff.

Ich muss nur essen oder einen Schluck heiße Schokolade trinken und geistesabwesend die Sahne weglecken, dann fällt sein Blick auf meinen Mund, seine Kiefer mahlen, und seine Stimme wird tief und belegt.

Ich muss nur reden. Oder atmen. Oder einfach sein.

Und er wird unausstehlich.

Das ist cool. Es macht Spaß, ihn zu foltern, und dass ich mich dazu noch nicht mal anstrengen muss, ist noch besser.

Nur der Bumerangeffekt kam unerwartet. Denn zu wissen, dass er hart ist? Zu wissen, dass er einen amtlichen Ständer hat wegen mir?

Das ist so heiß wie beim ersten Mal.

Also sitze ich mit zusammengepressten Schenkeln da, und meine Pussy ist feucht und zieht. Also sind meine Brustwarzen schon fast abgescheuert, weil sie ständig unter dem T-Shirt stehen. Also kann ich nicht aufhören, auf seine Hände und Lippen und Unterarme und Schenkel zu starren. Also denke ich ständig daran, wie er mich geküsst und sich zwischen meinen Beinen gerieben hat.

Und wenn er ruppig wird, wenn er verärgert oder wütend ist, dann ist jede scharfe Bemerkung wie ein Lecken über meine Haut. Schließlich weiß ich, dass es bedeutet, er ist erregt – und schon bin ich es selbst wieder.

Also werde auch ich gefoltert, obwohl ich gar nichts getan habe. Es ist allein seine Schuld.

Weil der Arsch mich geküsst hat.

Wir checken aus der Lodge aus und fahren in südliche Richtung zu unserer nächsten Station: zu einem See in Central Oregon, an dem wir ein paar Tage mit Wandern, Angeln und Baden verbringen werden.

Von Mount Hood bis an den Paulina Lake sind es drei Stunden. Als wir am Campingplatz ankommen, ist Brams Stimmung auf dem Tiefpunkt – und mein Höschen ist durchweicht, außerdem zittern meine Schenkel vor Anspannung, während ich sie zusammenquetsche.

Sobald wir auf unserer Parzelle stehen, reiße ich am Türgriff. »Toilette«, erkläre ich und eile zu dem Gebäude, an dem wir gerade vorbeigefahren sind.

Dort stürze ich in eine Kabine, lehne mich an die Metalltür und schiebe hektisch eine Hand in den Slip. Ein Seufzen entringt sich mir – schmerzlich und erlöst –, als meine Finger über meine glitschige Stelle gleiten und ich hektisch rubbele und reibe, während ich mir vorstelle, wie Bram mich berührt, mich leckt, mich vögelt, egal was, solange er nur wütend und erregt ist.

Ich komme so schnell und heftig, dass mir fast die Beine wegknicken. Mit zusammengebissenen Zähnen unterdrücke ich einen Klagelaut und reite die Wellen aus, dann sacke ich rückwärts gegen die Kabinentür, keuchend – und dann muss ich lachen.

Großer Gott, ich habe gerade in einer öffentlichen Toilette masturbiert.

Das stand *definitiv* nicht auf dem Programm. Außerdem habe ich gegen einen Erlass von Bram verstoßen.

Wir haben es nicht zusammen gemacht.

Mir vorzustellen, wie Bram die Beherrschung verliert und sich in einer öffentlichen Toilette einen runterholt, versetzt mich in Hochstimmung, während ich zu unserer Parzelle zurückkehre. Er hat den Range Rover schon halb entladen und unsere Zelte aufgestellt – direkt nebeneinander, mit den Eingängen zur Feuerstelle.

»Stehen sie nicht zu nah am Feuer?«, frage ich und deute darauf.

»Es wird kein Feuer geben.« Sein Gesicht ist eine angespannte Maske, während er mir meinen Schlafsack zuwirft. »Die Parkleitung hat offenes Feuer verboten. Brandgefahr.«

Oh. »Das ist ja blöd.«

»Ja.«

»Aber immer noch besser, als in einem Waldbrand zu schmoren.«

»Vermutlich.«

»Auch wenn jetzt das Zeug für die S'Mores schlecht wird, das ich aus der Lodge geschmuggelt habe.«

Plötzlich schmunzelt er, und sein Blick wird weicher. »Ja, wobei du sie vielleicht über dem Campingkocher braten kannst.«

Okay, dann mal los. Ich werfe meinen Schlafsack und den Rucksack in mein Zelt, dann betrachte ich die Ausrüstung, die er in säuberlichen Stapeln auf dem Picknicktisch angeordnet hat.

»Wie kann ich mich am Aufbau beteiligen?« Das ist einer der wenigen Punkte im heutigen Programm. Zelte aufbauen, Abendessen kochen, schwimmen.

»Indem du mir nicht im Weg rumstehst.«

Doch er sagt es nicht unverschämt, sondern entschuldigend, als wäre ihm bewusst, wie arschig es klingt.

Denn er ist nun mal ein Arsch. »Okay, Blechmann, ich werde nicht stören bei deinem, äh …«

»Präzise durchorganisierten System.«

»Ich wollte eigentlich ›primitiven männlichen Nestbau‹ sagen.«

Die gehobenen Mundwinkel und das leise grummelnde Lachen überziehen mich mit einem Schaudern, das meine Nippel verhärtet und mir ungebremst zwischen die Schenkel schießt. Obwohl er gar nicht wütend ist.

Es sieht nicht gut für mich aus.

Ohne den Blick von mir zu lösen, klopft er auf einen der Kartons. »Wie wäre es mit einer primitiven Luftmatratze? Möchtest du die von Bethany?«

»O Gott, ja. Bitte.«

»Dann verschwinde und lass mich arbeiten«, knurrt er scherzhaft.

Also lasse ich ihn in Frieden.

Wir sind wieder an einem Berg, sogar noch höher als die Lodge, aber in einer trockeneren Region, und es ist ein sengend heißer Tag. Die Luft riecht nach trockenen Kiefern und Erde. Fast alle Parzellen sind belegt, obwohl die meisten Besucher in Campern schlafen. Auf halber Höhe der Asphaltstraße, die über den Campingplatz führt, ragen eine Bootsrampe und ein Kai in den See, und auf dem Wasser sind mindestens ein Dutzend Angler. An den flachen Stellen in Ufernähe baden kreischende Kinder.

Ich bleibe an einer Infotafel mit den Campingplatz-Regeln stehen. Hunde an die Leine. Keine Essensvorräte in Autos verwahren, um Bären fernzuhalten. Müll in die vorgesehenen Container. Ab 22:00 Ruhezeit. Über Masturbieren in den Toiletten steht da nichts.

Noch mal Glück gehabt.

Ich studiere die Umgebungskarte. Um den See herum verläuft ein Wanderweg von fast sieben Meilen Länge – der steht für morgen auf dem Programm. Unser Campingplatz liegt am südöstlichen Ufer. Am Westufer gibt es eine Lodge, ein paar Hütten und einen weiteren Campingplatz. Merkwürdig. Lake Paulina ist die einzige Station auf dieser Reise, bei der wir zelten, überall sonst schlafen wir im Hotel. Deshalb dachte ich, es gäbe keine Lodge in der Gegend.

Offenbar habe ich mich geirrt.

Vom Ufer aus fotografiere ich den See und versuche, meine Nachrichten und E-Mails zu lesen, aber ich habe keinen Empfang. Also lasse ich eine halbe Stunde lang Steine hüpfen, was aus unerfindlichen Gründen total Spaß macht.

Schließlich gehe ich zurück zu unserem Platz, der im hinteren Teil des Geländes liegt, ein Stück abseits vom See, am Fuß eines steilen, bewaldeten Hangs. Bram hängt gerade eine LED-Lampe unter eine gespannte Plane, die sicher ein toller Regenschutz ist, aber auch ein wundervoller Schattenspender.

Ich nehme ein Bier aus der Kühltruhe, lasse mich auf einen Campingstuhl fallen und halte mir die eiskalte Flasche an den Hals. »Ich habe gerade eine Million Steine in den See geworfen. Eigentlich wollte ich einen Fisch für unser Abendessen erlegen, aber es hat nicht funktioniert.«

Er antwortet mit einem Grunzen.

Meine Nippel verhärten sich unter dem dünnen Tanktop. Er ist wieder ruppig. Vermutlich wegen der Flasche, die ich an meinem Hals entlangrolle.

Ich trinke einen Schluck und betrachte ihn. Schweiß durchtränkt sein dunkles Haar und glitzert auf seiner gebräunten Haut, aber als er zu mir rübersieht, sind seine Augen kalt.

»Bier?«, frage ich.

Sein Nicken ist knapp.

Es ist schlimm, wie sehr mich das anmacht.

Ich ziehe eine Flasche für ihn aus der Truhe, zusammen mit einer Handvoll Eis, mit der ich mir den Hals kühle, während ich mich wieder setze. Er lässt sich auf dem Campingstuhl neben mir nieder – nicht weil er mit dem Aufbau fertig wäre, sondern weil er, wie ich weiß, einen Megaständer hat und ihn im Stehen nicht verbergen kann.

»Ich mache Abendessen«, erkläre ich. »Etwas Anständiges. Keinen Fisch. Nachdem du alles aufgebaut hast.«

»In Ordnung.« Er klingt verärgert, als würde ihn mein Angebot nerven.

Aber er ärgert sich nicht über *mich*.

Ich sehe, wie die Muskeln in seinem Hals arbeiten, als er einen tiefen Zug nimmt. Lieber Himmel, ich möchte die Zähne in diese Sehnen schlagen.

Bebend hole ich Luft, sinke tiefer in meinen Stuhl, strecke die Beine aus und stütze die Spitzen meiner Sandalen auf dem Eisenring ab, der die Feuerstelle einfasst. »Es wundert mich, dass wir zelten und nicht in der Lodge am anderen Ufer schlafen. Oder wurde die erst gebaut, nachdem ihr schon eine feste Reiseroutine hattet?«

Sein Blick verschließt sich. »Nein. Ursprünglich haben wir dort übernachtet.«

»Und warum später nicht mehr? Hatten sie ein Rattenproblem oder so?«

Er schüttelt den Kopf.

Jetzt bin ich wirklich neugierig. »Warum dann?«

Er beugt sich vor und stützt die Unterarme auf die Schenkel. Seine Haltung ist angespannt, aber diesmal wohl nicht, weil er eine Erektion versteckt. Ich glaube, er will mich einfach nicht ansehen. »Wir durften nicht mehr«, sagt er. »Meine Familie hatte Hausverbot.«

Meine Lippen teilen sich, doch ich bringe kein Wort heraus. Sehe ihn einfach nur an. Warte auf mehr.

Aber er schweigt.

Bis ich meine Stimme wiederfinde. »Warum?«

Er spannt sich an, und eine Weile sieht es aus, als wolle er nicht antworten. Dann sagt er finster: »Eines Nachts habe ich mich rausgeschlichen und ein Schnellboot vom Pier gestohlen. Bei der Rückkehr habe ich ein anderes Boot gerammt. Und beide versenkt.«

Fassungslos schüttele ich den Kopf. »Wie alt warst du da?«

»Vierzehn.«

Alt genug, um es besser zu wissen. »Hast du es absichtlich getan?«

Sein Mund wird zu einer schmalen Linie. »Boote stehlen ja, versenken nein.«

»Wurdest du verletzt?«

»Nein.«

»Wurde sonst jemand verletzt?«

»Nein, es sei denn, man zählt Moms Scham und den Stolz von Dad.« Er atmet zischend zwischen den Zähnen aus. »Er war außer sich. Und als sie ihm das Hausverbot aussprachen … ich bin mir ziemlich verdammt sicher, dass wir seitdem hier gezeltet haben, statt uns einen anderen See zu suchen, damit ich ihre Demütigung nie vergesse.«

Großer Gott. Dann hat er Bram Jahr für Jahr für seinen Fehler bezahlen lassen? »War dein Dad immer so streng mit dir?«

Brams Blick verschließt sich. Wieder wendet er sich von mir ab. »Nie strenger, als ich es verdient habe.«

Da wäre ich mir nicht so sicher. »Selbst das Hausverbot erscheint mir heftig. Niemand wurde verletzt. Und dein Dad konnte doch sicher für den Schaden aufkommen, oder?«

Jetzt richtet sich seine Wut wieder auf mich. »Mit Geld kann man nicht alles regeln.«

Das habe ich nie behauptet. Obwohl es sicher vieles erleichtert.

Aber ich antworte nicht, denn was soll man darauf schon sagen?

Bram erwartet ohnehin keine Antwort. Auf einmal drückt er sich von seinem Stuhl ab und steht auf. »Ich gehe zum See. Schreib mir, wenn das Essen fertig ist.«

Ohne sich noch einmal umzusehen, stapft er davon.

Ich sehe ihm nach und trinke langsam mein Bier. Das

Kochen wird kein großer Aufwand sein. Bethany hat sogar geplant, was wir beim Zelten essen, also haben wir auf dem Weg hierher an einem Supermarkt gehalten und mit ihrer Einkaufsliste eingekauft. Heute Abend gibt es Hamburger und Salat. Das bekomme ich in zwanzig Minuten hin.

Aber ich glaube, Bram braucht länger als zwanzig Minuten, um sich abzukühlen. Und ich brauche etwas Zeit, um zu verdauen, was er mir gerade erzählt hat. Eins ist jedenfalls klar: Dass er scharf auf mich ist, ist nicht der einzige Grund, aus dem er unzufrieden mit sich ist.

Als das Essen fertig ist, kann ich ihm nicht schreiben, weil ich keinen Empfang habe. Selbst das WLAN im Range Rover ist nutzlos – vermutlich, weil es auch keinen Empfang hat. Also spaziere ich los, um ihn zu holen.

Die Sonne steht noch am Himmel, obwohl es an diesem Kratersee mit seinem Rand ein wenig früher dunkel wird als anderswo. Schwimmen und unser Schwimmunterricht stehen auf dem Programm, das muss aber wohl bis morgen warten.

Zumindest für mich. Nicht für Bram.

Ich entdecke seine Kleidung als Häufchen aus Cargo-Shorts, Schuhen und T-Shirt, weswegen ich ihn im Wasser statt am Ufer suche. Ich beschirme die Augen und lasse den Blick über den See streifen.

Doch ich sehe ihn nicht.

Mein Herz schlägt heftig. Panik treibt mich bis ans Wasser. Wieder streicht mein Blick über den See – und immer weiter hinaus. Großer Gott. Er ist ganz weit draußen. So weit rauszuschwimmen, ist doch bestimmt gefährlich. Da draußen kurven Motorboote rum. Klar ist das Tempo auf zehn Meilen pro Stunde beschränkt, aber wer weiß, wie viele Idioten betrunken sind oder sich von ihren Angelschnüren ablenken lassen oder sonst irgendwelchen Mist auf dem Wasser treiben.

Er ist auf dem Rückweg. Ich stehe wie gelähmt am Ufer, die Hände über den Augen gewölbt, und erwarte jede Sekunde, zusehen zu müssen, wie er vor Erschöpfung stirbt, oder an einem Krampf oder etwas anderem, das sich nicht mit Geld regeln lässt.

Aber er schwimmt einfach mit gleichmäßigen Zügen Richtung Ufer zurück. Und ich fange an, innerlich zu kochen.

Die Sonne steht hinter ihm, als er endlich nah genug ist, um sich aufzurichten und an Land zu kommen. Sein großer Körper hebt sich als dunkle Silhouette gegen die Wasserfläche ab, deshalb kann ich sein Gesicht nicht erkennen. Ich warte nicht, bis er bei mir ist, bevor ich loslege.

»Was bildest du dir ein?«, herrsche ich ihn an, die Arme vor der Brust verschränkt. »Ich darf nicht auf einem harmlosen Wanderweg spazieren gehen, aber du schwimmst in die Mitte eines riesigen Sees? Ohne mir etwas davon zu sagen? Wer von uns beiden ist hier leichtsinnig?«

Sein Grinsen blitzt weiß im beschatteten Gesicht.

Das bringt mich nur noch mehr auf. »Essen ist fertig, du Arsch!«, schnauze ich und mache auf dem Absatz kehrt.

»Danke, liebste Aspen«, ruft er mir nach.

Dann ist er also gut gelaunt. Zum Necken aufgelegt. Nachdem er mich fast zu Tode erschreckt hat.

Mistkerl.

An unserem Platz verschwindet er in sein Zelt – in einer nassen schwarzen Boxer-Brief, die wunderbar als Badehose durchgeht, die trockene Kleidung auf dem

Arm – und kommt in Jeans und dunkelblauer Kapuzenjacke wieder raus. Die Temperatur fällt so schnell, wie das Licht schwindet. Nach dem Essen ziehe ich mich um, und als ich in Leggins und Sweatshirt wieder aus dem Zelt komme, hat er bereits die Laterne neben dem Campingkocher angemacht.

Und es wartet eine heiße Schokolade als Nachtisch auf mich.

»Du hast recht«, sagt er und streckt mir die Tasse entgegen. »Das nächste Mal sage ich dir Bescheid.«

»Danke.« Unsere Finger streifen sich, als ich ihm den dampfenden Becher abnehme. »Du bist echt weit rausgeschwommen.«

»Tja«, mit einem Bier in der Hand lässt er sich in den Campingstuhl fallen und fährt sich durch das feuchte Haar – »Ich hatte jede Menge Frust abzubauen.«

So war es wohl.

Danach breitet sich Schweigen aus – ein wohliges Schweigen, während wir unsere Getränke schlürfen, die Sonne hinter dem See versinkt und sich der Himmel indigoblau färbt.

Ich fange ein wenig an zu frösteln. »Und was machen wir ohne Feuer? Aber sag jetzt bitte nicht Lagerfeuerlieder singen oder Geistergeschichten erzählen. Ich kenne keine.«

»In die Sterne schauen?«, schlägt Bram vor. »Mit den Handys spielen?«

Mit mir ins Bett gehen und dort ein bisschen Frust abbauen?, denke ich. Ich frage mich, ob er es auch denkt.

Aber laut frage ich nur: »Hast du Empfang?«

»Nein. Aber Bücher und Spiele.«

»Ich auch.« Also hole ich mein Handy raus, dann ziehe ich die Ärmel über die Finger. Es ist wirklich eisig, seit die Sonne weg ist. Nach ein paar Sekunden stecke ich das

Handy zurück in die Bauchtasche an meinem Kapuzenpulli und lege den Kopf in den Nacken.

Wahnsinn. Es sollte wohl kein Scherz sein, dass ich mir die Zeit mit Sternegucken vertreiben könnte. Sie sind unglaublich hell und wie Diamantsplitter über den Himmel verteilt.

»Wow«, hauche ich.

Bram steht auf und schaltet die Laterne aus. Es gibt noch immer etwas Licht – von den Wohnmobilen in der Umgebung und dem Flutlicht, das den Weg zum Waschhaus beleuchtet –, doch sonst ist es dunkel. Sehr dunkel.

Er setzt sich wieder neben mich, und obwohl ich zu den Sternen aufsehe, konzentriert sich meine Aufmerksamkeit voll und ganz auf ihn. Ich nehme jeden Atemzug von ihm wahr, jede Bewegung, jedes Mal, wenn er das Bier an die Lippen hebt, und das leise Geräusch, wenn er schluckt.

Vorsichtig sage ich: »Von mir aus können wir uns gern einen anderen Campingplatz suchen. Mir liegt nichts daran, dich an einen Fehler zu erinnern, den du dir mit vierzehn geleistet hast.«

Aus seiner Antwort klingt keine Wut. Nur Erschöpfung, vielleicht etwas Hohn. »Es war nicht unbedingt mein letzter.«

»Niemand hört mit vierzehn auf, Fehler zu machen.« Hat er das etwa erwartet? Oder hat es ihm jemand eingeredet? »Aber vor allem wollte dich auch Bethany sicher nicht weiter für deinen Fehltritt bestrafen, als sie diesen Campingplatz vorgeschlagen hat. Wir können also gehen.«

Er schweigt so lange, dass ich mich schon frage, ob er meinen Vorschlag übergehen will. Dann sehe ich, wie er in der Dunkelheit leicht den Kopf schüttelt.

»Nein.« Es liegt etwas Sanftes in seiner Stimme.

Ich dreh mich zu ihm, und seine Augen glitzern im Dunklen. Dann legt er den Kopf in den Nacken und sagt: »Es ist doch schön hier draußen, oder nicht?«

»Ja.« Kalt, aber schön.

»Also bleiben wir.«

Okay. Auch ich blicke wieder in den Himmel. »Um acht gibt es Pancakes, dann müssen wir Sandwichs für die Wanderung belegen. Was willst du übernehmen?«

»Sandwichs. Du kannst mich wecken, wenn die Pancakes fertig sind.«

»Fiesling.«

»Du hättest mich nicht fragen sollen.«

Vielleicht nicht. Aber jetzt ist es zu spät.

Und obwohl ich gern noch länger mit ihm hier draußen sitzen würde, ist mir einfach zu kalt. Ich stehe auf, und er will sich mit erheben.

Ich halte ihn auf. »Bleib sitzen. Ich geh nur schlafen.«

Er setzt sich nicht. »Hast du eine Taschenlampe?«

»In meinem Zelt.«

Schließlich nimmt er wieder Platz, aber selbst während ich am Reißverschluss fummele und umständlich ins Zelt krabbele, nehme ich jeden seiner Atemzüge wahr. Ich spüre, wie er schweigend draußen sitzt, während ich im Zelt herumkrame, zwei Paar Socken übereinanderziehe und meinen billigen Schlafsack ausrolle.

Dann lege ich mich hin. Er ist noch immer still vor dem Zelt. Sehr still.

Wahrscheinlich ist er im Grübelmodus, Stufe zehn. Oder er hat einen Ständer und ärgert sich darüber.

»Hör auf, dich zu quälen«, rufe ich durch die Nylonwand. »Das ist mein Job.«

Ich kann sein Lächeln nicht sehen, aber ich höre es aus seiner Antwort.

»Gute Nacht, Aspen.«

Lächelnd schiebe ich meine eiskalten Hände zwischen die warmen Schenkel und schließe die Augen.

Es *ist* eine gute Nacht.

12

Die Nacht war grauenvoll. Irgendwann nach zwei bin ich schlotternd aufgewacht, und mir tat alles weh vor Kälte. Selbst als ich alle meine Klamotten auf dem Schlafsack ausgebreitet hatte, konnte ich nicht mehr richtig schlafen.

Also war ich auf, lange bevor es Zeit für die Pancakes war, und stand bibbernd vor dem Campingkocher, die Hände über der einen Gasflamme, Wasser für meine heiße Schokolade auf der anderen.

So stehe ich noch immer da, als Bram vom See zurückkommt. Triefnass in der eisigen Morgenluft, nur in Badehose, ein Handtuch um die Schultern – und grinsend wie ein Irrer.

»Auch schon wach?«

Ich antworte mit einem warnenden Blick.

Sein Grinsen wird breiter. »Gibt es genug heißes Wasser für meinen Kaffee?«

Ich nicke, dann sehe ich ihm zu, wie er sich in sein Zelt duckt, wie die Muskeln seiner Schenkel arbeiten und die Badehose über seinem perfekten Hintern spannt. O Gott. Schon ist mir von innen wärmer.

Zum Dank für die kleine Hilfestellung mache ich ihm Kaffee – und sein Timing ist perfekt. Ich gieße ihn gerade aus der Cafetiere, als er wieder rauskommt, jetzt in Jeans und Wanderstiefeln.

»Wie lange läuft man um den See?«, frage ich.

»Ungefähr vier Stunden, wenn wir nirgendwo haltmachen. Aber wir können uns den Lavastrom, den Obsidian-Flow, in aller Ruhe ansehen und eine Pause im Resort einlegen.« Er sieht mir prüfend ins Gesicht. »Hast du gut geschlafen?«

»Super«, lüge ich, weil ich ihm auf keinen Fall erzählen werde, dass der Schlafsack, den ich mir kaum leisten konnte, ein billiges Scheißteil ist.

»Ich dachte, ich hätte dich gegen zwei oder drei in deinem Zelt gehört.«

»Ich bin aufgewacht. Keine Ahnung, warum.« Ich zucke die Schultern. »Dann konnte ich mich nicht erinnern, ob ich die S'Mores-Zutaten aus dem Rucksack genommen habe.«

Er runzelt die Stirn. »Und hast du?«

»Ja.« Schließlich will ich diesen Trip nicht beenden, indem ich mich von einem Bären fressen lasse. »Und warum warst du wach?«

Er antwortet nicht, doch seine Kiefer mahlen, und auf einmal weiß ich genau, warum er um zwei Uhr morgens noch wach war.

Mir wird ganz anders, als ich mir vorstelle, wie er mit einem heißen, harten Schwanz in seinem Zelt liegt – und vielleicht überlegt, ob er zu mir rüberkommen soll, um dann wieder und wieder und wieder zu kommen.

Bebend hole ich Luft, wende mich ab und laufe los, mit klopfendem Herzen und einem hungrigen Ziehen zwischen den Schenkeln.

»Aspen?« Eine Sekunde später ist er neben mir, mit seinen langen Beinen hält er problemlos Schritt. »Alles okay bei dir?«

»Alles gut.« Ich lächle verklemmt und gehe schneller. »Muss nur zur Toilette.«

Ich werde in der Hölle enden. Aber Bram erzählt, dass es hier früher nur Plumpsklos gab, als er noch mit seinen Eltern gereist ist, und dort wäre Masturbieren sicher noch schlimmer gewesen.

Wir brechen vormittags auf. Der Wanderweg ist einfacher als der auf dem Mount Hood, dafür ist es doppelt so heiß, und ich bin froh, als Bram vorschlägt, im Resort-Laden kühle Getränke zu holen. Dann sitzen wir länger als geplant an einem der Picknicktische, weil wir beide Empfang haben.

Ich muss nur ein paar Nachrichten beantworten, aber Bram erledigt eine Handvoll Anrufe, bei denen ich versuche, nicht zuzuhören, was natürlich nicht gelingt. Zuerst spricht er mit seiner Assistentin, die eine Reihe Fragen aufzulisten scheint. Für die meisten erteilt er ihr Anweisungen, ein paar muss er offensichtlich selbst durch Anrufe klären. Sie klingen größtenteils, als würde er nervöse Menschen am anderen Ende beruhigen. Er ist entschieden und geduldig und lässt sich seinen Frust nicht anmerken, auch wenn er die Sonnenbrille abnimmt und sich immer wieder in die Nasenwurzel zwickt.

Schließlich ist er fertig und sieht zu mir rüber. »Entschuldige. Die Entwickler sind nervös. Wir stehen kurz davor, in Produktion zu gehen, also haben sie praktisch keinen Einfluss mehr. Das ist der Moment, in dem ihnen Zweifel kommen und sie an einen Rückzieher denken. Denn jetzt heißt es Top oder Flop.«

»Kein Problem.« Eigentlich wundere ich mich eher, dass er nicht häufiger telefoniert. Abgesehen von ein paar Anrufen seiner Assistentin, die er am Dienstag während der Fahrt angenommen hat, war er kaum am Handy oder am Laptop. Allerdings hat er vielleicht an den Abenden auf dem Zimmer gearbeitet, als wir noch in der Lodge waren. »Was geht in Produktion?«

»Ein Ohrstöpsel, der Fremdsprachen in Echtzeit übersetzt.« Ein Grinsen umspielt seine Lippen. »Ein *bezahlbarer* Ohrstöpsel.«

»Dann trägt man den bei Auslandsreisen und versteht, was alle sagen?«

»Ja. Oder bei uns, wenn jemand nicht Englisch spricht. Gut für Geschäfte und an Schulen.«

Nicht nur für Urlauber also, sondern für alle, die mit einer Sprachbarriere zu kämpfen haben. »Das ist toll.«

»Wenn wir Glück haben, finden das alle.« Er setzt die Sonnenbrille wieder auf. »Die Überweisungen an deine Mutter sind durch. Du kannst sie also jederzeit vor vollendete Tatsachen stellen.«

Auf einmal ist mir ganz eng um die Brust, und ich kann nicht sprechen. »Danke«, sage ich schließlich.

Ein angedeutetes Lächeln ist die einzige Antwort. Vielleicht denkt er, ich erzähle Mom wirklich, dass ich mit ihm geschlafen habe, um das Geld zu bekommen.

Vielleicht mache ich das sogar. Weil es lustig wäre.

»Beth hat auf keines der Bilder reagiert«, sagt er leise. »Hat sie dir geantwortet?«

Ein schwerer Klumpen liegt in meinem Bauch. »Nein. Aber das habe ich auch nicht erwartet.«

Er nickt, sein Blick ist auf den See gerichtet, ohne ihn zu sehen. »Und du bist dir sicher, dass ihr nichts fehlt?«

»Ja.« Meine Kehle zieht sich zusammen. »Sonst wäre ich nicht hier. Ich wäre bei ihr. Und ich würde es dir auch sagen, wenn ihr etwas fehlen würde.«

Er sieht mich an, aber durch die Sonnenbrille kann ich seinen Blick nicht lesen. »Wirklich?«

»Wirklich.«

»Und dein Versprechen, es geheim zu halten?«

»Zählt nicht, wenn ihr etwas fehlt.« Doch das ist nur

der Fall, wenn die Entzugsklinik die Notfall-Kontaktnummer anruft.

Er mustert mich eine weitere endlose Sekunde mit einem unergründlichen Ausdruck. Dann seufzt er tief und steht auf.

»Wir sollten uns wieder auf den Weg machen.«

Zurück zum Campingplatz. Ich stehe auch auf. »Mein Cousin hat mir geschrieben – er wohnt in Pine Valley in der Nähe von hier. Sie wollen sich morgen auf den Sattel schwingen und laden uns ein, sie auf einen Ausflug zu begleiten. Wir müssten nur morgens zur Ranch kommen. Ich weiß, es steht nicht auf dem Programm, aber …«

»Möchtest du gern?«

»Ja, es hört sich gut an. Aber wenn du nicht willst, könntest du mich vielleicht einfach absetzen?«

Sein Mund verzieht sich zu einem Lächeln. »Auf den Sattel schwingen?«

»Ja.« Sicher nicht die Art Sattel, die er meint, aber was mein Cousin vorhat, würde ihm vermutlich nicht gefallen. »Keine Lust?«

»Lieber nicht«, sagt er, denkt aber darüber nach. Schließlich sieht er mich an. »Okay. Ich kann dich hinfahren. Dann verbringe ich den Tag in der Stadt und hole etwas Arbeit nach.«

»Super.« Ich grinse zu ihm auf. »Ich frage vor allem deshalb, weil dadurch unser Programm für morgen ausfällt – Kanu ausleihen und den Tag auf dem See verbringen. Aber da wir nun schon mal hier sind … könnten wir doch gleich ein Kanu leihen und zurück zum Campingplatz paddeln? So würden wir die Programmpunkte zusammenfügen und müssten nichts auslassen.«

»Und du paddelst lieber, als zu wandern?«, fragt er trocken.

»Ja. Außerdem ist dabei die Wahrscheinlichkeit geringer, von einem Bären gejagt zu werden.«

Er presst die Lippen zusammen, als müsste er sich ein Lachen verbeißen. »Okay. Aber wenn wir das Programm zusammenlegen, heißt das auch Doppelstunde Schwimmunterricht.«

»In Ordnung.« Mehr Gelegenheit, ihn zu foltern. Und ich bin noch nicht geschwommen, seit wir hier sind. »Ich freue mich schon drauf.«

Wieder sieht er mich von der Seite an, wieder, als würde er ein Lachen unterdrücken.

Beim nächsten Mal weiß ich Bescheid – dieser Blick ist eine Warnung.

Das Wasser ist so kalt, dass ich nicht schwimmen kann. Ich kann mich nicht mal treiben lassen, wie es mir in der Lodge auf dem Mount Hood gelungen ist. Ich kann nichts tun, als bis zur Taille im Wasser zu stehen, wo meine Badeschuhe im Schlamm versinken, und zu bibbern und Bram einen zitternden Mittelfinger zu zeigen. Er lacht – als würde ihn die Kälte des Wassers nicht mal berühren.

Gott. Kein Wunder, dass die Kinder gestern beim Planschen so geschrien haben.

Ich halte es fünf Minuten aus, bevor ich zurück ans Ufer wate. Dort breite ich mein Handtuch aus und lasse mich von der heißen Sonne wärmen. Kurz darauf streckt sich Bram neben mir aus.

Ich schließe die Augen, um mich nicht von seiner nassen gebräunten Haut ablenken zu lassen, die sich geschmeidig über stählerne Muskeln spannt, denn ich möchte mich aufwärmen, aber nicht überhitzen. Und ich will auch nicht schon wieder zur Toilette.

»Ich kann nicht fassen, dass du da rausschwimmst«, sage ich. »Erst recht nicht am Morgen.«

»Wenn man aufgewärmt ist, merkt man es nicht mehr so.«

»Glaube ich nicht.«

»Du wirst sehen. Am Ende des Monats schwimmst du mit mir zusammen raus.«

Ein schöner Gedanke. Zu schön.

Auf die falsche Art.

Nicht auf erotische Art, obwohl mich seine Nähe schneller erwärmt als die Sonne. Auch nicht, weil ich vielleicht endlich schwimmen lerne und mich über den Erfolg freuen kann.

Nein, es ist ein schöner Gedanke, mit *ihm* zu schwimmen.

Oder generell etwas mit ihm zu tun. In ein paar Wochen noch mit ihm zusammen zu sein.

Dumm. Mein Kampf-oder-Flucht-Instinkt lässt mich im Stich, denn gerade jetzt sollte er sich melden, nein, schreien: *Gefahr!*

Aber er regt sich nicht. Und mein Selbsterhaltungstrieb scheint auch in Urlaub zu sein, denn der Ausblick auf weitere dreieinhalb Wochen mit Bram sollte mich mit Angst erfüllen.

Doch mit Angst erfüllt mich nur, wie schnell unsere Zeit vorbei sein wird.

13

Ich war noch nie auf dieser Ranch, und sobald wir die Hauptstraße verlassen und auf einer langen Zufahrtsstraße sind, kann man das Navi vergessen. Ich lotse Bram mithilfe der Wegbeschreibung, die mir mein Cousin geschickt hat.

»An der Gabelung links – nicht Richtung Brauerei, schreibt Aaron. Dann kommen wir an einem großen Haus vorbei, und danach müssten wir bald auf sie stoßen.«

Bram nickt. »Wann soll ich dich wieder abholen?«

»Hm, weiß noch nicht. Ich frage, wenn wir dort sind. Vielleicht bringt er mich ja auch zurück.«

Vor uns tauchen ein paar Gebäude auf, kurz nach einer Kurve. Bram nimmt die Kurve …

Und steigt voll auf die Bremse.

Vor uns stehen dreißig oder vierzig säuberlich aufgereihte Motorräder. Weniger geordnet ist der Pulk aus Bikern in schwarzen Lederwesten. Dreißig oder vierzig Köpfe drehen sich nach uns um.

Oh, verdammt. Ich hatte nicht erwartet, dass es so viele sein würden.

»Wir sind falsch«, meint Bram, dreht sich im Sitz und blickt durch die Heckscheibe, um zu wenden und so schnell wie möglich zu verschwinden.

»Nein! Das sind sie.« Ich ziehe am Türgriff, aber die automatische Sperre ist noch aktiviert. »Ich muss nur meinen Cousin finden.«

»Dein Cousin ist in einer Biker-Gang? Mann, Aspen …«

Er verstummt. Eine Gestalt hat sich aus der Gruppe gelöst und schlendert auf uns zu, und vielleicht ist er überrascht, denn es ist eine Bikerin, eine große blonde Frau mit kurzem Haar und harten Augen.

Sie macht eine unmissverständliche Geste, als würde sie an einer Kurbel drehen. Bram stößt zischend die Luft aus und lässt sein Fenster runter. Die Frau stützt sich mit den schlanken Unterarmen an seine Tür, die Haltung lässig, der Blick wie Stahl. Auf dem Patch an der Schulter ihrer Weste steht *Zoomie.*

»Habt ihr euch verfahren?« Ihr Mund lächelt. Ihre Augen nicht.

»Wir drehen gerade um«, sagt er, während ich gleichzeitig sage: »Ich wollte meinen Cousin hier treffen. Aaron Wall.«

Ihre Brauen schießen nach oben, und sie mustert mich. »Du bist Stones Cousine? Er meinte, du wärst noch ein Kind.«

Ich seufze. »Das überrascht mich nicht.«

»Er war sich nicht sicher, ob du kommst.«

»Hier bin ich.«

Sie sieht Bram an. »Ihr beide?«

»Nur ich«, erwidere ich gleichzeitig mit Bram, der antwortet: »Ja.«

Beharrlich fügt er hinzu: »Wir beide.«

Die Frau grinst breit, während sie uns abwechselnd ansieht, als würde sie die Spannung zwischen uns abschätzen. Dann wendet sie sich Bram zu. »Ich weiß, dass sie bei Stone mitfährt. Wie sieht es bei dir aus? Hältst du dich an jemandem fest, oder kannst du selber fahren?«

»Ich kann selbst fahren.« In seinem Kiefer zuckt etwas. »Gibt es hier irgendwo einen Händler, bei dem ich ein Bike bekomme?«

»Was?« Ich starre ihn an. »Du kannst nicht einfach ein Motorrad kaufen. Oder fahren. Oder kannst du das? Und es fahren?«

Sein harter Blick zuckt in meine Richtung. »Sowohl das eine als auch das andere.«

»Möglicherweise kann ich dir einen Untersatz besorgen.« Zoomie klopft mit der Faust an seine Tür und tritt einen Schritt zurück. »Aber ich muss erst mit dem Präsi reden. Kann sein, dass er keinen Zivilisten will, der uns nach Luschen aussehen lässt. Obwohl du mir nicht wie ein Softie vorkommst. Oder bist du einer?«

»Selten«, entgegnet er trocken.

Sie lacht und geht ... und mir fällt auf, dass uns die anderen Biker die ganze Zeit über beobachtet haben. Als sich Zoomie umdreht, sehen sie anscheinend etwas in ihr, das Entwarnung gibt, denn sie wenden sich wieder ihren eigenen Angelegenheiten zu.

Ich sehe Bram an – dessen wütender Blick auf mich gerichtet ist.

»Du sagtest ›Sattel‹«, presst er hervor. »Du sagtest ›Ranch‹. Du *weißt*, was ich dachte.«

Stimmt. »Und ich dachte, du würdest mir den Kopf abreißen, wenn ich dir von einer Motorrad-Tour erzähle. Ich dachte, du würdest es für zu gefährlich halten.«

»Nicht die Fahrt. Aber die verdammte Biker-Gang.«

»Es ist ein *Motorrad-Club*«, entgegne ich. »Allerdings wusste ich nicht, dass er so viele Mitglieder hat.«

»Aber du wusstest, dass es ein paar sein würden.« Die Wut färbt die Haut um seine Wangenknochen weiß. »Wieder mal vollendete Tatsachen, ja? Wir kommen hier an, und für mich ist es zu spät, um zu sagen, dass wir uns lieber ans Programm halten?«

Ich beiße mir auf die Lippe. Ich verstehe seine Wut. Aber er versteht nicht – für ihn sieht es nach Leichtsinn aus, aber das stimmt nicht. »Mir passiert schon nichts«, versuche ich ihn zu besänftigen. »Mein Cousin passt auf mich auf. Er ist ein guter Kerl. Er würde niemals zulassen, dass mir etwas zustößt. Du musst nicht mitkommen.«

»Vergiss es.« Schwungvoll öffnet er seine Tür. »Wenn du glaubst, ich würde dich einfach einer *Gang* überlassen, kennst du mich wirklich schlecht.«

Seufzend steige ich aus und gehe vorn um den Range Rover herum.

Ein Pfiff durchschneidet die Luft, und einer der Biker ruft: »Schaut mal! Stone hat Frischfleisch rangeschafft!«

Lautes Lachen geht durch die Gruppe.

Bram versteift sich. Mit festem Griff umfasst er meinen Oberarm und führt mich auf die Fahrerseite, sodass uns der Range Rover von den Bikern abschirmt. »Von jetzt an halten wir uns an das Programm. Vielleicht hast du das vergessen, aber du hast hier einen verdammten Job.«

Ich hatte es tatsächlich vergessen. Den Job, das bezahlte Studium.

Ich hatte vergessen, dass wir nicht als Freunde unterwegs sind. Ich hatte vergessen, dass er *kein* Freund ist.

Meine Kehle schnürt sich zusammen, und ich nicke.

Das reicht ihm nicht. »Noch so eine Nummer, und ich schicke dich nach Hause«, grollt er.

Der Schmerz in meiner Brust wird stärker. Was soll ich dazu sagen? Um Verzeihung bitten, damit er es lässt?

Wenn es so weit kommt, gehe ich *gern* nach Hause.

Heiser bringe ich ein »Okay« raus.

Mein bereitwilliges Eingeständnis nimmt ihm ein wenig den Wind aus den Segeln. Er sieht mich an, und ein leises frustriertes Knurren dringt aus seiner Kehle.

Dann blickt er über die Motorhaube in Richtung Biker.

Ich folge seinem Blick und sehe ein vertrautes Gesicht auf uns zukommen.

Mühsam ringe ich mir ein Lächeln ab, winke und trete einen Schritt vor.

Bram zieht mich zurück.

»Das ist mein Cousin«, zische ich, aber Bram lässt trotzdem nicht los, sodass Aaron zu uns kommen muss.

Mein Cousin ist groß, so groß wie Bram, aber massiger gebaut. Sein dunkelblondes Haar ist kurz geschoren, und die hellen Narben in Augenbraue und Wangen heben sich scharf gegen sein gebräuntes Gesicht ab.

Er blickt auf Brams Hand, die mich noch immer festhält. Die Ränder der Narben werden noch weißer, doch sein Gang bleibt locker und lässig.

»Hallo Penny Dreadful!«, ruft er mir entgegen. »Schön, dass du es geschafft hast!«

Ich gehe auf ihn zu. Fast widerstrebend lässt mich Bram diesmal los.

Als ich Aaron erreiche, ist mein Lächeln echt. Er schließt mich in seine großen Arme.

»Unglaublich, du bist ja winzig«, sagt er. »Wächst du denn noch?«

Ich lache. »Tut mir leid. Ausgewachsen.«

»Scheiße. Du bist wie ein kleiner Käfer.« Er legt die Hände auf meine Schultern und tritt einen Schritt zurück, um mein Gesicht zu mustern. Etwas leiser fragt er: »Wer ist dieser Penner, und warum hatte er seine verdammten Pfoten an dir? Deine Mom sagte, du würdest mit Freunden campen.«

Nicht mit Freunden. »Das ist mein Arbeitgeber«, sage ich verbittert.

»Ach ja? Also, mich haben ja schon öfter Leute angeschaut, als wollten sie mich umbringen, aber nicht wegen ihren Angestellten.«

Ich seufze. »Außerdem ist er der große Bruder meiner Freundin.«

Seine grünen Augen durchschauen mich mühelos. »Und was noch?«

»Und er dachte, ich wollte mit euch reiten gehen.«

Aaron flucht. »Du hast ihn unvorbereitet mit uns konfrontiert? Verdammt, Penny, hasst du diesen Typen, oder was?« Kopfschüttelnd geht er an mir vorbei und streckt Bram die Hand entgegen. »Ich bin Stone Wall. Penny sagt gerade, du wusstest nicht, was dich erwartet.«

Steif erwidert Bram den Handschlag. »So ungefähr.«

»Und jetzt überlegst du, ob du sie ins Auto packen und abhauen sollst.«

Widerwillig lächelt Bram. »So ungefähr.«

»Verständlich«, antwortet Aaron und verschränkt die Arme. »Ich habe nicht vor, deine Intelligenz zu beleidigen. Sicher muss ich dir nicht sagen, dass all die Kerle in den Kutten anständige Bürger sind. Aber vielleicht beruhigt es dich zu hören, dass keiner der Brüder sie anrühren wird. Ich habe sie gewarnt, dass meine Cousine tabu ist. Daran werden sie sich halten.«

»In Ordnung«, erwidert Bram. »Und ich werde nicht so unverschämt sein, an deinem Wort zu zweifeln – aber ich würde trotzdem gern mitkommen, wenn es geht.«

»Fährst du Motorrad?«

»Ich bin früher gefahren.«

»*Früher?* Und heute nicht mehr? Scheiße, was ist los mit dir? Warum hast du aufgehört?«

Brams Mundwinkel biegen sich nach oben. »Hast du Zeit für eine Liste?«

Aaron grinst.

Ich ergänze für Bram. »Er wohnt in Seattle und fährt nicht mehr selbst.«

»Du meinst, du hast einen Chauffeur?« Aaron blickt nachdenklich auf den Range Rover und wieder auf Bram. »Hast du den Motorradlappen?«

Bram nickt.

»Seit wann?«

»Seit elf Jahren.«

Seit er sechzehn war. Aaron fordert Bram nicht auf, ihn vorzuzeigen, aber ich würde ihn gern sehen. Nicht, weil ich Bram nicht glauben würde … sondern weil ich es mir einfach nicht vorstellen kann. Bramwell Gage auf einem Motorrad. Ich will diesen Lappen berühren und mich von seiner Existenz überzeugen.

Eine grollende Maschine kommt auf uns zu. Zoomie auf einem mattschwarzen Motorrad. Nicht das kleinste bisschen Chrom glitzert daran, anders als an den aufgereihten Motorrädern hinter ihr, es ist schwarz wie die Nacht.

Sie wendet sich an Aaron. »Der Boss sagt, er kann mitkommen, solange er nicht wie ein verdammter Hipster angezogen ist.«

Mein Cousin grinst. »Er sieht okay aus.«

Das will ich doch meinen. Bram trägt Jeans und ein schwarzes T-Shirt, kaum anders als Aaron, nur eben ohne Lederweste und mit braunen Leder-Wanderschuhen statt schwarzen Bikerboots.

So gesehen unterscheidet er sich auch nicht groß von Zoomie.

Sie mustert Bram. »Dann also die Lenker-Frage: Apehanger oder Dragbar?«

»Lieber Dragbar. Den bin ich gewöhnt.«

»Was bist du gefahren?«

»Ich habe eine 2005 Night Train.«

Ihre Augen schimmern anerkennend, und sie betrachtet ihn erneut. »Dann magst du es tief und lässig.«

Bram nickt.

»Wir finden was.« Sie dreht sich zu Aaron. »Ich fahr mit ihm zu Ericksons Werkstatt, da steht die rote Standard. Sie hat sogar einen Beifahrersitz drauf.«

»Das müsste passen, aber mit dem Beifahrer bin ich mir noch nicht so sicher.« Aaron mustert ihn. »Wann bist du zuletzt gefahren, Seattle? Also keine Bewegungsfahrten, um die Harley in Schuss zu halten, sondern regelmäßig?«

»Vor ungefähr acht Jahren.«

Ich atme langsam ein, um nicht zu offensichtlich auf diese Information zu reagieren. *Vor acht Jahren.* Zu der Zeit, als seine Eltern bei einem Autounfall ums Leben kamen. Zu der Zeit, als er die Geschäfte seines Vaters übernahm.

Man muss kein Genie sein, um es sich auszurechnen. Vor acht Jahren hat Bram Verantwortung für Bethany und das Familienvermögen übernommen – er hat die Harley eingelagert und einen Fahrer angestellt.

Aaron und Zoomie wechseln Blicke, ziehen aber unterschiedliche Schlüsse.

»In Ordnung«, sagt mein Cousin. »Du fährst mit Zoomie. Sie macht einen Straßentest mit dir. Unsere Tour geht heute vier Stunden lang bis an die Küste. Das sind zweihundert Meilen auf dem Highway, mit einem langen Abschnitt über die Berge. Da gibt es Serpentinen der anderen Art und Arschlöcher in Blechkisten, die nur darauf warten, uns umzufahren. Dann vertreiben wir uns die Zeit in den Dünen, und auf dem Rückweg geht die Sonne unter, sodass wir zum Schluss vielleicht in vollkommener Dunkelheit fahren. Das ist keine Anfängertour, verstehst du? Sollte Zoomie Zweifel haben, ob du es packst, fährst du mit den Old Ladys im Van.«

»Ich packe es«, sagt Bram, ohne zu zögern. Sein finsterer Blick streift mich, sein Mund wird gerade. »Und Aspen …«

»Fährt nicht bei dir mit«, fällt ihm Aaron ins Wort. »Nicht bevor ich gesehen habe, wie du dich hältst. Wenn wir heil an den Dünen ankommen, können wir noch mal darüber reden.«

Zoomie klopft auf den Sitz hinter sich. »Nimm Platz, Seattle.«

Mit einem letzten strengen Blick schwingt Bram ein Bein über den Sitz und setzt sich hinter sie.

Als sie davonfahren, lacht Aaron leise. »Dein Boss ist ganz schön sauer auf dich, Penny.«

»Ja.« Doch diesmal macht es mich nicht an, sondern einfach nur traurig. Hilflos hebe ich die Hände. »Ich hatte keine Ahnung, dass er fahren kann. Oder dass er mitkommt.«

Ich dachte, er würde mir predigen, wie gefährlich Motorradfahren ist. Ich dachte, er würde sich ärgern, aber nur, bis er Aaron trifft.

Ich hatte nicht erwartet, dass es darüber hinausgeht.

Aaron zuckt die Schultern. »Wir werden sehen, ob er wirklich fahren kann. Und dich …«, er betrachtet mich von Kopf bis Fuß, »müssen wir auch noch ausstatten.«

Ich sehe Bram erst wieder, als wir an einem Rastplatz auf halbem Weg pausieren. Ich bin Motorradfahren nicht gewöhnt, und meine Beine sind wackelig, als ich an den anderen Bikern vorbeigehe. Als einziger Fahrer ohne schwarze Lederweste ist Bram leicht zu finden – obwohl die Kleidung nicht der einzige Grund ist. Nicht nur Neopren steht ihm, sondern auch das Motorrad. Er hat angehalten und sitzt tief und lässig auf dem Stahlungetüm, die Füße auf dem Asphalt. Himmel, kann er denn gar nichts berühren, ohne dass es ihm schmeichelt und ihn noch besser aussehen lässt? Auf der Harley wirkt er groß und hart und gefährlich, und als Zoomie etwas zu ihm sagt und er leise lacht und nickt, ist es fast übertrieben sexy.

Als er mich sieht, wird sein Blick hart. Er verstummt und wartet.

Scheiße. Aber es wird nicht leichter werden, also packe ich es an. »Es tut mir leid«, sage ich und strecke ihm eine Flasche Wasser als Friedensangebot entgegen. »Ich hätte dich vorbereiten sollen. Aber ich dachte wirklich, es wäre eine kleine Spritztour mit ein paar Leuten aus seinem Club. Nicht … das.«

Er nimmt das Wasser an, doch sein Blick bleibt unerbittlich. »Du hattest recht. Hätte ich gewusst, dass es um eine Motorradtour und nicht um einen Ausritt geht, hätte ich mich ans Programm gehalten.«

Ich weiß nicht, wie ich seine Antwort deuten soll. Es ist ein Eingeständnis, aber keine Entschuldigung. »Aber es ist doch gar nicht so schlecht, oder?«

»Bringen wir diesen Tag einfach hinter uns.«

Er vergibt mir also nicht. Die Erkenntnis drückt auf meine Brust. Ich mag es wirklich nicht, wenn er sauer auf mich ist, es sei denn, es liegt an einer Erektion.

Er schraubt die Wasserflasche auf. »Bei dir alles okay? Ich bekomme kaum was von dir mit.«

»Bei mir ist alles gut. Wir sind ziemlich weit vorn.«

Endlich muss er schmunzeln. »Dein Cousin hat mich ganz nach hinten geschickt, damit ich nicht das gesamte Rudel mitreiße, wenn es mich zerlegt.«

Ich bin so erleichtert, wenigstens einen Hauch von Humor zu erkennen, dass ich vermutlich übertrieben strahle. »Clever. Aber nicht sehr schmeichelhaft.«

»Ich glaube nicht, dass ihm daran gelegen ist, irgendwem zu schmeicheln.« Er legt den Kopf in den Nacken und trinkt, wobei sein starker Hals arbeitet und ein Tropfen Kondenswasser über seine Finger läuft. Gott, seine Hände. Ich will diesen Tropfen auflecken, an seiner Handfläche empor, und ihn in die Daumenspitze beißen.

Er wischt sich den Mund mit dem Unterarm ab und sieht mich wieder an. »Kommst du mit der Hitze zurecht?«

Meine Jeans und die dicken Tennissocken hat Aaron durchgehen lassen, aber ich musste mir Handschuhe und eine enge langärmlige Motorradjacke über mein T-Shirt ziehen. Ich komme mir ein bisschen albern darin vor, aber gleichzeitig auch tough und sexy. »Es geht gut. Ich dachte, ich würde kochen, aber solange wir fahren, ist es okay. Gerade wird mir zum ersten Mal heiß.«

Er nickt langsam. Sein Blick gleitet erneut an mir herab und heizt sich mit jedem Zentimeter auf. »Tja, vielleicht ist es die Motorradtour wert, dich so zu sehen.«

»Dich auch.« Ich grinse. »Ich wusste nicht, dass du eine wilde Seite hast.«

Eine, die sich nicht auf das Stehlen von Booten mit vierzehn beschränkt.

Sein Blick verfinstert sich. »Habe ich auch nicht.« Ausdruckslos und kalt schaut er mich an. »Sieht aus, als würde es weitergehen. Du solltest zurück zu deinem Cousin.«

»Ja«, sage ich, und mein Herz ist wie versteinert. »Das sollte ich.«

Sobald wir in den Dünen ankommen, hole ich meine Wechselkleidung aus Aarons Satteltasche. Die Sonne steht hoch und ist hell und heiß. Hinter den Sandhügeln am Meer wird es schnell kühler, aber wir werden größtenteils auf der heißen Seite bleiben.

Der Van mit den Bierfässern, Kühltaschen und Grills ist vor uns angekommen. Niemand scheint Hilfe beim Aufbau zu wollen oder zu brauchen, also nehme ich mir einen Plastikbecher und fülle ihn aus dem Fass. Ich halte nach Aaron Ausschau, als Bram zu mir stößt.

Er hat den Helm abgenommen und sieht verschwitzt und verärgert aus, sein Haar steht in alle Richtungen ab, und sein schwarzes T-Shirt klebt auf äußerst attraktive Art an seinem Torso.

»Du hast es geschafft«, kommentiere ich.

»Sieht so aus.« Immer noch kurz angebunden.

Vielleicht liegt es an der knappen Jeansshorts und dem Bikini-Top, das ich trage. Oder er ist immer noch wütend.

Ich hole Luft. »Waffenruhe Nummer drei? Diesmal hab ich es verkackt, ich weiß.«

Er sieht mir eine halbe Ewigkeit in die Augen. »Wenn du mich trinken lässt.«

Ich grinse, trinke schnell einen lang ersehnten Schluck und reiche ihm den Becher. Er leert das Bier in einem Zug.

»Wahnsinn, ist das heiß«, sagt er und blickt zu den Dünen. »Aber in Shorts outet man sich hier vermutlich als Hipster.«

Ich lache. »Vermutlich. Hast du überhaupt eine dabei?«

»Nein. Der Trip kam etwas überraschend.« Doch es klingt nicht anklagend, sondern scherzhaft.

Wir wenden beide die Köpfe, als ein riesenhafter graubärtiger Biker auf einen der Picknicktische steigt. Seine Stimme dröhnt: »Trinkt, wenn ihr Durst habt! Eine Stunde vor Abfahrt drehen wir den Hahn zu, und wenn es auch nur den *leisesten verdammten Zweifel* an eurer Fahrtüchtigkeit gibt, fahrt ihr nicht nur im Van zurück, sondern ich trete euch auch noch persönlich so in den Arsch, dass ihr eine Woche lang die schartigen Zehennägel meines toten Papas scheißt!«

Ich muss lachen und sehe mich nach Bram um, der grinsend den Kopf schüttelt. »Vielleicht sollten wir uns zurückhalten.«

»Wir trinken nur ein bisschen«, stimmt er zu.

Aaron kommt zu uns, in der einen Hand ein Bier, in der anderen einen Football. Er hat die Stiefel ausgezogen, und seine nackten Füße versinken im Sand.

»Wir wollen uns nach der Fahrt etwas auflockern. Spielst du Football, Seattle?«

»Früher in der Schule.«

»Okay. Bist du ein guter Fänger?«

»Ganz passabel.«

»Kannst du rennen?«

Bram nickt.

»Super. Die Hälfte dieser Lahmärsche bewegt sich nicht vom Fleck, wenn ihnen der Ball nicht vor die Füße fällt.« Er sieht mich an. »Machst du unseren Center, Penny?«

»Klar.«

»Dann treibe ich mal die anderen zusammen. Ich würde sagen, wir gehen da rüber auf die ebene Fläche.«

Dazu muss man eine Düne weiter laufen. Während Bram die Schuhe auszieht, hole ich uns zwei Wasserflaschen aus der Kühlbox. Barfuß laufen wir durch den weichen Sand.

»Er nennt dich Penny?«, meint Bram.

»Ja, das ist eine wirklich *tolle* Geschichte. Gegen Ende der fünften Klasse ist den Jungs plötzlich aufgefallen, dass sich ›Aspen‹ ein bisschen wie ›Ass-Pen‹ anhört. Also konnte ich keinen Stift in die Hand nehmen, ohne dass irgendein Schlaumeier fragte, ob er aus meinem Hintern käme. ›Ach ja, und leih dir bloß keinen Stift von ihr! Sonst bekommst du einen Ass-Pen.‹«

»Das ist hart«, sagt Bram, und ich sehe, dass er es ehrlich meint, aber auch, dass er ein Lachen unterdrückt.

Und es ist ja auch lächerlich. Heute. »Deshalb habe ich in den Ferien beschlossen, mich Penny zu nennen, damit mir im neuen Schuljahr niemand mehr mit diesem Spruch kommen kann. Von da an mussten mich alle mit Penny anreden. Meine Eltern, mein Bruder, meine Cousins.«

»Aber irgendwann wolltest du wieder Aspen heißen.«

»Noch vor Beginn des neuen Schuljahrs. Mir ist aufgefallen, dass ich lieber ›Scheiß auf die Wichser‹ sage, als mich für sie zu verbiegen. Äh, also nicht, dass ich in der Sechsten wirklich ›Scheiß auf die Wichser‹ gesagt hätte, aber vom Gefühl her war es das Gleiche.«

Jetzt unterdrückt er sein Grinsen nicht mehr. »Mit anderen Worten: Du hast dich überhaupt nicht verändert.«

»Schätze nicht.« Ich lache. Meine Füße graben sich tiefer in den weichen Sand, und meine Schenkel brennen, während wir den Gipfel der Düne besteigen. »Aber seitdem nennt mich Aaron Penny. Er meint, es würde zu mir passen.«

»Tut es auch.«

»Warum? Weil ich ein Bad Penny bin?«

»Wegen deiner Augen. Sie haben das gleiche Kupferbraun.«

Er sagt es beiläufig, den Blick nach vorn gerichtet, aber wie kann man beiläufig so genau auf die Augenfarbe eines Menschen achten? Und wie soll ich darauf reagieren? Ich bin nur froh, dass ich mein klopfendes Herz, den kurzen Atem und das plötzliche Schweigen auf den steilen Aufstieg schieben kann.

Zum Glück scheint Bram gar keine Antwort zu erwarten. Stattdessen mustert er die anderen Spieler, als wir den Gipfel der Düne erreichen. Sie haben sich bereits in zwei Teams aufgeteilt – T-Shirts gegen oben ohne, wie es aussieht.

Obwohl man genauso treffend T-Shirts gegen Tattoos sagen könnte, verbunden mit kräftigen Muskeln und ein paar noch kräftigeren Bäuchen und Bärten, mit denen sie mit den hipsten Hipstern in Portland konkurrieren könnten.

Doch diese Bemerkung spare ich mir lieber.

Aaron winkt uns zu sich, dann schüttelt er den Kopf in gespieltem Tadel. »Du bist fürs falsche Team gekleidet.«

Im Bikini-Top. Auf der anderen Seite sehe ich Zoomie in einem Sport-BH, der als Tankini-Top durchgehen könnte. Sieht also aus, als würden sich die Mädels nicht ganz entblättern. Obwohl es mich bei dieser Truppe nicht überrascht hätte.

»Lass sie nur, Stone«, sagt einer der anderen Biker und grinst. Keiner trägt mehr Weste, sodass ich mich nicht an Namensschildern orientieren kann. »Es stört uns nicht.«

»Halt dein dreckiges Maul, Beaver«, sagt Aaron ganz ohne den scherzhaften Unterton, den er mir gegenüber hat. »Sie ist gerade mal fünfzehn oder so.«

»Ich bin nicht fünfzehn«, widerspreche ich, aber er ignoriert mich einfach. Bram hat den Kopf gesenkt und presst die Lippen zusammen, doch seine Schultern zittern wie bei einem Erdbeben. Haha, amüsier dich nur. Ich zeige ihm den Mittelfinger.

»Okay. Ihr beide habt noch nie mit uns gespielt, deshalb erkläre ich euch die Grundregeln. Wir halten uns nicht mit Kickoff, Returns oder Punts auf – wir spielen vier Downs und Ende. Zu Beginn und nach einem Touchdown stellen wir uns an der Fünfunddreißig-Yard-Linie auf beziehungsweise an der Entsprechung auf diesem Feld. Wir spielen Iron Man, jeder ist Angreifer und Verteidigung zugleich, im Grunde vom selben Punkt aus, weil es alle nervt, wenn irgendwelche Idioten die Orientierung verlieren und sich in falsche Positionen stellen. Center ist also gleichzeitig Defensive Tackle, okay? Und der Quarterback darf bis zur Line. Das bin ich.« Er sieht Bram an. »Ich gehe davon aus, dass du dich nicht verwirren lässt, deshalb stelle ich dich als Tight End und Safety auf.«

»Geht klar.«

»Wir laufen keine Standards, und wir haben den Ball zuerst. Offense, bleib nicht auf der Line. Such nach einer Lücke, und ich versuche, dir den Ball zu passen. Und lass dich nicht von diesen Kerlen tackeln, das tut weh. Defense, gib ihnen Saures.«

Bram runzelt die Stirn, und sein Blick huscht zu mir. »Wir spielen nicht die sanfte Touch-Variante?«

»Ein bisschen härter als Touch. Machst du dir Sorgen?«

»Nicht um mich.« Er deutet auf das andere Team, das sich bereits aufstellt. In der Mitte steht ein Berg aus Muskeln und Tattoos. »Aber siehst du, wen sie als Nose Tackle aufstellen?«

Aaron grinst. »Yup. Das ist Bull. Das heißt, der Präsi macht keine Faxen, denn ich hätte ihn in dieselbe Position gestellt.«

»Der walzt Aspen platt.«

»Penny wird eine verdammte Mauer sein.« Er klopft Bram auf die Schulter. »Vertrau mir.«

Skeptisch sieht Bram mich an. Doch obwohl dieser Bull so groß ist, dass ich innerlich erzittere, vertraue ich auf Aaron. Also nicke ich.

»Eine verdammte Mauer«, wiederhole ich.

»In Ordnung.« Aaron wirft sein Handy zu unserem Wide Receiver und deutet auf den Rand des Spielfelds, wo jemand einen Klapptisch mit einem Lautsprecher und einem weiteren Fass aufgestellt hat.

»Hashtag, spiel unseren Song. Zeigen wir ihnen, was sie erwartet.«

Wir gehen auf die Line zu, und der Sand brennt unter meinen Füßen. Lieber Gott, Bull ist aus der Nähe noch viel größer. Der Bart ein Wald, die Schultern Berge, die Brust ein Hektar behaarte Muskeln. Das tätowierte Pin-up-Girl auf seinem Unterarm sieht größer aus als ich.

Ich stelle mich ihm gegenüber auf, und er muss nicht mal aus seiner halb geduckten Stellung gehen, um Aaron über meinen Kopf hinweg zuzusehen.

»Was soll der Scheiß, Mann?«

Aaron antwortet nicht – es sei denn, man zählt den Song, der plötzlich aus dem Lautsprecher plärrt: »All I do is win« von DJ Khaled.

Mit klopfendem Herz gehe ich in die Hocke und lege die Hand auf den Ball. Bull starrt mich mit zusammengekniffenen Augen nieder, Schweiß tropft von seiner Stirn. Aaron tippt mein Bein von hinten an.

Ich stoße den Ball zwischen den Beinen hindurch nach hinten und stürze voran, aber ich pralle gegen eine Wand aus Muskeln und werde zurückgeworfen. Gigantische Hände umfassen meine Schultern, fangen mich auf, stützen mich.

Dann lassen sie los.

Mit flachen Händen drücke ich gegen eine steinharte Brust. Bull sieht aus, als wollte er einen Schritt nach vorne machen – wobei ich vermutlich wie ein Spielzeug zur Seite fliegen würde –, dann bleibt er einfach stehen und breitet die Arme aus.

Grunzend stemme ich mich gegen ihn. Er rührt sich keinen Millimeter.

Seine Stimme tönt laut: »Scheiße, Mann, was soll ich tun? Sie zerbrechen?«

Niemand antwortet. Erst denke ich, die Musik ist einfach zu laut, doch dann wird mir bewusst, dass der Spielzug vorbei ist. Bram ist mit dem Ball in der Endzone, und alles biegt sich vor Lachen. So wie sie rumtaumeln und sich die Bäuche halten, schätze ich mal, dass niemand versucht hat, Bram zu tackeln.

Bull dreht sich nach dem Präsi des Clubs um, der hinter ihm steht und die Quarterback-Position spielt. »Boss, du stellst hier besser eins der Mädels auf.«

Sogar lachend sieht der Präsi einfach nur groß und fies aus. Soweit ich weiß, hat er mich bisher kein einziges Mal angesehen, und auch jetzt streift mich sein Blick nur kurz, bevor sein Interesse erlischt. »Sieht doch aus, als hättest du eine ebenbürtige Gegnerin. Aber wenn du sie durchlässt, bist du fällig für eine Abreibung von Old Timer.«

Ich lache und tätschele tröstend Bulls dicken Arm, während wir auf die andere Fünfunddreißig-Yard-Linie zugehen. Ein grinsender Bram taucht neben mir auf und wirft Bull den Ball zu.

Aaron rammt die Faust in die Luft. »Gut gefangen, Seattle. Also, hör zu: Der Präsi hat einen guten Arm, aber vermutlich macht er einen Kurzpass. Beim langen ist er ziemlich mäßig. Aufpassen musst du bei dem Kerl da drüben – der Typ bei Zoomie, der aussieht, als würde er gleich jemanden umbringen?«

»Ich sehe ihn.«

Ich auch. Und er sieht genauso aus, wie Aaron ihn beschreibt: als würde er gleich jemanden umbringen. Sein Gesicht ist ausdruckslos, aber nicht auf die Roboter-Art von Bram. Eher scheint es zu sagen: *Es ist mir zwar scheißegal, ob du tot oder lebendig bst, aber ich helfe dir beim Sterben.*

»Er darf den Ball nicht in die Finger bekommen, sonst sind wir geliefert. Wenn der mal losläuft, kann man ihn nicht aufhalten. Versuch es bloß nicht. Geh ihm einfach aus dem Weg. Aber wenn du dafür sorgen kannst, dass er den Ball nicht bekommt, stehen unsere Chancen gut.«

Bram nickt und trottet davon. Aaron knufft mich in die Schulter. »Bull ist ein alter Softie gegenüber Mädchen. Er wird dich nicht wegstoßen, wenn du ihn angreifst, aus Angst, dir wehzutun. Also halte ihn einfach auf seiner Position, und ich kümmere mich um den Präsi.«

Der Plan geht auf, aber nur für mich. Der Präsi wirft einen schnellen kurzen Pass, bevor Aaron ihn erreichen kann.

Aber obwohl wir uns schnell wieder aufstellen, geht noch keiner in Haltung. Stattdessen blicken alle zum Präsi – der das Gesicht verzieht und die Schulter kreisen lässt.

Die Biker haben alle Narben, deswegen habe ich der vernarbten Schulter des Präsis keine sonderliche Beachtung geschenkt, obwohl sie aussieht, als hätte sie jemand durchgekaut und wieder ausgespuckt. Doch jetzt fällt mir auf, wie frisch die Verletzung aussieht. Vielleicht hatte er eine Begegnung mit dem Asphalt.

»Unfall?«, frage ich Aaron.

»Blei.«

»Er ist mit Bleifuß gefahren?«

Aaron schüttelt den Kopf.

Haha, klar. *Blei.* Ich warte auf die Pointe.

Aaron lacht leise, und mir wird klar, dass es keine gibt.

Der Präsi kneift die Lippen zusammen und lässt noch mal die Schuler kreisen, dann sieht er meinen Cousin an.

»Ich schätze, es ist nicht so weit verheilt, wie ich dachte. Ich werde nicht werfen. Wo ist Spiral?«

Jemand ruft: »Sitzt wahrscheinlich im Van und lässt sich den Schwanz lutschen, Boss!«

Mir gegenüber schüttelt Bull den Kopf und murmelt: »Ich würde nichts mit Mayo essen, was aus diesem Van kommt.«

Ich schnaube und halte mir den Mund zu, um mein Lachen zu unterdrücken. Bull grinst mich an. Dann blicken wir beide auf, als der Präsi sagt: »Du. Seattle.« Er deutet auf Bram. »Kannst du anständig werfen?«

»Ganz okay.«

»Dann schwing deinen Arsch hier rüber. Wen willst du?«, fragt er Aaron.

»Zoomie.«

Der Präsi nickt und dreht sich um. »Zoomie! Du wechselst Seiten!«

Allgemeines Stöhnen in ihrem Team, Jubel bei uns, und jemand ruft: »Darin ist sie gut!«

»Ja, das bin ich.« Sie joggt auf unsere Seite und nimmt den Platz ein, den Bram geräumt hat. »Und deine Süße hat es *geliebt*, in meinem Team zu spielen, Knucklehead. Wie ich höre, spielt sie da immer noch.«

Grinsend vollführt sie einen Faustcheck mit Aaron, bevor er sich wieder neben mich stellt. Er stupst mich an.

»Lass dich nicht ablenken«, mahnt er.

Denn hinter der Scrimmage-Linie hat sich Bram bereits seines Shirts entledigt und dem Oben-ohne-Team angeschlossen. Und ich bin wirklich abgelenkt. Bull ist muskulös, der Präsi war muskulös, und es gibt jede Menge nackte Oberkörper, die mich ablenken könnten, aber keiner der Typen strahlt so in der Sonne wie Bram. Keiner hat diese sexy Haarlinie, die in der Mitte dieser harten

Bauchmuskeln verläuft und meinen Blick auf den Schritt seiner Jeans lenkt.

Oder vielleicht haben sie ihn auch, und es ist mir nur nicht aufgefallen.

Aaron schnaubt leise und lacht. »Konzentrier dich aufs Spiel, Penny.«

»Ja«, seufze ich. »Okay.«

Gleich nach der Ballübergabe stürze ich mich erneut auf Bull, mit dem gleichen Ergebnis: Ich halte mich irgendwie an ihm fest, und er steht irgendwie einfach nur da. In der nächsten Sekunde stößt Aaron einen Fluch aus und rauft sich das Stoppelhaar, denn Bram passt den Ball zu dem Kerl mit dem mörderischen Blick.

Zu dem Kerl, vor dem Aaron gewarnt hat, weil wir geliefert sind, wenn er den Ball bekommt.

Zoomie sprintet zwar übers Feld und versucht, ihn noch zu fangen, aber alle anderen sparen sich die Mühe. Sie stehen einfach nur da und sehen zu, wie er den Ball zur Endzone trägt.

Aaron wirft die Hände in die Luft. »Warum habe ich ihm das bloß gesagt?« Wütend sieht er zu Bram, der nur »Danke für den Tipp!« ruft und mit dem Rest seines Teams zur anderen Fünfunddreißig-Yard-Linie joggt.

»Zoomie«, knurrt Aaron, während wir ihnen folgen. »Beim nächsten Mal kümmerst du dich um Blowback. Sorge dafür, dass er den Ball nicht noch mal in die Finger bekommt. Egal, was du dafür tun musst.«

»Scheiße«, sagt Hashtag, »wenn das so ist, hole ich schnell meine Fünfundvierziger vom Bike.«

»Eine Fünfundvierziger?« Zoomie sieht ihn angewidert an. »Und du glaubst allen Ernstes, damit könntest du ihn stoppen?«

Mein Cousin sieht sie *alle* angewidert an.

Wir stellen uns auf, und ich lege die Hand auf den Ball. Aaron steht wieder hinter mir, Bull vor mir und Bram links neben ihm.

Ich stoße Aaron den Ball zu, doch dann werde ich von den Füßen gefegt.

Bull weicht geschickt einen Schritt zurück, statt meinen Angriff abzuwehren, und Bram stürzt quer über die Linie. Mit gesenktem Kopf wirft er mich über die Schulter und macht den Weg für Bull frei. Der Riese brettert vorwärts, direkt auf meinen Cousin zu.

Aaron kann den Ball gerade noch werfen, bevor er niedergetrampelt wird.

Ich hänge kopfüber über Brams Schulter und trommle mit der Faust auf seinen Rücken. »Holding! Foul!«

»Das ist es mir wert«, sagt er und klatscht mir auf den Hintern, bevor er mich auf die Füße stellt.

Ja, das nächste Mal schaufele ich ihm Sand in die Jeans. In diese kleine Spalte hinten am Hosenbund – die hinreißender ist, als es für eine männliche Körperpartie erlaubt sein sollte.

Nicht, dass Aaron ein nächstes Mal zulassen würde. Er wirft dem Typen, der sich neben mir aufstellt, einen vernichtenden Blick zu, und der sagt: »Kommt nicht noch mal vor.«

Bram gelangt kein zweites Mal an mich heran, aber unser Angriff ist gelaufen. Da wir ohne Punt spielen, geht es beim vierten Versuch ums Ganze, als sich Aaron hinter mir aufstellt.

Wir verlieren durch einen verfehlten Pass.

»Okay«, raunt mir Aaron zu. »Neuer Plan. Ich erledige Bull. Die anderen auf der Linie werden dich nicht anrühren, weil ich ihnen gesagt habe, dass ich sie sonst umbringe. Also drückst du dich durch und bringst Seattle irgendwie zu Fall.«

Nur zu gern. Wir stellen uns auf, und ich blicke Bram in die Augen, schlage die Faust in die Handfläche und grinse ihm höhnisch entgegen: »Wart's ab, ich komme, Blechmann!«

Seine Lippen verziehen sich zu einem arroganten Lächeln. »Aber das weiß ich doch.«

Moment. Meint er etwa …? Verdattert starre ich ihn an, während mein Cousin angeekelt stöhnt.

»Er will dich nur verwirren, Penny«, sagt er. »Konzentrier dich aufs Spiel.«

Okay.

Bull schießt den Ball los, und ich quetsche mich an ihm vorbei. Hinter mir höre ich ein Grunzen und das Aufeinanderprallen von Muskelmasse, aber mein Blick ist nach vorn gerichtet, wo Bram einen Schritt zurücktritt und schaut und schaut …

Als sein Arm hochschnellt, stürze ich mich auf ihn und treffe ihn voll in die Mitte. Meine Beine verhaken sich mit seinen, und obwohl ich nicht den Eindruck habe, dass ich ihn *so* fest getroffen habe, geht er rücklings mit mir zu Boden, sodass ich auf ihm lande.

Dann dreht sich alles, und irgendwie liege ich plötzlich unter ihm, und seine Hände greifen in mein Haar. Er knurrt meinen Namen, dann küsst er mich, und seine heiße Zunge fährt in meinen Mund.

O Gott. Er schmeckt so gut. Nach Bier und Bram und salziger Seeluft, und er riecht nach Sonne und Schweiß.

Der Sand ist heiß in meinem Rücken, sein dicker Schenkel drückt sich zwischen meine Beine. Doch er ist mir noch nicht nah genug. Ungeduldig dränge ich mich ihm entgegen, sein nackter, verschwitzter Bauch reibt über meine Rippen, meine Finger vergraben sich in seinen Oberarmen.

Mit einem abgehackten Keuchen reiße ich den Mund von ihm los. »Bram«, flehe ich verzweifelt, »ich brauche …«

Doch dann ist er weg. Er steigt als Schatten über mir auf, dann beschirme ich die Augen gegen die blendende Sonne. Aaron hält ihn an einem Arm, Hashtag am anderen.

Heilige Scheiße. Sie haben ihn von mir *weggezerrt.*

»Niemand fasst sie an«, sagt mein Cousin, und seine Stimme ist messerscharf. »Auch du nicht, Seattle.«

Brams breite Brust hebt und senkt sich, aber er nickt. Mit brennendem Blick sieht er mir in die Augen und sagt: »In Ordnung.«

Dann wendet er sich von mir ab, und Aaron lässt ihn los. Jemand ruft: »Sieht aus, als bräuchte deine Cousine eine kleine Auszeit im Van!«, und ich werde nicht mal rot.

Aaron sieht den Präsi an, der nickt und gibt Bull ein Zeichen. »Zehn Minuten Pause!«, ruft Bull mit dröhnender Stimme.

Sofort strömt alles zum Fass. Ich suche nach Bram, aber er wendet sich ab, fährt sich durchs Haar und macht sich Richtung Düne auf. Ein Spaziergang, um runterzukommen. Das weckt den Wunsch in mir, ihm nachzulaufen, doch wenn ich ihn einhole, bringt ihn Aaron am Ende um.

Aber diese Gelegenheit will mir mein Cousin ohnehin nicht geben. Er heftet sich an meine Seite, als wir zum Bierfass gehen. »Nur dein Boss, ja? Nur der große Bruder deiner Freundin.«

Ich … kann es nicht sagen. Ich weiß nicht mehr, was er ist.

Obwohl ich nicht antworte, verrät mein dummes Gesicht all meine Gedanken. Aaron nickt und sagt: »Du bist dir nicht sicher? Oder du kannst dich noch nicht entscheiden? Sollte Letzteres der Fall sein, mache ich es dir leicht:

Ich wollte dich auf dem Rückweg bei ihm mitfahren lassen. Mach es, wenn du willst. Wenn du nicht willst, sag es mir. Dann verbiete ich es und nehme es auf meine Kappe.«

Ich muss nicht mal überlegen. »Ich fahre bei ihm mit.« Aber ich weiß nicht, ob es das einfacher macht.

14

Hinter Bram zu sitzen, ist etwas vollkommen anderes, als bei Aaron mitzufahren. Mein Cousin war einfach jemand, an dem ich mich festhalten konnte. Bei ihm habe ich nicht jeden Atemzug und die Spannung seiner Muskeln gespürt. Ich konnte auf die vorbeiziehende Landschaft achten statt auf die Art, wie sich meine Schenkel an seine pressen, oder darauf, wie sich meine Finger über seinen Waschbrettbauch spreizen.

Und ganz bestimmt hatte ich nach der Fahrt mit Aaron kein triefendes Höschen.

Wir kehren nicht direkt zur Ranch zurück, sondern fahren in Pine Valley hinter fast zwei Dutzend anderen Bikern zu einem Lokal, das anscheinend dem Präsi gehört – und in dem meine Cousine Anna arbeitet. Vorne gibt es keine Plätze mehr, also parkt Bram seitlich neben der Taverne, wo auch ein paar andere Biker ihre Motorräder abgestellt haben.

Hierher fällt kein Licht der Straßenbeleuchtung, und die meisten anderen gehen bereits rein, als Bram den Motor abstellt.

In der plötzlichen Stille und Dunkelheit öffne ich den Helm. Ich bewege mich langsam. Mein Hintern ist etwas taub von der konstanten Vibration, und meine Schenkel schmerzen von der ungewohnten Anspannung beim Fahren.

Als Bram den Kopf neigt, um den Helm abzunehmen, muss ich fast stöhnen. Schon die kleinste Verschiebung seines Körpers zwischen meinen Beinen ist Folter. Aber vermutlich wartet er darauf, dass ich absteige. Ungeschickt schwinge ich ein Bein über den Sattel und hüpfe auf den Boden, wo ich auf wackligen Füßen lande.

Bram sitzt noch immer auf dem Bike. Er nimmt meinen Arm und zieht mich an sich, sodass ich halb auf seinem harten Schenkel sitze, dann drückt er mich seitlich an seine Brust, eine Hand an meiner Hüfte.

Seine rechte Hand schließt sich um meinen Nacken. Er drückt mit dem Daumen gegen mein Kinn und dreht meinen Kopf zu sich. »Was hast du gebraucht, Aspen?« Jedes Wort ist tief und kratzt. »Als du unter mir warst – was wolltest du da sagen?«

Sofort liege ich wieder in den Dünen, den Rücken im heißen Sand, und spüre sein Gewicht auf mir. Mein Atem bebt.

Aarons Stimme durchschneidet die Stille. »Kommst du rein, Penny?«

»Gleich.« Ich klinge heiser und atemlos, und mein Blick ist in der Dunkelheit auf Bram gerichtet. »Wir müssen nur unsere Beine wiederbeleben.«

»In Ordnung. Ich schicke dir in zehn Minuten eine Nachricht. Dann komme ich und such nach dir.«

»Okay.«

»Lass es nicht so weit kommen.«

Diesmal antwortet Bram, denn wir alle wissen, dass die Warnung ihm gilt. »Keine Sorge.«

Kies knirscht unter sich entfernenden Schritten. Bram lässt mich keine Sekunde aus den Augen. Er sieht nicht nach, ob mein Cousin wirklich weg ist, sondern zieht mich einfach höher, bis ich auf dem Tank der Harley sitze und meine Beine über seine Schenkel hängen.

»Wie gesagt …« Er streicht mit dem Daumen abwärts über meine Wange und drückt sanft auf meinen Mundwinkel. »Aber vielleicht brauchst du eine Gedächtnishilfe.«

Er schiebt den Daumen zwischen meine Lippen und öffnet sie für seine Zunge. Sengendes Verlangen packt mich. Hungrig erwidere ich seinen Kuss, und ein Laut verzweifelter Erregung dringt aus meiner Kehle, während ich versuche, höher zu rutschen und mich an ihn zu drängen.

Mit einem leisen Stöhnen reißt Bram den Mund von mir los. Seine Finger wühlen in meinem Haar, während er meinen Kopf nach hinten kippt und meinen Hals entblößt. Sachte kratzen Zähne seitlich an meinem Nacken empor, bevor sich seine Lippen über meinem rasenden Puls öffnen und er sich an der Biegung meines Halses hochleckt, während ich zittere und bebe und mein Körper in Flammen steht.

Seine Stimme ist rau und herrisch an meinem Ohr: »Sag mir, was du gebraucht hast, Aspen.«

»Mehr«, keuche ich. »Einfach nur mehr.«

»Mehr hier?« Durch die enge Motorradjacke spüre ich, wie sein Daumen über meine verhärtete Brustwarze streicht, und ich erschaudere erneut. Meine Haut beginnt zu prickeln, und ich beiße mir vor Lust auf die Lippe. »Oder hier?«

Er schiebt seine große Hand zwischen meine Beine, und ich kann nichts dagegen tun, dass meine Schenkel zuschnappen und sich um sein Handgelenk schließen. Mit beiden Händen greife ich nach seinem stählernen Unterarm – nicht, um ihn wegzuzerren. Sondern um ihn dort zu halten.

Er versteift sich komplett.

»Du bist triefnass«, sagt er verwundert und voller Verlangen. »Triefnass. Meinetwegen.«

Ich kann nicht aufhören, zu beben und zu keuchen.

Mein Rücken biegt sich durch, meine Schenkel umklammern ihn noch fester, meine Hüften drängen nach vorn gegen seine Hand.

Ein ungestümer Laut bricht aus meiner Kehle, als er fester zudrückt und dann anfängt, meine heiße Pussy durch die Jeans zu reiben. »Das kommt von der Fahrt mit mir?«

»Ja«, entfährt es mir stockend.

»Und du brauchst mehr?«

Ich kralle mich mit beiden Händen an seinem Unterarm fest. *»Ja.«*

Seine Stimme kratzt wie ein Reibeisen. »Dann lass locker, Baby. Lehn dich zurück, und ich gebe dir, was du willst.«

Der starke Arm, der meinen Rücken stützt, wandert tiefer, bis ich praktisch auf seinem Schoß liege und blind in den diamantenübersäten Himmel blicke. Lange Finger streichen über die nackte Haut unter meinem Nabel, bevor sie am Druckknopf meiner Jeans ziehen. Angespannt zittere ich, als sich der Bund um meine Hüften lockert. Das Ratschen des Reißverschlusses ist überlaut, trotzdem wird es vom Hämmern meines Herzens übertönt.

»Atme, Aspen«, sagt er leise.

Ich versuche es. Aber es geht nicht. Ich bin ganz steif und bebe gleichzeitig vor Erwartung, als seine Finger in meinen Spitzenslip tauchen.

Ihm entfährt ein gequältes Stöhnen, während er die Hand langsam tiefer zwischen meine zitternden Schenkel schiebt, raue Finger über durchnässte Locken und durch angeschwollene Falten gleiten. »Du bist so heiß. Und so verdammt feucht.«

Doch er streichelt mich nur sanft und neckisch, was alles nur noch schlimmer macht. Ich bebe und vergrabe das Gesicht an seiner Schulter. »Bitte. Bram, bitte, ich brauche es rau und hart.«

»Das bekommst du. Aber sag mir erst eins.« Langsam umkreist sein Finger meine Klit, aber ich bin zu nass. Es entsteht keine Reibung und nicht genug Druck. »Bist du die ganze Zeit für mich feucht?«

O Gott, ich gebe alles zu. »Seit dem Pool.«

Ein langer Finger teilt die Falten meiner Pussy und gleitet sanft, ganz sanft hindurch, aber seine Stimme wird mit jedem Wort tiefer. »Und du bist nicht zu mir gekommen, damit ich mich darum kümmern kann? Ich musste es dir aus der Nase ziehen? Hast du dich selbst drum gekümmert? Das hast du doch gesagt. Du machst es dir selbst, weil du noch niemanden getroffen hast, der weiß, was zu tun ist.«

»Ja«, flüstere ich.

»Ich weiß genau, was zu tun ist«, und seine Finger dringen tiefer ein, weiten mich, füllen mich aus.

Unwillkürlich zieht sich meine Pussy zusammen, und ich schreie auf, doch der lustvolle Laut wird an seiner Schulter erstickt.

»Küss mich.« Er wartet nicht, bis ich bei ihm bin, sondern neigt den Kopf und sucht mit hungrigen Lippen nach meinem Mund. »Ich will dich schmecken, während ich dich berühre.«

Fieberhaft schlinge ich die Arme um seinen Hals, öffne den Mund und stöhne wild, als er die Finger tief und hart in mich hineinstößt. O Gott, genau so, wie ich es brauche. Sein Daumen fährt grob über meine Klit, und ich zerfließe, als er es wieder tut und wieder. Meine Hüften zucken, und ich kann nicht aufhören, einfach nicht aufhören, seine Hand zu ficken und ihn zu küssen. Dann versuche ich, mich von ihm zu lösen, weil ich nicht atmen kann und nicht denken, weil ich die Zähne zusammenbeißen muss, um nicht zu schreien, während ich das Gesicht an seinen Hals presse und er mich bis an den Rand treibt.

Und darüber hinaus.

Hilflos schreie ich nun doch auf, und ich erstarre komplett, bis auf die krampfhaften Zuckungen, in denen sich meine Pussy immer wieder um seine Finger schließt.

»Genau so, Baby. Oh, fuck, du ziehst dich so eng zusammen.« Brams Stöhnen rasselt, während er mich mit stählern angespannten Muskeln hält, die Finger tief in mir vergraben.

Sein Atem ist heiß und abgehackt an meinem Hals, während ich mich erhole. Als seine langen Finger aus mir herausgleiten, seufze ich leise. Er hebt den Kopf, und seine Augen glitzern im Dunkeln.

»Aspen«, sagt er heiser. Seine stumpfen Fingerspitzen sind feucht von mir, und er malt meine Lippen damit nach. Dann neigt er den Kopf und küsst mich mit diesem intimen Geschmack zwischen uns, tiefer diesmal, langsamer, aber irgendwie noch eindringlicher als gerade.

Mein Handy vibriert in meiner Gesäßtasche, ein ungeduldiges Klappern gegen den Benzintank. *Nein.* Der Protest ist ein leises Wimmern in meiner Kehle, und ich versuche, mich an ihm festzuhalten, aber Bram versteift sich und hebt den Kopf.

Wir sprechen nicht, während er meinen Reißverschluss schließt und sich unsere Finger auf der Suche nach dem Druckknopf verheddern. Dann umfasst er mit seinen großen Händen meine Taille und stellt mich sanft auf den Boden.

»Geh schon rein. Ich komme gleich nach.«

Ich möchte bleiben. Ich möchte bleiben, um zu sehen, ob seine Beherrschung wegbricht, ob er seine große Hand um seinen Schwanz legt und sich selbst Erlösung schenkt, so wie er sie mir gerade verschafft hat.

Aber ich glaube es nicht. Also gehe ich.

Das Lokal ist vollgestopft mit Bikern, aber Aaron hat uns zwei Plätze an der Bar gesichert, wo meine Cousine Anna ausschenkt. Alle sind laut, die Musik ist noch lauter, und ich muss schreien, um Pommes und Burger für drei zu bestellen. Ich bin nervös und zittrig und ausgehungert.

Und Bram hat es mir gerade mit der Hand auf einem Motorrad gemacht.

Ein paar Minuten später kommt er rein und setzt sich neben mich. Verstohlen schiele ich zu ihm rüber. Er beobachtet mich mit heißem hartem Blick. Er ist verärgert. Auf die gute Art.

Also nehme ich mal an, er hat da draußen keine Spannung abgebaut. Dafür löst sich meine, denn als er sich zu mir beugt und fragt, ob ich was zu essen bestellt habe, klingt es, als wäre unsere Waffenruhe noch intakt.

Ich war noch nie so angespannt und gelöst zugleich. Angespannt, weil ich komplett auf ihn fixiert bin. Gelöst, weil wir so entspannt nebeneinandersitzen, auch wenn wir uns nicht unterhalten. Ich stopfe mich mit Pommes voll und wechsle gelegentliche Sätze mit Anna, und Aaron hat Bram seiner Sitznachbarin auf der anderen Seite vorgestellt – einer Freundin von Anna und Eigentümerin der Brauerei, an der wir auf dem Weg zur Ranch vorbeigekommen sind. Was ich zwischen Musik und Lärm aufschnappe, dreht sich um Marketing, Anlaufkosten und Gewinnspannen.

Anna erscheint vor mir und lässt sich theatralisch an den Tresen sinken. »Puh! Ich habe eine Viertelstunde. Also erzähl mir alles!«

Ich grinse. Anna ist genauso klein wie ich, nur zierlicher, und sie hat das Gesicht einer Elfe – nicht so ein dummes vierschrötiges wie meins, das jede Gefühlsregung verrät. Sie muss sich nicht anstrengen, um toll auszusehen. Ihr langes Haar ist von einem Kastanienbraun, das ich mir höchstens tönen könnte, und selbst ungeschminkt sind ihre Augen dunkel und sinnlich und ihre Lippen voll und rot, und ich würde sie hassen, hätte ich sie nicht so gern.

»Wo soll ich anfangen?«

Sie legt den Kopf schief, reißt die Augen auf und schielt demonstrativ zu Bram.

Ich gluckse und schüttele den Kopf. Lieber nicht.

»Okay.« Sie schnappt sich einen von meinen Pommes. »Dann eben langweiliges Zeug. Wie geht es deiner Mom? Hat es ihr in Vegas gefallen? Und wusstest du, dass sie sich die Chippendales angesehen haben? Ich weiß nämlich noch immer nicht, wie ich dazu stehe, dass unsere Moms wie kleine Mädchen kreischen, während eingeölte Männer in Pailletten-Tangas tanzen.«

Ich lache. »Davon hat sie mir nichts erzählt. Aber ich glaube, sie hatte Spaß.«

»Und was macht das Studium? Moment – du hast gerade deinen Abschluss gemacht, oder?«

»Ja. Ich gehe im Herbst nach Seattle und fange meinen Master an.«

»Bleibt es bei Lehrerin?«

»Ja.« Ich stochere mit dem Strohhalm durch das Eis in meinem Glas. »Obwohl ich manchmal wünschte, ich könnte das Gleiche tun wie du.«

»Was hast du denn getan?«, fragt Bram neben mir.

Mir war nicht bewusst, dass er zuhört.

»Ich habe Medizin studiert«, erzählt Anna. »Aber nach dem Bachelor bin ich nicht an die Medizinische Hochschule gegangen, sondern erst mal gereist. Dann bin ich zurückgekommen und wurde Barfrau.« Ihr Blick fällt wieder auf mich. »Ich weiß nicht, ob sich diese Laufbahn empfiehlt.«

»Aber sie verschweigt, dass sie in letzter Zeit einige ihrer Bilder verkauft hat«, fügt Aaron hinzu, »und vielleicht gar nicht mehr lange hinter dem Tresen steht.«

»Wirklich?« Ich staune.

»Ja. Manche Leute haben offensichtlich keinen Geschmack, aber jede Menge Geld.«

Ich schüttele den Kopf. Ich habe ihre Sachen gesehen. Wenn diese Leute keinen Geschmack haben, habe ich auch keinen. »Wie cool, dann bin ich bald mit einer berühmten Künstlerin verwandt.«

»Wir werden sehen. Vielleicht höre ich auch wieder auf. Ich bin nicht wie Jenny.« Sie sieht zu ihrer Freundin, die auf der anderen Seite von Bram sitzt und mittlerweile mit dem Präsi redet. »Sie wusste schon während des Studiums, dass sie eine Brauerei wollte, und hat darauf hingearbeitet. Was ist mit dir? Du heißt nicht wirklich Seattle, oder?«

»Bram«, antwortet er mit einem Grinsen. »Und ich bin ins Familiengeschäft eingestiegen.«

»Gleich nach dem Studium?«

»Währenddessen. Ich war im ersten Jahr, als ich übernommen habe.«

Weil seine Eltern gestorben sind. Doch das sagt er nicht.

»Siehst du?« Anna sieht mich an. »Manche Leute wissen einfach, was sie wollen. Andere – wie ich – brauchen ein bisschen länger, um das herauszufinden. Und vielleicht sieht es aus, als würde gar nichts aus uns werden, dabei lassen wir uns nur etwas mehr Zeit.«

Aaron schnaubt spöttisch. »Ja. Anna lässt sich mit vielen Entscheidungen Zeit.«

Sie zeigt ihm den Mittelfinger. »Ich liebe dich auch, Bruderherz.«

Er macht einen Kussmund.

Belustigt verdreht sie die Augen, dann sagt sie vorsichtig: »Apropos Brüder, wie geht es Nash?«

Ich seufze.

»Ach, so gleich?« Sie tätschelt mir die Hand und wendet sich an Bram. »Tja, ich habe verpasst, was du Jenny erzählt hast. Was machst du? Was ist das für ein Familiengeschäft? Es muss ziemlich gut laufen, denn der Präsi hat mir erzählt, du hättest angeboten, die Getränke für alle für den Rest des Abends zu übernehmen.«

Ich reiße die Augen auf. »Das hast du getan?«

Bram zuckt die Schultern. »Wir hatten eine schöne Tour und ein gutes Spiel. Ich dachte, ich bedanke mich.«

»Scheiße«, sagt Aaron. »Wenn du dich mit Freibier bedankst, kannst du jederzeit mitfahren. Obwohl wir jetzt wieder Schlüssel tauschen.«

Ich sehe mich um. Ein jüngerer Typ in Prospect-Weste händigt meinem Cousin einen Schlüssel aus. Aaron lässt ihn über den Tresen zu Bram schlittern.

»Dein Autoschlüssel. Wir haben es hergeholt, damit ihr nicht noch mal zur Ranch müsst.«

»Was für ein Service«, sage ich. »Cool.«

»Ja, wir haben eben Stil.« Plötzlich wird er abgelenkt und sieht zur Seite.

Ich folge seinem Blick und starre mit offenem Mund hin. Eine Frau liegt rücklings auf einem Billardtisch, das Kleid bis zur Taille hochgeschoben und das Gesicht eines Bikers zwischen ihren Beinen vergraben. Noch während ich zusehe, hockt sich ein zweiter Biker auf ihre Brust und drückt ihre großen Brüste zusammen. Ihre Hände fummeln hektisch an seinem Gürtel.

»Meistens. Sieht aus, als wäre es der richtige Zeitpunkt.

Wenn jetzt Schnaps fließt, ist es vielleicht besser, wenn ihr euch auf den Weg macht.«

»Äh …« Mit offenem Mund wende ich mich Bram zu.

Er reißt sich von dem Anblick los, sieht mir in die Augen – sein Mund ist eine schmale Linie.

Aber ich glaube nicht, dass er wütend auf mich ist.

»Fahren wir zurück zum See?«

Wortlos nicke ich.

Er wartet, während ich Anna und Aaron zum Abschied umarme. Auf dem Weg über den Parkplatz klopft mein Herz wie wild.

Halb erwarte ich, dass Bram mich gegen den Range Rover drückt und küsst. Doch er öffnet mir nur die Tür und wartet, dass ich hineinklettere.

Wir schweigen, während er sich ans Steuer setzt. Schweigen, während er auf die Straße biegt. Schweigen, während er an einer Tankstelle hält – bis der Tankwart anfängt, den Range Rover aufzutanken, und Bram plötzlich aussteigt.

»Bleib hier«, befiehlt er knapp und geht in den Laden.

Das … ist merkwürdig. Vielleicht will er sich eine Cola oder einen Kaffee für die halbe Stunde Fahrt zum Campingplatz kaufen, aber selbst wenn er total mies drauf ist, fragt er normalerweise, ob ich auch etwas will.

Als der Tankwart den Stutzen rauszieht, kommt Bram mit einer kleinen Plastiktüte zurück. Er drückt dem Mann ein Trinkgeld in die Hand und steigt ein. Die Tüte wirft er mir in den Schoß.

Mit gerunzelter Stirn sehe ich hinein. Mir stockt der Atem. Eine Schachtel Kondome.

Er hat eine Schachtel Kondome gekauft.

Forschend blicke ich in sein Gesicht, aber er sieht mich nicht an. Sein Profil ist hart, die Augen starr nach vorn gerichtet.

Ohne ein Wort biegt er zurück auf die Straße.

Trotz zitternder Hände und rasendem Puls bemühe ich mich um eine feste Stimme. »Sind die für dich oder für mich?«

»Für uns«, sagt er knapp.

Ich muss die Schenkel zusammenpressen, um das plötzliche, intensive Verlangen zu unterdrücken. Bemüht beiläufig ziehe ich die Schachtel aus der Tüte und studiere sie. »Wir sollten besser zurückfahren und sie eintauschen. Du hast die extragroßen genommen – meiner Erfahrung nach passen die immer nur zum Ego.«

Ein Lächeln umspielt seine Lippen und verschwindet wieder. Endlich eine Gefühlsregung. Doch es lag nicht nur Belustigung in diesem Lächeln, sondern noch viel mehr – und zu viel Spannung.

Vielleicht, weil ich von Erfahrung geredet habe.

Ein harter Blick streift mich. »Wenn du nicht willst, sag einfach Nein.«

Ich will.

Ich will so sehr, dass es mir Angst macht.

In mir bebt alles. Ich sehe durch die Windschutzscheibe. Draußen ist es fast vollkommen dunkel, die schmale Straße windet sich an der Bergflanke entlang, die Kurven tauchen wie aus dem Nichts auf.

»Es wäre nicht schlau.«

»Warum?«

Diese Frage hätte ich nun wirklich nicht erwartet. Ich dachte, er hätte eine Liste von Gründen parat. Ich habe auch eine. Ich weiß, dass ich eine habe. Nur kann ich mich plötzlich an keinen einzigen der Punkte mehr erinnern.

»Na ja …« Ich unterbreche mich, um mir die Lippen zu lecken, auf der verzweifelten Suche nach einem Grund … »Wir hassen uns.«

Eine lange, endlose Sekunde blickt er nach vorn und manövriert den Range Rover um eine enge Kurve. Schließlich sagt er: »Vielleicht macht es das ja nur noch heißer.«

»Ein guter alter Hass-Fick?« Plötzlich muss ich lachen, und obwohl es sich hohl anfühlt, füllt sich diese Leere schnell mit dem Gedanken, ihn *so* zu nehmen. »Vielleicht ist es ja wirklich heißer. Weil wir ständig gegeneinander ankämpfen. Vielleicht gewinne ich so die Oberhand. Du ärgerst dich darüber, dass du scharf auf mich bist, aber ich werde dich sehr heftig kommen lassen. Ich ficke dich um den Verstand – und dann gehörst du mir.«

Ich atme abgehackt, denn ich kann es mir vorstellen. O Gott, ich kann es mir nur zu genau vorstellen.

Ich glaube, er auch.

»Oder du mir«, erwidert er.

»Mach dir ruhig was vor.« Mein Herz hämmert, und ich schließe die Augen. »Bist du jetzt gerade hart?«

»Hart wie Stahl.«

Das Verlangen ist so stark, so umfassend, dass mir ein leises Seufzen entfährt. Mein Atem stockt, und ich rutsche unruhig auf dem Sitz herum.

Seine Stimme kratzt. »Das macht dich an? Zu wissen, dass ich hart bin?«

Alles an ihm macht mich an. »Ja.«

Schroff sagt er: »Ich bin seit vier verdammten *Jahren* deinetwegen hart, Aspen.«

O Gott. Meine Hände fahren zwischen meine Beine, aber ich beherrsche mich mit aller Mühe, greife nach hinten und halte mich stattdessen an der Nackenlehne fest.

»Mach's dir.« Es ist ein heiserer Befehl. »Mach dich heiß und feucht, damit du bereit für mich bist.«

Ich schüttele den Kopf. Ich mach doch nicht die Arbeit

für ihn. Er hat ohnehin schon Vorsprung. »Sorry, Blechmann. So einfach bin ich nicht zu haben.«

Er erbebt unter einem spöttischen Lachen. »Als ob bei dir irgendwas einfach wäre.«

Bei Bram aber auch nicht. Ich erwarte, dass er beim Aussichtspunkt anhält, um mich auf der Rückbank zu vögeln, oder an einer der Haltebuchten für Laster oder meinetwegen irgendwo im Graben – aber er hält während dieser qualvollen halben Stunde kein einziges Mal.

Als wir auf den Campingplatz biegen und langsam die dunkle Wendeschleife entlangrollen, bin ich ausgelaugt vor Sehnsucht und Spannung. Ausgelaugt und gleichzeitig wach und gespannt wie nie.

Er hält an unserem Platz und stellt den Motor aus. »Geh ins Zelt«, knurrt er. »Mir egal, in welches. Du hast Zeit, bis ich den Platz für die Nacht gesichert habe. Dann komme ich zu dir, und wir werden sehen, wer hier wem gehört.«

Er mir, ist doch klar.

Mit den Kondomen in der Hand schlüpfe ich in mein Zelt. *Mein* Zelt. Fast wie mein Revier. Ein erster Vorteil für mich. Hier bestimme ich den Ton, verdammt.

Ich hocke im Zelt und sehe mich im Dunklen um. O Gott, aber was nun?

Bram gibt mir keine Zeit, mir was zu überlegen. Er kommt rein und schließt noch nicht mal den Reißverschluss, sondern lässt einfach nur die Klappe zufallen. Als seine Finger meinen Oberarm umfassen und er mich an sich zieht, fällt mir ein, was ich hätte tun sollen: die Laterne oder wenigstens eine Taschenlampe einschalten, damit ich etwas sehe und irgendwas tun kann, außer dieses wilde Begehren zu spüren, als er mit einem Kuss Besitz von mir ergreift.

Hungrig rammt er seine Zunge zwischen meinen Lippen hindurch, und ich klammere mich an ihn, erwidere den Kuss, versuche, die Kontrolle zu übernehmen, doch er gibt sie nicht her. Wir sinken auf die Knie, meine Finger in seinem Haar, während er mit beiden Händen meinen Hintern umfasst und mich auf seinen unnachgiebig harten Schwanz hebt.

Keuchend reiße ich den Mund von ihm los und versuche, mich gegen ihn zu behaupten, doch er dominiert mich durch schiere Kraft. Ich reiße ihm das T-Shirt vom Leib, aber nur, weil er mich lässt, und meine gierigen Finger haben nur einen Moment lang Zeit, um die geriffelten Muskeln bis zu der harten Schwellung unter seiner Jeans zu verfolgen, bevor er mich nach hinten kippt, den glitschigen Nylon-Schlafsack beiseiteschiebt und mich auf die Luftmatratze legt.

Raue Hände ziehen mir das T-Shirt über den Kopf. Ein Schaudern folgt dem heißen Pfad, den sein Mund an meinem Bikini-Top entlangzieht, seine Zunge fährt die Rundung meiner Brust nach.

»Diese Punkte machen mich so verrückt.« Er stöhnt an meiner Brust, dann dringt die sengende Hitze seines Munds durch den Stoff.

Ich schreie auf, als ich seine Zähne um die Spitze meiner Brust spüre und er schmerzhaft an der empfindlichen Knospe zieht. Die Nachtluft ist eisig, aber ich brenne, brenne, als er den Bikini zur Seite schiebt und über meine Haut leckt.

Ich kralle mich an seinen Schultern fest, während er sich an mir nach unten bewegt, sein Mund über meinen Bauch streicht, seine Hände meine Jeans öffnen.

Dann tunkt er die Zunge in meinen Nabel und verkündet: »Ich werde es dir *so* besorgen.«

O Gott. Eigentlich sollte es doch andersrum sein. Keuchend versuche ich, den Spieß umzudrehen, ihn festzuhalten, doch sein Mund wandert weiter nach unten, während er mir Jeans und Slip mit einem schnellen Zug runterzieht. Ruckartig setze ich mich auf, aber er wartet nur darauf und wirft mich wieder um. Mit einem dumpfen Geräusch landen meine Schultern auf der Luftmatratze.

Ein stählerner Unterarm hält meine Hüften unten, während sich breite Schultern zwischen meine Schenkel drängen.

Und dann erobert ein unerbittlicher Mund meine Pussy mit einem verheerenden Zungenstreich.

Ekstase. Meine Nerven liegen blank. Ich winde mich und schreie auf, was ich mit dem Handrücken zu dämpfen versuche. Sein heißhungriges Stöhnen erfüllt das Zelt. Grob schiebt er meine Beine weiter auseinander, als bräuchte er mehr, leckt an meiner Schwelle, bevor seine Zunge in mich eindringt, dann nach oben fährt, meine Klit peitscht. Wie im Delirium bewege ich mich unter dem stählernen Unterarm, der mich unten hält, ich drücke gegen seinen Kopf, doch er hört nicht auf.

Breite Finger schieben sich in mich hinein, während er beginnt, an meiner Klit zu saugen. Rau schnalzt seine Zunge gegen den empfindlichen Punkt, während er gleichzeitig die Hand hineinstößt.

Ich komme. Sehr heftig.

Er lässt nicht von mir ab und entlockt mir gnadenlos weitere Zuckungen, obwohl ich versuche, mich ihm zu entziehen, weil ich diese intensiven Empfindungen nicht mehr ertrage. Es ist so schön, dass es wehtut. Als meine Zuckungen nachlassen, hebt er schließlich den Kopf.

Ich liege da, keuchend, zitternd, wie aus Gummi.

Ein Tütchen wird aufgerissen, und ich komme wieder zu mir. Ich sollte hier das Ruder in der Hand haben, dabei habe ich ihn noch kaum berührt.

Im dunklen Zelt ragt er als noch dunklerer Schatten über mir auf, kniet zwischen meinen gespreizten Schenkeln. Ich stütze mich auf die Ellbogen.

Zu spät.

Harte Hände packen mich an der Taille. Meine Schultern fallen zurück auf die Matratze, als er mich an den Hüften anhebt, um dann einen starken Unterarm unter mein Becken zu schieben. O Gott. Wie wild versuche ich, mich von der Matratze hochzudrücken, doch er kniet zwischen meinen Beinen, meine Schenkel klammern sich um seine Hüften, mein Körper ist zu einer Brücke gebogen, die Schultern auf der Matratze, und meine Zehen berühren kaum das Bett.

Ich habe keinen Halt. Ich bin ihm vollkommen ausgeliefert, er muss mich nur nehmen. Ich kann nichts tun, als hier zu liegen und mich ficken zu lassen.

Und noch nie habe ich irgendwas so sehr gewollt.

Seine Stimme ist ein gepresstes Stöhnen in der Dunkelheit, sein Körper ist starr vor Spannung. »Merkst du, wie hart ich für dich bin?«

»Bram.« Ich keuche seinen Namen, als ich ihn an mir spüre, als er seine dicke Spitze an meinen Schamlippen auf- und abgleiten lässt und sich an meiner Klit reibt. »O Gott. Bitte.«

Er schiebt sich zwischen meine feuchten Schamlippen zurück und neckt mich an der Schwelle. »Sag mir, was du brauchst, Aspen.«

»Mehr«, keuche ich stockend.

Er hebt mein Becken an und dringt mit einem einzigen glatten Stoß in mich ein. Sehr tief. Mein Körper versteift sich, ein Schrei bleibt mir in der Kehle stecken, während ich mich abmühe, ihn aufzunehmen – er ist bereits in mir vergraben, doch er ist groß, größer, als ich erwartet habe, und ich bin feucht und bereit, aber es ist trotzdem ein

Schock, so stark geweitet und vollkommen ausgefüllt zu werden.

Bram atmet zischend aus und wartet nicht, bis ich mich erhole, sondern zieht sich zurück, um aufs Neue zuzustoßen. Meine Pussy schließt sich fest um seinen dicken Schaft, und diesmal bricht sich mein Schrei Bahn, und ich rufe seinen Namen.

Er hält inne, gespannt wie ein Bogen, den Schwanz bis zum Ansatz in mir versenkt. »Verdammt, du schmiegst dich perfekt um meinen Schwanz. So feucht und eng, du saugst mich richtig rein.« Schonungslos hebt er mein Becken an und vögelt mich immer härter. »Als wäre deine Pussy für ihn gemacht. Ich komme jedes Mal so tief ... rein ... bis ... zu ... den ... Eiern ...«

Jedes Wort wird von einem ruckartigen Stoß begleitet, mit jedem Mal dringt er tiefer ein, und es ist fast schmerzhaft, aber unglaublich schön. Ich ersticke meinen Lustschrei mit dem Handrücken und bemühe mich, die flehenden Laute zu unterdrücken, die er mir entlockt. Dabei stemme ich mich ihm entgegen, um ein wenig Kontrolle zu erlangen, aber es ist vorbei. Er fasst mich nur fester und stößt energischer zu, härter, hebt mich noch höher, bis er mit jedem Stoß etwas in mir berührt, das eine unkontrollierbare Spirale der Lust in Gang setzt, die sich immer schneller dreht und immer enger zusammenzieht.

Dann komme ich und schreie in meine Faust, während er mich einfach weiter vögelt und sich durch meine zuckende Pussy bohrt, wieder und wieder, obwohl es zu viel ist, zu intensiv und krass. Und er stöhnt, als wäre es die süßeste Folter, wie ich mich um ihn zusammenziehe.

Schließlich sinkt er zurück auf die Fersen, wird langsamer und lässt mich ein Stück absinken. Meine Schenkel sind noch immer breit über seine Hüften gespreizt, doch jetzt spüre ich den rauen Jeansstoff, der seine Beine bedeckt, und sein Reißverschluss kratzt unter meinem Hintern.

Er hat nicht mal die Jeans ausgezogen. Einfach nur Reißverschluss auf und los.

Geschmeidig biege ich mich zurück, strecke die Arme über den Kopf und lächele. Jetzt berühren meine Füße die Matratze, aber ich liege noch immer ausgebreitet vor ihm, und er verwehrt mir den Halt, indem er mir die flache Hand auf den Bauch drückt.

Er glaubt, er hat die Oberhand. Aber ich fühle mich so verdammt gut. Und es ist ausgeschlossen, dass ich noch mal komme.

Aber Bram muss noch.

Ich ziehe die Schenkel an, hebe die Hüften so hoch wie möglich und arbeite seinen langsamen Stößen entgegen, nehme seinen Schwanz wieder auf, wenn er aus mir herausgleiten will, und gönne ihm keine Pause. Sein Atem zischt. Sein Schweiß glitzert in der Dunkelheit.

Ich ziehe meine Pussy zusammen, und er seufzt. Seine Hand umfasst meine Taille fester, ein harter Stoß drängt mich nach oben.

Leise lachend biege ich mich höher und zwinge ihn erneut in mich hinein. »Na, Bram, wie läuft der Hass-Fick?«

Ein raues Lachen entfährt ihm. »Im Moment hasse ich es nur, wie sehr ich dich brauche. Und dass dieses Mal nicht reichen wird.«

Nein, wird es nicht. Aber seine Antwort versetzt mir einen Stich und macht mich wütend. Ich versuche, mich aufzusetzen, das Ruder an mich zu reißen. Warnend knurrt er meinen Namen, und seine Stimme ist harsch, aber ich kämpfe mich hoch. Wieder drückt er mich runter, die Hand auf meinem Bauch … dann gleitet sie nach unten.

Sein Daumen ertastet meine Klit und fängt an, die Knospe aus Nerven zu massieren, im Einklang mit seinen gnadenlosen Stößen.

O Gott. Ich kann nicht noch mal kommen. Aber jetzt ist er roh und grob, und ich kämpfe gegen ihn an, und das macht alles noch viel heißer.

Verzweifelt versuche ich, mich ihm zu entwinden.

Unsanft zieht er mich hoch, schließt den Mund um meine Brust, saugt an der Spitze und fickt mich noch härter.

Ich vergrabe die Fingernägel in seinen Schultern. Auf einmal liege ich wieder auf dem Rücken, doch diesmal ist er über mir und rammt den Schwanz in mich hinein, während ich ihn küsse, an seinem Haar ziehe und ihn mit den Hüften antreibe, bis der Orgasmus wie ein Blitz bei mir einschlägt und mich erneut hinwegfegt. Ich schreie in seinen Mund, und sein Schwanz pulsiert wild und tief in mir.

Dann wird alles weicher. Ich umschlinge ihn mit den Beinen und versenke die Finger tiefer in seinem Haar, während er mich noch immer küsst und ich seinen Kuss erwidere. Sein Geschmack ist wundervoll, genauso wie das Heben und Senken seiner Brust und sein Gewicht auf mir.

Dieser Teil gehört eigentlich nicht zum Hass-Fick, glaube ich.

Aber es ist mir egal.

Sein Mund löst sich von meinen Lippen und überzieht meinen Hals mit Küssen. Seine Stimme ist leise und tief. »Alles gut?«

Besser als gut. *Wundervoll.* »Ja.«

Wieder sucht er meinen Mund, und während er mich küsst, zieht er sich aus mir zurück und hinterlässt Leere. Als er sich aufsetzt, bibbere ich plötzlich wieder vor Spannung, Erschöpfung und Unsicherheit.

Und Kälte.

Meine Taschenlampe geht an. Im sanften Schein sehe ich zu, wie er das Kondom abzieht – definitiv die richtige Größe – und zuknotet, bevor er es in die kleine Plastiktüte stopft, die ich als Müll benutze.

»Will ja nicht, dass du da reintrittst«, sagt er, und ich kichere.

Grinsend greift er nach meinem Schlafsack, und mein Herz macht einen kleinen dummen Freudensprung.

»Du bleibst hier?«

»Ja.« Er schält sich aus seiner Jeans. »Denn vor morgen werde ich dich noch mal ficken. Vermutlich öfter.«

»Okay.« Das ist okay. Mehr als okay. Aber momentan will ich vor allem seinen schmalen Hintern und diese behaarten, nackten Schenkel betrachten. »Wir werden nicht in meinen Schlafsack passen.«

»Doch.« Er zieht den Reißverschluss auf, legt sich auf dem Rücken rein und zieht mich an sich, sodass ich auf ihm liege, den Kopf an seiner Schulter, die Schenkel rechts und links neben seiner Hüfte, die Füße an seinen Waden. Sobald ich drin bin, zieht er den Reißverschluss wieder zu – und es ist eng und ungemütlich, aber auch sehr schön.

Und so warm.

15

Ich wache auf, leicht fröstelnd, und merke, dass sich Bram unter mir bewegt. »Bleib hier, Aspen.«

»Ich gehe nirgendwohin«, murmle ich. »So warm.«

Zumindest meine Vorderseite.

»Und meine Füße sind zu verdammten Eisklötzen gefroren.«

Der Reißverschluss geht auf, kalte Luft strömt herein. Bram schiebt sich unter mir hervor und aus dem Schlafsack, dann zieht er den Reißverschluss wieder zu und schlüpft hastig in seine Jeans. Eine Sekunde später ist er weg.

Ich setze mich auf und blicke zitternd ins Dunkle. Draußen höre ich, wie Bram eine Tür am Range Rover öffnet, dann das Ratschen eines Klettverschlusses und einen Reißverschluss im anderen Zelt.

Dann noch mehr Reißverschlüsse.

Er duckt sich zurück in mein Zelt. »Gehen wir.«

Doch statt zu warten, dass ich aufstehe, beugt er sich über mich, zieht mich aus dem Schlafsack und hebt mich nackt an seine Brust – dann geht er in die Knie, hebt den Streifen mit den Kondomen auf und schleppt mich nach draußen.

Lieber Gott, es ist so kalt. Das Zelt hält nicht viel Wärme, aber es ist immer noch wärmer als draußen. Mein Atem kondensiert, und Schauer schütteln mich auf dem kurzen Weg zu seinem Zelt.

»Du hast meinen Schlafsack vergessen!«

»Vergiss das Scheißteil«, presst er hervor. »Hast du nachts in deinem Zelt gefroren?«

»Nachts ist es eben *kalt*, falls dir das nicht aufgefallen sein sollte.«

»Das heißt aber nicht, dass du frieren musst.«

In seinem Zelt verstehe ich, was er getan hat: Er hat zwei Schlafsäcke zu einem großen verbunden. Dort legt er mich nun ab, schlüpft neben mir hinein und zieht mich an sich. Ich zittere noch immer, aber der Unterschied zwischen seinen Schlafsäcken und meinem ist sofort bemerkbar. Seine sind viel schwerer, viel wärmer, und das Flanellfutter fühlt sich ganz weich an.

»Ich hatte vergessen, dass Bethany einen hat«, murmele ich und kuschele mich tiefer in die Wärme, bis mein Kopf fast vollständig bedeckt ist. »Das ist definitiv besser.«

Sein Ton ist scharf. »Warum hast du mir nicht gesagt, dass du etwas Wärmeres brauchst?«

»Weil du ein Arsch bist.«

Die Luft entfährt mir, als er mich auf den Bauch dreht. Dann senkt sich sein großer Körper auf mich, und sein dicker Schwanz presst sich an meinen Hintern.

»Wenn du etwas brauchst, Aspen, kommst du zu mir«, knurrt er, und sein Schwanz ist hart und heiß. »Was es auch ist. Ich gebe es dir. Also solltest du je etwas brauchen, *sag es.*«

»Sollte ich je etwas brauchen«, flüstere ich, dann drückt er meine Schenkel grob mit dem Knie auseinander, und ich beiße die Zähne zusammen, um ein verzweifeltes Stöhnen zu unterdrücken.

»Ich gebe es dir. Himmel, Aspen«, entfährt es ihm. »Wie schnell du feucht wirst.«

Weil er so schnell hart wird. Aber ich bekomme kein Wort raus, weil seine Finger durch meine hungrige Spalte gleiten und ich wimmern muss.

»Also sag mir, was braucht deine Pussy?«

Ich könnte dagegen ankämpfen, aber ich will nicht. »Dich.«

»Dann heb den Hintern und lass mich ran.«

Ich gehe auf die Knie, eine schamlose Zurschaustellung. Als würde ich darum betteln, dass er zustößt.

Stattdessen ist es ein langsames Gleiten, bei dem sich meine Wange in den weichen Flanellstoff drückt und die Luftmatratze unter meinen Knien nachgibt, während sich sein Gewicht auf mich senkt und mich sein Schwanz vollkommen ausfüllt.

Schließlich stützt er die Ellbogen neben meinen Schultern auf und bedeckt mich mit seinem großen Körper. Er zupft mit den Zähnen an meinem Ohrläppchen, bevor er flüstert: »Bist du dir sicher, dass es Hass ist? Denn du hast die heißeste, engste Pussy, die mir je begegnet ist. Und diese perfekte Pussy lässt du mich ficken. Hass fühlt sich anders an.«

Meine Fäuste krallen sich ins Flanell. Unter ihm begraben, ausgefüllt mit seinem Schwanz, kann ich nicht die Oberhand gewinnen. Also sage ich das Einzige, was mir bleibt: »Du bist nicht der Erste, den ich ranlasse.«

Einen Moment versteift er sich hinter mir, dann umfasst er mein Kinn mit harten Fingern und zieht meinen Kopf in den Nacken. Seine Zunge fährt an meinem Hals hinauf, bevor er rau sagt: »Aber niemand wird dich so heftig kommen lassen wie ich. Niemand macht dich so feucht. Niemand gibt dir den großen Schwanz, den du brauchst. Wenn ich mit dir fertig bin, wirst du nie mehr einen anderen wollen.«

Mistkerl. Ich kämpfe gegen ihn an, denn er hat gerade ausgesprochen, was ich befürchte. Doch er hat mich in der Mangel, und durch meine Bemühungen treibe ich seinen Schwanz nur tiefer in mich hinein, bis sie sich verzweifelt um seinen dicken Schaft zusammenzieht, und ich zittere.

Ich gebe auf und spüre sein rauchiges Lachen an meinem Hals.

»Fick dich«, zische ich zwischen den Zähnen hervor. »Und mach weiter.«

Das tut er, aber nicht hart und roh, wie ich es erwartet habe, sondern ganz langsam, indem er sich mit dem ganzen Körper an mir reibt. Mit jedem Stoß erreicht er den Grund, trotzdem fühle ich, wie er immer tiefer in mich hineinsinkt. Als ich komme, ist es heftiger als zuvor, und ich muss die Zähne zusammenbeißen, um nicht seinen Namen zu schreien.

Aber Bram weiß es trotzdem. Denn er versteift sich hinter mir, sein Schwanz zuckt, und er stöhnt an meinem Ohr: »Du gehörst mir.«

Als ich aufwache, bin ich wund und fühle mich großartig. Gemächlich strecke ich mich, und meine Hand berührt den Streifen mit Kondomen. Wir haben mit einem Dutzend angefangen. Jetzt sind es nur noch acht.

Bram liegt nicht neben mir. Nicht, dass ich es erwartet hätte. Die Sonne steht schon hoch, im Zelt ist es warm. Ich habe lang geschlafen, die kalten Nächte und die Erschöpfung haben sich schließlich bemerkbar gemacht.

Außerdem wurde ich bis zur Besinnungslosigkeit gevögelt.

Vier Mal. Und jedes Mal war er der Boss.

Bram steht definitiv darauf, im Bett zu bestimmen. Ich lasse ihn gern, aber nicht *jedes* Mal. Das muss sich ändern.

Bald.

Ich greife nach seiner Reisetasche. Darin finde ich ein T-Shirt und ziehe es über. Als ich aufstehe, reicht es mir fast bis zu den Knien.

Es ist länger als ein paar meiner Röcke.

Ich steige in seine großen Schuhe und schlurfe aus dem Zelt, aus meinem hole ich nur den Waschbeutel. Die schweren Sohlen seiner Schuhe schleifen über den Asphalt auf dem Weg zum Waschhaus.

Ein Büßergang, aber ich empfinde keine Scham.

Im Waschhaus spritze ich mir Wasser ins Gesicht und putze mir die Zähne, dann studiere ich mein Spiegelbild. Mein Haar ist ein wildes Nest, innen an den Schenkeln, am Hals und am Kinn bin ich wund von seinen Bartstoppeln. Wer mich gesehen hat, dachte vermutlich, ich wäre von einem Bären angefallen worden.

Nein, nur von einem Mann.

Ich trotte zurück zu unserem Platz. Es überrascht mich nicht im Geringsten, dass Bram in Badeshorts auf seinem Campingstuhl sitzt, ein Handtuch um die nackten Schultern, das Haar nass und die Augen finster.

Mit kaltem Blick prüft er mein Gesicht. »Geht es dir gut?«

»Ja«, sage ich gelassen. »Aber du scheinst es zu bereuen?«

Sein Kiefer zuckt, als würde ihn meine leichtfertige Art verärgern. »Es war ein Fehler«, sagt er scharf. »Alles. Wir waren unvernünftig. Verantwortungslos.«

»Hm«, entgegne ich und baue mich vor ihm auf. »An diesem See scheinst du ja alles mögliche Unverantwortliche zu tun. Wenigstens hast du diesmal keine Boote versenkt. Nur deinen Schwanz in eine Pussy.«

Seine Lippen werden weiß vor Wut. »Sag mir, Aspen – wie war es, bei einem Hass-Fick so heftig zu kommen?«

»Das war wundervoll«, antworte ich, und er hält mich nicht auf, als ich ihm das Handtuch von den Schultern ziehe und ihm zwischen die Füße werfe. »Willst du behaupten, dass dir meine heiße, enge, *perfekte* Pussy nicht gefällt? War es nicht geil, wie sie deinen Schwanz gemolken hat, als ich gekommen bin?«

In seinem Kiefer zuckt es wieder, denn er müsste lügen. Ich weiß genau, dass er darauf steht, mich zu vögeln, genauso, wie er darauf steht, mich mit seinem Schwanz zum Höhepunkt zu treiben.

Also versucht er es anders. »Du hattest recht. Es war nicht schlau. Du bist die Freundin meiner Schwester. Deshalb war es falsch.«

Das überrascht mich nun wirklich. »Warum?«

»Musst du das wirklich fragen? Auf dieser Reise bin ich dafür zuständig, auf dich aufzupassen. Nicht, dich zu ficken.«

Ich grinse. »Ich brauche keinen Daddy«, sage ich und knie mich auf das Handtuch, das ich zwischen seine Beine geworfen habe.

»Aspen.« Seine Stimme ist plötzlich angespannt, so wie die Vorderseite seiner Badeshorts. »Was machst du da?«

Ich denke darüber nach und lecke mir die Unterlippe, damit sie feucht ist und glitzert. »Hass-Lutschen?«

Sein Blick fällt auf meinen Mund. Sein Atem stockt.

»Du willst dich um mich kümmern? Für mich sorgen?« Neckisch lasse ich die Fingernägel über seine stählernen Schenkel gleiten. »Dann füttere mich mit deinem großen Schwanz. Ich habe Hunger.«

Genau wie er. In seinem Hals arbeiten Muskeln, bevor er heiser sagt: »Wir sind im Freien.«

»Stimmt doch gar nicht.« Unsere Zelte verdecken den Blick von der Wendeschleife aus, und der Range Rover schirmt uns von der Straße ab. Es müsste schon jemand direkt über unseren Platz laufen, um zu sehen, was wir hier treiben. »Aber wen kümmert es schon, wenn jemand sieht, wie ich deinen Schwanz lutsche? Wen kümmert es, wenn jemand merkt, wie feucht und heiß ich bin, wenn ich nur daran denke? Denn das bin ich. Feucht und heiß. Jetzt grade.«

Mit einem Stöhnen lässt er sich tiefer in den Stuhl sinken, und seine Bauchmuskeln spannen sich an. Dann schiebt er seine große Hand in die Badehose. Umfasst seinen Schwanz. Holt ihn für mich raus.

Gott, ich bin wirklich schon ganz heiß – und werde noch heißer, als ich diesen Schwanz zum ersten Mal richtig sehe, der mich letzte Nacht so wundervoll ausgefüllt hat. Er ist dick und lang, der Schaft ist von zarten Adern durchzogen, und die Eichel ist von einem wütenden Rot.

Wütend gefällt mir.

Ich möchte mit ihm spielen. Möchte ihn streicheln und lecken und necken.

Aber ich lasse ihm keine Zeit, den Kopf einzuschalten. Ich überfalle ihn, wie er mich letzte Nacht überfallen hat – und nehme ihn in den Mund.

Nur dass ich ihn nicht ganz aufnehmen kann. Aber ich nehme ihn so tief in den Mund, wie ich kann, und es ist wundervoll, wie ihm ein abgehacktes Seufzen entfährt und seine Hüften zucken. Er schiebt die Finger in mein Haar, und sie verkrampfen sich, als ich ihn langsam und saugend aus meinem Mund entlasse, um mit der Zunge um die glatte, dicke Spitze zu fahren.

Sanft drücken mich seine Finger wieder nach unten.

Oh, Gott, ja. Er will es. Er will *mehr*.

Unter den Wimpern sehe ich zu ihm auf. Er hat die Augen geschlossen und den Kopf in den Nacken gelegt, die Sehnen in seinem Hals treten scharf hervor. Sein Gesicht ist eine angespannte Grimasse, er atmet schwer.

Dann seufzt er tief und langgezogen, als ich ihn wieder aufnehme, bis er sich hinten an meinen Gaumen drückt.

Ich höre auf.

Bram sieht auf mich herab, und plötzlich pulsiert sein Schwanz an meiner Zunge. »Fuck.« Er presst es zwischen den Zähnen hervor. »Sieh dich an. Sieh dir an, wie du meinen Schwanz lutschst.«

Er selbst sieht es sich gründlich an. Und er sieht auch nicht weg, als ich mich an seinem dicken Schaft emporlecke oder als ich ihn wieder in den Mund nehme. Er erschaudert, als ich den ersten weißlichen Tropfen wegküsse.

Und auf einmal weiß ich, wie ich es zu Ende bringen werde.

Mit seinem salzigen Geschmack auf der Zunge richte ich mich auf und besteige seinen Schoß. Unverwandt blickt er mir in die Augen, und unser Atem geht im Gleichtakt, als ich unter mein langes T-Shirt greife und ihn ertaste, heiß und hart und feucht von meinem Mund.

Gleich wird er noch viel feuchter sein.

Ich küsse ihn, oberflächlich fürs Erste, und seine Lippen folgen mir, also sage ich leise an seinem Mund: »Weißt du, was ich noch nie war? So leichtsinnig, einen Kerl ohne Kondom zu vögeln.«

»Hol eins.« Seine Stimme ist rau und hart, aber er bettelt. »Hol eins, Aspen, und fick mich um den Verstand.«

Ich rühre mich nicht. »Hast du schon mal ohne?«

Er schüttelt den Kopf, dann keucht er, als ich seinen Schwanz durch die Falten meiner nackten Pussy gleiten lasse.

»Willst du der Erste sein, der in mir kommt?«

Er versteift sich. »Aspen …«

»Wenn du dich immer geschützt hast, bist du vermutlich sauber. Ich weiß, dass ich es bin. Außerdem nehme ich die Pille und vergesse sie nie. Kein einziges Mal.« Ich schlecke über seinen Hals und sage verführerisch in sein Ohr: »So unvernünftig ist mein Vorschlag also gar nicht.«

Ein Schauder durchfährt seinen großen Körper, und ich wiege die Hüften, reibe meine feuchte Pussy an seinem langen Schaft.

Stöhnend lässt er den Kopf nach vorn fallen, seine Hände umklammern die Armlehnen des Stuhls, die Knöchel treten weiß hervor. »Wir sollten es nicht tun.«

»Du hast recht, das sollten wir nicht. Nur dieses eine Mal. Du wärst der Erste für mich.«

»Der *Einzige*«, sagt er heiser.

Und schon gehört er mir.

Doch es ist mir egal. Denn jetzt ist mein Verlangen so stark, dass ich an nichts anderes denken kann, als ihn in mir zu spüren.

»Ja?«, flüstere ich an seinen Lippen, über ihm ansetzend, die Spitze seines Schwanzes an der Schwelle meiner Pussy. »Dieses eine Mal?«

»Ja«, stöhnt er, und ich senke mich hinab. Aber er ist so groß und dick, und es ist nicht einfach, bis er mich an den Hüften fasst und runterdrückt und nicht loslässt, bis er ganz in mir vergraben ist.

Und es ist so *schön*.

Schwindlig vor Lust vergrabe ich die Finger in seinem Haar und gehe ganz nah an seinen Mund, aber ich küsse ihn nicht. Noch nicht.

Stattdessen frage ich atemlos: »Du steckst bis zu den Eiern in der besten Freundin deiner Schwester. Wie fühlt sich das an?«

Er lacht gequält. Sein Kopf fällt zurück, und die Sonne streicht über sein angespanntes Gesicht. »Es fühlt sich verdammt *gut* an.«

O ja, das tut es. Ich erhebe mich über ihm, versiegle seinen Mund mit einem Kuss und beginne ihn langsam zu reiten, während sich das T-Shirt an meinen Schenkeln kräuselt. Es fühlt sich nicht nach einem Hass-Fick an, sondern heiß und köstlich, und als mich der Orgasmus schüttelt, ist er so intensiv und innig wie sein Schwanz in mir.

Doch auch dann wird er nicht schneller. Fast scheint er sich sogar noch mehr zurückzuhalten.

Weil es das eine Mal ist, dass er ungeschützt in mir ist.

Als er schließlich kommt, sind wir beide erschöpft und schwitzen in der heißen Sonne, sein Kopf fällt nach vorn zwischen meine Brüste, und er schlingt die Arme um mich. Ich lege die Arme um seine Schultern und drücke ihn an mich, während wir langsam wieder zu Atem kommen.

Schließlich rühre ich mich. »So«, sage ich leise. »Was steht heute auf dem Programm?«

Bram schüttelt den Kopf. »Scheiß auf das Programm«, knurrt er.

Dann hebt er mich auf und trägt mich ins Zelt.

16

Wir brauchen eine neue Nummer für die Waffenruhe.«

Vom Fahrersitz blickt Bram verwundert zu mir rüber. »Aber Nummer vier gilt doch noch, oder nicht?«

Schließlich haben wir seit dem Motorradausflug nicht mehr gestritten, oder vielmehr: Wir sind nie mehr so weit gekommen. Sobald er wütend wird, mache ich mich über ihn her. Und wenn ich ausraste, küsst er mich.

»In den letzten Tagen haben wir jeden Streit durch Vögeln im Keim erstickt. Deshalb finde ich, wir sollten unsere Waffenruhe Nummer neunundsechzig nennen.«

Ich erwarte ein Grinsen, aber seine Stirnfalten werden nur noch tiefer. »In den letzten Tagen gab es doch gar keinen Streit zwischen uns«, meint er.

»O doch. Mindestens zehn Mal …«

»Zwing mich nicht, an den Rand zu fahren und dich zu vögeln.«

Ich lache. Dann sehe ich ihn hoffnungsvoll an. »Wirklich?«

Jetzt grinst er, schüttelt aber den Kopf, und das überrascht mich nicht. Wir sind später als geplant vom Campingplatz aufgebrochen, dafür müssen wir heute nicht weit fahren. Wir sind unterwegs nach Süden Richtung Crater Lake, wo wir drei Tage in einer Lodge verbringen werden.

Sein Handy klingelt, und wir blicken beide auf den Bordcomputer. Bram grinst noch breiter. Normalerweise ist es seine Assistentin, aber diesmal erscheint ein anderer Name auf dem Display, zusammen mit einem anderen Foto – ein Kerl in Brams Alter, der lachend den Mittelfinger in die Kamera hält. Das Blitzlicht funkelt dämonisch in seinen Augen.

Jackson Murphy. Bethany hat ihn öfter erwähnt – ein Freund von Bram. Ich erinnere mich an seinen Namen, weil ich überrascht war, dass Bram überhaupt Freunde hat.

Jetzt überrascht es mich nicht mehr.

»Murphy«, begrüßt er ihn gut gelaunt. »Ich dachte, du würdest nie zurückrufen.«

Der Mann am anderen Ende klingt, als wäre er nach langem Schlaf aufgewacht und würde noch immer gähnen. »Ja. Ich hatte eine Abgabe und musste mich einschließen und intravenös von Koffein und Whisky ernähren. Deine Nachricht habe ich gerade erst bekommen. Was gibt's?«

Brams Blick streift mich. »Ich wollte nur wissen, ob du in letzter Zeit von Bethany gehört hast.«

»Beth? In letzter Zeit nicht, nein. Nicht seit ihrem Abschluss, glaube ich. Warum, gibt's was Neues von ihr?«

»Nein. Aber klang sie okay, als du das letzte Mal mit ihr gesprochen hast?«

Oh. Ich beiße mir auf die Lippe und sehe aus dem Seitenfenster.

»Ja.« Es entsteht eine Pause, und man hört ein Glas im Hintergrund klimpern. »Jetzt machst du mir Angst, Mann. Ihr zwei seid unterwegs, im Urlaub, oder?«

»Ich ja. Sie nicht.«

»Was soll das heißen?«

»Sie ist zu einem Workshop für kreatives Schreiben abgezogen und hat die Reise platzen lassen. Also habe ich überlegt, ob du was darüber weißt.«

»Nein, gar nichts.« Er klingt belustigt oder verblüfft. »Hast du mit ihrer Zimmergenossin gesprochen? Mit der ist sie doch eng befreundet.«

Ich schiele zu Bram rüber. Er sieht nicht wütend aus – und klingt auch nicht wütend. Aber vielleicht nur, weil er mit seinem Freund spricht.

»Aspen ist hier bei mir«, sagt er.

»Bei dir? Wie meinst du das, bei dir? Wo bist du?«

»Auf dem Weg zu Crater Lake.«

»Und sie ist bei dir im Auto?«

»Ja.« Er sieht mich an und nickt in Richtung Bordcomputer.

Ich folge seinem Hinweis. »Hallo Murphy. Freut mich, dich kennenzulernen.«

Es folgt ein langes Schweigen, bevor er sagt: »Freut mich auch. Aber ich will nicht lügen, Mann. Im Moment versteh ich gar nichts.«

»Bethany wollte zu einem Schreibseminar«, wiederholt Bram. »Sie hat dich nicht um Rat gefragt?«

»Nein. Scheiße, ich hätte ihr davon abgeraten. Ich war in einem dieser Kurse und hab die ganze Zeit alte Bagels gegessen und die Wand angestarrt. Ich habe kein einziges Wort zu Papier gebracht.«

O Gott. Kein Wunder, dass mir Bram nicht geglaubt hat. Natürlich hätte Bethany – die bestens organisierte, auf alles vorbereitete Bethany – jemanden mit Fachkenntnis gefragt, was er von ihrer Idee hält, Schriftstellerin zu werden.

»Und sie ist einfach abgehauen?«

»Ja. Jetzt versuchen Aspen und ich, sie zu uns zu locken. Wir schicken ihr Bilder und zeigen ihr, was sie versäumt.«

Mein Magen zieht sich zusammen. Ich versuche gar nicht, sie zu locken. Ich will, dass sie bleibt, wo sie ist.

Und ich möchte Bram erzählen, warum sie dort ist. Aber das kann ich nicht.

Murphy lacht. »Du meinst, du reibst ihr rein, was sie versäumt.«

»Auch das.« Bram grinst wieder. »Lust, zu uns zu kommen? Dich versäumt sie besonders ungern.«

»Du bist ein kalt berechnender Arsch. Als Lockvogel? An meine Gefühle denkst du wohl gar nicht. Du könntest wenigstens so tun, als wolltest du mich sehen, weil du mich so lange nicht getroffen hast.«

»Getroffen habe ich dich nur nicht, als ich zu betrunken zum Zielen war.«

»Jetzt bin ich wirklich verletzt. Dich besuche ich nicht. Ich komme, um Aspen kennenzulernen. Wirst du mit mir reden, Aspen? Wirst du so tun, als wärst du meine Freundin?«

Ich habe das Gefühl, als müsste ich mich dazu nicht verstellen, denn obwohl sich mein Magen zusammenzieht, bringt er mich zum Lächeln. »Gern.«

»Okay, Flug nach Oregon bekomme ich hin.« Man hört das Klicken einer Tastatur im Hintergrund. »Obwohl ich so kurzfristig vermutlich kein Zimmer bekomme. Nicht in den Sommerferien. Und ich schlafe nicht auf einer Bank.«

»Wir haben an allen Stationen zwei Zimmer gebucht«, erklärt Bram.

»Dann teilen wir uns ein Zimmer?«

»Du bekommst das freie.«

Mein Herz klopft, und ich blicke erneut aus dem Fenster, damit er mein Gesicht nicht sieht. Bram erzählt seinem Freund zwar nicht, dass er mit mir schläft, aber er versteckt es auch nicht gerade.

Und entweder bemerkt Murphy es nicht, oder es ist ihm egal. »Okay, ich schau mal in den Kalender. Fuck. Welcher Wochentag ist heute?«

»Dienstag«, sagt Bram.

Murphy stöhnt. »Donnerstagabend heiratet ein Cousin von mir. Wer heiratet schon an einem Donnerstagabend?«

»Dein Cousin, wie es aussieht.«

»Danke für deine scharfsinnige Beobachtung, Arschloch. Verdammt, ich würde ja schwänzen, aber meine Oma bringt mich um. Wie wäre Freitag?«

»Freitag fahren wir an den Mount Shasta«, meint Bram und erklärt ihm dann den Rest des Plans. »Dort bleiben wir eine Woche, dann kommt eine Woche am Lake Tahoe. Du kannst kommen und gehen, wie es dir passt.«

»Also vielleicht zwei Wochen, um Bethany mit Selfies zu mir zu locken? Ich bin dabei. Obwohl ich vermutlich nicht so lang kann. Nächste Woche ist Independence Day. Wollt ihr den vierten Juli am Lake Tahoe verbringen? Euch das Feuerwerk ansehen und all den Scheiß?«

»Ja. Das war für Bethany früher immer der Höhepunkt. Und es ist der Abschluss vor der Heimreise.«

»Verdammt, ich wäre gern dabei, aber für das Wochenende habe ich schon andere Pläne. Sieht aus, als könnte ich nur eine gute Woche.«

»Klingt gut. Schick mir die Flugverbindung, wenn du gebucht hast, dann holen wir dich vom Flughafen ab.«

Sie legen auf, und ich überlege, was ich sagen soll. Mir fällt nichts ein.

Die Lüge mit dem Schreib-Workshop haut überhaupt nicht hin. Das weiß ich. Und ich spüre Brams unausgesprochene Kritik, so als bräuchte ich doch nur zu sagen, wo Bethany ist, und wir könnten mit dem Zirkus aufhören.

Aber vielleicht kommt die Kritik gar nicht von ihm. Vielleicht lastet nur dieses Geheimnis auf mir. Bram scheint zu verstehen, dass ich es nicht aufdecken kann, trotzdem wünschte ich, ich könnte es ihm sagen.

»Er klingt sympathisch«, sage ich leise.

»Das ist er.«

»Von wo geht sein Flug?«

»Boston.«

»Nicht Seattle?«

Bram schüttelt den Kopf. »Er ist letztes Jahr umgezogen.«

Doch es hört sich an, als stünden sie einander noch nah. Ihr Umgang ist locker, frei von der Befangenheit, die oft durch räumliche und zeitliche Distanz entsteht. »Woher kennst du ihn?«

»Aus der Schule. Danach waren wir an derselben Uni, obwohl er noch im ersten Jahr gegangen ist.«

»Gegangen? Wohin?«

»Nirgends hin. Er hat eine Zeit lang bei Bethany und mir gewohnt.«

Oh. »Deswegen ist er auch mit ihr befreundet.«

»Ja.«

Aber vor allem mit Bram. Und ich möchte ihn fragen, was er seinem Freund von mir erzählen wird – doch ich habe Angst vor seiner Antwort. Ich weiß nicht, was ich für ihn bin.

Unser Programm bestand in den letzten Tagen aus Vögeln, Vögeln und nochmals Vögeln, aber verunsichert bin ich wegen dem, was dazwischen passiert. Ich habe nicht mehr in meinem Zelt geschlafen. Nacht für Nacht schlingt er die Arme um mich. Manchmal reden wir stundenlang, ohne uns anzugiften oder zu streiten. Manchmal küsst er mich, ohne dass es das Vorspiel ist. Zum Beispiel, wenn er vom Schwimmen kommt und ich ihm Kaffee gemacht habe. Dann umfasst er mein Gesicht und küsst mich lang und innig.

Alles ist durcheinander und kompliziert. Aber eines ist klar: Ich will nicht, dass es schon vorbei ist.

Vorsichtig frage ich: »Dann teilen wir uns offiziell ein Zimmer?«

»Ja.« Auch er bemüht sich um einen beiläufigen Ton. »Das ist nur praktisch.«

»Ja«, stimme ich verkniffen zu. »Hass-Vögeln ist einfach so praktisch.«

Seine Hände verkrampfen sich ums Lenkrad.

Und wieder mahlen seine Kiefer.

O Gott. »Bist du hart?«

Sein Blick wird stumpf. »Bist du feucht?«

»Jetzt schon.« Mit einem fiesen Grinsen wende ich mich ihm zu und beginne, seinen steinharten Schenkel zu streicheln.

Er fängt meine Hand ein. »Nicht beim Fahren.«

»Okay«, sage ich und blicke nach vorn. Ein langer, gerader Abschnitt fast ohne Verkehr liegt vor uns. Ich nehme die Hand von seinem Schenkel und schiebe sie unter mein Shirt.

»Aspen«, grollt er.

»Was denn? Beachte mich gar nicht. Ich kümmere mich um die Angelegenheit.«

Ich spiele an meinen Nippeln herum, bis sie als feste Knoten unter meinem dünnen Tanktop in die Höhe stehen, während ich auf seine Hände starre und daran denke, wie er mich berührt. Seine Knöchel treten weiß hervor.

Langsam wird mir heiß. Ich lege einen nackten Fuß auf das Armaturenbrett und stelle die Rückenlehne zurück.

»Schön auf die Straße schauen, Blechmann.«

Er tut es.

Ich fahre mit den Fingern innen an meinem Schenkel empor. Mein Jeansrock ist so kurz, dass ich ihn kaum hochschieben muss, um an den Rand meines Slips zu kommen. »Sag mir, dass du hart bist.«

Sein glühender Blick haftet auf der Hand zwischen meinen Beinen. »So hart, Baby. Ich würde so tief stoßen und so schnell kommen.«

Tiefer, als ich mit den Fingern gelange. Heftiger, als ich es mir jemals selbst gemacht habe. Mit einem leisen Stöhnen ziehe ich die Finger durch die feuchte Hitze.

Bram reißt den Blick von mir los und sieht auf die Straße. »Erzähl«, befiehlt er heiser.

»Ich bin so nass«, hauche ich. »Und meine Klit ist – o Gott. Ich brauche mehr Reibung.«

»Meine Zunge.«

»Ja.« Atemlos umkreise ich den verhärteten Knoten, necke ihn.

»Gib mir deine Finger. Gib mir deine verdammten Finger.«

Er wartet nicht, sondern schnappt sich mein Handgelenk und führt meine Hand an seine Lippen, saugt den feuchten Film von meinen Fingern. Ich seufze, denn sein Mund und sein ungeduldiges Verlangen heizen mich mehr an, als es meine eigene Berührung vermag. Keuchend bewege ich mich auf dem Sitz.

Zum Abschluss leckt er langsam über meine Handfläche. »Jetzt ab nach hinten und zieh dir den Slip aus.«

»Was?«

»Laut Navi kommt da vorn ein Waldweg. Ich halte an.«

O Gott.

Eilig schnalle ich mich ab und klettere nach hinten. Der Range Rover klappert und hüpft, als Bram vom Highway abfährt. Ich ziehe mir das Höschen runter, während er die Fahrertür zuschlägt und die Heckklappe öffnet. Der Reißverschluss seiner Jeans ist bereits offen, sein Schwanz steht dick und prall hervor.

Die Rückbank ist breit, und er packt meine Beine und zieht mich auf sich zu. Sobald ich nah genug bin, steckt er den Kopf zwischen meine Beine und leckt die Feuchtigkeit auf. Dabei stöhnt er und reizt meine Klit, bis ich mich vor verzweifelter Gier winde.

Als er den Kopf hebt, ist sein Blick animalisch. »Rück zurück und spreiz die Beine.«

Ich schiebe mich rückwärts über die Bank, und er folgt mir und schlägt die Tür hinter sich zu. Dann ist er über mir und stößt seinen Schwanz tief in mich hinein. Ich schreie auf, während er beginnt, mich in einem wilden Gewirr aus Gliedmaßen zu ficken, mein rechtes Knie gegen die Rückseite des Vordersitzes gequetscht, mein linker Knöchel auf seiner Schulter, die Hände über dem Kopf, weil ich bei jedem Stoß gegen die Tür getrieben werde. Meine Pussy zieht sich um seinen dicken Schaft zusammen, bei jedem Stoß fester, bis ich mit einem kehligen Laut komme und er tief in mir vergraben explodiert.

»O mein Gott«, hauche ich, während er verschwitzt über mir zusammenbricht. »O mein Gott.«

»Ja«, stimmt er stockend zu, dann wird seine Stimme tiefer, und er rückt leicht von mir ab. »Verdammt. Ich bin schon wieder ungeschützt in dir gekommen.«

»Es passiert schon nichts.«

Er nickt, doch sein Mund wird zu einer dünnen Linie. Nicht wütend auf mich. Auf sich selbst, weil er das Kondom vergessen hat.

Da klopft es laut gegen das Fahrerfenster.

Bram hebt ruckartig den Kopf und verdeckt mich mit seinem Körper. Ich rappele mich halbwegs auf und erkenne die breite Hutkrempe eines State Troopers.

»Ach du Scheiße«, flüstere ich und fange an zu kichern.

Hektisch lösen wir uns voneinander, schließen Reißverschlüsse und streichen Kleidung glatt und nehmen meinen Slip, um sein Sperma von meinen Schenkeln zu wischen. Dann brummt Bram »Fuck«, öffnet die Tür und lässt sich hinaus in die grelle Sonne gleiten.

Ich folge ihm.

Der State Trooper wartet geduldig, bis wir ausgestiegen sind, und mustert uns mit dem perfekten Pokerface. Kein Muskel zuckt in seiner Miene. »Wie geht es Ihnen?«

»Gut, Sir«, sagt Bram.

Der Polizist nickt, dann sieht er mich forschend an. Er vergewissert sich wohl, ob ich es auch wollte. »Ihnen auch, Miss?«

»*Sehr* gut, Sir.«

Sein Mund zieht sich leicht zusammen. »Sie machen Urlaub?«

Er muss das Nummernschild aus Washington gesehen haben, doch Bram nickt bestätigend. »Wir sind auf dem Weg zu Crater Lake.«

»Dann ist Ihnen vermutlich entgangen, dass diese Wege ausschließlich für den Forstbetrieb bestimmt sind?«

»Das war mir nicht bewusst.«

»Die Schilder werden zur Waldbrandsaison aufgehängt, wenn es gefährlich ist, durch den Busch zu fahren. Aber vielleicht haben Sie nicht aufgepasst.«

Bram seufzt schwer. »Könnte sein, dass ich abgelenkt war.«

»Hm.« Der State Trooper schiebt den Hut zurück. »Gut, ich sehe mir mal Ihren Führerschein und die Fahrzeugpapiere an, wenn Sie sie griffbereit haben.«

Er nimmt die Papiere mit zu seinem Streifenwagen. Bram bleibt bei mir. Zusammen warten wir, seitlich an den Range Rover gelehnt. Brams Haltung ist vollkommen angespannt.

Zehn schweigsame Minuten vergehen, bevor der Trooper mit Brams Führerschein und den Fahrzeugpapieren zurückkommt – und einer Vorladung wegen unerlaubter

Geländefahrt. Bram nimmt alles mit einem Nicken entgegen, hört sich den Sermon über Gerichtstermine an, nickt erneut, als der Trooper erklärt, er würde uns zurück zur Hauptstraße folgen.

Zurück im SUV wirft Bram die Vorladung in das Fach, in dem er das Bargeld aufbewahrt. Er ist immer noch verärgert.

Ich warte, bis wir zurück auf dem Highway sind, dann frage ich leise: »Ist die Vorladung ein Problem? Ist es eine hohe Strafe?«

»Die Strafe ist mir egal.«

Selbstverständlich. Die Vorladung vermutlich auch. Dafür hat er seine Anwälte. »Warum bist du dann so wütend?«

»Weil ich mich verantwortungsbewusster verhalten sollte.«

»*Sollte?* Wer sagt das?«

Er antwortet nicht.

Aber vielleicht ist es die falsche Frage. »Warum?«

Er wirft mir einen verständnislosen Blick zu. »Was bin ich für ein Vorbild, wenn ich dich am Straßenrand vögele?«

»Vorbild für wen?«

»Bethany.«

»Du hast recht. Sie sollte wissen, dass es ein unverzeihliches *Vergehen* ist, spontan einvernehmlichen, superheißen Sex mit jemandem zu haben, den sie wirklich mag.«

Damit erwische ich ihn offensichtlich kalt und entziehe seiner Wut den Boden.

»Vielleicht braucht sie gar keinen Vater mehr«, sage ich. »Vielleicht braucht sie einen Bruder.«

Damit jedoch biete ich seiner Wut neue Nahrung. »Sie *braucht* einen Vater. Was sie *hat,* ist ein Bruder – ein Bruder, der seine Pflicht besser erfüllen sollte. Der keinen Scheiß machen sollte, der am Ende auf sie zurückfällt.«

Voll hilfloser Frustration hebe ich die Hände. »Wie sollte denn *das* bitte schön auf *sie* zurückfallen?«

»Genau das ist der Punkt. Ich kann nicht vorhersehen, wie sich Leichtsinn rächt und anderen schadet. Ich weiß nicht, welchen Schaden ich anrichte oder wie es ausgeht, bis es passiert. Also tue ich nichts, das auf sie zurückfallen kann … oder auf sonst jemanden.«

Das ist also das Programm von Roboter Bram. Und es ist leicht zu erkennen, dass er nicht in der Stimmung ist, diese Kodierung jetzt zu überdenken. »Zu dumm, dass der Trooper noch immer hinter uns ist«, sage ich. »Wir könnten in einen Feldweg biegen und vögeln, um diesen Streit beizulegen.«

Wieder wirft er mir einen scharfen, fassungslosen Blick zu, aber diesmal wird er langsam weicher. Er fasst nach meiner Hand und hebt sie an die Lippen, küsst zärtlich meine Knöchel.

»Ich bin gern mit dir zusammen«, sagt er knapp, und in mir öffnet sich etwas, ein Anflug von Hoffnung und einem anderen Gefühl, das ich noch nicht benennen will, schimmert durch, warm und hell. Bis er mürrisch hinzufügt: »Vermutlich mehr, als ich sollte.«

Und alles verschließt sich wieder.

In den nächsten zwei Tagen gelingt es uns, zwischen ausgiebigen Vögelgelagen ein paar Programmpunkte von Bethanys Liste für Crater Lake abzuarbeiten. Aber mit dem Sex hat es jetzt ein Ende. Zumindest vorübergehend.

Wir sind auf einem Boot auf dem Rückweg von Wizard Island, als ich leise zu Bram sage: »Ich habe gute und schlechte Nachrichten.«

Sorgenfalten bilden sich auf seiner Stirn. »Was?«

»Meine Brüste tun weh, und ich komme in die vierte Woche meines Pillenzyklus'. Das heißt, in ein, zwei Tagen beginnt meine Periode. Die gute Nachricht ist also: Trotz des einen Ausrutschers und dem einen Mal, als du absichtlich in mir gekommen bist, bin ich mir zu 99,99 Prozent sicher, dass ich nicht schwanger bin.«

Seine Lippen zucken. »Und die schlechte Nachricht?«

»Na ja. Meine Periode fängt bald an. Das heißt, das Thema Vögeln ist für ungefähr fünf Tage vom Tisch.«

Und vom Boden. Vom Bett. Aus der Duschkabine.

Bestürzt zieht er die Luft ein. »Nein.«

»Doch. Und vermutlich werde ich mich für ein bis zwei dieser Tage irgendwo zusammenrollen und mir wünschen, tot zu sein.«

»Nun gut.« Er zuckt die Schultern und blickt über das unfassbar blaue Wasser, der Wind bläst in sein kräftiges braunes Haar, das Sonnenlicht bringt stellenweise Rot- und Goldtöne darin zum Schimmern. »Es ist kein Problem für mich, wenn du dich verkriechst und elend fühlst. Murphy kommt und wird mich unterhalten.«

Ich muss lachen und knuffe ihn in die Schulter. Er fängt meine Faust auf, neigt den Kopf und küsst mich grinsend. Dann steht er hinter mir an die Reling gelehnt und hält mich in den Armen.

Ich schwanke, während das Boot übers Wasser hüpft. »Ich habe eine Idee. Wenn wir zurückkommen, bestellen wir uns Essen aufs Zimmer und vögeln heute Nacht durch, damit wir die fünftägige Trockenzeit überstehen.«

»Der Plan gefällt mir.«

Mir auch. »Und zur Feier, dass wir bis zur Hälfte durchgehalten haben, ohne uns gegenseitig umzubringen, holen wir den Tequila aus meinem Rucksack und betrinken uns. Ich bin es leid, ihn herumzuschleppen.«

»Auch ein guter Plan.« Seine Stimme senkt sich, und er fragt leise: »Sind es wirklich schon zwei Wochen?«

»Ja. Morgen ist der zweite Freitag.«

Das Boot schaukelt, und er umfasst mich enger. »Die Zeit ist schnell vergangen.«

Ja, das ist sie.

Zu schnell.

Als ich aufwache, ist mir kalt. Nicht eiskalt, aber ich merke, dass Brams Wärme fehlt.

Ich habe mich nicht so heftig betrunken wie geplant. Der erste »Bodyshot«, bei dem man das Salz von der Haut des anderen leckt und ihm den Zitronenschnitz aus dem Mund nimmt, führte zu ausführlichem Lecken, und dann hatten wir bis zur Erschöpfung Sex. Aber wie ich sehe, trinkt Bram nun allein. Er steht am Fenster und blickt auf den See hinaus, nur in Jeans. Also ziehe ich sein T-Shirt über und gehe zu ihm. Ich schlinge von hinten die Arme um seine Taille und drücke die Wange an die warme Haut zwischen den Schulterblättern.

»Alles klar bei dir?«

Keine Antwort. Ich schlüpfe um ihn herum, und mein Herz zieht sich zusammen. Sein Gesicht ist wie versteinert. Als würde er nicht wollen, dass ich ihn sehe, umfasst er meine Taille, dreht mich herum und zieht mich rückwärts an seine Brust.

Undeutlich sehe ich unser Spiegelbild im dunklen Fenster. Vor uns breitet sich der See aus, Mondlicht glitzert auf dem ruhigen Wasser wie auf einem klaren Spiegel.

»Ist sie schwanger?« Seine Stimme klingt noch tiefer und rauer als sonst und wandert rumpelnd aus seiner Brust in meinen Rücken. »Oder hat sie eine Abtreibung machen lassen? Ist das der Grund, warum sie jetzt nicht hier ist? Weil sie sich erholen muss?«

»Bethany?«

»Ja.«

»Nein.« Ich versuche, ihn anzusehen, aber er hält mich fest, den Unterarm unterhalb meiner Brüste um den Brustkorb gelegt. »Weder noch.«

»Glaubt sie, ich würde sie dafür verurteilen? Wenn sie schwanger wäre? Oder für die Entscheidung, die sie danach treffen müsste?«

»Nein.« Ich streiche über seinen Unterarm, um ihm die Angst zu nehmen. »Aber darum geht es nicht. Warum denkst du das?«

»Weil es keine absolute Sicherheit gibt. Und wenn man scharf auf jemanden ist, geht man Risiken ein. So wie wir.«

Oh. So ist er darauf gekommen.

Dazu gibt es nicht viel zu sagen. Sex *ist* ein Risiko. Selbst mit Kondom und Pille.

Sein Brustkorb weitet sich mit einem schweren Seufzen. »Hat Heath sie betrogen?«

»Nicht dass ich wüsste. Es ist natürlich schwer zu sagen, weil er in Seattle gewohnt hat und sie sich seit den letzten Sommerferien eigentlich nur an den Wochenenden gesehen haben. Aber wenn, glaube ich nicht, dass Bethany davon wusste. Sonst wüsste ich es wahrscheinlich auch.« Ich beiße mir auf die Lippe, bevor ich hinzufüge: »Aber ich glaube, er hat ihr Selbstvertrauen zerstört. Er hat sie dazu gebracht, an sich und ihrem Urteil zu zweifeln. Und das könnte mit ein Grund sein, warum sie *deine* Unterstützung infrage stellt. Sie kann selbst nicht mehr richtig an sich glauben, darum weiß sie nicht, wie es dir gelingen sollte.«

Er versteinert. »Hat er sie vergewaltigt?«

»Was? Warum fragst du das?«

»Weil du mir von ihrer Trennung erzählt hast. Du hast

gesagt, er hätte sie bedrängt und du hättest ihn vertrieben, aber du erzählst mir nicht alles.«

»Nein, weil es mir nicht zusteht. Aber sie wurde nicht vergewaltigt. Nicht dass ich wüsste.«

»Ich würde ihn umbringen«, knurrt er. »Ich würde ihn umbringen, egal, was es für Konsequenzen hat.«

»Ich weiß.« Wieder streiche ich über seinen Arm. »Aber das brauchst du nicht.«

»Aber deshalb könnte sie es verstecken. Aus Angst vor meiner Reaktion. Oder weil sie glaubt, ich würde ihr die Schuld geben. Was ich nicht tun würde.«

»Ich weiß.«

»Du würdest es mir sagen, wenn sie vergewaltigt worden wäre.«

»Nicht, wenn sie es mir verboten hätte.« Als er sich wieder versteift, schüttele ich den Kopf. »Aber sie wurde nicht vergewaltigt, Bram. Ich schwöre es.«

Barsch erwidert er: »Schwer zu glauben, wenn du sagst, du würdest lügen.«

Seine Worte schmerzen. Ich wurde von einer Krankenschwester großgezogen. Anders als Mom unterliege ich keiner Schweigepflicht, aber ich habe von früh auf gelernt, dass man nicht ohne die Zustimmung der Betreffenden über ihre Probleme redet. Man erwähnt nicht mal, dass sie welche haben – es sei denn, derjenige ist in Gefahr oder nicht in der Lage, selbst zu urteilen.

Nichts davon trifft auf Bethany zu. Sie hat sich Hilfe gesucht. Selbst wenn ich nicht ihre Freundin wäre, würde es mir nicht zustehen, es ihm zu sagen. Besonders, wenn sie mich ausdrücklich darum gebeten hat, es nicht zu tun.

»Ich habe nicht gesagt, ich würde lügen«, antworte ich unterkühlt. »Ich sagte, ich würde es dir nicht erzählen.«

»Aber sie ist nicht in Gefahr. Und es geht ihr gut?«

»Ja.«

»Würdest du in dieser Hinsicht lügen, wenn sie dich darum gebeten hätte?«

Gott. Meine Kehle schmerzt. Kopfschüttelnd löse ich mich von ihm. »Ich muss mir das nicht anhören.«

Ich *kann* es nicht.

»Scheiß drauf.« Er reißt mich zurück an seine breite Brust. »Dann machen wir eben das.«

Damit presst er den Mund auf meinen, und ich erwidere den Kuss mit der gleichen Rohheit, beiße ihn frustriert in die Lippe, zerre an seiner Jeans und greife grob nach seinem Schwanz. Er atmet zischend aus, als er mich aufs Bett wirft und über mich kommt, die Knie zwischen meine drängt, meine Arme fest über meinen Kopf hält.

Mit einem brutalen Ruck dringt er in mich ein, nachgiebig beugt sich mein Körper seiner schonungslosen Eroberung, meine Erregung wogt auf zu einer wilden Brandung. Sein Name ist ein endloses Flehen auf meiner Zunge, Grunzlaute sind seine Antwort, während er mich erbarmungslos Richtung Orgasmus vögelt, mit tiefen, harten Stößen, bis sich die Welle bricht und mich davonträgt.

Die heftigen Kontraktionen meiner Pussy entlocken ihm ein gequältes Ächzen. Er stützt sich über mir ab und hält meinen Blick mit brennenden Augen fest, während er sich zuckend in mich ergießt.

»Es ist so verdammt falsch«, sagt er erstickt. »Aber ich kann einfach nicht anders.«

Dann küsst er mich – und obwohl er mir gerade ein klaffendes Loch in die Brust gerissen hat, erwidere ich den Kuss, denn auch ich kann nicht anders.

Danach umarmt er mich, doch mir ist noch immer kalt. Nach all dem Sex der letzten Zeit hat es sich gerade zum ersten Mal wirklich nach Hass angefühlt.

17

Am nächsten Morgen ist mein Herz schwer und bedrückt. Körper und Geist geht es kaum besser – und das Ganze wird nur noch schlimmer durch Brams Fürsorglichkeit. Offensichtlich denkt er, meine Periode hätte eingesetzt und würde mir zu schaffen machen, aber das hat sie noch gar nicht. Es sind seine Worte, die mich niederschmettern, wieder und wieder. *Es ist so verdammt falsch.*

Trotzdem kümmert er sich um mich. Um jemanden, von dem er loskommen möchte.

Auf der Fahrt bin ich schweigsam und rolle mich auf dem Beifahrersitz zusammen. Wir holen Murphy vom Flughafen in Redding ab und fahren weiter zu einem Resort auf dem Mount Shasta. Auf dem Programm steht Angeln. Viel Golfen. Ein paar Tage im Spa.

Nichts davon erscheint mir reizvoll.

Als mein Handy summt, hebt sich meine Stimmung kurz. Eine Nachricht von Mom.

Doch als ich sie lese, bin ich sofort ernüchtert.

RUF MICH AN.

O nein.

Bram sieht zu mir rüber, weil ich seufze. »Was ist?«

Ich tippe auf das Display, um Mom anzurufen, hebe das Handy ans Ohr und sehe ihn an. »Ich glaube, ich habe gerade den Überraschungseffekt verspielt.«

Sie geht auf der Stelle dran. »Aspen?«

»Hallo Mom«, sage ich gut gelaunt. »Wie geht es dir?«

»Willst du etwa tun, als wüsstest du von nichts?«

»Äh. Ja.«

»Ich habe mich gerade aus einem Konto ausgeloggt. Stell dir vor, es stand auf null. Also habe ich ein paar weitere Konten geprüft. Sie stehen alle auf null. Hast du dazu etwas zu sagen? Denn ich habe *eine Menge* zu sagen.«

»Na ja … ich sagte doch, ich würde Bethanys Bruder vielleicht umbringen, erinnerst du dich?« Mit geweiteten Augen signalisiere ich Bram, dass ich scherze.

Was das Umbringen betrifft. Denn ich habe es ja wirklich gesagt.

»Ja.«

»Na ja, stattdessen habe ich ihn erpresst.«

Er löst den Blick von der Straße und sieht mir forschend ins Gesicht. Ich ziehe die Brauen hoch, wie um zu sagen: *Besser als zu behaupten, ich hätte für eine Million mit dir geschlafen, oder?*

Aber anscheinend gefällt es ihm gar nicht, wenn ich behaupte, *ich* hätte *ihn* erpresst.

Mom offensichtlich auch nicht. »Schatz, zu jedem anderen Zeitpunkt wäre das witzig.«

Ich seufze. »Es ist ein Geschenk.«

Jetzt formt sich ein leichtes Lächeln auf seinen Lippen, und er nickt zufrieden.

»Ein Geschenk wofür? Warum sollte er *mich* beschenken?«

»Weil er nett ist?«

»Liebling.« Ihr Ton sagt: *Hör auf mit dem Blödsinn.*

»Okay, eigentlich ist es ein Geschenk an mich. Weil ich Bethany so eine gute Freundin war. Er wusste, dass ich mir mehr als alles wünsche, dass du von dieser Last befreit bist, deshalb hat er es mir angeboten.«

Was stimmt. Gewissermaßen. Er wusste, dass es mein größter Wunsch war, also hat er es zusätzlich zu allem anderen angeboten und ihre Schulden benutzt, um mich zu dieser Reise zu überreden.

Doch er scheint mit meiner Erklärung zufrieden zu sein.

»Ist er bei dir? Er kann genauso gut gleich zuhören.«

Ich bin überrascht, aber ich widerspreche nicht und stelle auf laut. »Jetzt kann er uns hören.«

Bram sagt freundlich: »Ihre Tochter ist meiner Schwester sehr wichtig. Ich würde mehr für sie tun, wenn sie es zulassen würde. Ich musste sie überreden, das Geschenk anzunehmen.«

Ein schweres Seufzen dringt durchs Telefon. »Ich danke euch beiden. Was ihr getan habt, war unglaublich großzügig. Und Aspen, du weißt, dass ich dich liebe. Natürlich rührt es mich, was du dir für mich gewünscht hast. Ich weiß, du hast es gut gemeint. Ich weiß, es kam von Herzen.«

O nein. Ich blicke aus dem Fenster, damit Bram nicht sieht, wie ich auf ihre nächsten Worte reagiere. »Aber?«

»Auch wenn etwas nicht geheim ist, kann es sehr wohl privat sein. Was du getan hast, war moralisch falsch. Es war eine grobe und erniedrigende Einmischung in meine Privatangelegenheiten. Das hätte dir bewusst sein müssen.«

Scham steigt in mir auf und senkt sich schwer auf meine Brust. Sie hat recht, und im Grunde meines Herzens wusste ich es. Deshalb habe ich es auch so lange aufgeschoben, es ihr zu sagen.

Mit rauer Kehle flüstere ich: »Es tut mir leid, Mom.«

»Es soll dir nicht leidtun, Aspen. Du sollst es besser machen.«

Eine starke Hand greift nach meiner. Ich umfasse Brams Finger, ohne ihn anzusehen, als die Tränen rollen. »Das werde ich.«

»Mr Gage. Wie gesagt, meine Schulden waren kein Geheimnis. Vermutlich haben Sie bei mir zu Hause Hinweise gesehen, oder Aspen hat es Ihnen irgendwann um die Ohren geknallt.«

Er verschränkt unsere Finger und drückt sanft meine Hand. »Sie ist sehr treffsicher.«

Mom lacht. »Das glaube ich.«

»Und ich werde mir zu Herzen nehmen, was Sie über das Eingreifen in Privatangelegenheiten gesagt haben. Aber die Schuld liegt bei mir. Ich habe Ihrer Tochter keine Wahl gelassen. Bei diesem Angebot konnte sie unmöglich Nein sagen.«

»Doch, das hätte sie gekonnt. Es war eine schwere Wahl, aber sie hätte sie treffen müssen. Natürlich habe ich auf Sie keinen Einfluss wie auf meine Tochter, und vermutlich sind Sie gewöhnt, zu bekommen, was Sie wollen. Aber ich habe versucht, ihr beizubringen, dass man etwas nicht automatisch tun darf, nur weil man glücklicherweise dazu in der Lage ist. Wenn Sie ihr ein solches Geschenk machen wollten, hätten Sie erst mit mir sprechen müssen, statt auf eigene Faust Informationen über mich einzuholen. Ihnen hätte klar sein sollen, dass Aspens Erlaubnis nicht mit meiner gleichzusetzen ist.«

»Ja.« Seine Stimme ist so angespannt wie sein Gesicht. »Natürlich haben Sie recht. Auch das tut mir leid.«

»Danke Ihnen. Und Aspen, ich liebe dich. Bitte halte mich nicht für undankbar. Aber triff keine Entscheidungen mehr über meinen Kopf hinweg. Wir können nur so wenig selbst im Leben entscheiden. Ich will nicht, dass du mir meine Entscheidungen abnimmst.«

Ich schlucke, aber der Kloß in meinem Hals geht nicht weg. Mit belegter Stimme sage ich: »Ab jetzt hast du wieder etwas mehr Entscheidungsfreiraum.«

»Ich weiß. Wie gesagt, ich bin nicht undankbar, im Gegenteil, ich bin überwältigt von dieser Geste und der Großzügigkeit, die ihr beide gezeigt habt. Es ist nur … denk an *Jurassic Park.*«

Ein kurzes Schnauben entfährt mir. »Das werde ich.«

Plötzlich ist auch ihre Stimme belegt. »Genug davon. Wir werden nicht mehr darüber sprechen, außer um dir zu danken und dir zu sagen, was für eine großartige Tochter du bist. Jetzt wünsche ich euch eine schöne Zeit für den Rest eurer Reise. Schick mir Bilder.«

»Mach ich«, verspreche ich und lege auf, während neue Tränen fließen. Die Scham brennt noch immer heiß in meiner Brust. Ich wende mich ab und wische mir die Wangen.

»Du hast eine gute Mutter«, sagt Bram leise.

»Ja.« Und sie muss so enttäuscht von mir gewesen sein. Wieder rollen Tränen.

»Was war das mit *Jurassic Park?*«

»Ach, das ist ein Satz aus dem Film.« Einem Film, den ich auswendig kenne, aber ich bin so aufgewühlt, dass mein Kopf nicht funktioniert. »Über Leute, die so damit beschäftigt waren, ob sie etwas könnten …«

»›… dass sie sich nie gefragt haben, ob sie es auch *sollten.*‹«

»Ja.« Genau das war es. Überrascht sehe ich ihn an.

»Mein Lieblingsfilm als Kind.« Sein Lächeln wird zu einem Grinsen, während er meinen Blick erwidert. »Ich suche bis heute nach jemandem, der Dinosaurier klonen kann, um in das Projekt zu investieren.«

»Das ist genau das Gegenteil von dem, was dieser Film lehren will.«

»Tja, dafür habe ich eben ein Händchen.«

»Wofür?«

Er drückt meine Finger. »Das Falsche zu wollen.«

Als wir an dem kleinen Flughafen ankommen, wartet Murphy bereits draußen, eine Reisetasche vor den Füßen und eine Laptoptasche über der Schulter.

Ich habe ihn auf Bildern gesehen, auf das kurz geschorene schwarze Haar und das breite Grinsen bin ich also vorbereitet. Doch mir war nicht bewusst, dass er gebaut sein würde wie ein Linebacker.

Ich gleite vom Beifahrersitz, um ihn zu begrüßen, und er mustert mich von Kopf bis Fuß.

»Dein Name passt nicht zu dir. Espen sind größer.«

Ich lache. »Wenn wir von Körpergröße sprechen ... du siehst auch nicht gerade aus wie ein Schriftsteller.«

»Ich sehe nicht aus wie ein Schriftsteller? Bram, Mann«, ruft er Bram zu, der vorne ums Auto kommt. »Deine Freundin ist rassistisch.«

Entsetzt hebe ich die Hände. »Nein, ich meinte ...« Ich versuche, auf seine beeindruckende Körpergröße zu deuten, und merke, dass ich es nur schlimmer mache.

Bram schüttelt den Kopf. »Er zieht dich auf, Aspen.«

Murphy grinst. »Das tue ich. Ich weiß, du meinst, dass Schriftsteller normalerweise nicht so stark und gut gebaut sind.«

»Einigen wir uns darauf.« Ich lache.

»Hallo Mann.« Murphy und Bram begrüßen sich mit dem typischen Männerhandschlag, der ein bisschen wie Armdrücken aussieht. »Ich hätte dich fast nicht erkannt ohne Anzug. Du siehst aus wie ein verdammter Ranger.«

Bram reibt sich das Stoppelkinn. »Ist eine Weile her, ja. Willst du deinen Kram hinten reintun?«

»Den hier nicht.« Murphy drückt die Laptoptasche an die Brust. »Mein Baby gebe ich nicht aus der Hand.«

»Warum setzt du dich nicht nach vorn?«, schlage ich vor. »Ich kann auf die Rückbank gehen.«

»Ich sitze auch gern hinten, aber ...« Murphy runzelt

die Stirn und mustert mein Gesicht. »Es sei denn, du fühlst dich nicht gut? Bram, dein Mädchen klingt ein bisschen angeschlagen.«

»Das liegt an den Knötchen auf meinen Stimmbändern.«

Jetzt mustert mich auch Bram mit sorgenvollem Blick. »Außerdem hattest du einen krassen Tag.«

Emotional, ja. Obwohl es nur ein paar Minuten gedauert hat, bin ich von dem Gespräch mit Mom total hinüber.

»Hast du sie so geschunden? Oder warst du einfach nur ein Arsch?«

»Weder noch«, antworte ich für Bram. »Ich bin nur ein bisschen müde. Ich gehe auf die Rückbank, dann stört es niemanden, wenn ich unterwegs einschlafe.«

Während Murphy seine Sporttasche zum Kofferraum trägt, legt Bram eine warme Hand an meine Wange und sieht mir prüfend in die Augen.

»Ist bestimmt alles in Ordnung?«

Ich lächele schwach. »Sicher. Ich bin nur müde.«

»Sag mir, wenn du etwas brauchst«, bittet er mich leise und öffnet mir die Tür, und ich nicke, bevor ich einsteige.

Ich *bin* müde. Und immer noch aufgewühlt und niedergeschlagen, und vielleicht leide ich unter PMS, und irgendwie passt nichts mehr zusammen.

Bram hat nicht gegen »Freundin« protestiert. Oder gegen »dein Mädchen«. Und Murphy hat nicht mal gefragt, wie es zwischen uns steht – obwohl er doch glauben müsste, dass ich nichts als Bethanys Freundin bin. Anscheinend hat ihm Bram irgendwann gesagt, dass wir zusammen sind.

Und ich weiß nicht, was ich davon halten soll. Jedenfalls habe ich es nicht erwartet.

Ich hatte gedacht, Bram würde unser Verhältnis vertuschen. Aber vielleicht gibt er mich lieber als seine

Freundin aus, als seinem Freund zu gestehen, dass er nur zügellosen Hass-Sex mit der Freundin seiner kleinen Schwester hat.

Murphy steigt vorne ein. »Heilige Scheiße. Das ist ja wie ein Raumschiff hier.«

»Das Gleiche habe ich auch gesagt«, bemerke ich.

»Pfoten weg«, warnt Bram seinen Freund, als er die Hand nach dem Bordcomputer ausstreckt. »Der ist empfindlich.«

»Du bist hart, Mann.«

»Mich lässt er damit spielen«, sage ich, ohne nachzudenken.

Murphy schnaubt. O Gott. Bram grinst, und ich bedecke meine plötzlich heißen Wangen. Dann lehne ich mich zurück und schnalle mich in der Mitte an, während Bram den Motor startet.

Sein Freund sieht zu ihm rüber. »Also, was ist das für eine Geschichte? Bethany verschwindet zu einem Schreib-Seminar?«

»Das hat sie behauptet«, bestätigt Bram.

»Aber du glaubst es nicht?«

»Ich weiß, dass es nicht stimmt.«

»Wo ist sie dann?«

Bram zuckt die Schultern.

»Hast du mit diesem Penner von Sutherland gesprochen?«

Brams Schultern versteifen sich. »Sie ist fertig mit ihm.«

Murphy sieht ihn lange an. »Was willst du damit sagen?«

»Nur, dass sie mit ihm fertig ist.«

»Okay. Gut.« Murphy dreht sich nach mir um. »Und zu dir hat sie auch nichts gesagt?«

»Doch.«

Bram sieht mir kurz über den Rückspiegel in die Augen. »Aspen weiß, wo sie ist.«

Meine Brust schnürt sich ein, als ich Murphy erkläre: »Sie hat mich gebeten, es nicht zu sagen. Also sage ich es nicht.«

»Großer Gott.«

Ich erwarte, dass er mich bedrängt, aber das tut er nicht.

»Und du hast es zwei Wochen mit diesem Kerl ausgehalten, ohne einzuknicken?«

»Ja.«

»Verdammt. Dein Mädchen ist tough.«

»Ich weiß.« Widerwillige Bewunderung, Frust und Stolz klingen aus seiner Antwort.

»Bethany will also in der Deckung bleiben. Okay. Und wir locken sie raus?«

»Das ist der Plan.«

»Aber er ist noch nicht aufgegangen, oder? Deswegen ziehst du jetzt die großen Kaliber.« Murphy lässt seinen riesigen Bizeps spielen und pikst in den Muskel, damit wir den Scherz auch bestimmt kapieren.

Ich muss lachen, was ihm zu gefallen scheint. Er grinst mich an, bevor er sich an Bram wendet: »Apropos Waffen, ich muss dir erzählen, was mir am Flughafen passiert ist. Bei der Sicherheitskontrolle haben sie das Metall in meinem Bein bemerkt, und ich schwöre bei Gott, sie haben mich drei volle Stunden festgehalten und drei Anzugträger von der Transportsicherheitsbehörde geholt. Als würde ich eine Waffe unter der Haut in den Flieger schmuggeln. Als wäre ich ein Killer-Cyborg.«

Bram schüttelt den Kopf. »Dabei bist du nur ein ganz gewöhnlicher Cyborg.«

»Was schade ist, wenn ich so drüber nachdenke.«

Ich beuge mich vor. »Warum hast du Metall im Bein?«

»Weil mein Knie und das Schienbein zertrümmert waren und ich dreimal operiert wurde.«

»Aua.«

»Ja, ein Vollidiot von vierhundert Pfund hat mich umgenietet.«

»Beim Football?«

»Ja. Hast du ihr nicht erzählt, dass wir zusammen gespielt haben?«

Bram runzelt die Stirn. »Ich habe erwähnt, dass wir gespielt haben, aber nichts von der Verletzung.«

Murphy dreht sich wieder nach mir um. »Das war mein Ende in der Collegemannschaft, gleich im ersten Jahr. Nicht, dass ich je weiter gekommen wäre als Spieler der Eastern Washington. Aber es hat mir das Studium finanziert. Oder hätte.«

»Du hast mir nicht erzählt, dass du am College gespielt hast«, wende ich mich an Bram. »Nur an der Schule.«

»Es ging auch nicht lang. Ich war nur kurz in Spokane.«

»Er ist noch vor mir von der Uni gegangen«, erklärt Murphy.

»Wegen einer Verletzung?« Doch noch während ich frage, wird mir klar, warum.

»Meine Eltern sind ums Leben gekommen.«

Stimmt. Ich hole Luft. »Tut mir leid.«

»Das muss es nicht.« Bram sieht Murphy an. »Ich habe ihr erzählt, dass du eine Weile bei uns gewohnt hast.«

»Während du dich von deiner Verletzung erholt hast?«, rate ich.

»Ja. Ich lag flach, also hat mich Bram in ihr Haus auf Bainbridge Island eingeladen – und dort saß ich dann den ganzen Tag allein rum. Bethany war in der Schule, und er ist jeden Tag nach Seattle gegondelt, an die Seattle University und in Daddys Büro. Aufbruch bei Morgengrauen, Rückkehr um Mitternacht.« Er überlegt. »Mann, das muss so cool für dich sein, mit der neuen Wohnung in der Stadt.«

Bram grinst. »Das ist es.«

»Obwohl es dort so schrecklich eng ist.« Murphy dreht sich zu mir um. »Hat er dir je von seinem Penthouse erzählt?«

»Nein.«

»Er hat sich eine monströse Wohnung gekauft, eine Ode an den modernen Kapitalismus mit vierhundert Quadratmetern. Und als der Nachbar auszieht, beschließt er: ›Hey, kauf ich die Wohnung nebenan doch gleich dazu und reiß vielleicht die verdammte Mauer ein.‹«

»Ich habe die Mauer noch nicht eingerissen.«

»Warum? Glaubst du immer noch, ich würde in die andere Wohnung ziehen?«

»Nein. Ich habe neue Pläne für meine monströse Ode an den Kapitalismus.«

»Gut. Ich mag dich wirklich, aber in dieser Wohnung würde ich niemals was zuwege bringen, weil ich die ganze Zeit aus den Fenstern starren müsste. Ich arbeite lieber in einem Kämmerchen.« Er sieht mich an. »Egal. Damals haben wir also alle auf der Insel gewohnt, aber ich war jeden Tag allein.«

»Abgesehen von der Haushälterin und dem Pfleger.«

»Einem männlichen Pfleger, weil dieser Penner kein Herz für mich hat.«

»Ich hatte zu viel Herz für die Pflegerinnen.«

»Ich wäre der vollendete Gentleman gewesen. Wie dem auch sei, letztlich war es ein Glücksfall. Kennst du den Apfelgarten auf der Rückseite des Grundstücks, wenn man hinter dem Pool runtergeht?«

»Nein, ich war nie dort.«

»Nie?« Er zieht die Brauen hoch. »Bethany hat dich nie mitgenommen?«

Ich wurde nie eingeladen. Aber ich musste nicht fragen, warum.

Ich zucke die Schultern. »Nein.«

»Aber du wohnst doch gar nicht so weit weg. Oder? Bist du nicht in Portland?«

Als ich an der Universität in Reed war. Und mein Zuhause außerhalb von Vancouver liegt sogar noch näher an Seattle, ein paar Stunden mit dem Auto, eine Strecke, die Bethany regelmäßig gefahren ist. Auf dem Weg ist sie oft bei meiner Mutter vorbeigefahren und hat mich abgesetzt, um mich auf dem Rückweg wieder aufzulesen.

»Es hat sich einfach nie ergeben«, sage ich leise.

»Nie ergeben.« Murphys Stimme trieft vor Sarkasmus. »Ach wirklich?«

Er sieht Bram an, aber ich kann nicht. Es ist dumm, jetzt deswegen verletzt zu sein, nachdem es mir vier Jahre lang praktisch egal war, aber ein wenig schmerzt es wirklich, und ich will nicht, dass er es mir ansieht.

»Ach, das ist kein Ding.« Leichtfertig zucke ich die Schultern, obwohl meine Kehle brennt. »Aber du warst beim Apfelgarten.«

»Ja, stimmt. Und wie sich mein Aufenthalt auf der Insel als Glücksfall erwiesen hat – denn eines Tages lief ich zwischen den Apfelbäumen herum und dachte, wenn jetzt die Zombie-Apokalypse anbricht, wäre die Insel der ideale Ort – abgeschieden vom Festland, sodass sich die Infektion nicht so schnell ausbreiten kann, und ich könnte eine Weile von Äpfeln leben, bevor ich mich über die anderen Inselbewohner hermachen muss.«

Ich muss lachen. »Was?«

»Wenn man lang genug allein ist und viel Sauerstoff bekommt, denkt man über alles Mögliche nach. Jedenfalls war es die Idee zu meinem ersten Buch. Ich lag rum und hatte nichts zu tun, also habe ich angefangen zu schreiben. Und dann sagt dieser Idiot zu mir, es wäre Scheiße.«

»War es doch auch«, entgegnet Bram.

»Vielleicht weil ich es unter dem Einfluss von Schmerzmitteln geschrieben habe. Aber es hatte mich gepackt, und ich schrieb noch eins … über Zombiekäfer.«

»Du bist Horror-Autor?«

»Das musst du fragen? Heißt das, du hast noch nichts von mir gelesen?« Er legt die Hand auf die Brust und wendet sich an Bram. »Mann, das trifft mich hart. Du solltest meine Bücher als Weihnachtsgeschenke an all deine Kontakte verschenken. Dazu bist du als Freund verpflichtet.«

»Ich konnte Aspen erst kürzlich davon überzeugen, dass ich ein funktionierendes Gehirn habe«, erklärt Bram. »Dieses harte Stück Arbeit mache ich nicht kaputt, indem ich ihr sage, dass ich deine Bücher gelesen habe.«

»Autsch.«

Grinsend sage ich: »Ich werde eins lesen. Aber ich komme nicht ganz mit. Ich dachte, ihr kennt euch von der Schule, aber du kommst gar nicht von der Insel? Dann wart ihr dort auch nicht in der Schule?«

»Wir waren an einer Privatschule außerhalb von Seattle«, erklärt Bram.

Murphy nimmt einen gekünstelten Akzent an, der vermutlich britisch klingen soll: »An der Saint John's in Bellevue, der elitärsten Jungenschule der gesamten Nordwestküste.«

Ich vermute, so wird sie in der Broschüre beschrieben. »Ein Internat?«

»Ja. Ich hatte ein Stipendium. Mir ist klar, was du denkst, wenn du mich ansiehst, aber ich habe nicht nur ein hübsches Gesicht – ich durfte auf die Schule, weil ich so intelligent und athletisch bin. Und da ich damals auf dem Pfad der Tugend wandelte, wäre ich diesem Spinner nie begegnet, hätten wir nicht beide Football gespielt.

Du wirst es nicht glauben, weil er jetzt so nett und umgänglich ist, aber damals war er ein echter Scheißkerl.«

Lachend schüttele ich den Kopf. »Darauf wäre ich nie gekommen.«

Bram wirft ihm einen gespielt verärgerten Blick zu. »Wer wollte gleich wieder, dass ich seine verfickten Bücher verschenke?«

»Sagte ich Scheißkerl? Du bist kein Scheißkerl. Ich liebe dich, Mann.«

Und fast rutscht es mir raus: *Ich auch.*

In mir kommt alles zum Stillstand. O Gott. O Gott.

Was habe ich getan?

»Aspen?« Bram mustert mich im Rückspiegel und wirkt besorgt. »Alles okay bei dir?«

Mein Herz hämmert, meine Finger zittern, ich muss wegsehen. »Ja. Ich bin nur … ich glaube, ich lege mich hin, bis wir da sind.«

Und versuche, nicht daran zu denken, dass ich total geliefert bin.

18

Unsere Unterkunft im Resort am Mount Shasta ist kein Hotel, sondern ein Chalet mit zwei Zimmern direkt am See. Es hat eine voll ausgestattete Küche, aber keinem von uns ist nach Kochen oder Ausgehen, also bestellen wir Pizza und essen auf der Terrasse unter sich wiegenden Kiefern.

Ich bin müde, deshalb ziehe ich mich früh zurück, doch ich kann nicht schlafen. Also sitze ich an die Kissen gelehnt im Bett und sehe mir auf dem Laptop die verschiedenen Studiengänge an, die an der Seattle University angeboten werden. Ich habe nicht vor umzusatteln, aber nachdem mir jetzt alle Möglichkeiten offenstehen, wäre es doch dumm, sich nicht wenigstens zu informieren.

Bram kommt früher als erwartet ins Zimmer. Als ich ihn und Murphy auf der Terrasse zurückgelassen habe, machten die beiden den Eindruck, als würden sie noch lange Bier trinken und quatschen.

Sein Blick fällt auf mein Gesicht, dann auf meine Pyjamahose. Seit wir miteinander schlafen, habe ich nur noch im Slip geschlafen, die Pyjamahose ist also leicht zu deuten. »Wie geht es dir?«

»Ungefähr wie erwartet.«

»Kann man dir was Gutes tun?«

»Die Gebärmutter entfernen«, sage ich und seufze. »Ich hab was gegen die Krämpfe genommen. Vermutlich kann ich deshalb nicht schlafen.«

»Koffein?«

»Ja.« Ich trinke selten Kaffee, deshalb wirkt es bei mir immer heftig.

»Wie wäre es mit einer Rückenmassage?«

»Ich würde sagen, damit verdienst du dir tausendmal Schwanzlutschen.«

Bram grinst. »Ich wäre wirklich bescheuert, mir diesen Wechselkurs entgehen zu lassen. Ich geh nur kurz duschen. Danach sehen wir, ob ich dich mit meinem Entspannungsprogramm zum Schlafen bringe.«

»Okay.«

Ich sehe zu, wie er T-Shirt und Jeans auszieht und Richtung Dusche geht – eine Routine, die mir so schnell vertraut geworden ist. Es dauert immer nur ein paar Minuten, bis er zurück ins Schlafzimmer kommt.

Obwohl ich mich am liebsten tiefer unter der Decke vergraben und auf ihn warten würde, zwinge ich mich, aufzustehen, Handy und Laptop einzustecken und die Zähne zu putzen.

Ich bin auf dem Weg zurück zum Bett, als er aus dem Bad kommt. Er hat sich ein weißes Handtuch um die Hüfte geschlungen, mit einem zweiten trocknet er sich die Haare.

Ich bleibe stehen und sehe ihn an. Verdammt, ich habe ihn schon überall berührt, aber manchmal ist es genauso schön, ihn einfach nur zu betrachten.

»Du solltest für den Rest der Ferien mit hochkommen«, sagt er.

Ich kann eine Sekunde nicht antworten, denn das Spiel seiner Bauchmuskeln, als er das Handtuch über die Schultern zieht, ist zu faszinierend. »Was?«

Seine Lippen zucken, als wüsste er genau, was mich abgelenkt hat. »Du solltest nach den vier Wochen mit nach Seattle kommen. Jetzt brauchst du keinen Job mehr. Unter der Woche kannst du bei mir in der Stadt sein, und an den Wochenenden fahren wir auf die Insel. Oder wir bleiben ganz auf der Insel, und ich pendle mit der Fähre rein. Bethany wollte auch auf der Insel wohnen, bevor sie Richtung Osten aufbricht.«

Jetzt betrachte ich nicht mehr seine Bauchmuskeln. Stattdessen starre ich ihm ins Gesicht und versuche, die Gefühle zu bändigen, die in mir hochkommen. Versuche, keine voreiligen Schlüsse ziehen.

Vorsichtig sage ich: »Heißt das, ich würde bei dir oder Bethany wohnen?«

Bram sieht mir in die Augen. »Du meinst, ob du gehen würdest, wenn sie geht?«

»Ja.«

»Nein.« Seine Stimme wird tiefer. »Du würdest bei mir wohnen. Von meiner Wohnung in der Stadt ist es nicht weit zur Seattle University.«

Die Nähe zur Uni wird nach den Ferien keine Rolle mehr spielen. Als ein dumpfer Schmerz einsetzt, schlinge ich mir die Arme um den Bauch. »Du meinst, mit dir *zusammenleben?*«

Sein Blick ist ganz fest. »Ja.«

O Gott.

Als ich nicht antworte, knüllt er das Handtuch zusammen und wirft es auf den kleinen Haufen benutzter Laken, den wir bereits haben. Seine Tasche steht am Fuß des Betts, immer noch gepackt. Plötzlich sind seine Bewegungen eckig und fahrig, als er sie auf die Matratze hebt und eine Baumwoll-Pyjamahose rauswühlt. »Oder du hast deine eigene Wohnung. Ich habe dir eine versprochen.«

Hat er das wirklich? »Du meinst ›Kost und Logis‹ hieß eine eigene Wohnung?«

»Natürlich.« Er lässt das zweite Handtuch fallen und zieht die Pyjamahose hoch.

Natürlich. Nur für ihn. Das alles ist so viel auf einmal. Ich atme hektisch. »Aber du willst, dass ich mit dir zusammen *lebe.*«

Jeden Tag mit ihm zusammen sein. Auch nach den vier Wochen.

Großer Gott, ich will es so sehr.

»Ja.« Er fährt sich durchs nasse Haar. »Sieh mal, Aspen. Ich weiß, wir haben es irgendwie nie richtig auf die Reihe bekommen. Vielleicht ist es die dümmste Idee, die ich je hatte. Es ist falsch. Ich habe mir eine Millionen Mal gesagt, dass ich mich von dir fernhalten sollte. Verdammt, wenn ich klug wäre, würde ich auf der Stelle gehen. Aber ich kann nicht. Deshalb will ich dich bei mir haben. Jeden Morgen und jeden Abend, solange es geht.«

»Oh.« Der heiße Schmerz in meinem Bauch breitet sich aus und erfüllt meine Brust. »Das halte ich für keine gute Idee.«

»Nein?« Er klingt enttäuscht. »Dann möchtest du deine eigene Wohnung.«

»Nein. Ich meine, wir sollten uns nach diesen vier Wochen nicht mehr sehen.«

Bram erstarrt und blickt mich ausdruckslos an. »Uns nicht mehr sehen«, wiederholt er, als ergäben diese Worte keinen Sinn.

»Oder aus Hass vögeln, oder was auch immer wir hier tun.«

»Was?« Er zieht die Brauen zusammen und fährt sich erneut durchs Haar. Frustriert. »Warum?«

»Ich glaube, du hast recht. Es wäre eine dumme Idee.«

Er lacht kurz auf. »Genauso, wie mich zu ficken. Trotzdem hast du es getan.«

Der Schmerz, den ich unterdrücken wollte, explodiert. »Und du hast mich gefickt, obwohl du dich dafür hasst! Jetzt willst du mich bei dir haben, obwohl du meinst, ich wäre schlecht für dich, schlecht für deine Schwester, schlecht für jeden! Wie darf ich mir das Leben mit dir vorstellen? Ich wache morgens auf und höre: *Hallo Aspen, es ist alles falsch.* Ich schlafe ein zu: *Hey Aspen, wenn ich klug wäre, würde ich dich verlassen.*«

Sein Gesicht wird ganz weiß. »Nein. Dabei ging es doch nie um *dich.*«

Als er auf mich zukommt, weiche ich zurück, und ein wildes schmerzliches Lachen bricht aus meiner Kehle. »Um wen denn dann? Letzte Nacht hast du gesagt, es wäre falsch. Während du noch *in* mir warst. Das heißt, mit jemand anderem wäre es richtig. Während du *in* mir warst, hast du dir gewünscht, ich wäre jemand anders! Jemand, mit dem du schlafen kannst, ohne dich dafür zu schämen!«

Er umfasst mein Kinn. Seine Berührung ist sanft, die Stimme rau. »Nein …«

»Doch!« Ich schlage seine Hände weg, schlage ihm gegen die Brust. Sein Gesicht verschwimmt, meine Tränen brennen. »Jeden verdammten Tag, den wir zusammen sind, erzählst du mir, du solltest nichts mit mir zu tun haben. Deshalb verstehe ich nicht, warum du jetzt mit mir zusammen sein willst!«

»Was ist daran so schwer zu verstehen?« Seine Stimme wird lauter. »Ich will mir dir zusammen sein, weil ich dich liebe!«

Mein Herz bleibt stehen, und einen Moment lang erlaube ich mir fast, es zu glauben, und alles ist warm und wundervoll. Dann setzt mein Herz wieder ein, und der Schmerz strömt hinein. Stockend sage ich: »Du kannst niemanden lieben, den du dir vollkommen anders wünschst.«

Seine Augen lodern. »Das tue ich nicht«, knurrt er. »Ich wünsche mir *überhaupt nichts* an dir anders.«

Ich kann es nicht glauben. Muss ich ihm auflisten, was er alles gesagt hat? »Du sagst, ich sei zu impulsiv. Leichtsinnig. Dass ich unverantwortlich bin und schädlich für Bethany. Dir selbst gibst du eine Mitschuld, weil du meinem Einfluss zu wenig entgegensetzt, aber dabei vergisst du nie, darauf hinzuweisen, dass ich der eigentliche schädliche Einfluss bin.«

»Verdammt, Aspen.« Er breitet die Arme aus, wendet sich von mir ab und stakst durch den Raum. »Was soll ich denn sagen? Ich bin für meine Schwester verantwortlich. Soll ich ignorieren, dass sie sich aus irgendeinem Grund völlig untypisch verhält? Oder dass sie noch immer verschwunden ist?«

»Sie ist nicht verschwunden!«, entgegne ich. »Sie ist nur nicht da, wo du sie haben willst.«

Er bleibt stehen, seine Brust hebt und senkt sich. Langsam zieht er eine Hand übers Gesicht, dann sieht er mich an, der Blick gequält, die Miene trostlos. »Ich liebe dich wirklich.«

»Ja, das sagst du.« Meine Stimme klingt bitter vor Schmerz. »Aber ich frage mich, ob du dir das nur einredest, um dich nicht schmutzig zu fühlen, wenn du dich mit billigem Abschaum abgibst.«

»Billigem Abschaum?« Die Ränder seiner Lippen färben sich weiß vor Wut. »Du sagst, ich hätte dich als Abschaum bezeichnet? So etwas habe ich *nie* gesagt.«

»Ach, und du hast es auch nicht gedacht?«

»Nein. Verdammt, nein! Man kann mir alles Mögliche vorhalten, aber Leute für Abschaum zu halten, weil sie kein Geld haben, gehört nicht dazu.«

»Blödsinn! Du hast von Anfang an gesagt, dass Bethany keine Freundin wie mich brauchen kann.«

»Ja, habe ich. Aber nicht wegen deinem Geld oder deiner Familie, danach habe ich dich nie beurteilt. Das habe ich gesagt, weil du sie bei unserer ersten Begegnung betrunken von einem verdammten Rave nach Hause gebracht hast, für den sie offensichtlich noch nicht bereit war. Und weil du gesagt hast, sie würde nie Probleme haben, weil sie ja so reich ist. Das hieß, du würdest sie nie ernst nehmen, wenn sie doch einmal welche hat. *Du* warst es doch, die alle möglichen Schlüsse über uns und unser Leben gezogen hat, weil wir Geld haben. Und glaubst du allen Ernstes, ich hätte dich je als billig betrachtet? Glaubst du, so würde ich dich sehen? So würde ich *irgendwen* sehen?«

»Was soll ich denn glauben? Du sagst permanent, du solltest mich nicht anrühren. Du solltest mich nicht wollen. Warum? Welchen Grund sollte es dafür geben, außer dass ich nicht gut genug bin für den perfekten hochgeborenen Roboter Bram!«

»Ich bin der Letzte, der je geglaubt hat, ich wäre perfekt.« Seine Stimme klingt eisig. Sein Gesicht ist kalt vor Wut. »Oder bist du so fixiert auf deine Herkunft, dass du deinen Scheiß auf mich projizierst? Denn diese stumpfsinnigen Vorurteile, die du mir in den Mund legst, kommen nicht von mir.«

»Fällt dir eigentlich gar nicht auf, was aus deinem Mund kommt? Du solltest mich nicht anrühren. Du solltest mich nicht küssen. Du solltest mich nicht wollen. Du solltest mich nicht vögeln. Du sagst die ganze Zeit, dass du nicht mit mir zusammen sein solltest.« Meine Stimme bricht. »Vielleicht solltest du endlich mal auf dich hören.«

»Vielleicht sollte ich das«, presst er hervor. »Denn nachdem ich jetzt weiß, dass du mich für einen feigen Heuchler hältst, rühre ich dich ganz bestimmt nicht mehr an.«

Wütend reißt er die Tasche vom Bett und geht zur Tür. Er hält nicht mehr an.

Und er schlägt sie hinter sich zu.

19

Irgendwann am Vormittag treibt mich der Hunger aus dem Zimmer. Sobald ich in die Küche komme, fällt mein Blick auf Murphy. Er sitzt in der sonnigen Frühstücksnische und arbeitet an seinem Laptop. Ich will mich schon umdrehen, aber er sieht auf und winkt mich zu sich.

»Setz dich«, sagt er.

Ich folge seiner Aufforderung, aber nur, weil ich mich nicht ewig verstecken kann. Er mustert mich. Schlafanzughose, Kapuzenpulli, zerzaustes Haar und blasses Gesicht. Er muss mir nicht sagen, dass ich beschissen aussehe.

Vermutlich muss er noch nicht einmal fragen, warum. Wahrscheinlich hat er gehört, wie Bram und ich gestritten haben. Wahrscheinlich hat er das Schlagen der Tür gehört. Dass ich fast bis zur Morgendämmerung ins Kissen geschluchzt habe, hat er wahrscheinlich nicht gehört, aber das verraten meine verquollenen Augen.

Er seufzt und zeigt mit dem Daumen zum Fenster. »Er ist da draußen. Soweit ich es sagen kann, hat er die Nacht auf dem Sofa verbracht.«

Da draußen ist der See. Er schwimmt in der Ferne, mit langen, gleichmäßigen Zügen.

»Er ist seit ungefähr einer Stunde da«, fügt Murphy hinzu. »Vielleicht sogar länger. Vor einer Stunde bin ich aufgestanden.«

Meine Augen brennen, und ich senke den Blick.

Gestern Nacht hat Bram gesagt, er würde mich lieben. Vielleicht tut er das, auf seine Art. Aber das wird nicht anhalten. Nicht, wenn er so vieles an mir ablehnt, wenn er sich jeden Tag sagen muss, dass ich nicht gut für ihn bin. Er wird schnell über mich hinwegkommen.

Aber er *war* verletzt. Und wütend.

Genau wie ich. Trotzdem ertrage ich es nicht, dass er da draußen ist und leidet. Gott, ich hoffe, ich komme auch schnell über ihn hinweg.

Doch ich fürchte, dieses Glück wird mir nicht beschieden sein.

Murphy klappt seinen Laptop zu und steht auf. »Willst du Kaffee? Ich hole mir noch einen.«

»Gibt es hier auch Kräutertee?« Mein Hals ist rau und zugeschwollen vom vielen Weinen. Beim Gedanken an meine übliche heiße Schokolade wird mir schlecht. Zu zähflüssig und schwer. »Ich trinke keinen Kaffee.«

»Was hast du gerade gesagt? Ich habe es gehört, aber ich verstehe es nicht.«

»Es ist eine teure Angewohnheit.«

»Ah.« Er füllt einen Becher mit kochendem Wasser aus der Espressomaschine. »Jetzt. Das verstehe ich.«

Mein Blick wandert wieder zum See. »Schwimmst du auch?«

»Nein, zumindest nicht wie er. Und nicht aus denselben Gründen.«

Ich antworte nicht oder frage nach den Gründen. Es geht nicht. Der Kloß in meinem Hals will einfach nicht weggehen.

Murphy setzt sich und schiebt mir den Becher hin. »Soll vier Minuten ziehen, heißt es.«

Nickend ziehe ich den Becher ran und atme den aufsteigenden Dampf ein. Es ist, als würde man Heu inhalieren.

Er beobachtet mich über den Rand seiner Kaffeetasse. »Geht es dir gut? Nicht nur … mit ihm. Ich meine gesundheitlich. Alles okay?«

»Ich bin etwas angeschlagen. Vermutlich bleibe ich heute hier.«

»Bist du sicher? Du verpasst Golfen.« Als ich ihm einen Blick zuwerfe, lacht er leise. »Es macht Spaß. Man glaubt es nicht, wenn man nur zuschaut, aber es ist lustig.«

Ich akzeptiere seine Aussage mit einem knappen Nicken. »Ich glaube nur nicht, dass ich heute in der Verfassung dazu bin.«

Murphy nickt Richtung See. »Er wahrscheinlich auch nicht.«

»Aber er wird es durchziehen«, sage ich heiser.

»Ja, das wird er.« Er sieht mich nachdenklich an. »Hat er dir gesagt, warum ich nach Boston gezogen bin?«

»Nein.« Aber ich kann es mir vorstellen. »Wegen einer Frau?«

Sein breites Grinsen blitzt auf. »Es gab eine Frau. Aber sie war ein Vorwand. Das hat zwei Monate gehalten, und es war mir von vorneherein klar. In Wirklichkeit war ich es leid, dabei zuzusehen, wie er sich bestraft.«

»Wofür?«

»Dass er anders ist, als er sein sollte. Aber bis jetzt wusste ich nicht, welche Formen diese Selbstkasteiung annehmen kann.«

Ich muss den Blick abwenden, um nicht wieder loszuheulen. »Er will, dass ich jemand bin, der ich nicht bin.«

»Er möchte selbst jemand sein, der er nicht ist. Niemals sein wird. Aber er versucht es noch immer.«

»Warum?«

Murphy wölbt die Brauen. »Wirst du je verraten, was mit Bethany los ist?«

»Nein.«

»Dann wirst du verstehen, warum ich dir das nicht erzähle.« Er deutet ein Lächeln an, zuckt die Schultern und klappt seinen Laptop wieder auf. »Jedenfalls richte ich ihm aus, dass du nicht mitkommst.«

Ich nicke und stehe auf. »Danke.«

Zwei Tage lang gelingt es mir, Bram aus dem Weg zu gehen – vor allem, weil ich kaum das Zimmer verlasse. Verstecken ist feige. Aber in meinem Herz klafft ein Loch, und das macht man eben, wenn man verletzt ist. Man verkriecht sich.

Als es am dritten Morgen laut bei mir klopft, weiß ich, dass es Bram ist. Murphy hat zwar große Hände, aber er klopft immer ganz leise, um mich bloß nicht zu wecken, falls ich schlafe.

Mein Herz rast. Ich straffe die Schultern und öffne die Tür.

O Gott, es schmerzt so, ihn zu sehen. Die dunklen Ringe unter den Augen. Das nasse Haar, das mir verrät, dass er stundenlang geschwommen ist. Den Mund, der mich nicht küssen wird, das T-Shirt, das ich ihm nicht über den Kopf ziehen werde, die Hände, die ich nicht halten kann.

Und es schmerzt zu sehen, wie er mich ansieht, wie am allerersten Tag – mit kalter Gleichgültigkeit. Nicht so, als wäre seine Liebe für mich bereits erloschen, sondern als hätte ich ihm nie etwas bedeutet.

»Geht es dir besser?«, fragt er ohne Vorrede. Es klingt kein warmes Mitgefühl darin mit.

»Weitgehend.« Bis auf mein Herz.

»Gut. Denn du hast immer noch einen Job. Wir halten uns wieder ans Programm. Für dich und Bethany war heute ein Tag im Spa geplant. Also verbringst du den Tag im Spa. Für heute Abend hat sie einen Tisch für drei im

Restaurant reserviert. Also gehst du mit mir und Murphy essen.«

Meine Kehle zieht sich schmerzhaft zusammen, darum nicke ich nur und konzentriere mich auf den Punkt an der Wand hinter seinem Rücken.

»Ist das Blumenkleid das einzige, das du dabeihast?«

Ich nicke erneut.

»Dann musst du dir noch ein zweites kaufen. Geh in einen der Läden im Resort und setz es auf die Rechnung vom Chalet.«

Das erscheint mir unnötig. Ich habe mein Trägerkleid in mehreren Restaurants getragen. »Was gibt es an meinem Blumenkleid auszusetzen?«

»Gar nichts.«

Ich blicke ruckartig auf, weil Bram plötzlich wütend klingt. Er hat die Fäuste in die Taschen gerammt, seine Augen blitzen, und um seine dünnen Lippen liegt ein höhnischer Zug. »Was du auch denkst, es hat nichts damit zu tun, dass du nicht gut genug wärst. Das Blumenkleid ist vollkommen in Ordnung für tagsüber oder ungezwungene Anlässe, aber nicht für das Lokal, in dem wir heute Abend essen. Du würdest es merken und dich nicht wohlfühlen. Also sag den Verkäufern im Laden, wo wir hingehen, dann suchen sie etwas Passendes mit dir aus – und die Schuhe, den Schmuck, was auch immer. Bekommst du das hin? Oder muss ich meine Assistentin einfliegen lassen, damit sie dir zeigt, wie man einen einfachen verdammten Job erledigt?«

»Nein.« Meine Stimme klingt erstickt, denn ich muss sie an einem giftigen Kloß vorbeipressen, der in meinem Hals steckt. »Ich bekomme es hin.«

Sein wütender Blick forscht in meinem Gesicht, bevor er sich abrupt abwendet und einen letzten Befehl zurückwirft. »Halte dich um sechs bereit.«

Diesmal fährt Bram nicht selbst. Ein Fahrservice kommt und holt uns ab, was vermutlich heißt, dass wir alle trinken. Es ist keine Limousine, sondern ein schwarzer Escalade, und ich merke, wie verwöhnt ich bin, als ich daran denke, wie viel gemütlicher die Sitze im Range Rover sind und wie viel weicher ihr Leder ist.

Die Unterhaltung spielt sich fast ausschließlich zwischen Bram und Murphy ab. Murphy unternimmt ein paar Versuche, mich mit einzubeziehen, aber ich kann das kalte Glitzern in Brams Augen nicht ignorieren und blicke die meiste Zeit aus dem Fenster.

Wieder erstrahlt ein Berg im Sonnenuntergang. Wieder ein teures Restaurant. Doch diesmal ohne Waffenruhe. Nicht, dass sie besonders erfolgreich gewesen wären.

Aber ich sollte zumindest *versuchen*, umgänglich zu sein. Denn ich bin es so verdammt leid, mich einzuigeln und traurig und allein zu sein.

Und es versöhnt mich ein wenig, dass Bram recht hatte: Das Trägerkleid wäre wirklich fehl am Platz gewesen. Ich hätte mich nicht einschüchtern lassen und es durchgestanden, aber es *hätte* mich gestresst. Bis zu diesem Moment war das Restaurant an unserem ersten Abend auf dem Mount Hood das edelste, in dem ich je gegessen habe. Doch als ich einen Fuß in das heutige Lokal setze, wird klar, dass Mount Hood im Vergleich dazu kaum besser ist als McDonald's. Auch hier pflegt man eine rustikale Atmosphäre, allerdings hochstilisiert zu einem fast schmerzlichen Grad von Eleganz.

Brams Auftritt heute Morgen war wirklich daneben, aber er hat bedacht, wie ich mich fühlen würde. Und statt verlegen zu sein, bin ich jetzt einfach nur dankbar.

Also gebe ich mir etwas mehr Mühe.

Ich setze mich auf den Stuhl, den er für mich herauszieht, und warte, bis man uns mit den Speisekarten allein lässt. »Ihr seht heute wirklich gut aus«, sage ich.

Denn so ist es. Murphy trägt einen schicken schwarzen Anzug mit Krawatte, Bram einen noch schickeren Smoking, der definitiv nicht in seiner Reisetasche war. Er mustert mich nur mit diesem unergründlichen Blick, bevor er sich wieder der Speisekarte widmet.

Dafür antwortet Murphy. »Ja, wir haben uns schick gemacht. Und *du* siehst auch fantastisch aus. Mann, wir hätten auch einen Tag im Spa einlegen sollen.«

Bram gibt einen unbestimmten Laut von sich.

Ich beiße mir leicht auf die Unterlippe und bedanke mich bei Murphy.

Denn ich sehe wirklich gut aus. Im Salon haben sie meine dunkle Haartönung aufgefrischt, aber mit helleren und dunkleren Strähnchen, so, wie man sie selbst niemals hinbekommt. Dann haben sie mir das Haar zu einer eleganten Rolle eingedreht, was ich allein nicht mal probieren würde. Außerdem haben sie mich geschminkt. Meine Augen sehen weich und riesengroß aus, und das Rot auf meinen Lippen ist irgendeine magische Mixtur, die ihren Glanz behält, ohne zu verschmieren. So hübsch habe ich in meinem ganzen Leben noch nicht ausgesehen.

Doch Bram würdigt mich kaum eines Blickes.

Murphy tätschelt sich die Wangen. »Ich wette, nach einem Tag in diesem Spa würde ich genau so rosig aussehen wie du. Obwohl mir das Kleid vielleicht nicht ganz so gut stehen würde. Fuck, ich verstehe nicht, warum *du* so gut darin aussiehst. Es ist so … zugeknöpft. Wie eine Oberlehrerin. Dabei passen ›Oberlehrerin‹ und ›superscharf‹ in meinem Kopf eigentlich nicht zusammen.«

Es *ist* ein schönes Kleid. Das Oberteil ist aus schwarzer Spitze und hochgeschlossen, kleine schwarze Knöpfe führen bis unters Kinn. Mit Flügelärmeln und einem ausgestellten Saum, der um die Knie schwingt, ist es kein langes Abendkleid, aber auch nicht sonderlich freizügig, einfach konservativ und trotzdem auf unaufdringliche Weise sexy.

»Zum Anbeißen«, entscheidet Murphy.

Meine Wangen brennen. »Danke.«

»Sieht sie nicht zum Anbeißen aus, Mann?«

Mit verbissenem Gesicht legt Bram die Speisekarte zur Seite und winkt dem Kellner. »Sie sieht gut aus.«

Für den Anfang bestellt er einen Whisky, und mir wird klar, dass die beiden auch schon wissen, was sie essen wollen. Mein Blick fällt auf die Speisekarte. Alles ist liebevoll beschrieben und klingt, als würde es köstlich schmecken, aber ich will nichts davon.

Als mich der Kellner ansieht, bestelle ich die Suppe.

»Nicht mehr?« Bram sieht mich fragend an, als ich dem Kellner erkläre, das sei alles. »Du hast seit Tagen kaum gegessen.«

»Ich habe keinen Hunger.«

»Du hast immer Hunger.« Er wendet sich an den Kellner. »Sie nimmt die Wachtel als Hauptgang.«

Ich presse die Lippen zusammen und wende das Gesicht ab, während meine Finger krampfartig die Serviette in meinem Schoß kneten.

Als der Kellner geht, sagt Murphy leichtfertig: »Wenn du sie nicht schaffst, esse ich sie.«

Dabei sieht er mich nicht an, und ich merke, dass am anderen Tischende ein stummer Kampf ausgefochten wird, aber ich blicke nicht rüber zu Bram – und auch nur halb zu Murphy.

Ich konzentriere mich darauf, mich zu *bemühen.* »Du sagtest, du hättest gerade eine Abgabe hinter dir. Worum ging es in dem Buch?«

»Vermutlich nichts, was ich so kurz vor dem Essen beschreiben sollte.«

Ich lächele kurz und sehe ihn an. »Und sonst machst du nichts? Ich meine, nicht, dass es nicht reichen würde, aber manchmal ist es doch schwierig, von der Kunst zu leben. Deshalb habe ich mich gefragt, ob du einen Zweitjob hast.«

»Du meinst, nachts schreiben, tagsüber kellnern?«

»Ja.«

»Nein. Ich habe das Glück, genug zu verdienen. Ich bin nicht Stephen King – noch nicht –, aber ich verdiene so viel, dass ich bequem davon leben kann und die Freiheit habe, ein wenig herumzukommen. Hierher zu reisen, an Konferenzen teilzunehmen, solche Sachen.«

Ein bequemes Leben und ein bisschen Freiheit. Klingt toll. »Wohnt deine Familie auch in Boston?«

Er schüttelt den Kopf. »In Boise. Von da aus bin ich auch hergeflogen.«

Auf der Hochzeit eines Cousins, ich erinnere mich. »Sie sind sicher stolz auf deinen Erfolg.«

Er schnaubt verächtlich. »Nur meine Oma. Meine Eltern haben sich fast in die Hosen gemacht, als ich ihnen von meinen Plänen erzählt habe. Als sie mich am Saint John's Internat angemeldet und durch irgendein Wunder einen Platz für mich bekommen haben, dachten sie vermutlich, ich würde mal Medizin studieren. Und daran haben sie immer noch geglaubt, als ich mit der Verletzung flachlag. Sie dachten, ich würde an die Uni zurückkehren und weiter studieren. Dann habe ich ihren Traum vom Doktorensohn zerstört, indem ich mein erstes Buch verkauft habe.«

»Vermutlich waren sie einfach besorgt. Die eine Laufbahn sieht nach sicherem Erfolgskurs aus, die andere nach Risiko.«

Er zuckt die Schultern. »Ein Risiko mit großem Sicherheitsnetz. Ich lag ohnehin flach, also habe ich keine Zeit verloren – oder Geld. Und wenn die Sache schiefläuft, kann ich immer noch zurück an die Uni. Wenn du über Risiko reden willst, sprich mit Bram.«

Vermutlich muss ich irgendwann mit ihm sprechen – nachdem ich mich bemühen will. Ich schiele zu ihm rüber, als er gerade seinen Whisky leert. »Gab es Niederlagen für dich?«

»Natürlich. Das gehört zum Geschäft.« Sein Mund verzieht sich zu einem sardonischen Lächeln. »Ich hatte sogar ein paar spektakuläre Niederlagen.«

Ich greife nach meinem Weinglas. »Eigentlich überrascht es mich. Du bist so konservativ in deinem Verhalten. Nie leichtsinnig. Oder impulsiv. Trotzdem betreibst du riskante Geschäfte. Von dir hätte man erwartet, du würdest in etwas wie ... keine Ahnung – Immobilien investieren.«

Er sieht mich an. »Auch Immobilien können riskant sein.«

»Nicht im gleichen Maß. Ich meine, Immobilien werden immer einen Wert haben. Sicher kann man Geld verlieren, wenn die Preise schwanken, aber ich wette, das gleicht sich im Laufe der Zeit aus. Besonders, wenn man viele besitzt.«

»Immobilien gleichen sich nicht aus. *Besonders dann nicht,* wenn man viele besitzt. Kürzt man die Schwankungen raus, ergibt sich im Laufe der Zeit fast immer eine Wertsteigerung.«

»Dann ist es im Grunde eine sichere Sache. Trotzdem ist es nicht dein Schwerpunkt.«

»Er war es mal«, mischt sich Murphy ein. »Nicht der von Bram, sondern der Familie Gage. Sein Dad hat sich darauf konzentriert.«

»Ach wirklich?« Ich sehe Bram fragend an.

Er nickt. »Daher kommt der größte Teil des Familienvermögens.«

»Warum hast du es nicht dabei belassen?«

»Es war nicht mein Ding.«

»Du wolltest ein höheres Risiko?«

»Vielleicht. Aber vor allem wollte ich in Leute investieren. Nicht in Immobilien.« Ein verklemmtes leichtes Lächeln umspielt seinen Mund. »Obwohl ich auch davon noch mehr als genug besitze.«

»Und deine Investitionen bergen ein höheres Risiko.«

»Aber auch mehr Gewinn. Nicht nur finanziell. Jemanden mit einer Vision zu unterstützen und zu sehen, wie sich diese Vision erfüllt, ist mehr wert, als nur Geld zu vermehren.«

»Obwohl das Geld nicht wehtut.«

»Nein.« Sein Blick wird stumpf, und er winkt dem Kellner, während er hinzufügt: »Aber es hilft auch nicht immer.«

»Mag sein.« Ich spiele am Stiel meines Weinglases herum. »Obwohl, je länger ich darüber nachdenke – sehr hoch ist das Risiko nicht für dich. Zumindest nicht das finanzielle.«

Wieder sieht er mich an, diesmal durchbohrt mich sein Blick. »Wie meinst du das?«

»Na ja, wo liegt die Gefahr? Du setzt dein Geld auf ein Projekt, aber was hast du schon groß verloren, wenn es misslingt?«

»Ein paar Millionen Dollar«, sagt er trocken.

»Aber juckt dich das wirklich?« Ich zucke die Schultern. »Sogar ich kann ab und zu einen Dollar verwetten. Ich kann ohne Risiko eine Münze in einen Spielautomaten werfen, denn es tut mir nicht weh, wenn ich sie verliere. Ich spiele nur. Ist es im Grunde nicht das, was du tust? Spielen?«

Ich höre, wie Murphy scharf die Luft einzieht.

»Spielen?« Bram lehnt sich zurück und mustert mich kühl. »Ein Spielautomat muss nicht zusehen, wie sein Lebenswerk zugrunde geht, wenn ich verliere.«

»Okay, das stimmt natürlich«, räume ich ein.

»Natürlich«, wiederholt er trocken.

»Trotzdem kann ich kein wesentliches finanzielles Risiko erkennen.«

»Und wer hat gesagt, dass mich das finanzielle Risiko interessiert?«

Meine Kehle zieht sich zusammen. »Niemand. Du sagtest bereits, dass es dir vor allem um die Leute geht, in die du investierst. Ich wollte nur …«

Dumme Konversation machen. Ich schüttele den Kopf und greife nach meinem Wasser. »Es spielt keine Rolle.«

Die Suppe kommt. Ich kann kaum essen.

Auch Bram rührt seinen Teller nicht an. Stattdessen trinkt er seinen zweiten Whisky. Oder ist es der dritte? Ich habe ihn nicht die ganze Zeit beobachtet.

Murphy macht sich über sein Risotto her. »Warum hast du dich für die Seattle University entschieden?«

»Sie haben ein guten Studiengang für Lehrer«, sage ich und trinke einen Schluck Wein. »Außerdem war mein Dad auch dort.«

»Dann möchte er, dass seine Tochter an der gleichen Uni studiert?« Er erstarrt, die Gabel auf halbem Weg zum Mund, die Augen auf Bram gerichtet – der den Kopf schüttelt und sich ruckartig vorlehnt, als wollte er die Frage aufhalten. »Oh, fuck. Was?«

»Er ist gestorben«, sage ich leise. »Ist schon okay.«

Brams durchdringender Blick richtet sich auf mich. »War er auch Lehrer?«

»Ja.« Ich beiße die Zähne zusammen. »Aber es ist nicht so, wie du denkst.«

»Was denke ich denn?«

»Dass ich nur seinetwegen Lehrerin werden will. Daran liegt es nicht.«

»Bestimmt nicht. Aber vielleicht hast du dich seinetwegen nie für etwas *anderes* entschieden. Hast du ihm ein Versprechen gemacht?«

»Nein.«

Aber ich habe mir selbst etwas geschworen. Viel zu arbeiten. Mom zu helfen. All meine Ziele zu erreichen. Niemals aufzugeben.

Murphys Schultern beben.

Bram sieht ihn misstrauisch an. »Was?«

»Nichts.« Er tupft sich die Augen mit der Serviette. »Es ist nur, heilige Scheiße …« Er prustet los. »… ihr zwei seid euch so ähnlich! Ihr bemüht euch beide, jemand anderes zu sein, aus Pflichtgefühl gegenüber euren Vätern. Kein Wunder, dass du sie ändern willst. Du erträgst es nicht, dich selbst in ihr zu sehen.«

Wut verwandelt Brams Gesicht in eine eisige Maske. »Fick dich. Ich will überhaupt nichts an ihr ändern.«

»Und ich handle nicht aus Pflichtgefühl«, sage ich zu Murphy. »Es ist mein Wunsch.«

»Bist du dir sicher?« Bram richtet seinen kalten Blick auf mich. »Denn du redest mit der gleichen Begeisterung von deinem Traumjob, mit der du deine Suppe isst.«

Die ich noch nicht angerührt habe.

Also greife ich zum Löffel, koste und stöhne ekstatisch, koste ein zweites Mal und zeige ihm dabei mit der linken Hand den Mittelfinger.

Er sieht mir zu, wie ich die Suppe löffle, dann fällt sein Blick auf meinen Finger. Seine Miene wird weicher, und die verkniffenen Lippen verziehen sich nach oben.

Ich höre auf zu stöhnen und lasse den Finger sinken.

Die Suppe ist wirklich gut. Aber ich habe immer noch keinen richtigen Hunger.

Aber vermutlich wäre es schlau, noch etwas anderes als Wein im Bauch zu haben. Ich nehme noch einen Löffel.

Murphy grinst mich an. »Bram hat mir erzählt, du hättest ihn dazu überredet, wieder Motorrad zu fahren.«

»›Überredet‹ ist vielleicht das falsche Wort, eher schon damit ›überfahren‹.«

»Ach ja?«

»Mein Cousin ist Mitglied in einem Motorradclub …«

»In einer Biker-Gang«, verbessert mich Bram und grinst.

»… und Bram dachte, mein großer starker Cousin, der außerdem ein dekorierter Marine ist«, erneut zeige ich ihm den Mittelfinger, »… könnte nicht auf mich aufpassen. Also ist er mitgekommen.«

Murphy lacht. »Und, war es wie in alten Zeiten?«

»In alten Zeiten?« Überrascht sehe ich Bram an. »Warst du in einem Club? Du könntest einen Patch mit ›Blechmann‹ tragen.«

Bram schüttelt den Kopf, sein Lächeln wird schmal. »Nein. Und es war besser als in alten Zeiten«, sagt er zu Murphy.

»Im Ernst? Dann muss es ja ein Wahnsinnsritt gewesen sein.« Murphy sieht mich an. »Wir waren ständig unterwegs. Im ersten Jahr, als wir uns kennenlernten, haben wir mehr Zeit in Clubs als im Unterricht verbracht. Ich kann von Glück sagen, dass ich nicht geflogen bin. Du hattest echt einen schlechten Einfluss auf mich, Mann.«

Murphys Ton ist leicht, aber Bram ist plötzlich gar nicht mehr belustigt. »Ja, hatte ich. Du kannst von Glück sagen, dass du überlebt hast.«

»Scheiße, Mann«, sagt Murphy reumütig. »Du weißt, dass ich es dir nicht reinreiben wollte.«

»Ich weiß.«

Sie sehen sich an, dann leert Bram sein Glas. Alles ist vergeben.

Doch bei Murphys Bemerkung ist etwas in mir zerbrochen, und ich fühle mich, als hätte ich Glasscherben geschluckt. »Er war ein schlechter Einfluss? Im Ernst?«

»Ja«, bestätigt Murphy.

Bram hat die Augen niedergeschlagen, aber er beobachtet mich.

»Großer Gott«, sage ich, »wenn du ein schlechter Einfluss für *ihn* warst und ich ein schlechter Einfluss für *dich* bin, muss ich ja die Ausgeburt des Bösen sein.«

Brams Blick ist gequält. »Aspen …«

Aber ich bin noch nicht fertig. »Oder der Effekt ist andersherum.« Ich wende mich an Murphy. »Ich bin leichtsinnig und unverantwortlich, er ist anständig … und der schlechte Einfluss besteht darin: Je besser man ihn kennenlernt, desto tiefer schiebt man sich den Stock in den Arsch.«

Murphy zieht die Brauen hoch. »Ich weiß nicht, was du über private Internate gehört hast, aber mit Stöcken haben wir erst an der Uni experimentiert.«

Ich bin so verletzt, dass ich nicht mal lächeln kann.

»Okay.« Murphy hebt die Hände. »Ich hab wohl etwas sehr Persönliches angeschnitten. Tut mir leid, war nicht meine Absicht. Wie schmeckt euch das Essen?«

»Es ist köstlich«, sage ich tonlos.

Brams Augen werden gefährlich schmal. »Du hast deine Wachtel noch nicht mal angerührt.«

»Ich habe sie auch nicht bestellt.«

»Aber du wirst sie essen. Du kannst dich nicht nur flüssig ernähren.«

»Mag sein. Aber wenigstens kommt meine Flüssignahrung nicht aus der Flasche. Auf dem Mount Hood hast du gesagt, es würde nicht mehr vorkommen.«

Er verzieht das Gesicht und blickt auf sein leeres Glas. Dann stellt er es ab und nimmt die Gabel.

Dazwischen wirft er mir einen kurzen entschuldigenden Blick zu.

»Trotzdem esse ich die Wachtel nicht«, sage ich.

Murphy reibt sich das Gesicht und stöhnt. »Gott, ich habe das Gefühl, mein Steak wäre nicht das einzig Blutige, würde ich nicht mit am Tisch sitzen. Wie habt ihr es so lang miteinander ausgehalten, ohne euch umzubringen?«

Durch Vögeln. Ich begegne Brams Blick und lese dort die gleiche Antwort. Aber ich sage: »Wir haben Waffenruhe geschlossen.«

Seine zusammengepressten Lippen zucken. »Eine ganze Serie von Waffenruhen.«

Immer wieder bekräftigt. Durch seinen Schwanz in meiner Pussy.

Während er mich ansieht, verdunkelt sich sein Blick. Wie er es getan hat, wenn er mir beim Kommen zusah.

Mein Herz klopft, und ich wende das Gesicht ab.

Murphy blickt uns hoffnungsvoll an. »Vielleicht könnt ihr für den Rest des Essens noch eine ausrufen? Bitte?«

Ich atme tief durch und nicke. »Wir versuchen es.«

Wir versuchen es. Und es gelingt einigermaßen. Aber es ist keine unbeschwerte Waffenruhe wie die zuvor, weil so viel zwischen uns steht.

Zurück im Chalet verzieht sich Murphy sofort auf sein Zimmer. Ich gehe auf meins zu und merke, dass Bram mir folgt.

An der Tür bleibe ich stehen. Ein dummer Teil in mir will, dass er mit mir reinkommt. Dass er mich küsst und nimmt, gleich hier auf dem Gang. Möchte, dass er heiß und hart für mich ist.

Aber Bram hat gesagt, er würde mich nicht mehr anrühren – und das letzte Mal ist er auch nicht an meine Tür gekommen, weil er scharf auf mich war.

»Was gibt's, Chef?«, frage ich. »Möchtest du das Programm von morgen besprechen?«

Er schüttelt den Kopf und sieht mich mit unergründlichem Blick an. »Ich möchte eine weitere Waffenruhe vorschlagen.«

»Über die von heute Abend hinaus?«

Langsam nickt er. »Damit wir den Rest der Woche überstehen. Ich glaube, wir sind bei Nummer siebzig.«

Leichte Belustigung macht seine Züge weicher. »Aber wahrscheinlich sollten wir die Nummern einundsiebzig bis hundert auch schon bereithalten.«

Eine Waffenruhe. Tagelang einen Zustand wie gerade im Restaurant, angespannt, höflich und immer auf Vorsicht bedacht.

Vorsicht, weil jedes Wort wehgetan hat. Mit ihm zu reden, ihn zu sehen. Ihn zu wollen, ihn zu brauchen.

Ich kann das einfach nicht. Ich kann nicht freundlich zu ihm sein, ohne ihn zu berühren. Schweren Herzens sage ich: »Das halte ich für keine gute Idee.«

Seine Miene verhärtet sich. »Dann lassen wir es.«

»Aber du brauchst meine Zustimmung doch gar nicht. Kommandier mich einfach rum wie heute Morgen. Ich bin deine Angestellte. Schreib mir vor, was ich anziehen soll. Was ich essen soll. Wie ich mich zu benehmen habe.«

Er seufzt und fährt sich durchs Haar. »Das heute Morgen war nicht okay. Ich habe mich im Ton vergriffen.«

Ich antworte nicht. Ich kann nicht, denn die Erinnerung schmerzt noch immer – und zwar auf eine andere

Art, als ihn nicht zu haben oder mir anzuhören, wie falsch es ist, dass er mich will.

In den vergangenen Wochen war er manchmal unachtsam und gemein oder unhöflich und wütend. Aber er hat mich nie wie Dreck behandelt.

Heute Morgen hat er es getan.

Als könnte er den Schmerz aus meinem Gesicht lesen, rammt er die Hände in die Taschen, wo er sie zu Fäusten ballt. »Für den Rest der Reise besteht deine Aufgabe nur noch darin, zu tun, was du willst. Einfach nur … den Rest der Zeit hier zu genießen.«

»Danke«, flüstere ich.

Er zögert und blickt mir forschend ins Gesicht. »Aber speziell für morgen hätte ich einen Plan. Wenn du Lust hast.«

»Einen Punkt auf dem Programm?«

»Nein. Etwas, das ich gebucht habe … vor unserem Streit.« Gespannt wartet er auf meine Antwort, vollkommen reglos. »Aber es gibt keinen Grund, es abzusagen.«

Jetzt bin ich neugierig. »Okay. Um wie viel Uhr?«

Seine Spannung löst sich, und ein Lächeln umspielt seine Lippen. »Um neun.«

»Okay. Dann also bis neun.« Ich öffne die Tür und will hineingehen, doch seine mürrische Stimme hält mich auf.

»Aspen, ich hätte es dir sagen sollen … du siehst wirklich gut aus heute.« Sein dunkler Blick liegt auf meinem Gesicht. »Mehr als gut. Umwerfend.«

Mit einem Schlag ist mir ganz warm und leicht ums Herz. »Danke.« Ich zögere und beiße mir auf die Lippe. Aber es gibt nichts zu sagen, außer: »Gute Nacht.«

»Gute Nacht«, sagt er leise, und ich schließe die Tür.

20

Um neun erwartet mich Bram mit einer heißen Schokolade in einem Thermobecher. Wir haben keine Waffenruhe vereinbart, aber wir haben trotzdem eine.

Wir gehen zum Range Rover – nur Bram und ich.

»Murphy kommt nicht mit?«

»Nur wir«, meint er.

Kein Friedenswächter. Kein Moderator.

Okay.

Die Fahrt verläuft schweigend. Vielleicht fürchten wir beide, den zerbrechlichen Frieden durch Sprechen zu stören, aber es fühlt sich nicht an wie eine Waffenruhe auf der Kippe. Es ist einfach nur angenehm.

Wie früher.

Nach dreißig Minuten sage ich: »Und du gibst mir keinen Hinweis, bevor wir da sind?«

Er schaut verkniffen, als würde er sich ein Lächeln verbeißen. »Nein.«

»Nicht einen?«

Er schüttelt den Kopf.

Doch es dauert nicht lang, bis er von der Hauptstraße abbiegt. Ich weiß nicht, wonach ich Ausschau halte. Um uns sind Felder, vor uns eine lang gezogene silberne Scheune …

Oder doch keine Scheune. »Flightseeing Tours« steht in riesigen roten Lettern auf einem Schild an der Flanke.

Es ist ein kleiner Flugplatz.

Ich ahne etwas, und mein Herz hämmert wie verrückt. »Was ist das hier?«

Er biegt auf den Parkplatz. »Ich habe eine Tour gebucht, über den Mount Shasta Richtung Süden nach Yosemite, dann nach Westen zur Bay Area und in einer Schleife zurück. Ich weiß, du hast an einen Linienflug gedacht, als du meintest, du wärst noch nie geflogen, aber unser Programm … *nicht,* Aspen. Nicht weinen.«

Den letzten Satz sagt er flehentlich, aber es ist zu spät. Die Tränen laufen mir über die Wangen, weil es schlicht und ergreifend das Schönste ist, was mir je geschenkt wurde.

»Das ist fantastisch«, stammele ich. »Danke.«

»Gern. Aber hör auf zu weinen. Das ertrage ich nicht.« Er umfasst mein Gesicht und wischt die Tränen mit den Daumen fort. »Schon viel besser«, meint er sanft. »Bereit?«

Ich nicke. »Bereit.«

Der Flug dauert fast vier Stunden, und Bram und ich reden kaum während dieser Zeit, aber nur, weil ich neben dem Piloten sitze und wir alle Kopfhörer tragen. Bram sitzt hinter mir. Eine Sonnenbrille verbirgt seine Augen, und immer, wenn ich mich nach ihm umsehe, ist sein Gesicht der Scheibe zugewandt. Doch er sieht nicht aus, als würde er gebannt die Landschaft betrachten, so wie ich, sondern wirkt einfach nur nachdenklich.

Schließlich überstehe ich lachend eine holprige Landung und kann nicht aufhören zu grinsen, als wir endlich wieder auf dem Boden sind und zurück zum Range Rover gehen.

»Gut?«, erkundigt er sich.

»Großartig«, erwidere ich. »Nochmals Danke.«

»Nochmals gern.« Er öffnet mir die Tür und fragt: »Hungrig?«

»Sehr.«

»Lust auf was Spezielles?«

»Gyros?«

»Dann sieh mal nach«, sagt er, und ich gehe die Restaurants in der Umgebung durch.

»Wie wäre es mit dem?«, schlage ich vor. »Es ist nur ein Imbiss-Wagen, aber er steht an einem See. Wir könnten uns ans Ufer setzen. Es ist zu schön, um drinnen zu hocken.«

Und zurück bis zum Chalet und unserer Terrasse halte ich es nicht aus, dazu bin ich zu hungrig.

»Klingt gut«, meint er.

Zwanzig Minuten später sitze ich neben ihm auf einem Picknicktisch, sehe vorüberschwimmenden Enten zu und lecke mir Tsatsiki von den Fingern. Bram ist noch immer nachdenklich. Er isst langsamer als ich, und als er fertig ist, scheint er es nicht eilig zu haben zu gehen. Ich auch nicht, aber das Schweigen ist jetzt anders. Nicht mehr unbeschwert, sondern irgendwie aufgeladen, als müsste es gleich bersten.

Bram bricht es. Er fährt sich durchs Haar, nimmt die Sonnenbrille ab und sieht mich an. Wieder ist sein Blick unergründlich, als er mein Gesicht erforscht. »Wirst du mir ein paar Minuten zuhören? Ich würde dir gern ein paar Dinge sagen.«

Ich lache nervös. »Könnte ich dich denn davon abhalten?«

»Ja.«

Seine Antwort ist todernst und erstickt mein Lachen. Ich beiße mir auf die Lippe und mustere ihn. »Okay«, sage ich schließlich leise. »Aber ich kann nicht versprechen, dass ich dich nicht unterbreche.«

»Ich weiß.« Ein Grinsen blitzt auf und verblasst nur langsam, während er mich nicht aus den Augen lässt.

Seine Stimme senkt sich. »Ich will, dass du weißt … als ich gesagt habe, das mit uns wäre falsch und dass ich nicht mit dir zusammen sein sollte, meinte ich nie *wegen* dir.«

Das möchte er mir sagen? Plötzlich liegt mir das Mittagessen wie ein Stein im Magen.

Ich will das alles nicht noch mal hören. Ich wende mich ab und blicke blind auf die Enten.

Heiser fährt er fort: »Denn du bist perfekt, Aspen. Die Art, wie du Neues anpackst und einfach probierst. Wie du schaust und wie du lachst, verrückt, wild und sexy, dass du tausend Dinge mit einem einzigen Blick sagen kannst. Du bist so stürmisch und witzig und einfach … großartig. Wen wundert es, dass ich dich will? Du bist unglaublich. Ich hatte keine verdammte Chance, mich nicht in dich zu verlieben.«

Eine eiserne Klammer legt sich um meine Brust. Ich bekomme kaum mehr Luft, und meine Antwort kratzt in der Kehle: »Es klingt immer noch, als wäre ich das Problem.«

»Nein«, sagt er mit Nachdruck. »*Ich* bin es. Denn mit dir zusammen ist es so einfach, der Mann zu sein, der seitlich ran fährt und dich am Straßenrand vögelt. Aber für Bethany *muss* ich jemand anderes sein.«

Oh. Das Gleiche hat Murphy gesagt – dass Bram versucht, jemand zu sein, der er nicht ist.

»Das heißt, mit mir zusammen verhältst du dich wie der Mann, der du eigentlich bist.« Aber nicht, wie er seiner Meinung nach sein sollte.

»Und es ist so schön, mir dir zusammen zu sein, Aspen. So leicht. Es ist, wie zu Hause zu sein.« Seine Stimme ist belegt, und er schluckt. Dann blickt er auf den See. »Es ist ziemlich offensichtlich, dass ich nicht immer brav war, oder?«

»Ja. Es ist außerdem ziemlich offensichtlich, dass du dich nach dem Tod deiner Eltern verpflichtet gefühlt hast, ihre Rolle zu übernehmen und Bethany großzuziehen, also *bist* du brav geworden.«

»Verpflichtet gefühlt …«, wiederholt er tonlos. »Das trifft es nicht ganz. Ich hätte es ohnehin getan. Ich hätte mich um sie gekümmert, und dazu gehört auch, sich um das Geld zu kümmern. Aber es ist mehr als das.«

»Was noch?«

Er schweigt lang, als wollte er nicht antworten – dann merke ich, dass er sich nur sammelt. »Mein Vater und ich haben uns nie gut verstanden. Ich habe es ihm auch nicht leicht gemacht.« Er sieht mir in die Augen. »Für Murphy war das Internat eine Chance, bei mir war es eine Erziehungsmaßnahme. Dad hatte Angst, ich hätte sonst zu viel Einfluss auf Bethany.«

Auf die eigene Schwester? »So schlimm warst du?«

»Alles in allem … nein. Ich war einfach nur ein dummer verzogener reicher Junge. Er hatte was gegen Motorräder, also habe ich ein paar Geschenke meiner Eltern zu Geld gemacht und mir eins gekauft. Er wollte die elterliche Genehmigung auf dem Führerschein nicht unterzeichnen, also habe ich die Unterschrift gefälscht. Auf der Insel habe ich mir einige kleine Vergehen geleistet, wie Handy klauen statt kaufen, ein paar Klassenzimmer zerlegen – und weil ich ihn in Verlegenheit bringen wollte, war es mir egal, ob man mich erwischt. Also wurde ich erwischt. Dann haben sie mich ins Saint John's gesteckt. Dort hätte ich mich auch rausschmeißen lassen können, aber es war cool, von ihm weg zu sein. Außerdem mochte ich Football und Schwimmen.«

»Weil du deinen Frust dabei abbauen konntest.«

Er wirft mir einen schiefen Blick zu. »Bis heute. Und ich mag den Wettkampf. Sich die Stirn zu bieten.«

»Wäre mir nie aufgefallen«, sage ich trocken.

Ein Grinsen huscht über sein Gesicht. »Um in der Mannschaft spielen zu können, brauchte ich einigermaßen gute Noten. Aber ich habe nie mehr investiert als nötig. Zu Hause konnte ich mit meinen Noten nicht punkten. Schon gar nicht bei meinem Vater. Er wollte mich nach Harvard schicken, aber dafür hat es nicht gereicht. Vielleicht hätte er mich über Beziehungen und Spenden reinbringen können, aber ich wäre nicht gegangen. Als ich mich an der Eastern Washington University eingeschrieben habe – weil ich dachte, dort könnte ich weiter Sport betreiben –, hat er den Geldhahn zugedreht. Trotzdem war ich in Spokane ständig trinken und verpasste Seminare. Ich bin nie von der Ersatzbank weggekommen, so schnell war ich gesperrt.«

»Du warst ständig trinken, obwohl man dir den Geldhahn zugedreht hat?« So etwas können sich mittellose Studenten nicht leisten, das weiß ich nur zu gut. »Wie hast du das angestellt?«

»Mom hat mir hinter seinem Rücken Geld geschickt.« Er sieht mich reumütig an. »Du musst jetzt nichts sagen.«

»O doch, das muss ich. Muttersöhnchen.«

Ein tiefes Lachen endet in einem Seufzen. »Ja, das war ich. Sie hielt mich frei. Dad hielt mir Vorträge. Dass ich verantwortungsbewusster sein sollte, bessere Noten schreiben, ein besserer Mensch sein. Dann bin ich in eine dumme Schlägerei in einer Bar geraten und wurde verhaftet.«

»Oh«, hauche ich. »Das kam sicher nicht gut an.«

Er nickt grimmig. »Wäre es nicht. Aber ich war noch nicht volljährig, und mein Vater war eine große Nummer, also hat sich der Sheriff an Chief Hayden gewendet, und Chief Hayden hat meinen Vater angerufen. Mitten in der

Nacht. Er sagte, wir haben Ihren Sohn in Gewahrsam, was sollen wir mit ihm machen? Und Dad meinte, sie sollten mich über Nacht behalten, damit ich meine Lektion lerne, er und Mom würden kommen und mich holen. Aber auf dem Weg sind sie verunglückt.«

»O mein Gott.« Mein Herz zieht sich zusammen. Ich nehme seine Hand. »Das tut mir leid.«

Er drückt sanft meine Hand, aber sein Blick verliert sich in der Ferne. »Ich habe mit ihm telefoniert. Ich war auf der Polizeiwache, und Dad war am Handy und hat mir einen Vortrag gehalten. Dann war die Verbindung tot, und ich dachte, sie wären in ein Funkloch geraten, und war so verdammt erleichtert. Erst am nächsten Nachmittag habe ich erfahren, dass er in einen Baum gekracht ist.«

Meine Augen brennen, ich schlucke. »Das tut mir so leid.«

»Der Chief kam und hat es mir persönlich gesagt. Erst ein paar Tage später habe ich das unterbrochene Telefonat mit dem Unfallzeitpunkt zusammengesetzt und verstanden, dass sie tot waren … und ich war nur erleichtert gewesen, dass ich mir den Vortrag nicht länger anhören musste.«

»Das konntest du nicht wissen.«

»Nein. Aber er hat immer gesagt, dass noch mal jemand zu Schaden käme, wenn ich nicht aufhöre. Und es ist jemand zu Schaden gekommen – *sie* sind zu Schaden gekommen. Und Bethany, die ihre Eltern verloren hat. Deshalb wusste ich, dass ich mich bessern muss. Und ich versuche es noch immer.«

»Du versuchst, dein Vater zu sein.«

Seine Augen sind ernst, als er mich ansieht. »Vielleicht. Aber es gelingt mir nicht sehr gut.«

»Du weißt, dass es nicht deine Schuld ist.«

Er zuckt leichtfertig die Schultern. »Ich weiß.«

Er sagt es, aber er glaubt es nicht. Ich atme tief durch und stähle mich innerlich, denn was jetzt kommt, wird ihm nicht gefallen. »Wenn du daran schuld bist, sind sie es noch viel mehr. Es war ihre Entscheidung, mitten in der Nacht ins Auto zu steigen, um dich zu holen. Vielleicht waren sie zu müde zum Fahren. Und vor acht Jahren war es noch nicht verboten, am Steuer zu telefonieren, aber jeder wusste, dass es einen ablenkt. Er hätte es deiner Mutter überlassen sollen, dir die Leviten zu lesen. Oder seitlich ranfahren sollen.«

Brams Haltung ist gespannt wie eine Bärenfalle, die gleich zuschnappt. Sein Blick ist eisig, Fassungslosigkeit und Wut verhärten seine Miene.

Ich hebe die Hand, damit er nicht hochgeht. »Ich sage ja nur: Wir alle tun Dinge, oft, ohne Böses zu wollen – manchmal sogar in bester Absicht –, die in einer Katastrophe enden. Man kann unmöglich vorhersagen, wie sie sich auswirken. Meine Mom gibt sich die Schuld an Nash. Sie meint, sie hätte ihm vielleicht nicht genug Aufmerksamkeit geschenkt, weil sie so mit Dads Tod beschäftigt war. Und vielleicht stimmt das sogar. Aber weißt du was? Der Einzige, der wirklich für Nash verantwortlich ist, ist Nash. Wenn du die Schuld auf etwas schieben willst, dann vielleicht darauf, dass dich dein Vater von sich gestoßen hat, als du schwierig wurdest, statt dich anzunehmen. Denn hätte er dich nicht ins Internat gesteckt, wärst du vielleicht nie an die Eastern Washington gegangen, und sie wären nie nach Spokane gefahren. Und natürlich war es dumm, dass du dich in einer Bar geprügelt hast. Aber verantwortlich für den Unfall waren allein die Leute, die im Auto saßen. Hätte dein Vater ein Kind statt einen Baum erfasst, wen hätte die Polizei verhaftet? Ihn oder dich? Ich weiß, es ist gemein, so etwas zu sagen, weil dein

Vater nicht hier ist und sich nicht verteidigen kann. Aber du brauchst jemanden, der dich verteidigt, weil du dabei so schrecklich versagst.«

Bram sieht mich noch immer an, doch seine Wut ist weg – und ich glaube, er kann nicht sprechen, denn er hebt nur meine Hand an den Mund und drückt mir einen harten Kuss in die Handfläche.

Mit belegter Stimme füge ich hinzu: »Und wo wir schon bei Entscheidungen sind, nehmen wir mal deine, Bethany ein perfektes Beispiel zu bieten.« Eine Entscheidung, die er mit neunzehn getroffen hat. Ein Junge in tiefster Trauer, begraben unter einem Berg aus Schuld und Verantwortung. »Du weißt nicht, welche Auswirkung deine Entscheidungen auf das Leben anderer haben. Wenn du so streng gegen dich selbst bist, glaubt sie am Ende, du würdest ihr nicht vergeben, wenn sie nicht auch perfekt ist.«

Sein Kopf schnellt hoch: »Das würde ich *nie* von ihr erwarten.«

Sofort ist die Wut wieder da – weil es um Bethany geht. Weil er so Angst hat, ihr nicht gerecht zu werden. Sie zu enttäuschen.

Ich weiß nicht, ob er merkt, wie vorhersehbar seine Wut ist. Eines Tages werde ich es ihm sagen. Wenigstens beschuldigt er nicht gleich wieder jemanden – sich selbst oder mich.

Er bemüht sich also.

»Das hat auch niemand behauptet«, sage ich gelassen.

In seinen Augen flackert es. Ich sehe zu, wie er seine Wut zügelt, sich räuspert und neu beginnt: »Ich habe ihr immer gesagt, dass ich hinter ihr stehe, ganz gleich, was sie tut.«

»Das glaube ich. Selbst wenn ich gerade wütend auf dich bin. Aber manchmal zählt nicht so sehr, was Leute sagen, sondern was sie tun. Und je näher man sich steht, desto verworrener wird es manchmal.«

Sein Blick wird weich. »So, wie es mir mit dir geht?«

»Und mir mit dir.« Ich verwebe unsere Finger miteinander. Und weil ich wissen will, wie er mit seinen Gefühlen umgegangen ist, bitte ich ihn: »Erzähl mir von Caitlyn.«

»Caitlyn?«, wiederholt er verdutzt. Als könnte er nicht verstehen, warum ich frage.

Oder was an ihr so wichtig sein sollte.

Der Gedanke gefällt mir – mehr, als gesund ist. »Ihr habt euch an der Seattle University getroffen, hast du gesagt. Also nach der Eastern Washington. Nach ihrem Tod. War sie Teil deines Plans, dich zu bessern?«

»Ja. Die Mädchen, mit denen ich mich abgegeben habe, kamen zu Hause nicht gut an. Caitlyn hätte Zustimmung gefunden.«

Ich werde keinen Gedanken daran verschwenden, ob ich Zustimmung bei seinem Dad gefunden hätte. »Aber warum habt ihr euch dann getrennt? Du sagtest, sie hätte bemerkt, dass du nicht ihr Typ warst?«

»Ha.« Es ist ein humorloses Lachen. »Nein, war ich nicht.«

»Wegen deiner Art im Bett?«

Bram sieht mich von der Seite an. Als wüsste er nicht so genau, wovon ich rede.

Ich erkläre es ihm gern: »Du kannst deine Roboterart wundervoll aufrechterhalten, solange es nicht um Sex geht. Aber nicht im Bett. Du bist rau. Und ein bisschen beängstigend ...«

»Beängstigend?« Sein Gesicht verfinstert sich.

»Aber gut«, sage ich eilig. »Aufregend. Weil du so überwältigend bist. Intensiv. Und ein wenig schmutzig. Als könntest du jeden Moment auf die Idee kommen, mich auf den Bauch zu drehen und mir deinen dicken Schwanz in den jungfräulichen Hintern zu schieben, und ich zittere und habe Angst, dass es wehtut – aber du bringst mich trotzdem dazu, wie wahnsinnig zu kommen.« Ich reiße die Augen auf und hauche: »Aber halt, Moment. Das hast du ja bereits getan.«

Seine Schultern beben. Er kämpft einen verlorenen Kampf, bis er sich vor Lachen schüttelt und sich die Tränen aus den Augen wischt.

Dann blickt er auf, sieht meine großen unschuldigen Augen und prustet gleich noch einmal los.

Schließlich küsst er meine Hand, und ich spüre auf der Haut, wie er mehrmals tief durchatmet, während das Beben nachlässt. »Bei ihr war ich anders«, sagt er schließlich. »Nicht wie bei dir. Mit niemandem war es wie mit dir. Wenn wir Sex haben, ist es, als würde ich bei den Eiern gepackt und von einer Klippe geworfen, um unten zu zerschellen.«

Für mich ist es genauso. Aber ich sage: »Ja, weil du mir gehörst.«

»Ja, das tue ich.« Er sucht meinen Blick, und in seinen Augen liegt Glut. Dann wendet er sich ab, und ich weiß, dass er hart ist, sehr hart … aber er ist nicht wütend darüber. »Jedenfalls standen wir uns so nah, dass Caitlyn irgendwann die Brüche auffielen. Und was sie darunter sah, hat ihr nicht gefallen.«

»Den wahren Bram.«

»Ich nehme es an.«

Ihr Pech. Ich umfasse seine Hände. »Darf ich offen sein?«

Seine Brauen heben sich amüsiert. »Wann bist du das nicht?«

Gute Frage. »Es könnte sein, dass du es nicht gern hörst. Wenn man einander nahesteht, zeigen sich nach und nach die Risse. Doch manchmal erscheint es nur klarer, was man dabei sieht, weil man einander *so* nahesteht, dass man nur einen Teil des Bilds erfasst.« Ich hole tief Luft. »Du warst ein Junge, als du deine Schwester aufgelesen und die Verantwortung auf dich genommen hast, so gut du konntest. Und du hast Erstaunliches geleistet. Aber es ist Zeit, den Kurs zu korrigieren und dich nicht mehr am Wunschbild deines Vaters zu orientieren. Denn so *bist* du nicht. Du musst zu dir selbst finden.«

Seine Belustigung verfliegt, sein Mund wird zu einer strengen Linie. »Und wenn jemand zu Schaden kommt?«

Ich lächele matt. »Letzte Woche habe ich so viel geweint wie seit dem Tod meines Vaters nicht mehr. Wie kommst du darauf, es hätte noch nie jemanden verletzt, dass du zu sein versuchst, wie es sich dein Dad gewünscht hat?«

Sein Blick durchbohrt mich, und ich sehe die Erkenntnis in seinen Augen. Gefolgt von Schmerz und Reue.

»Es tut mir leid, Aspen. Es tut mir so leid«, sagt er gequält, umfasst mein Kinn und blickt mir in die Augen. »Ich wollte dir nie wehtun. Ich werde mich bessern. Auf die richtige Art. Ich schwöre es. Es dauert vielleicht eine Weile, bis ich sie finde, aber ich werde es schaffen.«

Meine Augen brennen. Er hat nicht mal gezögert. Als wären alle anderen Überlegungen und Zweifel über Bord gegangen, sobald ihm klar wurde, wie sehr er mich verletzt hat – und als wäre seine einzige Sorge, dass es nie wieder vorkommt.

»Mir tut es auch leid«, sage ich bebend. »Dass ich das Schlimmste von dir angenommen habe. Und davon, was du über mich denkst. Ich war mir einfach so sicher, dass sich jemand wie du für etwas Besseres hält, also habe ich alles, was du gesagt hast, unter diesem Aspekt interpretiert. Das war nicht fair von mir.«

Er streicht mit den Daumen über meine Wangenknochen und wischt die Tränen weg. Sanft fährt er fort: »Ich habe auch ein paar ziemlich grobe Sachen gesagt. Ich schätze, ich habe dir genug Anlass gegeben, schlecht von mir zu denken.«

»Und vielleicht habe ich dir Grund gegeben, ein paar dieser Grobheiten zu sagen. Ich weiß, dass ich mich schnell angegriffen fühle. Ich habe auch meine Probleme. Aber auch ich werde mich bessern.« Ich schlucke und blicke suchend in seine warmen Augen, dann nehme ich mir ein Herz. »Eine neue Waffenruhe?«

In seinen Augenwinkeln bilden sich Fältchen, als er lächelt. »Welche Nummer?«

»Vielleicht sollten wir von vorn anfangen.«

»Ein neues Kapitel aufschlagen?«

»Ja.«

Sein Blick fällt auf meinen Mund. »Und darf ich dich zum ersten Mal wieder küssen?«

»Ja«, hauche ich.

Ohne zu zögern, senkt er den Kopf und küsst mich zärtlich auf die Lippen. Und es ist süß, unendlich süß. Seine Lippen sind weich und tasten nach meinen, und die Glut ist da, sie liegt tiefer, doch statt danach zu tauchen, zieht er das Verlangen an die Oberfläche, bis unser Kuss zum Schwelbrand wird.

Als er sich von mir löst, keuchen wir beide, und meine Lippen sind heiß und geschwollen.

Mürrisch sagt er: »Aspen Phillips, das sollte ich jeden Tag tun.«

Mein Herz schwillt an. »Ich gebe dir recht.« Jeden Tag und jede Nacht. »Aber ich lade dich heute Nacht nicht zurück in mein Zimmer ein.«

Er stellt keine Fragen. »Ich werde auf dich warten.«

»Gut. Denn wir sollten nicht gleich übereinander

herfallen. Oder voreilig handeln. So etwas würde ich *nie* tun.«

Seine Augen werden schmal. »Wie lang hast du nun schon deine Periode?«

»Es ist der fünfte Tag.«

Meine Antwort löst ein Grinsen bei ihm aus.

»Also fast geschafft. Wir könnten natürlich andere Dinge tun, aber …«

»Es macht dir zu viel Spaß, mich zu foltern.«

»Ja.« Ich grinse zu ihm auf. »Das tut es.«

Lachend drückt er mir einen kurzen, harten Kuss auf den Mund. »Zum Glück steh ich auf Folter. Also, für welchen Tag sollen wir es aufs Programm setzen?«

»Lake Tahoe, erste Nacht?«

»In zwei Nächten? Hoffentlich vergeht die Zeit schnell.« Ein Schatten huscht über sein Gesicht. »Dann bleibt nur noch eine Woche.«

»Wir machen das Beste draus«, sage ich. »Im Bett und außerhalb. Dann auf der Heimfahrt.«

Und zum ersten Mal regt sich echte Hoffnung in mir, dass es nicht das Ende sein wird.

Ihn zu foltern, ist auch Folter für mich. Zwei Tage lang weiß ich, dass er hart ist und wartet. Zwei Tage küssen und necken wir uns. Bis endlich der Freitag anbricht, befinde ich mich in einem Zustand permanenter Erregung, wenn ich nur daran denke, ihn bald wieder zu haben.

Ich stehe auf, so früh ich kann, und packe für Lake Tahoe. In der Küche stoße ich auf Bram und Murphy, die ebenfalls früh auf den Beinen sind. Wir beschließen aufzubrechen, sobald wir unsere Sachen verladen haben.

Diesmal möchte Murphy nach hinten. Er sagt: »Ich hoffe, es stört euch nicht, wenn ich auf dem Weg arbeite. Ich muss ein paar Änderungen durchgehen.«

»Ich habe auch ein paar Dinge zu erledigen«, sagt Bram zu meiner Überraschung. Er sieht mich an. »Ist es okay für dich zu fahren?«

Ich blinzle. »Ja. Aber bist du sicher?«

Roboter Bram hätte niemals die Kontrolle über das Steuer abgegeben.

»Sicher«, sagt er, und sobald Murphy um den Range Rover geht, drückt er mich gegen die Fahrertür und küsst mich atemlos. Dann knurrt er mir ins Ohr: »Ich werde die ganze Fahrt über einen Ständer haben. Denk immer schön dran, damit deine Pussy schön feucht und bereit ist, wenn wir einchecken.«

O mein Gott. Sie ist es *jetzt* schon.

Er tritt zurück, während ich gegen die Tür sinke.

»Alles klar?«, fragt er scheinheilig, weil er ganz genau weiß, was er mir gerade angetan hat.

»Ja«, hauche ich und zwinge meine Gummibeine, fest auf dem Boden zu stehen. »Ich weiß nur nicht, worauf ich mich mehr freue: Dich wieder in mir zu spüren oder endlich über die Musik bestimmen zu dürfen.«

Er lacht und küsst mich erneut, wie um meine Zweifel auszuräumen.

Also setze ich »Fucking You Tonight« von The Notorious B.I.G. ganz oben auf die Playlist und räume auch seine Zweifel aus dem Weg.

Als wir im Hotel ankommen, bin ich ein nervliches Wrack. Bram checkt an der Rezeption ein, während ich mit Murphy warte. Die Lobby ist der Hammer, riesige Fenster bieten eine atemberaubende Aussicht auf die umliegenden Gipfel – aber ich kann den Blick nicht von Bram losreißen. Im Moment starre ich auf seinen Hintern und finde, dass die Art, wie er sich vorbeugt, um die Formulare zu unterschreiben – die Beine hüftbreit gespreizt, das Gewicht leicht nach rechts verlagert –, die heißeste Pose aller Zeiten sein muss und er mich wirklich so bald wie möglich gegen eine Wand vögeln sollte.

Dann dreht er sich um und ertappt mich dabei, wie ich seinen Hintern anschaue, und sein Blick verrät mir, dass auch er darüber nachdenkt, mich so bald wie möglich gegen eine Wand zu pressen und zu vögeln.

Als er zu uns kommt und Murphy seinen Zimmerschlüssel überreicht, grinst sein Freund uns beide an. »Liegen unsere Zimmer nebeneinander? Der Hotelladen schließt um sechs, und wenn ich Ohrstöpsel brauche, sollte ich sie besser jetzt besorgen.«

Bram grinst, kein bisschen verlegen. »Hab ich bedacht. Dein Zimmer liegt gegenüber.«

»Noch mal Glück gehabt.« Murphy hängt sich die Laptoptasche über die Schulter. »Sehe ich euch denn heute noch?«

Es ist kurz nach zwei am Nachmittag. So viel Energie haben wir dann doch nicht. Glaube ich. »Du reist morgen weiter, oder?«, frage ich.

»Ja«, sagt Murphy. »Morgen Nachmittag.«

»Dann treffen wir uns zum Abendessen«, sagt Bram. »Morgen essen wir noch Mittag zusammen, bevor wir zum Flughafen fahren.«

»Klingt gut«, antwortet Murphy und macht einen Faustcheck mit Bram. »Mein Manuskript und ich gehen an den Pool, um mit den feinen Damen zu flirten und sie einzuladen, meine schlappen Attribute auf Zack zu bringen.«

»Das ist so schlecht«, hauche ich, überwältigt von so viel Geschmacklosigkeit.

»Weil ich mir die guten Sachen für den Höhepunkt aufhebe.« Er zwinkert mir zu und spaziert davon.

Kopfschüttelnd sehe ich Bram an, der mich mustert.

Schlagartig vergesse ich alle schlechten Wortspiele und denke nur noch daran, aufs Zimmer zu kommen, und Bram denkt offensichtlich dasselbe. Er nimmt meine Hand und seine Tasche und schleift mich zum Aufzug.

Doch sobald er die Tür öffnet, scheint er plötzlich weniger Eile zu haben. Er packt mich nicht und presst mich auch nicht gegen die Wand, sondern läuft weiter in die Suite und lässt dabei achtlos seine Reisetasche zu Boden fallen.

Ich folge ihm, und mit einem Schlag bin ich unerwartet nervös. Ihn zu vögeln, wird nicht neu sein. Aber zwischen uns ist jetzt trotzdem vieles neu. Ich frage mich, ob sich auch der Sex dadurch ändert.

Ich werfe meinen Rucksack auf das grün-gold gestreifte Sofa. »Wir haben unsere Waffenruhe neu angefangen und nummeriert. Heißt das, wir fangen jetzt auch mit Hass-Fick 2.0 an?«

Bram dreht sich nach mir um, und ich merke, dass er zwar langsamer geworden ist, aber nichts von seiner Dringlichkeit verloren hat. In seinem Gesicht steht Erregung, sein Ausdruck ist hart, der Körper gespannt.

Ohne Hast kommt er auf mich zu. Er ist so groß, seine Schultern sind so breit, sobald er mir nah kommt, ist es, als gäbe es nichts als ihn auf der Welt.

Er umfasst mein Kinn mit starken Fingern und führt meinen Mund nach oben, um mir einen glühenden Kuss zu geben, bevor seine Lippen über meine Mundwinkel streichen, am Kinn entlang, den Hals hinunter.

Benommen vor Leidenschaft, lasse ich den Kopf in den Nacken fallen und biete ihm den Hals zum Küssen dar. Er lässt sich Zeit, schmeckt meine Haut, und ich zittere vor Verlangen, als er langsam den Spagettiträger meines Kleids über meine linke Schulter streift.

»Ich muss dir was gestehen, Aspen«, sagt er mit dieser

rauen Stimme und küsst mich auf die frisch entblößte Stelle.

Ich erschaudere, als er mich nach dem Kuss zärtlich beißt. »Was musst du mir gestehen?«

Er richtet sich auf, fängt kurz meine empfindliche Unterlippe zwischen den Zähnen und sagt dann mürrisch: »Das ganze Hass-Ficken war vorgetäuscht.«

Ein Lachen steigt in mir auf. »Ich bin mir ziemlich sicher, dass es passiert ist.«

»Ja«, sagt er an meinen Lippen. »Aber ich habe dich nie gehasst. Ich wollte dich so unbedingt, dass ich allem zugestimmt hätte, um dich ins Bett zu bekommen.«

Ich lege die Hände auf seine Schultern und schmiege mich an seine Brust. »Ich muss dir auch etwas gestehen«, sage ich und küsse seine festen Lippen, sein stoppeliges Kinn, gehe auf die Zehenspitzen, um mich mit dem ganzen Körper an ihn zu drücken.

Seufzend fährt er mit der Hand über meinen Rücken bis zu meinem Hintern und hebt mich an die lange Verhärtung in seiner Jeans. »Was?«

»Ich habe dich manchmal wirklich gehasst«, sage ich, und er versteift sich –, »aber jetzt hasse ich dich gar nicht mehr.«

Sein Mund verzieht sich zu einem Lächeln, bevor er mich wieder küsst, tiefer diesmal. Mit großen Händen hievt er mich hoch, bis ich die Beine um seine Hüften schlingen kann, und trägt mich zum Bett.

Ich kann nicht aufhören, ihn zu berühren, ich ziehe sein Shirt hoch, muss seine Haut unter den Händen spüren. Mit den Zähnen zieht er am rechten Spagettiträger und entblößt meine andere Schulter und die Brüste.

Meine Nippel haben sich fest zusammengezogen und verdunkeln sich unter seinem hungrigen Blick. Mit einem gierigen Stöhnen macht er sich über mich her, saugt fest an meiner Knospe, reibt sich zwischen meinen Beinen, bis mein Atem stoßweise geht.

Ein letztes Mal leckt er über die verhärtete Spitze meiner Brust, dann bewegt er sich nach unten und zieht meinen Slip dabei mit runter.

Dann hält er inne, den Blick zwischen meine Schenkel gerichtet. »Was ist denn hier passiert?«

»Das Spa.« Meine Wangen werden heiß, während ich sein Gesicht beobachte. »Sie haben so gut wie jedes Haar entfernt, das nicht auf meinem Kopf ist.«

»Das ist …« Sein Blick folgt dem Pfad, den seine Finger beschreiben, als sie die Wölbung meines glatten Venushügels nachfahren. »Fast hätte ich ›schade‹ gesagt, aber das stimmt nicht. Ich mochte dein kleines Büschel. Aber dich so blank zu sehen, ist …«

Ich beiße mir auf die Lippen. »Gut?«

»Sehr gut. Aber ich muss diese perfekte Pussy erst mal wieder begrüßen.« Den Blick auf meine nackte Haut geheftet, rückt er näher, bis mich sein Atem streift. »Du hast mir so gefehlt, kleine Pussy. Meine süße kleine nackte Pussy.«

Mir entschlüpft ein Kichern, aber dann senkt sich sein Mund herab, und aus dem Kichern wird ein Keuchen, dann ein Stöhnen. O Gott, meine Pussy hat ihn auch vermisst. Das raue Streichen seiner Zunge und den noch raueren Stoß seiner Finger. Die Art, wie er zwischen meinen Beinen seufzt, als könne er nie genug bekommen – und wenn es mir zu viel wird, wenn ich glaube, es unmöglich länger zu ertragen, über den Rand gestoßen zu werden, mich hilflos der dunklen Magie seiner Berührung zu ergeben …

Dann erhebt er sich über mir, und sein muskulöser Körper lässt alles verschwinden außer dem schweißnassen Gleiten unserer Haut und der Hitze unserer Münder, die in einem tiefen, glühenden Kuss miteinander verschmelzen.

Unter stockendem Stöhnen schiebt er sich langsam in mich hinein. So tief. So voll. Ich erschaudere und drücke den Rücken durch, stemme die Fersen in die Matratze und presse die Hüften nach oben, um ihn aufzunehmen, während ich mich an seinen Schultern festklammere.

Mit langen Fingern streicht er mir das verschwitzte Haar aus der Stirn und sieht mich dabei durchdringend an.

»Diesmal ist es kein Hass-Fick.« Seine Stimme ist belegt und angespannt.

»Nein«, keuche ich. »Kein Hass.«

»Weil du einfach unglaublich bist. So gut für mich.« Er stützt die Ellbogen neben meinen Schultern auf und dringt härter in mich ein, tiefer. »Ich werde nie genug von dir bekommen«, brummt er. Er vögelt mich erbarmungslos – doch dabei sieht er mir die ganze Zeit in die Augen. »Nie genug davon, dass du so eng und feucht bist. Dass du mich so tief aufnimmst.«

O Gott. Ich werde auch nie genug von ihm bekommen. Davon, dass er mich so vollkommen nimmt.

»Bram.« Sein Name entfährt mir mit einem gierigen Seufzen. Ich dränge mich noch fester an ihn, schlinge die Beine um seine Hüften, will mehr. »Bitte.«

Er stöhnt und küsst mich grob und kurz. »Sag mir, was du brauchst, Baby. Sag mir alles, was du brauchst.«

Ein atemloses Lachen schüttelt mich, und ich umfasse sein Gesicht. Das ist leicht.

Mit rauchiger Stimme sage ich: »Nur dich.«

Seine Augen leuchten. Er drückt den Mund auf meine Lippen, und mit jeder Berührung, jedem Kuss verspricht er, mir alles zu geben. Und als ich komme und unter ihm erbebe, gebe auch ich wirklich alles.

Denn das hier ist kein Hass-Fick. Beim Hass-Fick habe ich ihm gehört.

Doch mit dem, was wir hier tun … gehört ihm nun auch mein Herz.

21

Nach dem Essen sitzen wir noch ein wenig mit Murphy in der Bar. In nur einer Woche ist er mir ans Herz gewachsen, und es war wundervoll, eine ganz andere Seite an Bram kennenzulernen. Die, wie ich jetzt merke, vielleicht gar keine andere Seite ist – sondern seine eigentliche. Mit Murphy zusammen war Bram vermutlich mehr er selbst, weil er ihn schon vor dem Tod seiner Eltern kannte.

Und ich erkenne den Bram, der er in Gegenwart von Murphy ist. Es ist derselbe Bram, der er jetzt in meiner Gegenwart ist. Nur ohne den Sex.

Es ist nach zwei, als wir in unser Zimmer zurückkehren, und noch viel später, bis wir endlich schlafen.

Kein Wunder also, dass ich nicht aufwache, als Bram morgens aufsteht und zum Pool geht. Ich stecke noch immer in einem warmen Kokon aus träger Benommenheit, als die Tür der Suite wieder aufgeht.

Mein Gesicht ist zur Hälfte im Kissen vergraben, doch ich öffne ein Auge halb. Die Uhr auf dem Nachttisch zeigt kurz nach zehn. Immer noch zu früh, um aufzustehen, aber um Bram dabei zuzusehen, wie er die Badehose auszieht, lohnt sich ein Blick.

»Wir sollten den Schwimmunterricht wieder aufnehmen«, murmele ich.

»Wir können ihn heute auf den Plan setzen. Wir essen mit Murphy zu Mittag und bringen ihn zum Flughafen. Danach können wir eine Stunde Schwimmen einfügen.«

»Klingt gut«, sage ich und gähne laut.

»Ich füge noch etwas hinzu.« In strahlender Nacktheit kommt er ans Ende des Betts, was heißt, dass ich mich umdrehen muss, um ihn weiter im Blick zu behalten. »Dich lecken, bis du kommst. Nein, nicht aufsetzen, schön im Warmen liegen bleiben. Ich schlüpfe unter die Decke und sage meiner kleinen Pussy-Freundin Guten Morgen.«

Er hebt das Ende der Decke an und küsst sich an meinen Beinen hoch, sein nasses Haar tropft kalt auf meine Haut.

Ich fange an, unkontrolliert zu kichern und mich zu winden und auf den wandernden Deckenberg zu schlagen. »Du bist ganz nass!«

Seine Stimme ist tief und amüsiert. »Du auch.«

Starke Hände packen meine Schenkel und schieben sie auseinander, sodass ich auf der Stelle aufhöre, mich zu beklagen. Ich falle in die Kissen zurück.

»O Gott«, hauche ich, dann fühle ich seinen Mund auf mir. Sein Haar ist nass und kalt, aber seine Zunge ist heiß, so heiß.

Sein hungriges Stöhnen dringt zu mir empor, während ich mich ihm entgegen schiebe und mich an den Laken festkralle. Er foltert mich mit langgezogenen, langsamen Zungenstreichen durch meine Schamlippen, aber nie bis hoch zur Klit.

»Bitte, Bram …«

Ich erstarre.

Er hält inne. »Alles okay?«

Keuchend neige ich den Kopf. Vom Schlafzimmer aus kann ich die Tür zum Flur nicht sehen. »Ich habe ein Klopfen gehört. Vielleicht ist es der Zimmerservice.«

»Das war sicher irgendwo nebenan«, meint er verstimmt. »Ich habe das Do-Not-Disturb-Schild rausgehängt.«

»Oh.« Na, wenn das so ist. »Bitte weitermachen.«

Sein leises Lachen vibriert und neckt mich erneut auf schier unerträgliche Weise. Dann wird es ernst, denn er saugt an meiner Klit, während er die Finger in mich hineinstößt.

»Großer Gott.« Ein hilfloses Wimmern entschlüpft mir. »Genau da, o Gott, ganz genau …«

Bethanys vertraute Stimme reißt mich aus dem Sinnesrausch des nahenden Orgasmus.

»Ha, du faules Stück, du bist ja doch da! Mein Name steht noch auf der Reservierung, deshalb haben sie mich … O mein Gott, Aspen! Tut mir leid! O mein Gott!«

O mein Gott. Ich schnelle hoch und ziehe mir die Decke über die nackte Brust. In der Schlafzimmertür wirbelt Bethany herum, kehrt mir den Rücken zu und hält sich die Augen zu, aber ich bin mir sicher, sie hat gesehen, wie meine Titten in die Luft standen und ich mein Orgasmus-Gesicht gezeigt habe.

Ihr Schultern beginnen zu zucken. »Entschuldige«, sie muss ihr Lachen unterdrücken. »Ich wusste nicht, dass du noch jemanden …«

»Beth?«

Bram steckt den Kopf neben mir unter der Decke hervor. Sein dunkles Haar klebt an der Stirn, sein Mund ist leicht gerötet.

Als sie seine Stimme hört, erstarrt sie, dann dreht sie sich langsam um und sieht mit aufgerissenen Augen zwischen den Fingern hindurch wie ein Kind bei einem Gruselfilm.

Dann schüttelt sie ungläubig den Kopf, dass ihre kurzen braunen Locken hüpfen. Ihre Arme fallen seitlich herab. Sie sieht vollkommen perplex aus. »Bram? Das warst *du* unter der Decke?«

O fuck. Meine Wangen brennen, ich vergrabe den Kopf in den Händen. Ich will einfach nur sterben.

»Sonst war niemand dort«, sagt er und muss ein Grinsen unterdrücken. »Gibst du uns eine Minute? Murphy hat das Zimmer gegenüber, wenn du ihn begrüßen möchtest.«

»Ja. Äh, ja.« Immer noch baff, tritt Bethany einen Schritt zurück, während ihr Blick rastlos zwischen ihrem Bruder und mir hin- und herwandert. »Okay.«

Als sie sich umdreht, stolpert sie fast über ihre Füße. Ein paar Sekunden später höre ich, wie sie die Suite verlässt.

»Scheiße«, hauche ich, dann muss ich kichern.

Bram lacht, dass das Bett wackelt, und rollt sich auf den Rücken, die Hand auf der nackten Brust.

»Musstest du das aufs Programm setzen!« Ich boxe ihn in die Schulter, weil es ganz allein seine Schuld ist. »Das war vermutlich der peinlichste Moment aller Zeiten.«

Er nickt lachend. »Das war es.«

»Ich wollte es ihr schonend beibringen. Irgendwie so: ›Weißt du noch, wie dein Bruder und ich immer gestritten haben? Das tun wir jetzt nicht mehr.‹«

»Stattdessen stand sie vor vollendeten Tatsachen.«

Was sich als wenig erfolgreiche Strategie erwiesen hat. Mein Kichern verebbt, und ich seufze besorgt. »Meinst du, es ist okay für sie? Sie sah total geschockt aus.«

»Sie war nur überrascht.« Er legt die Hand um meinen Nacken, zieht mich runter und gibt mir einen kurzen, festen Kuss. »Das wird schon wieder. Schließlich liebt sie dich genauso wie ich.«

Mein Herz zieht sich zusammen. Das hat er seit unserem Streit letzte Woche nicht mehr gesagt. Aufgewühlt suche ich seinen Blick. »Tut sie das?«

»Vielleicht nicht ganz so sehr wie ich«, sagt er mürrisch, dann küsst er mich nachdrücklicher, inniger.

Ich klammere mich an ihn und erwidere den Kuss aus vollem Herzen. Bram wühlt die Finger fester in mein Haar und zieht mich an sich, bevor er sich plötzlich von mir löst und schmunzelt.

»Vielleicht sollten wir uns im Moment zurückhalten. Lass uns duschen. Ich brauch nicht länger als fünf Minuten, dann beginne ich mit der Schadensbegrenzung. Ich geh mit ihr und Murphy zu einem frühen Mittagessen, dann kannst du dir noch etwas Zeit lassen, dich fertig machen und sobald du kannst zu uns stoßen.«

»Okay.«

Doch ich bin genauso schnell fertig wie er, und wir gehen gemeinsam über den Flur. Als niemand auf unser Klopfen reagiert, schicken wir eine kurze Nachricht und erfahren, dass Beth und Murphy im Café auf der Terrasse sind.

Sie warten an einem Ecktisch auf uns. Bethany steht auf und begrüßt uns mit Umarmungen. Ich weiß nicht, wie es bei Bram ist, aber mich umarmt sie befangen und ungelenk.

»Hallo, ihr beiden«, sagt Murphy entspannt. »Wir wollten gerade Brunch bestellen. Obwohl ich gehört habe, dass Bram wohl schon gegessen hat.«

O Gott. Wieder werde ich feuerrot. Auch Bethany sieht verlegen aus, sie errötet und lehnt sich steif auf ihrem Stuhl zurück.

Bram lacht und setzt sich Murphy gegenüber, zwischen Bethany und mich. Ich suche ihren Blick, in der Hoffnung, wir könnten uns in unserer Verlegenheit solidarisieren, aber sie sieht mich nicht an.

Murphy reibt sich die Hände. »Dabei dachte ich schon, ich müsste abreisen, ohne Beth gesehen zu haben. Das muss mit einem Drink gefeiert werden. Und da ich nicht selbst zum Flughafen fahre, nehme ich vielleicht gleich ein paar. Sonst noch jemand?«

»Nein, danke«, sagt Bethany leise.

Ich schüttele den Kopf. »Für mich auch nicht.«

»Ich bin der Fahrer«, meint Bram.

»Okay, es ist nicht das erste Mal, dass ich an einem Samstagmorgen allein trinke.« Grinsend wendet sich Murphy an Bethany. »Bist du mit dem Auto gekommen?«

»Ich bin von Portland hergeflogen.« Ihr Blick streift Bram. »Mein Auto steht am Flughafen. Wir müssen es auf dem Rückweg abholen, vielleicht direkt, nachdem wir Aspen abgesetzt haben? Ihre Mom wohnt nicht weit vom Flughafen.«

»Wir können es holen. Aber ich weiß nicht, ob wir Aspen absetzen.« Er sieht mich an und hebt die Brauen.

Fragt, ob ich mit nach Seattle komme.

»Vielleicht können wir kurz bei ihr halten, damit ich ein paar Sachen holen kann«, sage ich leise.

Aufgewühlt nimmt er meine Hand und verschränkt unsere Finger.

Ohne mich loszulassen, wendet er sich an Bethany. »Wie war dein Seminar?«

»Gut.« Ein merkwürdiges schiefes Lächeln huscht über ihr Gesicht. »Ich habe tatsächlich fünfzig Seiten geschrieben. Ich kann sie dir zeigen.«

Weil die Entzugsklinik zu künstlerischen Ausdrucksformen ermutigt, fällt mir ein. Anscheinend hat sie also wirklich geschrieben.

»Gut gemacht.« Murphy hebt die Hand, um sich mit Bethany abzuklatschen. »Heißt das, du willst die strenge Präzession der Mathematik für ein Leben in Unsicherheit und Angst als Autorin aufgeben?«

Ihr Mund verzieht sich zu einem Lächeln. »Nein, es

bleibt beim MIT.« Als ihr Blick auf unsere verschränkten Hände fällt, verblasst ihr Lächeln. »Vielleicht nehme ich doch einen Drink.«

Fuck. Möglichst beiläufig sage ich: »Ist ein bisschen früh, meinst du nicht?«

Ihre nussbraunen Augen richten sich auf mich. »Hast du nicht gesagt, Sekt Orange und Bloody Mary wären im Grunde Saftgetränke für den Frühstückstisch?«

»Aber heute steht Angeln auf dem Programm. Alkohol und Boote passen nicht zusammen.«

Sie sieht mich an. Dann nickt sie. »In Ordnung.«

Murphy mustert uns mit gerunzelter Stirn. »Als Glucke kenne ich dich gar nicht.«

Ich hebe gleichgültig die Schultern. »Ich kann nicht gut schwimmen und habe keine Lust zu ertrinken, wenn wir nachher rausfahren.«

Bram schnaubt. »Ich dachte, dafür gäbe es Schwimmwesten.«

Ich sehe ihn an, sehe, wie er schmunzelt – weil er daran denkt, wie wir vor dem Rafting-Trip gestritten haben. Was zu Schwimmunterricht führte.

Was wiederum mit unserem ersten Kuss endete.

Seine Augen beginnen zu glühen. Er hebt unsere verflochtenen Hände an die Lippen und küsst meine Fingerspitzen.

»Das machen sie ständig«, sagt Murphy zu Bethany.

»Wenn wir nicht streiten«, füge ich hinzu, um ihr zu zeigen, dass sich nicht *alles* geändert hat.

»Ha.« Ihr Lachen ist kurz und humorlos, ein Ausstoßen von Luft. »Ich hätte es nie erwartet.«

»Ich weiß.«

Sie sieht Bram an, und ihr Lächeln hat etwas Hartes. »Schließlich habe ich gehört, du hättest sie zum Mitfahren erpresst.«

»Erpresst?« Murphy lacht. »Ich dachte, es wäre ein Job? Erpressung ist viel besser.«

Bram nickt. »Aber anscheinend habe ich es falsch angestellt.«

Bethany runzelt die Stirn. »Was für ein Job?«

»Es war eine Mischung aus beidem«, erkläre ich. »Erpressung *und* Job.«

»In der E-Mail hast du geschrieben, du würdest mitfahren, damit er nicht nach mir sucht.«

»Das stimmt auch.«

»Ich habe gedroht, einen Privatdetektiv anzuheuern.«

Jetzt wirkt sie endgültig verwirrt. »Und was hast du ihr für einen Job gegeben? Und wie führte das dann dazu?« Sie deutet auf unsere Hände.

Moms Schulden werde ich nicht erwähnen. »Ich habe gesagt, ich könnte nicht mitfahren, weil ich für das Studium im Herbst arbeiten muss. Also hat er mir erklärt, er würde meine Studiengebühren bezahlen, wenn ich mit ihm fahre und Bilder mit ihm mache.«

»Aber sie wollte noch immer nicht«, meint Bram. »Also habe ich damit gedroht, einen Privatdetektiv einzustellen.«

»Da habe ich nachgegeben«, erkläre ich.

»Wow«, sagt Bethany, und es klingt so tonlos, dass sich mein Magen verkrampft. »Tja, es freut mich, dass dir die Reise doch noch etwas gebracht hat.«

»Beth«, sagt Bram vorwurfsvoll.

»Entschuldigt.« Sie seufzt. »Es ist nur … ein echt großes Ding für mich.«

»Das sagen sie bei mir auch immer«, wirft Murphy ein.

Alle sehen ihn an.

Beschämt hebt er die Hände. »Das war wirklich der falsche Moment. Ich bitte um Entschuldigung.«

Abrupt steht Bethany auf, ihr Stuhl schabt über den

Boden. »Ich glaube, ich habe doch keinen Hunger. Es war ein früher Flug, und ich bin müde, ich geh erst mal aufs Zimmer – welches?«

»Meins.« Murphy reicht ihr die Schlüsselkarte. »Ich ziehe ohnehin aus. Wir übergeben einfach.«

»Danke.«

Schweren Herzens sehe ich zu, wie sie davoneilt. »Soll ich ihr nachlaufen?«

»Lass ihr etwas Zeit«, meint Bram.

Murphy stimmt zu. »Du kennst Beth. Sie mag es, wenn alles an seinem Platz ist. Es geht ihr gegen den Strich, überrumpelt zu werden.«

Das ist wahr. Trotzdem schmerzt es, dass sie das mit mir und Bram so aus der Fassung bringt.

Wir haben uns immer so gut verstanden. Deswegen dachte ich, mit Bethany und Bram zusammen zu sein, wäre eher so, wie es zwischen Murphy, Bram und mir ist. Ganz entspannt. Sicher, anfangs unangenehm und peinlich – besonders, nachdem sie es auf so ungute Weise erfahren hat. Aber ich hätte nicht gedacht, dass es nach dem anfänglichen Schock ein Problem sein würde.

Ich hoffe, Bram hat recht, und sie braucht wirklich nur etwas Zeit.

Aber es geht mir nicht nur darum, ob sie akzeptieren kann, dass Bram und ich ein Paar sind. Ich sorge mich noch um etwas ganz anderes. Und ich ertrage den Gedanken nicht, dass sie verletzt ist und sich allein damit fühlt.

Ich schiebe meinen Stuhl zurück. »Ich sehe nur mal nach, ob alles okay ist.«

Bram hält mich fest und mustert mich mit warmem Blick, dann nickt er. »Melde dich, wenn ihr etwas braucht.«

»Mach ich.«

Er küsst noch einmal meine Finger, dann lässt er meine Hand los. Ich hole Bethany in der Lobby ein. Sie geht auf den Aufzug zu, und ihre hängenden Schultern brechen mir das Herz.

»Hey«, rufe ich leise, dann sehe ich die schimmernden Tränen, die sie verzweifelt verstecken will. »O mein Gott. Komm her.«

Diesmal ist ihre Umarmung nicht steif. Sie klammert sich an mich, und ich klammere mich genauso fest an sie und sage: »Es tut mir so leid. Ich wollte wirklich, *wirklich* nicht, dass du es auf diese Weise erfährst.«

Ein Lachen erschüttert ihren schlanken Körper. »Das hoffe ich. Ein bisschen mehr Kleidung wäre nett gewesen.«

»Ja.« Ich löse mich von ihr und studiere ihr Gesicht. Trotz Lachen sieht sie elend aus. »Aber wir schaffen das, okay? Ich mache mir mehr Sorgen um dich. Du hast die Therapie vorzeitig abgebrochen?«

Sie lächelt gequält. »Tja, ich dachte doch, ich muss dich vor ihm retten.«

»Oh.« Ich seufze. »Das war sein Plan. Also, dass du zu meiner Rettung eilen würdest.«

»Ja, es sah ja auch wirklich aus, als bräuchtest du Hilfe«, sagt sie verbittert, doch sie unterbricht sich und schließt die Augen. Dann klingt Reue aus ihrer Stimme: »Entschuldige, ich wollte nicht … aber ich komme noch immer nicht mit.«

»Verstehe ich. Geht mir genauso«, sage ich grinsend. Aber ich bin nicht hier, um über mich und Bram zu reden. »Wie war die Therapie, bevor du gegangen bist? Gehst du zurück?«

Sie zieht die Schultern hoch. »Ich weiß nicht.« Nach einem nervösen Zögern fragt sie: »Hast du ihm davon erzählt?«

»Bram? Nein.«

»Er hat bestimmt gefragt.«

Gefragt hört sich untertrieben an. »Ja. Und er hat sich Sorgen gemacht, du könntest schwanger sein oder sauer auf ihn, weil er unsere Abschlussfeier verpasst hat – alles Mögliche. Aber ich habe es ihm nicht gesagt.«

Ein Zweifeln huscht über ihr Gesicht. »Obwohl ihr jetzt zusammen seid?«

»Das hat nichts damit zu tun. Ich verrate es ihm trotzdem nicht.« Ich nehme ihre Hand und drücke ihre Finger, um meinen Worten Nachdruck zu verleihen. »Du hast mich gebeten, es geheim zu halten, also halte ich es geheim. Obwohl ich immer noch der Meinung bin, du solltest es ihm sagen.«

Doch sie schüttelt bereits den Kopf. »Das kann ich einfach nicht. Und *du* darfst es auch nicht tun.«

»Dann werde ich es nicht«, verspreche ich erneut. »Ich schwöre es.«

Sie presst die Lippen zusammen und nickt. Dann seufzt sie tief. »Ich bin wirklich müde. Ich glaube, deswegen bin ich übermäßig emotional. Ich geh ein bisschen in mein Zimmer, und wir treffen uns später, okay?«

»Soll ich mitkommen?«

»Nein. Ich lege mich nur hin.«

»Okay.« Ich umarme sie noch einmal. »Schreib mir, wenn du etwas brauchst. Ich hab dich lieb, Roomie.«

»Ich dich auch.« Sie sagt es mit einem schwachen Lächeln, aber ich vermisse das Funkeln in ihren Augen, als sie auf die Aufzüge zugeht. Traurig sehe ich ihr nach, dann gehe ich langsam zurück zum Café auf der Terrasse.

Als ich mich an unseren Tisch setze, erkundigt sich Bram: »Wie geht es ihr?«

Was soll ich sagen? »Sie ist nur müde, meint sie. Also legt sie sich hin.«

Er nickt, dann lacht er plötzlich und schüttelt den Kopf. »Sie sagt, sie hat fünfzig Seiten geschrieben. Dann war sie wirklich auf einem Seminar für kreatives Schreiben?«

Obwohl die Frage von Bram kommt, ist Murphys Blick auf mich gerichtet, als er darauf antwortet. »Das glaube ich nicht. Vielleicht solltest du deine Schwester das nächste Mal fragen, warum sie nicht trinkt.«

O Gott. Ich wende mich ab, aber ich wette, Murphy hat in meinem Gesicht gesehen, wonach er gesucht hat.

Bestätigung.

Bram sieht ihn verständnislos an. »Was soll ich sie fragen?«

»Warum sie nicht trinkt«, sagt Murphy erneut, ohne das kleinste bisschen scherzhaft zu klingen wie sonst. »Denn Aspen hat einen Schwur geleistet und kann es dir nicht sagen.«

Die widersprüchlichsten Gefühle wallen in mir auf, so schnell, dass ich sie nicht verarbeiten kann. Angst vor Brams Reaktion. Erleichterung, weil Murphy ausspricht, was ich nicht offenbaren darf – und weil er versteht, warum ich schweigen muss. Mitleid mit Bethany, weil sie es vor Bram verstecken wollte.

Und Hilflosigkeit, weil etwas passiert, das sie nicht will, und ich nicht weiß, wie ich es aufhalten soll.

Brams Blick streift mich, bevor er sich wieder auf Murphy richtet. Die Falten in seiner Stirn werden tiefer. »Wovon redest du?«

»Von etwas, das nur Bethany etwas angeht. Es liegt an ihr, ob sie dir mehr erzählen möchte. Also erzähle ich dir stattdessen eine kleine Geschichte aus meiner Genesungszeit bei euch zu Hause und über die Schmerzmittel, die ich genommen habe. Opiate sind immer mit Vorsicht zu genießen, weil sie schnell in eine Abhängigkeit führen.

Also haben mich die Ärzte zur Sucht-Prävention geschickt. Bei diesen Programmen lernt man, die Anzeichen für eine Sucht zu erkennen und mit welchen Werkzeugen man das Verlangen bekämpfen kann.« Mit einem tiefen Seufzen sieht er mich an, bevor er sich wieder Bram zuwendet. »Sie raten zum Beispiel, Drogen aller Art zu meiden – wie Alkohol –, weil die Gefahr besteht, dass man sie als Ersatzstoffe einsetzt. Und eines der Werkzeuge gegen das Verlangen war, sich einen Freund zu suchen, der mit aufpasst und dich, wenn nötig, erinnert.«

Brams Gesicht ist hart, und seine Stimme ist scharf wie ein Peitschenhieb. »Sag verdammt noch mal, was du meinst, Murphy.«

Murphy verzieht keine Miene. Ruhig wiederholt er: »Ich sage, dass du mit Bethany reden solltest.«

Und ich sehe es, als Bram versteht. Die plötzliche Leere in seinen Augen, die Verzweiflung und Sorge. Mein Herz zieht sich zusammen, meine Finger verkrampfen sich zwischen seinen, und auf einmal sieht er mich an, und die vertraute kalte Maske legt sich über sein Gesicht.

Meine Finger sind noch immer mit seinen verschränkt, und er zieht mich vom Stuhl. »Gehen wir«, sagt er knapp.

Ich werfe Murphy einen Blick zu, dann zerrt mich Bram hinter sich her, und ich muss praktisch rennen, um Schritt zu halten. »Wirst du mit ihr reden?«

»Erst will ich mit dir reden.«

»Bram, du solltest mit *ihr* reden.«

Er antwortet nicht und geht mit langen Schritten auf unsere Suite zu. Die Tür gegenüber steht offen, davor steht der Putzwagen. Entgegen ihrer Ankündigung, sich schlafen zu legen, ist Bethany nicht drin.

Bram führt mich in unsere Suite und schlägt die Tür

zu. Er stapft in den Wohnbereich, ich bleibe im Foyer stehen, mit klopfendem Herzen.

Sein Blick ist kalt. »Ist es das, worum es die ganze Zeit ging? Sie war in einer Entzugsklinik? In einer verdammten *Entzugsklinik?*«

Trotzig beharre ich: »Du musst mit ihr selber reden.«

»Ich rede mit dir! Du hast gesagt, es ginge ihr gut.«

»Du hast sie gesehen! Es *geht* ihr gut. Sie hat alles im Griff.«

»Nicht, wenn sie mit einer verdammten Sucht kämpft!« Er fährt sich wüst durchs Haar und brüllt: »Das ist verdammt noch mal nicht *gut!*«

Zitternd schlinge ich die Arme um meinen rebellierenden Magen. »Sie ist okay. Sie passt auf sich auf«, sage ich. »Sie weiß, dass sie ein Problem hat. Sie nimmt es in die Hand.«

»Großer Gott.« Wieder wird seine Wut zu Verzweiflung. »Wie konnte mir das entgehen?«

Sein Kummer versetzt mir einen Stich. Er fühlt sich verantwortlich. Doch das sollte er nicht. »Weil die Leute es verstecken.«

»Und weil andere Leute für sie lügen.« Seine Stimme ist bitter, ein verächtlicher Blick streift mich. »Und mich verdammt gut ablenken, während sie es tun.«

Der Schmerz fährt mir bis ins Mark. Ungläubig starre ich ihn an. »Hast du das wirklich gerade gesagt?«

»Du wirktest jedenfalls wild entschlossen, die Wahrheit vor mir zu verbergen. Ich frage mich, wie weit du gehen würdest, um mich davon abzuhalten, genauer hinzusehen.« Er schiebt die Hände in die Taschen und fixiert mich mit verengten Augen. »Da stellt sich doch die Frage, warum du so begierig warst, ihr beim Vertuschen zu helfen.«

Mir wird schlecht vor Schmerz und Wut, und meine

Kehle schnürt sich zusammen. »Ich war nicht *begierig* darauf. Aber ich hatte es versprochen.«

»Vielleicht hattest du gute Gründe dafür. Wie ist es überhaupt dazu gekommen? Vielleicht durch diese verdammten Partys, auf die du sie mitschleppst? Oder, fuck …«, sein Mund verzieht sich abschätzig, »… vielleicht bei einem Besuch bei deiner Mutter, wo sie mit deinem Bruder zu tun hatte.«

Ich kann nicht fassen, was er da sagt, aber ein Teil von mir hört zu, und mein Herz zersplittert. Ich hatte erwartet, dass er ausflippt. Nach Schuldigen sucht.

Aber das hatte ich nicht erwartet. Nicht nach allem, was wir durchgemacht haben. Nicht, nachdem er mir gesagt hat, dass es nichts an mir auszusetzen gibt, dass er nichts an mir ändern würde.

Und doch glaubt er noch immer, ich hätte schlechten Einfluss auf Bethany.

Mit gebrochener Stimme, die ich selbst nicht wiedererkenne, frage ich: »Du glaubst wirklich, ich würde sie in Gefahr bringen? Und nicht auf sie aufpassen?«

Zwischen den Zähnen presst er hervor: »Ich weiß nicht, was ich glauben soll. Du hast *das* vor mir verborgen. Du könntest mir alle möglichen Lügen erzählen.«

»Ich habe es verborgen, weil es mir nicht zustand, darüber zu reden.«

Sein Lachen ist hart und schneidend. »Tja, zum Glück hat Murphy geredet. Sonst würde ich sie irgendwann mit einer Überdosis in der Gosse finden und hätte keine Ahnung, wie es dazu kommen konnte.«

Es tut weh, als ich Luft hole. »Sie war weit entfernt von der Gosse. Sonst hätte ich es dir gesagt.«

»Das behauptest du jetzt«, stößt er hervor. »Aber du hast mich gevögelt, während meine Schwester in Gefahr war, statt mir zu sagen, dass sie Hilfe braucht!«

Ich beiße die Zähne zusammen und sage betont: »Sie war nicht in Gefahr. Sie hat ein Problem. Das ist ein Unterschied.«

»Nenne es, wie du willst, es spielt keine Rolle.« Er wendet sich von mir ab und greift nach dem Schlüssel auf der Kommode. »Ich muss jetzt los, ich bringe Murphy zum Flughafen. Wahrscheinlich ist es besser, wenn du wieder zu Bethany ins Zimmer ziehst.«

Ich fühle mich vollkommen taub. Das war es also. Ein perfekter Tag. Und schon ist es vorbei.

»Ich staune, dass du mich noch in ihre Nähe lässt.«

»Jetzt ist es ohnehin schon zu spät, oder nicht?« Wie ein Panther an der Leine bewegt er sich auf die Tür zu, voll unterdrückter kalter Brutalität. »Und ich habe meine verdammte Lektion gelernt. Diesmal lasse ich mich nicht von deiner Pussy ablenken.«

Stumm trete ich zurück und lasse ihn vorbei, zu zerstört, um auch nur ein Wort zu sagen.

Er schiebt die Sonnenbrille auf die Nase, öffnet die Tür und blickt zurück. »Und hier ist dein neuer Job: Halte dich für den Rest der Reise von mir fern.«

Dann ist er weg. Er knallt die Tür nicht zu, sondern lässt sie einfach los, sodass sie sich leise hinter ihm schließt.

Das Klicken des Schlosses zerschlägt die Taubheit, die von mir Besitz ergriffen hat, und der Schmerz überrollt mich in einer großen, schweren Welle, die mich mit sich fortreißt.

Aber ich werde nicht weinen. Denn ich weiß, wenn ich einmal anfange, höre ich nie mehr auf.

Die Tränen *werden* kommen. Ich spüre sie wie einen dicken, brennenden Knoten in meinem Hals, ein schartiges Loch in meiner Brust. Aber ich darf nicht in diesem Zimmer sein, wenn es losgeht.

Erst muss ich mich in Sicherheit bringen. Zu jemandem, der mich lieb hat und auf mich aufpasst.

Zu jemandem, der mir die Liebe nicht entzieht.

Zum Glück hat er gesagt, ich solle zu Bethany gehen.

Ich habe keine Schlüsselkarte zu Murphys – jetzt Bethanys – Zimmer. Ich schultere Rucksack und Laptop und texte ihr, sie antwortet aus dem Café auf der Terrasse.

Dort sitzt sie verloren an der Bar, und die scharfen Kanten meines gebrochenen Herzens schneiden noch ein bisschen tiefer ein.

Ich glaube nicht, dass Bram sie schon zur Rede gestellt hat. Dafür war noch keine Zeit. Aber er wird es tun. Ich muss sie darauf vorbereiten.

»Hey«, sage ich leise. »Du schläfst doch nicht?«

»Das Zimmer wurde gerade geputzt. Also bin ich hier runtergekommen.«

Dann hat sie den Streit zwischen Bram und mir gegenüber verpasst. Zum Glück. »Kann ich mich setzen?«

»Sicher.« Ihre Stimme ist tonlos.

Ich nehme den Hocker neben ihr – und sehe den Drink, der vor ihr steht. Einen Mai Tai.

Ihr Lieblingsdrink.

Ich beiße mir auf die Lippe.

Sie holt tief Luft. »Falls du dich fragst: Ich habe noch nicht davon getrunken.«

Ich blicke forschend in ihr Gesicht. »Okay.«

»Aber ich habe darüber nachgedacht.« Sie sieht zu mir rüber und runzelt die Stirn. »Wow, Süße, du siehst echt scheiße aus.«

Ich lache gequält, und als ich bebend ausatme, klingt es fast wie ein Schluchzen. *Noch nicht.* Erst habe ich noch etwas zu erledigen. »Ich muss dir was sagen.«

»Dass du mit meinem Bruder schläfst?« Sie lacht auf. »Das habe ich bemerkt.«

Nicht mehr. Meine Hände zittern, und meine Augen brennen. Aber ich halte die Tränen zurück. Sie darf nicht noch mal vor vollendete Tatsachen gestellt werden. Schon wieder überrumpelt werden.

Das hat sie nicht verdient.

»Bram weiß von der Entzugsklinik.«

Ihr Gesicht verliert jeden Ausdruck. »Hast du es ihm gesagt?«

Ich möchte Murphy nicht ans Messer liefern, schließlich hat er Bram bedrängt, mit Bethany selbst zu reden. »Er ist von sich aus draufgekommen. Und ich habe keine Einzelheiten genannt, aber … im Grunde habe ich es bestätigt.« Meine Kehle brennt immer schlimmer, als ich die Wahrheit erkenne. »Ich habe ihm gesagt, er solle mit dir reden, aber letztlich habe ich es bestätigt. Ich hab's vermasselt.«

Tränen treten in ihre Augen. Sie wendet den Kopf ab und sagt heiser: »Schön zu wissen, dass du dein Versprechen gehalten hast.«

»Es tut mir so leid.«

Ihre Stimme ist bitter. »Ja, tja, ich verstehe, warum du ihn mir vorziehst. Ich habe dir halt kein Studium finanziert.«

Ich sauge die Luft ein. »So war es nicht.«

Sie wirft mir einen wütenden, blitzenden Blick zu. »Nein? Oder war es vielleicht von langer Hand geplant und die ganze Zeit über dein Ziel.«

Über sie an ihren Bruder zu kommen, so wie ihre anderen Freundinnen? »Nein. Du *weißt*, dass es nicht so ist. Du weißt, dass ich ihn nicht ausstehen konnte.«

»Und was hat sich dann zwischen euch geändert? Es muss das Geld sein, davor hat er mich von Anfang an gewarnt. Dass du mich benutzen würdest. Ich habe es nicht geglaubt. Nie. Aber anscheinend hat er deinen Preis gefunden.«

Ich fasse es nicht. Ich schüttele den Kopf und versuche es erneut. »Bethany …«

»Hey, hat er dein Gehalt um ein paar hunderttausend Dollar erhöht, als er seinen Schwanz ins Spiel gebracht hat? Hübscher Job, den du da hast, Aspen.«

Ich kann sie nur anstarren. »Du hast mich gerade eine Hure genannt.«

Schmerz glitzert wild in ihren Augen, doch dann streckt sie das Kinn vor. »Ja, tja. Weißt du was? Ich hoffe, du bist glücklich mit ihm. Sein Penthouse in Seattle wird dir gefallen. Es ist viel größer als unser Zimmer im Wohnheim – aber er hat ja noch viel mehr zu geben.« Sie nimmt ihre Tasche und lässt sich vom Hocker gleiten. »Was mich betrifft, das MIT ist noch nicht weit genug entfernt von dir. Also versuchen wir einfach, einander aus dem Weg zu gehen, bis wir nach Hause kommen, ja?«

»Ja.« Es ist ein hohles Echo.

Bis wir nach Hause kommen.

Ich weiß nicht, wie lange ich dort sitze. Das Eis schmilzt in Bethanys Drink. Der Barkeeper kommt und fragt, ob er ihn abräumen soll, aber ich sage Nein. Ohne den Drink habe ich keine Entschuldigung, hier zu sein.

Und ich weiß nicht, wo ich hingehen soll. Nicht zurück in Brams Zimmer. Nicht in das von Bethany. Ein eigenes Zimmer kann ich mir nicht leisten.

Und ich kann nicht nach Hause.

Ich habe noch vierunddreißig Dollar und achtundzwanzig Cent. Ich zähle dreimal nach. Jetzt wünsche ich, ich hätte mir jede heiße Schokolade und jedes dumme kleine Souvenir, das ich mir auf der Reise gekauft habe, von Bram bezahlen lassen. Wünsche, ich hätte den Schlafsack zurückgegeben und hätte zwanzig Dollar mehr in der Tasche. Aber die achtzig Dollar, die ich zu Beginn der Reise hatte, wären auch nicht genug für die Fahrt nach Hause gewesen.

Ich sehe mir die Preise auf dem Laptop an. Amtrak. Greyhound.

Beide zu teuer.

Ich könnte Mom schreiben, aber sie würde sich nur Sorgen machen. Sie kann mir kein Geld schicken. Ihre Schulden sind bezahlt, trotzdem hat sie kein Geld übrig – und sie hat alle Ersparnisse für ihren Vegas-Trip ausgegeben.

»Darf ich dir einen Drink ausgeben?«

Ich wende den Kopf. Ein Typ in mittleren Jahren, etwas weichlich. Sein Blick wandert an mir hinunter, registriert das Tanktop, die kurze Shorts, meine langen Beine.

Sie müssen es sein, die seine Aufmerksamkeit erregt haben, denn ich habe mich im Spiegel hinter der Bar gesehen. Mein Gesicht ist gespenstisch weiß, meine Augen sind wie Blutergüsse.

Aber ich wette, mit einem Typ wie ihm könnte ich nach Hause kommen. Und warum nicht?

Meine beste Freundin hält mich ohnehin für eine Nutte.

Er blickt auf meinen Laptop. Sieht die Greyhound-Seite. »Wo soll's denn hingehen?«

Mit schmerzender Kehle schüttele ich den Kopf. »Nirgendwo hin«, sage ich, und vielleicht ist es meine trostlose Stimme, oder vielleicht sieht er mich endlich an, jedenfalls zieht er sich eilig zurück.

Die Sonne geht unter, und das Café füllt sich wieder. Die späten Gäste. Bram müsste bald vom Flughafen zurück sein. Vielleicht ist er es schon.

Ich könnte nach oben gehen und mit ihm streiten. Um ihn kämpfen. Um Bethany kämpfen.

Aber wofür würde ich dann kämpfen? Ich dachte, alles wäre anders geworden … doch nichts hat sich geändert. Ich habe erwartet, dass er wütend ist und heftig reagiert, weil ich es ihm nicht gesagt habe, aber ich hätte nicht gedacht, dass er mir schon wieder die Schuld zuschieben würde. Obwohl er meinte, er würde alles an mir lieben und ich sei so gut für ihn, betrachtet er mich noch immer als schädlichen Einfluss auf seine Schwester.

Bethany dagegen kann ich es nicht verübeln. Sie hat mich um diese eine Sache gebeten. Ich bin enttäuscht von mir und schäme mich. Bram wäre auch so draufgekommen. Ich hätte es wie Murphy machen sollen. Ich hätte nicht nachgeben dürfen, sondern darauf bestehen, dass er mit ihr redet. Ich hätte es nicht bestätigen müssen. Ich hätte beharrlicher sein müssen, geschickter – ich hätte ihre Privatsphäre schützen sollen, wenigstens in diesem einen Punkt, um den sie mich gebeten hatte.

Doch das habe ich nicht. Vielleicht kann sie mir irgendwann vergeben. Aber ganz bestimmt nicht heute.

Auf dieser Reise habe ich jede Regel gebrochen. Ich habe nicht genug Geld für die Heimfahrt. Ich habe eine Freundin im Stich gelassen.

Und jetzt gebe ich auf.

Ich könnte um ihn kämpfen. Aber ich bin es so leid zu kämpfen. So leid, als Krebsgeschwür angesehen zu werden, das seine Schwester gefährdet. So leid, Zielscheibe für seine Wut und seine Angst zu sein. So leid, Hoffnung und Liebe in den Händen zu halten, nur damit er sie wieder zunichtemacht.

Außerdem fehlt mir die Kraft zu kämpfen. Meine Kraft reicht gerade noch, um mich zu bewegen.

Doch selbst das tue ich kaum.

Ich höre, wie jemand meinen Namen sagt, und drehe langsam den Kopf. An einem Tisch in der Nähe sitzen vier Damen mit Silberhaar und lachen.

Nicht über meinen Namen. Über meinen Laptop.

Das Aspenglow-Cover.

Eine der Frauen merkt, dass ich zu ihnen hinsehe. »Wir haben Ihren Laptop gesehen. Er ist einfach wundervoll!«

Das stimmt. Es ist eines der coolsten Geschenke, die ich je bekommen habe. Von zwei Leuten, die nichts mehr mit mir zu tun haben wollen.

Meine Augen werden feucht. *Noch nicht.*

»Danke.«

Die Damen wenden sich wieder ihrem Essen zu. Ich blicke auf den Tresen, gehe die Kontakte im Handy durch.

Ich könnte Aaron anrufen. Oder Anna. Sie würden mich abholen. Oder Geld schicken. Aber es könnte einen Tag oder länger dauern. Und wenn ich hier nicht bald rauskomme, reicht am Ende meine Kraft nicht mehr.

Aber ich habe noch eine andere Möglichkeit.

Ich schließe den Laptop und fahre mit dem Finger über John Denvers lächelndes Gesicht. Letztlich war es das Bild zum falschen Song. »Take Me Home« hätte besser gepasst.

Um meine brennende Kehle zu besänftigen, stürze ich Bethanys Drink hinunter. Er ist warm und wässrig und widerlich.

Aber er gibt mir den nötigen Energieschub. Ich nehme den Laptop und gehe auf den Tisch mit den silberhaarigen Damen zu.

Sie blicken erwartungsvoll zu mir auf, als ich neben der Frau mit der Cat-Eye-Brille – sicher eine ehemalige Lehrerin oder Bibliothekarin – stehen bleibe.

Ich bemühe mich um einen leichten Ton, statt heiser und gebrochen zu klingen. »Da Ihnen mein Laptop so gut gefallen hat, wollte ich Ihnen sagen, dass er zu verkaufen ist. Fast brandneu.«

Die Frauen sehen einander an, wechseln unsichere Blicke. Auf der anderen Seite vom Tisch sagt eine in einem geblümten Shirt: »Oh … ich glaube nicht, dass wir noch einen Laptop brauchen. Oder, Mädels?«

Natürlich brauchen sie keinen. Sie machen hier Urlaub.

Ich ringe mir ein Lächeln ab und sage: »Kein Problem. Ich dachte nur, ich frage. Einen guten Appetit noch.«

Schnell trage ich den Laptop zurück zur Bar, wo noch mein Rucksack neben dem Hocker steht. Ich brauche ein Leihhaus. Ob so spät noch eines offen hat?

Verdammt, ich hätte es nicht so lang aufschieben sollen.

»Warten Sie.« Eine der Damen ruft mich zurück, aber ich sehe, dass es jede von ihnen getan hätte. Ihr faltiges Gesicht ist besorgt, die ganze Runde sieht besorgt aus. »Stecken Sie in Schwierigkeiten?«

Sofort schnürt sich meine Kehle zu, und die Tränen kommen hoch. *Noch nicht.*

Ich weiß nicht, warum Freundlichkeit so schwer zu ertragen ist. Wenn man mir das Herz bricht, kann ich mich zusammenreißen, aber ein kleines bisschen Anteilnahme, und ich breche fast zusammen.

»Nein. Ich will nur …« Ich muss schlucken und setze neu an: »Ich versuche nur, nach Hause zu kommen.«

Die Frau im Blümchen-Shirt sagt: »Haben Sie hier niemanden, der Ihnen hilft?«

Ich presse die Lippen zusammen, damit sie nicht zittern, und schüttele den Kopf. »Ich bin allein hier.«

»Tja, aber wir sind doch da, oder? Und ich hatte gerade Glück im Casino. Ich weiß nicht …«, die pensionierte Lehrerin rutscht auf ihrem Stuhl herum und hebt das Kinn, »vielleicht muss ich eine E-Mail nach Hause schicken und ein bisschen damit prahlen. Wie viel wollen Sie dafür?«

Mein Atem bebt. »Hundertneunundzwanzig Dollar.«

Sie neigt den Kopf und sieht mich tadelnd an. »Das ist ein sehr genauer Betrag. Und sehr wenig.«

»So viel kostet der Bus nach Hause.«

»Tja, ich habe nicht vor, Sie übers Ohr zu hauen. Ich gebe Ihnen fünfhundert dafür. Wie ich schon sagte, ich habe einen fetten Gewinn kassiert. Außerdem hatte ich schon immer eine Schwäche für John Denver.« Sie legt eine riesige Geldbörse auf den Tisch und beginnt, darin zu wühlen. »Vielleicht finden Sie noch ein Hotel für heute Abend. Denn vor morgen früh fährt vermutlich kein Bus mehr.«

»Danke.« Meine Hände zittern. Ich hole das Netzkabel aus dem Rucksack und gebe es ihr. »Vielen Dank.«

Lächelnd reicht sie mir ein Bündel Zwanziger. »Nun, ich habe auch schon die eine oder andere Gelegenheit erlebt, in der ich mit dem Bus nach Hause musste.« Sie tätschelt meine Hand. »Passen Sie gut auf sich auf.«

Ich versuche es.

So kurz vor einem Ferienwochenende haben die Hotels im Umkreis keine Zimmer frei, dafür gibt es jede Menge Diner, die rund um die Uhr geöffnet haben. Ich bestelle mir Tee und warte bis fünf Uhr morgens, dann gehe ich zum Bahnhof und nehme einen Pendlerzug in die nächste Stadt mit Greyhound-Station. Drei Stunden später kaufe ich mir eine Fahrkarte nach Portland, dann muss ich bis zum frühen Nachmittag warten, bis der Bus fährt. Sobald ich auf meinem Platz sitze, stecke ich mir Stöpsel in die Ohren und schließe die Augen. Ich muss meinen Akku schonen und spiele keine Musik. Ich will nur vermeiden, dass mich die sympathisch wirkende ältere Dame auf der anderen Seite des Gangs anspricht. Ich vertrage nicht noch mehr Freundlichkeit.

Und der Schmerz in meiner Brust wird nicht besser, während die Stunden verstreichen.

In Reno steige ich um. Die Sonne versinkt, und die Meilen ziehen in der Dunkelheit vorbei. Kurz vor Mitternacht steige ich in Sacramento noch einmal in einen anderen Bus um. Es ist fast drei, bis er endlich losfährt. Als wir durch Redding fahren, bricht im Osten ein neuer Tag an, und erst da fällt mir auf, dass das Geld für einen Flug gereicht hätte.

Ich bin nur nicht auf die Idee gekommen. Diese Möglichkeit hatte ich bisher noch nie gehabt.

Wir erreichen Oregon, als mein Handy vibriert.

Bram.

Ich starre auf die grüne Taste, mit der man Anrufe annimmt. Jetzt weiß ich, warum Bethany ihr Handy ausgeschaltet hat, als sie nicht mit auf die Reise kommen wollte und zur Entzugsklinik fuhr. Sie hatte Angst, ihm nicht gewachsen zu sein. Einzuknicken, weil sie ihn liebt. Aber sie musste sich retten.

So wie ich.

Ich drücke auf Abweisen.

Jetzt kommen Nachrichten in schneller Folge.

wo bist du

Hier ist eine Frau mit deinem Laptop

Sie sagt, du hast es ihr für den Bus nach Hause verkauft

Wo bist du?

Bist du okay?? Aspen baby bitte antworte

Die Nachrichten verschwimmen vor meinen Augen. Ich habe noch nie erlebt, dass er Texte ohne perfekte Zeichensetzung verschickt. Und ich kann einfach nicht mit ihm reden. Trotzdem sollte ich ihn wissen lassen, dass ich noch lebe.

Zumindest so einigermaßen.

Zitternd schreibe ich.

Bin in Ordnung.

Gott sei Dank. Wo bist du?

Ein Anruf geht ein. Ich weise ihn ab.

Bitte rede mit mir. Bitte.

Ich kann nicht. *Du hast neulich genug gesagt. Ich sperre deine Nummer.*

Bevor ich in die Kontakte gehen kann, um sie zu sperren, kommen zwei weitere Nachrichten.

Tu es nicht.

Ich komme zu dir.

Ich sperre ihn. Mein Atem geht pfeifend. Ich drehe das Gesicht zur Scheibe und drücke die Wange ans kalte Glas.

Bethany ruft an.

Ich weise sie ab. Ich könnte nicht mit ihr sprechen, selbst wenn ich wollte.

Aspen, Bram ist in meinem Zimmer und flippt total aus. Er sagt, jemand im Café hat deinen Laptop. Ist alles okay bei dir?

Alles gut. Gib ihm nicht das Handy.

Mach ich nicht. Ich ruf dich noch mal an. Wirst du drangehen?

Ich schüttele den Kopf, als könnte sie mich sehen, und schreibe zurück: *Geht nicht sonst muss ich weinen.*

Okay. Aber er flippt total aus. Er meint, du hast den Bus genommen? O Gott er sagt du warst nicht bei ihm. Er hat dich das letzte Mal gesehen bevor Murphy weg ist. Aspen, das ist zwei Tage her!!!

Ich weiß. Aber das schreibe ich nicht.

Es tut mir so leid. Ich dachte, du wärst bei ihm und würdest mir aus dem Weg gehen. Bram dachte du wärst bei mir. Er sagt, er hat dich weggeschickt??? Ich habe ihn gerade Arschloch genannt.

O Gott ich habe dich eine Hure genannt und du bist gegangen. Es tut mir leid. Es tut mir so leid.

Es war nicht deshalb. Es ist okay. Du hattest Grund wütend zu sein.

Es ist NICHT okay. sag uns wo du bist. Im Bus? Wir kommen zu dir.

Nein, ich gebe euch Bescheid, wenn ich zu Hause bin.

Bram will mit dir reden. Redest du mit ihm?

Nein.

Er sieht total zerstört aus. Ich habe ihn noch nie so erlebt.

Er sagt er liebt dich. Du sollst bitte mit ihm reden.

Ein Stich fährt in meine Brust. *Warum? Damit er mir sagen kann, wie scheiße ich als Mensch und Freundin bin? Er hat schon alles gesagt. Eine Million Mal. Ich will NIE WIEDER mit ihm reden. Ich bin müde, ich schalte ab, ich kann das jetzt nicht.*

Okay, ich verstehe. Gib uns nur Bescheid, wenn du zu Hause bist, okay?

Mach ich.

Ich schalte das Handy aus und presse die Finger auf die Augen. *Noch nicht.*

Aber ich bin fast da.

In Portland regnet es. Ich habe Mom gebeten, mich am Busbahnhof abzuholen und einfach auf dem Parkplatz zu warten, bis ich zum Auto komme, aber als ich aus dem Bus steige, steht sie vor mir.

»Oh, Schatz«, sagt sie leise und schließt mich in die Arme.

»Lass mich los«, flüstere ich mit schmerzender Kehle. »Sonst fange ich auf der Stelle an zu heulen.«

»Nur zu.« Ihre Arme schließen sich fester um mich. »Ich bin ja da. Ich lass dich nicht los.«

Und endlich kommen die Tränen.

22

Ich schlafe fast einen ganzen Tag durch, dann schleppe ich mich ins Wohnzimmer. Nash isst in seiner Arbeitskluft Cornflakes und klopft auf das Sofakissen neben seinem.

Ich setze mich und schmiege mich an ihn.

»Wie geht's, Schwesterherz?«

»Nicht so gut.«

Er wuschelt mir durchs Haar. »Das wird schon wieder.«

»Das sagst du immer.«

»Weil es stimmt.«

Ich blicke auf, als Mom ins Wohnzimmer kommt, einen Wäschekorb unterm Arm. »Du bist zu Hause?«

»Ich arbeite nicht mehr beim Diner.«

Weil sie nicht mehr zwei Jobs machen muss. Ich sollte mich darüber freuen. Aber ich bin wie betäubt. »Das ist gut.«

Ein lautes Summen kommt vom Küchentresen, wo wir unsere Handys aufladen. Alle blicken rüber.

»Für dich, Schatz.« Mom nimmt mein Handy und blickt auf das Display. Weil ich fürchte, Bram könnte sich einfach ein neues Handy kaufen, checkt sie alle Anrufe und Nachrichten für mich. »Von Bethany. Sie und Bram sind auf dem Rückweg und würden morgen gern hier vorbeikommen.«

Sie fahren früher als geplant – vor dem Feuerwerk. Ich wünschte, sie würden es nicht tun. »Ich antworte bald.«

»Weil es so schlau ist, Sachen aufzuschieben?«

Manchmal wünschte ich, sie hätte nicht immer recht. Ich strecke die Hand nach dem Handy aus.

Nur du?, schreibe ich zurück.

Bram ist bei mir. Er will unbedingt sehen, ob du wirklich okay bist.

Ich will ihn nicht sehen oder sprechen.

In Ordnung. Ich sorge dafür, dass er im Auto bleibt. Bis morgen Abend. Gegen sieben, schätze ich.

Kurz vor sechs kommt Bethanys Nachricht.

Hallo, wir biegen in eure Straße.

Nash sitzt auf der Couch und spielt sein Lieblingsspiel. Ich weiß nicht, wie sehr ich weinen werde, aber explodierende Zombies im Hintergrund machen es womöglich noch viel schlimmer. *Ich bin vorm Haus.*

»Aspen?«, ruft Mom aus der Küche, wo sie Abendessen kocht.

Ich bleibe an der Tür stehen. »Ja?«

»Ich würde mich gern persönlich bei Bram bedanken. Schickst du ihn rein?«

»Okay.«

Mom will, dass Bram reinkommt, damit sie sich bedanken kann.

Wofür? Dass er ein Arsch ist?

Zum ersten Mal seit Ewigkeiten muss ich grinsen, aber der Schmerz in meiner Brust ist noch genauso stark, und mein Herz klopft wie wild, als ich nach draußen gehe, barfuß und in kurzen Jeans und einem übergroßen Kapuzenpulli, der mich einigermaßen warm hält, trotz der hellen Sommersonne.

Vergraben in meiner Kleidung.

Der Range Rover hält am Straßenrand, und ich muss schon jetzt gegen die Tränen ankämpfen. Ich sehe das

Auto nicht direkt an, sondern hefte den Blick auf das Gras am Rand des Rasens und warte, während sich die Autotüren öffnen und schließen.

»Hallo Roomie.« Bethanys Stimme ist belegt. »Deine Mom ist drinnen?«

»Ja.«

Er wird an mir vorbeigehen, aber ich muss ihn nicht ansehen. Er wird auf dem asphaltierten Streifen laufen, und ich stehe auf dem Rasen, das Gesicht abgewandt – damit er mich auch nicht ansehen kann. Nicht mein Gesicht, mein dummes Gesicht, das ihm verrät, wie zerstört ich bin.

Ich will ihn nicht sehen.

Bethanys Mund zittert, als sie vor mir stehen bleibt. »Hier, das ist für dich.«

Ich habe mich so darauf konzentriert, ihn nicht anzusehen, nicht auf seine langsamen Schritte zu hören, dass ich noch gar nicht bemerkt habe, was sie in den Händen hält.

»Aspenglow braucht sein wahres Zuhause«, sagt sie.

Ich sehe sie überrascht an. »Aber …«

»Bram hat es von den Damen zurückgekauft und wohl ganz schön was zu hören bekommen, von wegen, wie tapfer du gewesen seist, wie einfallsreich und stark, weil du so offensichtlich nicht weinen wolltest.«

Das mit der Stärke täuscht. Ich vergrabe die Hände in den Taschen meines Hoodies und zucke leicht die Schultern. »Das habe ich mittlerweile nachgeholt.«

Auf einmal schimmern auch in ihren Augen Tränen, und ihre Worte sprudeln nur so hervor: »Es tut mir so leid, dass ich dich Hure genannt habe. Es war nicht so gemeint, ich hatte nur so Angst vor seiner Reaktion, und ich dachte, zwischen uns wäre jetzt alles anders, und es war so merkwürdig, dass ihr plötzlich zusammen wart.«

»Wir haben dich überrumpelt.«

»Und ich war so dumm und eifersüchtig.«

Wieder zucke ich die Schultern. »Verständlich. Eigentlich wolltest du die Reise machen, um Zeit mit deinem Bruder zu verbringen. Und dann hatte ich diese Zeit mit ihm.«

»Nein. Eifersüchtig auf *ihn.*« Sie lacht zwischen Tränen und wischt sich die Augen. »Weil du meine Freundin warst, und plötzlich war er auch dein Freund, und vielleicht hatte ich Angst, dass du mich seinetwegen fallen lässt. Das habe ich an dir ausgelassen, und es tut mir so leid.«

Ich greife nach ihrer Hand. »Hey, ich würde dich niemals fallen lassen. Und ich versteh dich. Schließlich habe ich mein Versprechen gebrochen.«

»Ja, und Bram hat mir erzählt, wie es dazu gekommen ist, oder besser gesagt, er hat mich angeschrien. Wir haben so gestritten, direkt nachdem ich dir geschrieben habe. Das Resort hat die Security geschickt und uns aufgefordert, leiser zu sein.«

»Na, das hat ihm bestimmt gefallen«, bemerke ich trocken. Genauso wie der Verkehrspolizist, der ans Fenster geklopft hat. Er hatte solche Angst, dass sich seine Regelüberschreitung auf seine Schwester auswirken könnte. Und dann kommt die Security in Bethanys Zimmer.

Doch ihre Augen werden ganz groß, und sie schüttelt den Kopf, als könnte ich mich nicht stärker irren. »Er wäre fast auf sie losgegangen. Er sagte Sachen wie: ›Warum kommen sie an, wenn zwei Geschwister streiten, und dich lassen sie einfach gehen, ein Mädchen, das so offensichtlich Kummer hat, ganz allein.‹ Es war total verrückt. Als würde er es drauf anlegen, dass sie reinkommen und … ich weiß auch nicht. Ihn für seine Fehler bestrafen oder so. Ich musste ihn zurückhalten und beruhigen.

Dann haben wir endlich angefangen zu reden, und ich habe ihm von Heath erzählt. Und dass du mir gesagt hast, ich solle Bram von der Entzugsklinik erzählen, aber ich es dir verboten habe. Und er hat mir erzählt, wie er dich dazu bekommen hat, mit auf die Reise zu kommen, dass er dich quasi mit deiner Mom erpresst hat. Und dass es eigentlich Murphy war, der ihn darauf gestoßen hat. Und dass er Scheiße zu dir gesagt hat, die er nie hätte sagen sollen. Und da haben wir begriffen, dass wir beide die letzten Arschlöcher dir gegenüber waren.«

Meine Kehle brennt wieder. »Es ist schon okay. Ich hab's überlebt.«

»Wirklich?« Sie neigt den Kopf und mustert mich. »Er nämlich irgendwie nicht.«

Meine Augen füllen sich mit heißen Tränen, und ich schüttele den Kopf, hebe hilflos die Hand. Ich kann mich nicht mit seinem Kummer befassen, solange es mir selbst so schlecht geht. »Ich kann nicht«, flüstere ich.

Bethany seufzt. »Okay.«

Ich atme bebend ein und versuche, mich auf etwas anderes zu konzentrieren. Irgendwas, das nicht mit mir zu tun hat. »Und wie sieht es mit deiner Therapie aus? Machst du weiter?«

»Ja, aber nicht mehr dasselbe Programm.« Sie breitet die Hände aus und lächelt verlegen. »Du hattest recht. Ich hätte es ihm sagen sollen. Als wir uns irgendwann lange genug angeschrien hatten, redeten wir normal weiter – wir haben praktisch die ganze Rückfahrt über diskutiert, was ich als Nächstes tun sollte und wie er mich dabei unterstützen kann. Wie wir dafür sorgen können, dass er mir bei der Heilung helfen könnte. Also haben wir ein paar Stellen angerufen, und jetzt gehen wir gemeinsam auf Kur. Nächsten Monat machen wir also jede Menge Therapiegespräche und Kurse.«

»Das ist gut«, sage ich, dann muss ich kurz lachen.

Sie liest meine Gedanken und grinst. »Lustig, oder? Man kann sich das bei ihm gar nicht vorstellen. Aber er meint, er würde alles tun, um mir zu helfen. Also … na ja.« Plötzlich wirkt sie unsicher. »Dort sind sie nicht so streng mit Kontakten nach außen. Dürfte ich dir denn texten und mailen?«

Ich blinzele. »Aber natürlich. Das musst du doch nicht fragen.«

»Ich weiß einfach nicht, wie du mir vergeben kannst.«

»Das ist ziemlich leicht.«

Sie sieht mir suchend ins Gesicht. »Du kannst mir vergeben, aber ihm nicht?«

»*Ich* habe ein Versprechen *dir* gegenüber gebrochen. Aber er …«

»Hat dir das Herz gebrochen?« Ihre Stimme ist voll Mitgefühl.

Plötzlich schnürt sich mein Hals zu, und meine Sicht verschwimmt schon wieder. »Ich glaube, er hat einfach alles zerbrochen.«

»Okay. Ich umarme dich.« Sie kommt auf mich zu und schließt mich in die Arme. Lang stehe ich zitternd an sie gedrückt da, dann sagt sie: »Jetzt wisch dir die Augen ab. Dann dreh dich um und setz ein toughes Gesicht auf.«

Der letzte Satz bringt mich zum Lachen – und bereitet mich vor. Bram steht auf dem Weg, die Fäuste in die Taschen geschoben, die Schultern eingezogen.

Seine Augen forschen fiebrig in meinem Gesicht.

Bethany tätschelt mir den Arm. »Ich geh kurz rein zu deiner Mom, okay?«

»Verräterin«, sage ich. Aber ich verstehe sie. Sie steckt in einer schwierigen Situation, hin- und hergerissen zwischen bester Freundin und Bruder.

Sie eilt auf die Veranda zu, den Laptop unterm Arm.

Und ich stehe da. Weil ich nicht weiß, was ich sagen soll. Weil ich fürchte, dass dieser Schmerz noch nicht das Schlimmste ist. Dass irgendwie noch mehr kommt.

Aber anscheinend sieht er meine Angst. Er hebt die Hand – nicht, um nach mir zu greifen, sondern wie vor einem verletzten Tier, wie um zu sagen: *Keine Sorge, ich komme nicht näher.*

Seine Stimme ist heiser: »Aspen, ich werde nicht versuchen, dir zu sagen … keine Sorge, ich will dich nicht verletzen. Ich habe nur ein paar Sachen für dich.«

Ich nicke. Und folge ihm mit Sicherheitsabstand zum Range Rover.

Er öffnet die Heckklappe über die Fernbedienung und greift in den Gepäckraum.

Nach meinem Schlafsack. Ich kann mir ein kurzes Lachen nicht verkneifen. Ich nehme ihn an, schlinge die Arme darum und drücke ihn an die Brust wie eine weitere Schutzschicht über meinem Herzen. »Du hättest ihn behalten sollen.«

»Ich habe darüber nachgedacht«, sagt er ernst. »Das andere ist vorn.«

Damit geht er zur Beifahrertür, beugt sich ins Auto und öffnet das Fach, in dem er während der Reise das Bargeld aufgehoben hat.

Jetzt zieht er einen großen Umschlag raus und legt ihn auf den Schlagsack, den ich an die Brust drücke.

»Da ist alles drin«, meint er. »Der Mietvertrag und die Zugangscodes für dein Apartment, die Formulare für die Studiengebühren, die du bei der Studienbeihilfe einreichen musst, wo sie es wie ein Stipendium bearbeiten sollten. Außerdem hast du ein Aufwandskonto für Bücher, Lebenskosten und Umzug, sodass du einziehen kannst, sobald du willst.«

Die Bezahlung für die vier Wochen, die ich mit ihm verbracht habe. »Ich kann es nicht annehmen.«

Seine Kiefer treten hervor. »Aspen ...«

»Ich bin frühzeitig gegangen. Ich habe den Job nicht zu Ende gebracht.«

Sein Mund wird zu einem grimmigen Strich. »Es war nicht dein Verschulden. Ich habe unhaltbare Arbeitsbedingungen geschaffen.«

»Was?«

»Wärst du die vier Wochen geblieben, hätte ich nicht diese Sachen gesagt?«

»Ich wäre noch viel länger geblieben.«

»Ich weiß.« Er fährt sich mit zitternden Händen durchs Haar. »Ich habe dich wieder dazu gebracht, mich zu hassen. Und es wäre zu viel verlangt, dass du mir das verzeihst. Aber ich muss dir einfach sagen, dass ich zu keinem Zeitpunkt geglaubt habe, dass du für Bethanys Probleme verantwortlich bist. Du oder dein Bruder. Es war nur ...«

»So praktisch, mir die Schuld zu geben«, sage ich tonlos. »Und du kannst nicht anders, als um dich zu schlagen.«

Er holt tief Luft, wie um meine Worte abzufangen. »Ja. Und du verdienst etwas Besseres. Du bist großartig. Stark.«

»Leichtsinnig? Ein schlechter Einfluss?« Es klingt so bitter.

»Eigenständig.« Die Antwort ist hart, kompromisslos, als würde er keinen Widerspruch dulden, dann fährt er sanfter fort: »Und in den letzten Tagen habe ich gesehen ... dass auch Bethany eigenständig ist. Meine kleine Schwester ist in den letzten vier Jahren erwachsen geworden. Ich weiß nicht, warum es mir bisher nicht aufgefallen ist.« Sein Blick streift über mein Gesicht, seine

Stimme wird noch weicher. »Du warst gut für sie. Du hast getan, was ich hätte tun sollen, statt zu versuchen, alles perfekt zu machen. Durch dich habe auch *ich* mich schon so sehr gebessert. Ich bin wieder mehr ich selbst statt jemand, der ich sein sollte. Aber noch nicht genug. Deswegen habe ich dich erneut verletzt. Es tut mir so leid.«

Tränen stechen in meinen Augen. »Okay«, bringe ich hervor.

»Und es tut mir leid …« Sein Satz endet in einem erstickten Laut, und sein Adamsapfel hüpft, bevor er den Kopf abwendet. »Es tut mir leid, dass es … so lang gedauert hat. Zwei Tage. Die du allein warst. Ich wollte umdrehen, sobald ich aus der Tür war, aber ich habe es mir verboten. Ich habe mir eingeredet, dass du dich irrst und dass ich eben nicht ich selbst sein soll, weil Bethany in Schwierigkeiten steckt und sie keinen Bruder, sondern einen Vater braucht. Ich habe mir gesagt, dass es besser so ist. Bis ich den Laptop sah. Und ich werde niemals das Gefühl vergessen, als ich erkannte, dass du weg warst … und ich nicht wusste … nicht wusste, ob du …«

Seine Stimme bricht, und er verstummt und schließt die Augen. Es kommt mir sehr lang vor, ehe er fortfährt. Doch ich kann das Schweigen nicht ausfüllen, weil ich kaum Luft bekomme, so weh tut meine Brust und so dick ist der Kloß in meinem Hals.

»Aber du hattest recht«, fährt er irgendwann heiser fort, und als sich unsere Blicke begegnen, glühen seine Augen. »Bethany braucht keinen Vater, sondern mich. Du hast getan, was du konntest. Es war meine Schuld, dass du gegangen bist. Ich habe dir keine Wahl gelassen.« Er deutet auf den Umschlag. »Also bitte nimm ihn. Damit du jetzt die Wahl hast, wohin du gehst und was du tust. Auch wenn deine Wahl nicht auf mich fällt.« Sein Atem bebt, dann fügt er hinzu: »Und solltest du jemals etwas brauchen, egal, was es ist, besorge ich es für dich. Du musst einfach nur fragen.«

Ich nicke erneut und flüstere: »Okay.«

»Okay«, wiederholt er rau – dann kommt er auf mich zu. Seine rechte Hand umfasst mein Kinn, sein Daumen streicht über meine zitternden Lippen.

Sein Blick fällt auf meinen Mund. Er will mich zum Abschied küssen, wird mir bewusst.

Und ich habe mir noch nie etwas so sehr gewünscht wie diesen Kuss. Aber ich ertrage es nicht. Und ich ertrage keinen Abschied.

Die Tränen fließen, und Bram zuckt zusammen und lässt mich schnell los.

»Nicht, Aspen. Es tut mir leid. Ich werde nicht …« Seine Stimme bricht. Er schiebt die zitternden Hände in die Taschen und tritt einen Schritt zurück. »Ich werde dich nicht anfassen. Ich werde dich nicht mehr verletzen.«

Er berührt mich nicht, doch es tut noch immer weh. Er hat mich nicht zum Abschied geküsst, doch es zerreißt mir trotzdem das Herz.

Blind vor Tränen sage ich: »Ich muss gehen.«

Er nickt entgeistert. »Geh.«

Also drehe ich mich um und renne. Und muss erkennen, dass es kein bisschen weniger wehtut, wenn man sich nicht verabschiedet.

Bethany kommt mir auf der Treppe entgegen und schließt mich in die Arme. »Pass auf dich auf. Ich melde mich bald, okay?«

Ich kann nur nicken.

Im Haus mache ich am Fenster halt. Bram steht noch immer neben der offenen Beifahrertür, die Hände in den

Taschen zu Fäusten geballt, den Kopf gesenkt. Wie erstarrt.

Bethany berührt ihn am Arm. Langsam dreht er sich um, steigt ein. Sie geht zur Fahrerseite.

Ich sehe zu, wie sie fahren, während Tränen über mein Gesicht rinnen. Dann starre ich einfach auf die leere Straße.

Mom stellt sich neben mich ans Fenster. »Was du jetzt durchmachst, ist nicht so schlimm, wie es scheint«, sagt sie sanft.

»Nein?«

»Na ja, du hast die Wahl.«

Mehr Tränen fließen. »Was für eine Wahl?«

»Wenn es zu sehr wehtut, wenn du es nicht erträgst, ohne ihn zu leben – kannst du ihn jederzeit wiedersehen.«

Aber sie kann Dad nie wiedersehen. Mein Herz zieht sich zusammen.

Es stimmt. Es könnte noch viel schlimmer sein.

Sie tätschelt meinen Arm. »Halte durch, Schatz. Manchmal fühlt es sich an, als hätte man alles verloren. Dann dreht man sich um und stellt fest, dass man so ziemlich alles hat. Du kannst nicht einfach aufgeben.«

»Aber ich *habe* aufgegeben.« Bram. Mich.

Bram und mich.

»Bist du sicher? Das klingt so gar nicht nach dir. Und was ich da draußen gesehen habe, sah auch nicht nach Aufgeben aus – wie du aufrecht vor ihm gestanden hast, obwohl du dich am liebsten verkrochen hättest. Fühlt sich so Aufgeben an?«

Ich schüttele den Kopf. »Ich weiß es nicht.«

»Natürlich nicht. Woher auch, schließlich hast du es noch nie getan. Du bist gerade auf die Nase gefallen.« Sie klingt amüsiert. »Abwärts ist auch eine Richtung, aber nur weil du dich in diese Richtung bewegst, gibst du doch nicht auf. Vielleicht musst du nur noch mal die Richtung ändern.«

Vielleicht muss ich das. Bebend hole ich Luft und wische die Tränen weg.

Wählen. Und die Richtung ändern.

Ich kann beides.

23

Der Richtungswandel bedeutet, die Nase erneut in ein Buch zu stecken. Ich hatte nicht geplant, die zweite Hälfte des Sommers an einem Arbeitsplatz im oberen Stockwerk der Bibliothek der Seattle University zu verbringen, aber darauf läuft es hinaus. Ich schiele schon fast, als mich eine Nachricht von Bethany erreicht.

Hallo! Bram und ich sind gerade in Seattle angekommen. Sollen wir uns in einer Stunde treffen?

Ja. Versuchung und Angst versetzen meinen Magen in Aufruhr. Ich zögere lang genug, dass Bethany ein zweites Mal schreibt.

Nur du und ich. Bram fährt ins Büro weiter.

Ich bin enttäuscht. Und erleichtert. Und verwirrt durch beide Gefühle.

Okay, schreibe ich zurück. *Wo?*

Kennst du das Thread? Ein cooles kleines Café in der Nähe deiner neuen Wohnung.

Ja. Nach einem Monat kenne ich die meisten Restaurants und Cafés der Umgebung. Von meiner Wohnung laufe ich nur zehn Minuten bis zum Campus und komme fast täglich an dem Café vorbei.

Okay. Dann sehen wir uns um 3 :-)

Bis dann :-)

Ich zwinge mich, noch eine weitere Stunde zu lernen, obwohl ich mich kaum konzentrieren kann. Schließlich sammle ich Laptop und Bücher ein und mache mich auf den Weg. Der Sommer ist in Seattle etwas wolkiger und kühler als in Portland, aber heute scheint die Sonne, und es weht ein angenehmer Wind, der über meine nackten Arme streicht und mit dem fransigen Saum meines Jeansrocks spielt.

Ich werde glücklich sein in Seattle. Ich *werde* glücklich sein. Und ich halte mich gut. So gut es eben geht, mit einem Loch in der Brust, das sich durch nichts ausfüllen lässt.

Ich wünschte, dieser Idiot würde mir nicht so schrecklich fehlen.

Bethany ist schon da. Mein Herz bleibt kurz stehen, und ich kann nicht anders, als die anderen Tische abzusuchen – doch sie ist allein. Als sie mich sieht, strahlt sie.

Dann ist sie aufgesprungen und umarmt mich. Ich erwidere die Umarmung.

»Du siehst blendend aus«, sage ich.

Sie lacht. »Ja. Dieses Kurzentrum, lieber Gott, das war so lächerlich. Ich habe dir schon eine Erdbeerlimo bestellt. Also setz dich, setz dich!«

Ich setze mich und lege meine Tasche auf den Stuhl neben mir. »Lächerlich? Dann war es verschwendete Zeit?«

»Nein, ich meine ›lächerlich‹, weil es im Grunde ein Strand und ein voll ausgestattetes Heilbad war und wir entweder am Pool saßen oder über unsere Gefühle geredet haben. Wenn ich gut aussehe, dann liegt es daran, dass ich ungefähr eine Million Massagen und Gesichtsmasken zwischen den Therapiegesprächen hatte.«

»Wie lief es denn? Die Therapie?«

»Das war ziemlich cool.« Sie kichert. »Ich glaube, Bram wurde mehr therapiert als ich.«

Mein Herz zieht sich zusammen. »Ja?«

»Ja.« Ihr Lächeln wird etwas schwächer, und sie sieht mir forschend ins Gesicht. »Ich wusste nicht, dass er sich die Schuld am Unfall unserer Eltern gegeben hat.«

»Oh.«

»Anfangs gingen die Gespräche also darum, wie er mich unterstützen kann, aber ein Therapeut wollte ihn irgendwann allein sprechen. Ich dachte, es ginge um das gleiche Thema, aber zwei Wochen später fängt er am Strand plötzlich an zu lachen. Und dann erzählt er mir, er glaubt, der Therapeut würde eine Trauerbegleitung mit ihm machen.«

»Oh. Das ist gut.« Und es zieht in meiner Brust, aber nicht, weil es mich verletzt.

Sondern weil sich leise Hoffnung regt.

»Ja. Also haben wir auch die Trauerbegleitung zusammen gemacht. Ich glaube, das hat viel gebracht. Weißt du, was er in einer der Sitzungen gefragt hat?«

Ich hebe die Hände. »Ich glaube wirklich nicht, dass du mir das erzählen solltest.«

Sie erzählt es mir trotzdem. »Wie er sich davon abhalten kann, auf andere loszugehen, wenn er sich selbst die Schuld gibt und das Gefühl hat, versagt zu haben. Er meinte, er müsse sich bessern. Und die Therapeutin sagte, es sei eine Reaktion auf Hilflosigkeit, wenn man geliebte Menschen von sich stößt. Und heilen könne man sich, indem man lernt, sich nicht mehr die Schuld zu geben. Oder indem man eine bessere Reaktion findet, mit der man sich proaktiv statt machtlos fühlt.«

Ich kaue auf meiner Lippe rum. »Meinst du, das tut er noch immer? Sich die Schuld geben?«

»Manchmal. Für mich, für unsere Eltern.« Sie zuckt die Schultern. »Er hat sich so daran gewöhnt, all diese Verantwortung zu übernehmen, dass es vermutlich Zeit braucht. Aber er hat eine Überweisung bekommen und wird die Therapie in Seattle fortsetzen. Also schätze ich, er wird sich diese Zeit nehmen.«

Überwältigt von einem nicht benennbaren Gefühl,

trinke ich einen Schluck von meiner Limo. Die säuerliche Brühe brennt in meiner Kehle. Schließlich frage ich: »Und für dich bleibt es beim MIT?«

»Ja. Wahrscheinlich hätte Bram versucht, mich zu überzeugen, näher bei ihm zu bleiben, aber nachdem Murphy dort ist, setzt er einfach seinen Freund auf mich an.«

Meine Brauen schießen hoch. »Ansetzen?«

»Murphy hat angeboten, ein Auge auf mich zu halten und mein Suchtbegleiter zu sein.« Sie lacht und zuckt die Schultern. »Das ist okay für mich. Er übernimmt das Stockwerk über mir, einen besseren Dachboden, und ich glaube, sein Plan besteht darin, sich dort oben einzuigeln und den ganzen Tag zu schreiben. Dann werde ich lernen, und er wird sich einbunkern, und wir sind die langweiligste WG aller Zeiten.«

»Klingt eigentlich ganz nett«, sage ich leise.

»Ja, nicht wahr?« Auf einmal funkeln ihre Augen, als müsste sie ein Lachen unterdrücken. »Und wie sieht es bei dir aus? Wie ist deine neue Wohnung? Gefällt sie dir?«

Ich stelle mein Glas geräuschvoll auf den Tisch zurück. »O mein Gott. Weißt du, in was für eine Wohnung er mich gesteckt hat?«

Sie fängt an zu kichern und nickt. »Er hat es mir erzählt.«

»Sie ist toll. Sie ist …« Ich gestikuliere wild, um sie zu beschreiben. *»Groß.«*

Bethany schnaubt. »Das haben Penthouse-Wohnungen so an sich.«

»Ich habe eine kleine Einzimmerwohnung erwartet, irgendwas mit weißen Wänden und beigefarbenem Teppich.« Stattdessen wohne ich in einem Palast aus Stahl und Glas mit Blick auf die Stadt und drei Schlafzimmern. »Aber es ist ein *Penthouse!*«

Bethany wischt sich die Augen. »Ja, ich weiß.«

»Als wir mit dem Umzugswagen ankamen, dachten Mom und ich, wir hätten uns in der Adresse geirrt oder es gäbe einen Tippfehler in der Beschreibung. Also stehen wir vor dem Haus und überlegen, da kommt Julian raus, der Tagesportier, den ich da noch nicht kannte. Ich dachte, er würde uns gleich freundlich auffordern, mit unserem Lieferwagen von seinem schönen Gehsteig zu verschwinden, also fange ich an mit ›Können Sie uns vielleicht helfen, wir haben uns verfahren?‹, aber er meint nur ›Willkommen in Ihrem neuen Zuhause, Ms Phillips‹. Und dann bringt uns die Managerin in den obersten Stock, wo Champagner und Erdbeeren auf uns warten! Und die Wohnung ist eingerichtet! Ich hab mein kleines Bett im Umzugswagen, dabei stehen riesige Betten in sämtlichen Schlafzimmern! Ich meine, was soll ich mit drei überdimensionalen Betten?«

Bethany schüttelt den Kopf und lacht nur noch mehr.

»Dann führt uns die Managerin rum und zeigt uns das Haus – wusstest du, dass es einen Pool auf dem Dach gibt? –, bis sie uns schließlich allein lässt. Ich sehe meine Mom an und sage: ›O mein Gott! Was soll ich tun? Soll ich es ausschlagen?‹, aber Mom meint: ›Baby, du musst eine Bombenangestellte gewesen sein. Lass uns den Champagner köpfen.‹ Also haben wir ihn geköpft.«

»Dann gefällt es dir?«

»Es ist fantastisch. Und riesig und leer, und es schmerzt, so allein dort zu sein, weswegen ich die meiste Zeit in der Bibliothek und in Cafés abhänge.«

Bethany trinkt einen Schluck Kaffee und sieht mir dabei in die Augen. »Und die Nachbarn sind okay?«

Ich zucke die Schultern. »Bis jetzt. Ich treffe selten wen, außer im Aufzug. Und manchmal im Pool. Ich glaube, die Wohnung nebenan ist leer.«

Ihre Brauen wölben sich interessiert. »Ach ja?«

»Zumindest sehe ich nie jemanden im Foyer vor dem Aufzug. Es gibt einen kleinen Tisch vor unseren Türen, wo sie uns die Post hinlegen – denn natürlich kommt die Post zu uns hoch, damit wir keinen Kasten in der Lobby öffnen müssen –, und auf der anderen Seite liegt nie was. Aber warum unterhalten wir uns hier? Willst du mit nach oben kommen? Vielleicht in eines der Zimmer ziehen?«

Sie grinst. »Vielleicht beim nächsten Mal. Ich habe um halb fünf einen Termin in der Stadt.« Ihr Handy summt. »Brams Fahrer. Er hat ihn gerade im Büro abgesetzt und holt mich in ein paar Minuten ab.«

Ich seufze. »Beim nächsten Mal.«

»Jedenfalls könnte ich das Gleiche fragen: Hast du Lust, auf die Insel zu kommen? Ich bin jetzt erst mal dort. Und wir haben ungefähr zehn leere Zimmer, die nach Bewohnern schreien.«

»Okay, du schlägst mich in der Anzahl der Zimmer.«

»Aber mal ehrlich«, sagt sie ernst. »Du solltest am Wochenende rauskommen. Wir baden und sind faul.«

Ich beiße mir auf die Lippe. »Vielleicht.«

»Okay, ich will nicht drängen.« Sie mustert mich, und schon wieder funkeln ihre Augen vor unterdrücktem Lachen. »Ich habe das Gefühl, ich sollte dich warnen.«

»Weswegen?«

»Wegen diesem Spruch von meinem Vater, dass man immer vorwärts gehen soll.«

Ich nicke. »Bram hat ihn mal erwähnt.«

»Wundert mich nicht, denn er hat ihn sich definitiv zu Herzen genommen. Also nur zur Warnung. Das ist sein Lebensmotto.«

Er steht auf und geht weiter. Warnt sie mich davor, dass er mich hinter sich lässt?

Meine Kehle brennt, während ich nicke. »Ich werde es mir merken.«

Vor dem Wagen umarme ich Bethany und lehne ab, dass sie mich nach Hause bringen. Es ist nur ein Block.

Und ich muss nachdenken.

Bram wird mich hinter sich lassen. Und das … tut weh. Sehr. Aber ich habe die Wahl. Ich *kann* ihn wiedersehen.

Ich *will* ihn wiedersehen. Sehnlichst.

Ich ziehe mein Handy raus. Seine Nummer ist noch immer gesperrt. Und der Schmerz über jedes Wort, das er mir am letzten Tag an den Kopf geworfen hat, ist noch immer frisch.

Aber alles, was mir Bethany erzählt hat, weist darauf hin, dass er sich bessern will. Natürlich bin ich nicht blind und weiß, wie manipulativ sie sein kann – besonders, wenn sie jemanden glücklich machen möchte, den sie liebt. Also hat sie mir gerade durch die Blume gesagt, dass ich ihm noch eine Chance geben soll und sie sich wünscht, dass wir wieder zusammenkommen.

Und ich will. Denn der Gedanke, dass ich es aufschiebe und er mich hinter sich lässt, schmerzt tausend Mal mehr als jedes seiner harschen Worte.

Jetzt möchte ich, mehr als alles, einfach nur seine Stimme wieder hören.

Also entsperre ich seine Nummer.

»Aspen! Hallo, Aspen!«

Ich sehe mich um. Fuck. Ich habe die Stimme erkannt, aber dennoch gehofft, es wäre jemand anders. Aber wer kennt mich sonst in Seattle?

Ein grinsender Heath Sutherland joggt auf mich zu. Es ist leicht zu erkennen, warum sich Bethany in ihn verliebt hat. Er ist ein hübscher Kerl, Augen wie ein Hundewelpe, aber markante Züge und einen kräftigen Nacken, sodass er eher rau als soft erscheint. Ich habe sie mal aufgezogen, weil sie auf Thor steht, wie hätte sie da einem Typen widerstehen sollen, der wie der kleine Bruder von Chris Hemsworth aussieht.

Sie hätte sich nicht auf diese weniger heroische Kopie einlassen sollen.

»Heath.« Mein Lächeln ist kalt und falsch.

»Hallo.« Er ist außer Atem. »Dachte ich doch, dass du es bist!«

Und er kommt mir nach, statt in die andere Richtung zu laufen? »Ja, ich bin's«, gebe ich ihm recht und laufe wieder los.

Er läuft neben mir her. »Ich habe ganz vergessen, dass du an die Seattle University wolltest. Und, wie ist es so bisher?«

»Super.«

»Hat das Semester schon angefangen?«

»Noch nicht.«

»Du richtest dich nur schon mal ein?«

»So in der Art.« Ich komme um die Ecke zu meinem Gebäude. »Okay, hier wohne ich. Wir laufen uns bestimmt mal wieder über den Weg.«

Hoffentlich niemals.

»*Hier* wohnst du?« Er bleibt stehen und sieht an dem Haus empor. »Das ist das Haus von Gage. Wohnst du mit Bethany zusammen? Teilt ihr euch eine Wohnung?«

»Nicht ganz.«

Das Haus von Gage? Aber eigentlich logisch. Brams Familie hat jede Menge Immobilien. Wenn ihm das Gebäude gehört, ist es vielleicht nicht ganz so verrückt, dass er mir eine Penthouse-Wohnung zur Verfügung stellt.

Julian öffnet mir die Tür, dann mustert er Heath – der mir immer noch an den Fersen klebt und sagt: »Aspen, ich weiß, unsere letzte Begegnung war ungut, aber ich hatte gehofft, wir könnten reden.«

Scheiße. Ich habe so den Verdacht, ihn abzuwimmeln kostet mehr Aufwand, als es wert ist. Seufzend nicke ich. »Dann komm.«

In der Ecke der offenen Lobby gibt es ein kleines Café, aber ich werde mich nicht mit ihm setzen. Stattdessen gehe ich schon mal in Richtung Aufzüge.

Er fährt sich durchs Haar und wirkt auf einmal nervös und unruhig. Bei unserer letzten Begegnung habe ich ihn vom Campus werfen lassen, vielleicht fürchtet er, ich könnte hier das Gleiche machen, wenn er mich nervt. »Dann wohnst du hier, teilst dir aber keine Wohnung mit Bethany?«

»Nein. Sie will noch immer ans MIT.«

Man sieht, dass er mir nicht glaubt, aber das ist mir egal. Ich werde ihm nicht erklären, wie ich zu einem kostenlosen Penthouse gekommen bin.

»Das war aber nicht Bethany, die da eben in ein Auto gestiegen ist?«

Aha, verstehe. Er hat Bethany gesehen und ist mir nachgelaufen. »Doch.«

Er holt tief Luft. »Meinst du, du könntest ihr was von mir ausrichten? Es tut mir leid, wie es gelaufen ist. Sag ihr einfach, dass es mir sehr leidtut und dass ich ihr das gern persönlich sagen würde.«

Das ist das Letzte, was sie jetzt braucht. »Dabei hätte ich kein gutes Gefühl. Tut mir leid.«

Seine Kiefer mahlen, meine Antwort gefällt ihm offensichtlich nicht. Doch er nickt.

»Mach's gut, Heath.« *Ich hoffe, ich sehe dich nie wieder.*

Ich gehe zu den Aufzügen, drücke auf den oberen Knopf und gebe meinen Wohnungscode ein. Als sich die Tür schließt, schlüpft Heath zu mir rein.

»Verdammt.« Jetzt ist es vorbei mit der Höflichkeit, nachdem er sich so aufdrängt. »Was soll der Scheiß?«

»Bitte, Aspen. Richte ihr nur etwas von mir aus. Sag ihr einfach nur, dass ich an sie denke.«

Verdammt noch mal. Aus der Nähe fällt mir auf, dass er total high ist. Was ich für Befangenheit gehalten habe, ist Unruhe. Und er ist nicht außer Atem, sondern steht unter Strom, weil er irgendwas eingeschmissen hat. »Du musst mit Bram reden, nicht mit mir.«

»Bram?« Er blickt auf die Nummer, die ich gedrückt habe, und lacht. »Ach so, verstehe. Du bist zu ihrem Bruder übergegangen und nach oben gerückt. Buchstäblich.«

Der Aufzug hält, die Tür geht auf.

»Ich helfe dir zurückzukommen, wo du hingehörst.« Ich drücke den Knopf für die Kelleretage und trete ins Foyer.

Heath ist direkt hinter mir. Er fasst mich am Unterarm und dreht mich herum. Meine Tasche fällt auf den Boden.

Ich sehe ihn fassungslos an. »Was soll der Scheiß? Lass mich los.«

Er hält mich nur fester und verdreht mir den Arm, bis ich mich unter dem Druck seiner Finger winde. »Hör mal«, zischt er, »ruf sie einfach an, richte ihr was von mir aus. Das *schuldest* du mir nach dem Scheiß, den du im März abgezogen hast. Du musst nur Ja sagen.« Er schüttelt mich grob. »Sag doch einfach Ja.«

»Okay! Okay!« Vor Wut und Schmerz kommen mir Tränen. »Lass mich an mein Handy.«

Er lässt mich los, und ich ziehe es aus der Gesäßtasche. Mit zitternden Fingern streiche ich über das Display. Ich halte mich nicht mit der Pin auf, sondern drücke die Notfalltaste und wähle 911, aber ich komme nicht dazu, auf Anrufen zu drücken.

»Verdammte Schlampe.«

Heath entreißt mir das Handy, packt mich am Handgelenk und schleudert mich an die Wand. Ich knalle mit der Wange gegen den Putz und schreie auf, dann gleich noch mal, als er mir den Arm hinter den Rücken dreht.

»Ich mach's selbst.« Er greift mir ins Haar, damit ich mich nicht bewegen kann, und drückt mein Gesicht an die Wand. »Sei ein braves Mädchen und sag mir den verdammten Code.«

»Er lautet F-I-C-K-D-I-C-H.«

»Sehr witzig. Weißt du, was wirklich witzig wäre? Dir deine clevere kleine Schnute zu ...« Er verstummt mit einem erstickten Laut.

Und ich höre die Stimme, die ich mehr als jede andere hören will. Aber sie ist anders. Ich habe Bram schon erlebt, als er zornig war, aber noch nie hat er so tödlich bedrohlich geklungen.

»Lass sie los, dann lasse ich dich vielleicht leben.«

Heath lässt von mir ab.

Keuchend sinke ich an die Wand. Ich höre einen Schlag. Die Tür zur anderen Wohnung steht offen. Heath torkelt rückwärts darauf zu, sein Mund ist blutig.

Bram folgt ihm, das Gesicht weiß vor Zorn, der Blick dämonisch. Schützend hebt Heath den Arm, doch Bram packt ihn beim Handgelenk, reißt ihn an sich und rammt ihm mit einem hässlichen Geräusch die Faust ins Gesicht.

Heaths Beine knicken ein. Noch ein Schlag, und er liegt am Boden, aber Bram hört nicht auf. Er zerrt ihn am Shirt hoch, um ihm den nächsten brutalen Schlag zu versetzen.

Er wird ihn umbringen. Großer Gott.

»Bram!« Ich stürze mich auf ihn und halte seinen Arm fest. Unter dem weißen Hemdsärmel ziehen sich die Muskeln für den nächsten Schlag zusammen. Die Spannung zittert in seinem Arm wie Stahl, auf den man mit Stein geschlagen hat. »Genug. Es ist genug.«

»Es ist nie genug«, sagt er, doch er wirft den stöhnenden Heath zu Boden. Dann wendet er sich mir zu und umfasst mein Kinn mit den Händen.

Mit gequältem Ausdruck blickt er mir ins Gesicht und dann an mir herab bis zu den Füßen. »Bist du okay? Bitte, Baby, sag mir, dass du okay bist.«

»Ich bin okay.« Ich nehme sein Gesicht in beide Hände, um ihm zu zeigen, wie ruhig ich bin. »Ich bin okay.«

Sein Atem zittert. »Gut. Geh in meine Wohnung, ruf Julian, sag ihm, er soll die Security schicken. Die können sich um dieses Stück Dreck kümmern.«

Die Security-Anlage ist neben der Tür. Genau wie in meiner Wohnung.

Als ich ins Foyer zurückgehe, kommt auch schon der Serviceaufzug mit drei Wachmännern an – so schnell, dass sie schon auf dem Weg gewesen sein müssen. Das Foyer ist videoüberwacht. Jemand muss gesehen haben, was hier los war.

Sie ziehen Heath in den Aufzug. Der Security-Chef wendet sich fragend an Bram: »Wollen Sie die Polizei einschalten, Sir?«

Bram sieht mich an.

»Ja«, sage ich und reibe mir den wunden Arm. »Er hat mich angegriffen. Außerdem ist er high. Vielleicht hat er was bei sich, das ihn noch mehr belastet.«

Bram nickt. »In Ordnung.« Er wendet sich wieder an den Security-Chef. »Geben Sie ihm keine Gelegenheit, etwas wegzuwerfen. Haben Sie Bildmaterial?«

»Selbstverständlich, Sir.«

»Gut. Nur falls er behauptet, er wäre für etwas anderes verprügelt worden als das, was er getan hat. Aspen und ich warten in meiner Wohnung auf die Polizei.«

»Wir geben Ihnen Bescheid, sobald sie da sind, Sir.«

Der Aufzug schließt sich. Bram und ich stehen allein

im Foyer. Erst jetzt setzt meine Reaktion ein, und ich fange an zu zittern. Bram zieht die Brauen tief und sieht mir noch mal besorgt ins Gesicht. Sein Blick verharrt auf meiner Wange. Sie fühlt sich an, als würde ich dort bald einen fetten blauen Fleck bekommen.

Seine Stimme ist rau. »Aspen, Liebling, komm mit zu mir, ich gebe dir etwas Eis. Soll ich jemanden anrufen?«

»Du meinst, einen Arzt?«

»Oder deine Mutter.«

»Nein. Ich bin okay. Nur der Schreck.« Ich schluchze leise auf. »Und so froh, dich zu sehen.«

Ein Seufzen dringt aus seiner Brust. »Komm, Baby.« Er hebt mich auf und trägt mich in die Penthouse-Wohnung gegenüber meiner.

Drinnen sieht es fast aus wie bei mir, aber bei ihm wirkt die Einrichtung nicht zu groß, weil er selbst so riesig ist, und mit Weste, Krawatte und Hose passt er zu dem ganzen Glas und Stahl. Er trägt mich zu einem breiten, tiefen Sofa vor einer Fensterfront mit Blick auf den Berg.

Dort setzt er mich ab und geht in die Küche. Um Eis zu holen, wird mir klar.

»Er wird davonkommen«, sage ich tonlos. »Jemand wie er bekommt im schlimmsten Fall Sozialdienst.«

»Vielleicht.« Bram kehrt mit einem Eisbeutel zurück, fährt mit den Fingern in das Haar neben meinem Gesicht und streicht es hinter mein Ohr. Sanft drückt er den Eisbeutel gegen meine Wange. »Aber er ist ein Problem. Wenn sich das Gericht nicht drum kümmert, wird er trotzdem verschwinden. Das verspreche ich dir.«

Ich sehe ihn misstrauisch an. »Du willst ihn nicht umbringen, oder?«

Seine dunklen Augen sehen mich forschend an. »Ich weiß nicht, soll ich jetzt Ja oder Nein sagen? Was würde dich mehr beeindrucken?«

»Sag Nein. Wenn er tot ist, kann er nicht leiden.«

Auf einmal grinst er, und es ist so schön, dass es mir einen Stich versetzt. »Dann Nein«, meint er. »Ich gehe zu seinem Vater. Ich sorge dafür, dass Heath nicht mehr in die Stadt kommt und auch sonst nirgendwo hin, wo du und Bethany sein könntet. Sutherland wird nicht riskieren, dass ich ihm alles nehme, wenn er sich nicht daran hält.«

»Ich hoffe trotzdem, dass es gerichtlich geregelt wird.« Ich nehme ihm den Eisbeutel ab und drehe sanft seine Hand um. Die Knöchel sind aufgeschürft und bluten. »Du hättest dir auch etwas Eis holen sollen. Tut es weh?«

»Nein. Es fühlt sich fantastisch an.«

»Weil du ihm das Gesicht eingeschlagen hast?«

»Das auch.« Seine Stimme wird tiefer. »Aber dass du mich berührst, ist noch viel besser.«

Mein Herz schlägt höher, und ich halte die Luft an. Ich blicke in seine Augen und sehe das Verlangen darin, eine Spiegelung von meinem.

Julians Stimme dringt aus der Gegensprechanlage. »Mr Gage, zwei Beamte sind hier und wollen mit Ihnen und Ms Phillips sprechen.«

»Schicken Sie sie hoch.«

Ich brauche nicht lange, um meine Geschichte zu erzählen. Danach befragen sie Bram, und ich erfahre, dass er mich nicht schreien gehört hat, wie ich dachte, sondern dass ihn Bethany informiert hatte, dass ich auf dem Weg war, und er immer wieder ins Foyer geschaut hat, ob ich schon da bin.

Bald gehen sie wieder, und die Erkenntnis, wo ich bin und wo ich eigentlich wohne, dringt langsam zu mir durch. Er passt so gut in dieses Penthouse, weil es seins *ist.* Und obwohl es ganz ähnlich ist wie meins, genauso groß und offen, kommt mir diese Wohnung hier nicht leer vor.

Weil er sie füllt.

Meine Stimme kratzt. »Bethany meinte, du wärst im Büro.« Obwohl er von dort kommen könnte. Sein Sakko hängt über der Armlehne des Sofas, und er trägt noch immer seinen Anzug.

»Das hier ist mein Hauptbüro, die Bibliothek und eines der Zimmer«, sagt er und beobachtet mich dabei genau. »Ich brauche keine drei Schlafzimmer.«

»Du bist mein Nachbar«, sage ich, und mir ist eng um die Brust.

»Um genau zu sein«, sagt er, »bist du meine.«

»Und das hier ist die Wohnung – mit der Wand zur Nachbarwohnung, die du einreißen wolltest? Die Murphy als monströs bezeichnet hat?«

Dabei ist sie nicht monströs. Deshalb wäre ich nie draufgekommen, dass es Brams Penthouse sein könnte. Monströs heißt dunkel und beklemmend, mit Mauern, die sich anfühlen, als würden sie sich um einen schließen.

Diese Zimmer sind hell und luftig.

»Das ist sie«, entgegnet Bram.

»Aber stattdessen hast du sie mir gegeben.«

»Ja.«

Mein Puls rast schwindelerregend schnell. »Verstehe«, sage ich matt. »Du hast mir eine Wohnung geschuldet, und diese hattest du ohnehin schon.«

Ein schwaches Lächeln spielt um seinen Mund. »Du glaubst, das war für mich ausschlaggebend – ein paar Dollar für eine Studentenwohnung zu sparen? Mach dir ruhig was vor.«

»Ich weiß nicht, was ich glauben soll«, erwidere ich, und mein Atem geht zitternd durch meine raue Kehle.

Sein Lächeln verschwindet auf der Stelle, und ein gequälter Ausdruck tritt in seine Augen.

»Nicht weinen, Aspen. Bitte nicht. Ich kann auf der Insel wohnen, wenn du mich nicht in der Nähe haben willst. Ich hatte nur gehofft ...« Seine Stimme bricht, und sein Adamsapfel hüpft. Dann sagt er: »Ich kann nicht aufgeben.«

»Was?«

»Ich kann dich nicht aufgeben.« Sein Gesicht trübt sich. »Obwohl ich mir nicht sicher bin, ob ich mich jetzt noch von Sutherland unterscheide.«

»Wirst du mich stoßen und mir wehtun, wenn ich versuche zu fliehen?«

Seine Stirn verfinstert sich. »Nein.«

»Dann unterscheidet euch viel. Aber Bethany hat mich gewarnt. Sie sagte, du würdest dich der Zukunft zuwenden. So wie du es immer tust.«

»Das war der Plan«, bestätigt er, und schon wieder tut mir das Atmen weh.

»Und mich hinter dir lassen? Ich verstehe nicht, wie diese Wohnsituation dabei helfen soll. Wirst du dir eine neue Freundin suchen, während ich deine Nachbarin bin?« Wenn er das tut, ziehe ich auf der Stelle aus. »Was hast du vor?«

Sein intensiver Blick ist auf mein Gesicht geheftet, während er langsam auf mich zukommt. »Nicht dich hinter mir lassen«, verbessert er mich. »Alle Hindernisse aus dem Weg räumen. Du hasst mich, aber ich habe dich schon einmal gewonnen, und ich habe vor, es wieder zu tun, Aspen.«

Mein Herz bleibt stehen. »Wirklich?«

Er nickt. Sein Mund ist fest, sein Gesicht entschlossen. »Ganz gleich, was ich tun muss. Wenn ich nur den Aufzug mit dir teile, werde ich diese Zeit nutzen, um dich zu gewinnen. Wenn wir eine Waffenruhe vereinbaren und abends ein paar Stunden miteinander verbringen, gewinne ich dich so. Wenn ich dir sagen muss, wie hart ich den ganzen Tag über bin, bis du nicht mehr anders kannst und zu mir kommst und mich vögelst, bis wir nicht mehr laufen können, gewinne ich dich so. Aber ich *werde* dich zurückgewinnen.«

Ich lege den Kopf in den Nacken, als er näher kommt und mein Kinn umfasst. »Du bist dir ja ziemlich sicher.«

»Nein.« Sanft fährt sein Daumen meine bebende Unterlippe nach. »Nur entschlossen. Weil ich dich liebe. Aber ich werde dich nicht mehr bedrängen, als du erträgst. Ich werde dir keinen Schmerz bereiten. Oder tut es weh?«

»Ich kenne seit einem Monat nichts als Schmerz.« So tiefen Schmerz.

Sein Blick ist gequält, als er hervorbringt: »Ich weiß, das war meine Schuld. Und es tut mir so leid. Ich würde dir den Schmerz nehmen, wenn ich könnte.«

»Das kannst du nicht«, sage ich knapp.

Er erblasst vor Verzweiflung. Ein Zucken geht durch die Finger, die mein Kinn entlangfahren.

Ich berühre seine Hand. »Du kannst nicht ungeschehen machen, was passiert ist«, flüstere ich. »Aber im Moment tut es nicht weh. Zum ersten Mal seit langer Zeit.«

Er erstarrt. »Nein?«

»Nein.« Ich führe seine Hand an den Mund und drücke einen sanften Kuss auf seine wunden Knöchel. »Ich habe deine Nummer entsperrt.«

Seine Stimme senkt sich. »Wirklich?«

»Ich wollte dich anrufen, sobald ich zu Hause war.«

In seinen Augen ringen Verzweiflung und Hoffnung. »Warum?«

»Weil du mir gefehlt hast. Und nichts könnte so wehtun, wie nicht mit dir zusammen zu sein.«

»Aspen, ich ...« Seine Gefühle scheinen ihn zu überwältigen, er gerät ins Stocken, schüttelt den Kopf, versucht es erneut: »Ich werde dich küssen.«

»Mach schnell.«

Das tut er, fängt meine Lippen, und auch ich mache schnell und küsse ihn innig, steuere ihn aufs Sofa, drücke ihn aufs Polster und steige auf seine Schenkel.

Dann öffne ich seinen Reißverschluss.

Bram keucht auf. »Aspen, du bist noch nicht bereit.«

»Das ist mir egal. Ich brauche dich jetzt.« Seufzend schiebe ich den Slip zur Seite, und er hat recht – ich bin noch nicht so weit. Ich bin feucht, aber er ist groß. Normalerweise bereitet er mich mit Fingern und Zunge vor, doch diesmal lasse ich ihn nicht. Er stöhnt, während er sich in mich schiebt, gegen mich anschiebt, sich Zentimeter für Zentimeter in den engen Tunnel hocharbeitet.

Und endlich ist er drin, und ich ringe nach Atem, bevor ich ihn langsam und innig küsse. Seine Augen sind glasig vor Lust, als ich mich aufrichte und wieder absenke und dann ganz nach unten sinke, während sich meine inneren Muskeln fest um seinen dicken Schwanz zusammenziehen.

So schön. Ich lecke über seinen Mund. »Wie fühlt es sich an, bis zu den Eiern in der Frau zu stecken, die du liebst?«

Sein Kopf fällt zurück, aber sein lachendes Stöhnen verbirgt nicht den Schmerz in seiner Stimme. »Himmlisch, aber unverdient.«

Er verdient es. Er verdient alles, was ich zu geben habe. Aber ich habe ihm noch nicht alles gegeben. »Ich muss dir ein Geständnis machen.«

»Was für ein Geständnis?«

Ich fahre mit den Händen in sein Haar und gehe ganz nah an seinen Mund. »Selbst als du mich verletzt hast, kam der alte Hass nicht mehr zurück. Wie sollte ich dich hassen, wenn ich dich so liebe?«

»Aspen.« Plötzlich ist er starr unter mir. »Sag das noch mal.«

»Ich liebe dich«, flüstere ich, und als sein wundervolles Lächeln aufblitzt, küsse ich ihn. Erfüllt von grenzenlosem Glück, erfüllt von *ihm*, beginne ich, mich schneller zu bewegen, härter. Mit starken Händen hält er mich, treibt mich bis zum Ende, dann darüber hinaus und erbebt, als ich komme. Und während er unter mir zittert, küsse ich ihn einfach wieder, schmiege mich an ihn und gehe ganz darin auf, wie er sich anfühlt und wie er schmeckt, und verharre ohne Eile so.

Nach langer Zeit setze ich mich zurück und sehe nach unten. Sofort zieht sich meine Pussy zusammen, und ich murmele: »O Gott.«

Bram erstarrt. »Was?«

»Ich hab das so vermisst«, sage ich, und meine Finger wandern an seinem Hals hinunter, über seinen Kragen, seine Weste. »Diesen steifen Anzug.«

Obwohl er gerade gar nicht so steif aussieht. Sein Hemd ist bis zum V-Ausschnitt der Weste offen. Die Schöße hängen raus. Und wir haben seine Hose nicht geöffnet, nur den Reißverschluss aufgezogen und den Schwanz rausgeholt, der noch immer in mir begraben ist.

Er ächzt, als ich mich abrupt erhebe, von seinem Schoß steige und mich vor ihn stelle, um den unglaublichen Anblick zu genießen, wie Bram in voller Pracht vor mir liegt.

»Sieh dich an«, flüstere ich.

Sein Schwanz ist immer noch halb hart und feucht,

seine Hose ist verschmiert von unseren Orgasmen, sein Mund gerötet von unseren hungrigen Küssen.

»Ich muss mir diesen Anblick einprägen«, sage ich voller Ehrfurcht. »Bramwell Gage, verliebt. Und völlig aufgelöst.«

Sein Mund verzieht sich zu einem Lächeln. »Nicht nötig. Das wirst du in nächster Zeit wahrscheinlich öfter sehen.«

Ich lache und krabbele zurück auf seinen Schoß, doch er nimmt mich bei den Hüften, und statt mich zu setzen, werde ich hochgehoben, während er auf dem Sofa nach unten rutscht und meinen Jeansrock nach oben schiebt.

»Und auch das wird öfter vorkommen«, erklärt er und hebt mich über seinen Mund. »Hallo, süße Pussy. Kleine flauschige Pussy. Mann, ist das scharf.«

Bei der ersten Berührung seiner Zunge entschlüpft mir ein Lachen, aber das schlägt bald in Stöhnen um. Ich halte mich an der Rückenlehne des Sofas fest, lasse den Kopf nach vorne fallen und seufze, während er mich leckt und aufs Neue anheizt, bis ich verrückt bin vor Verlangen.

Als er mich absenkt, widersetze ich mich nicht mehr. Ich bin so heiß und nachgiebig und nass, dass er mich vollkommen ausfüllt.

Ich halte sein Gesicht zwischen den Händen, küsse ihn, drücke mich nach oben. »Ich liebe dich«, flüstere ich.

Er brummt voll Lust. »Hör niemals auf, das zu sagen«, bittet er, begleitet von einem Stoß. »Ich liebe dich.«

Auch ich kann nicht genug von diesem Satz bekommen. »Weil du nicht anders kannst?«

Er sieht mir in die Augen. »Selbst wenn ich könnte, würde ich es nicht anders wollen. Jetzt trage ich dich ins Schlafzimmer, wo ich dich anständig vögeln kann. Leg die Arme um mich, Baby«, sagt er. »Und halt dich fest.«

Als ob ich ihn jemals loslassen würde.

Später liege ich neben Bram in seinem Schlafzimmer, das aus nichts als riesigen Fenstern und einem riesigen Bett besteht. Mein Kopf ruht auf seiner festen Schulter, das Bein habe ich über seine muskulösen Schenkel geschwungen.

»Bethany hat mich fürs Wochenende auf die Insel eingeladen«, erzähle ich ihm.

»Gute Idee. Ich hol mein Motorrad aus dem Lager und fahr dich rum.«

»Bist du wieder auf den Geschmack gekommen, Motorrad zu fahren?«

»Ich bin auf den Geschmack gekommen, dass du dich an mir festhältst und dabei total feucht wirst.«

Ich grinse, stütze mich auf die Ellbogen und blicke zu ihm runter. »Du hast mich mal gefragt, ob ich mit dir zusammenleben möchte. Kann ich meine Antwort ändern?«

Er blickt mir suchend in die Augen, und die Muskeln in seinem Hals arbeiten, bevor er nickt. »Ja«, sagt er mit belegter Stimme.

»Also, sollen wir die Wand einreißen?«

Er schüttelt den Kopf. »Ich finde, wir sollten sie noch eine Weile stehen lassen. Dann hast du die Wahl.«

»Wozu sollte ich die brauchen?«

Er streckt die Hand nach dem Haar aus, das mir ins Gesicht fällt, und streicht es mir zärtlich hinters Ohr. »Weil ich mir Mühe gebe, mich zu bessern, was nicht heißt, dass ich es nicht noch mal vermassele. Ich versuche, es zu verhindern. Aber es ist ein Prozess. Und wenn du gehst, wird es mir den Kopf zurechtrücken. Selbst wenn es nur nach nebenan ist.«

Mein Herz zieht sich zusammen, und ich beuge mich runter und küsse ihn sanft. »Bethany meinte, es sei eine Art von Trauerbegleitung?«

Er sieht mich an, und sein Mund verzieht sich zu einem schiefen Lächeln. »Allem Anschein nach trage ich jede Menge Schuld mit mir herum, von der ich mich befreien muss.«

»Berge, würde ich sagen.«

Ein Lachen schüttelt ihn. »Scheint dich nicht zu überraschen, was? Genauso wenig wie Murphy.« Seine muskulöse Brust hebt sich unter einem schweren Seufzer. »Ich wünschte, ich hätte auf dich gehört.«

»Tja, manchmal muss man eben auf die Nase fallen, bevor man zu Änderungen bereit ist. Hat mir eine weise Frau gesagt.«

Er schmunzelt und streichelt zärtlich meinen Rücken. »Wie geht es deiner Mom?«

»Gut.«

»Ich würde sie gern etwas fragen. Sie war doch Krankenschwester, oder?«

»Ja.«

»Ein Therapiezentrum wie das, in dem ich mit Bethany war, könnte eine Investitionsmöglichkeit sein. Aber dazu müsste ich mit jemandem sprechen, der sich mit Medizin auskennt, besonders von der praktischen Seite der Pflege her. Jemand, der mit der täglichen Routine des Pflegepersonals vertraut ist und mir eine Vorstellung von der Logistik vermitteln kann. Natürlich gegen eine Beratergebühr, wenn ich das Projekt entwickle. Und um die Patientensicht mit einzubeziehen, könnte jemand wie dein Bruder an verschiedenen Programmen teilnehmen und Aufzeichnungen für uns vergleichen.«

Mein Herz schwillt an. Sein Vorschlag ist komplett absurd, aber das ist ihm vermutlich selbst klar. Und es ist sein Geld, das er da verschleudert. »Schreib etwas zusammen, lass es sie anschauen. Aber wir sollten ihr vielleicht erst sagen, dass wir wieder zusammen sind, sonst hält sie es womöglich für einen hinterhältigen Trick, mit dem du an mich herankommen möchtest.«

Er schmunzelt. »Ich *bin* mit einem hinterhältigen Trick an dich herangekommen.«

»Stimmt, das bist du.« Ich grinse, dann füge ich hinzu: »Trotzdem will ich es ihr sagen. Sie freut sich sicher für uns.«

»Bleib hier. Ich hol dein Handy. Ist es in deiner Tasche?«

»Ja«, antworte ich, rolle mich herum und strecke mich auf seinem riesigen Bett aus. Als er rausgeht, bewundere ich das Muskelspiel in seinem perfekten Hintern.

Der Anblick ist genauso attraktiv, als er zurückkommt, aber als ich sehe, was er in der Hand hält, schlage ich mir stöhnend die Hände vors Gesicht.

»Wann wolltest du mir davon erzählen?«, fragt er triumphierend.

Er lässt den dicken LSAT-Guide, den Leitfaden für den Zulassungstest zum Jurastudium, neben mir aufs Bett fallen.

Ich zeige ihm den Finger. »Wann hörst du auf, so ein Klugscheißer zu sein?«

»Ich kann nicht anders«, meint er. »So bin ich halt.«

Ich muss lachen und weiche auf dem Bett zurück, als er auf mich zukommt. »Nur zu deiner Information, mein absolutes Endziel ist es, Juraprofessorin zu werden, also *Lehrerin*. Nur damit ich behaupten kann, ich hätte es dir gesagt!«

Er grinst und küsst sich an meinem Bein hoch, über den Bauch und die Brüste, dann sieht er mir in die Augen. »Heißt das, du schiebst dein Studium auf?«

»Ja. Für dieses Jahr bin ich zu spät dran. Ich bewerbe mich für ein Jurastudium im nächsten Herbst, setze also ein Jahr aus. Offiziell. Vielleicht belege ich ein paar Seminare, um mich zu beschäftigen, wenn ich den Zulassungstest abgelegt habe.«

»Und du bleibst hier?«

»Hoffentlich. Wenn ich reinkomme. Der Jura-Studiengang an der Seattle University ist gut.«

Zärtlich küsst er mich. »Ich folge dir, wohin du gehst. Aber was ist mit der Lehrerkarriere? Warum hast du dich anders entschieden?«

»Du hattest recht, dass ich … die Begeisterung dafür verloren habe. Als ich nach Hause kam, entschied ich, mich wieder aufzurappeln und weiterzumachen, aber auch zu überprüfen, ob meine Richtung noch stimmt. Also musste ich mir eingestehen, dass ich keine Lust mehr habe, vor einer Klasse zu stehen. Jura studieren heißt forschen und Abhandlungen schreiben und die Argumente anderer in der Luft zu zerfetzen …«

»Das klingt viel mehr nach dir. Außerdem liebst du es, zu gewinnen.«

»Stimmt.« Ich lächle zu ihm auf, dann zucke ich die Schultern. »Aber mal sehen. Vielleicht vergeige ich den Test. Ich mache ihn im Oktober. Im Moment konzentriere ich mich ganz auf die Vorbereitungen und meine Bewerbung.«

»Vielleicht vergeigst du den Test?«, wiederholt er, als hätte er noch nie so etwas Dummes aus meinem Mund gehört. Kopfschüttelnd rollt er sich auf den Rücken und zieht mich auf sich. »Ich habe eine bessere Idee.«

Auf ihm zu sitzen, ist eine bessere Idee, aber das hat er wahrscheinlich nicht gemeint. »Was?«

»Du schreibst den LSAT im Oktober. Stellst deine Bewerbung zusammen. Beantragst einen Reisepass. Und zwischen Bewerbung zum Studium und Beginn im nächsten Herbst bereisen wir die Welt, wohin du willst. Sechs bis acht Monate lang.«

Mein Herz droht in meiner Brust zu zerspringen. »Ist das dein Ernst?«

»Vollkommen.« Sein Gesicht sagt dasselbe. »Denn wenn du erst mal mit dem Jurastudium anfängst, bekomme ich dich ohnehin kaum mehr zu sehen. Läuft es nicht so?«

»Ich glaube schon«, flüstere ich zittrig und immer noch komplett überwältigt.

»Wir behalten die andere Wohnung für deine Lerngruppen. Dann kannst du sie zu dir einladen und danach ganz leicht durchs Foyer nach Hause kommen. Und wenn du die Abschlussprüfung hast, sind wir vermutlich so weit, dass wir die Mauer einreißen können.« Auf einmal grinst er und schiebt verführerisch die Hüften hoch, wobei sich die gerippten Bauchmuskeln attraktiv zusammenziehen. »Obwohl wir vielleicht so heftig und oft dagegen vögeln, dass sie von allein einstürzt.«

Kichernd beuge ich mich zu ihm runter und küsse ihn. »Das wäre toll. Könntest du dir so viel Zeit freinehmen?«

Er blickt mir in die Augen, seine Stimme senkt sich. »Für dich kann ich alles, Aspen Phillips. Außerdem gibt es wenige Orte, an denen ich nicht arbeiten kann, wenn es sein muss. Also, wo möchtest du zuerst hin?«

»Überall. Nirgends. Es ist egal, wohin wir gehen«, ich wandere mit den Lippen an seinen Mund, »solange ich mit dir zusammen bin.«

EPILOG

Es gibt nur eine Richtung, und die ist vorwärts.

Der Leitspruch meines Vaters. Und eine der wenigen Hinterlassenschaften, an denen ich noch festhalte … mit leichten Abwandlungen.

Denn ich könnte jetzt vorwärts gehen. Stattdessen bleibe ich in der Tür zum Schlafzimmer stehen, lehne mich an den Rahmen und betrachte mit überlaufendem Herzen die Frau, die in unserem Bett schläft.

Aspen.

Lange, goldbraune Beine, kastanienbraunes Haar, das übers Kissen fällt, ein Farbklecks inmitten weißer zerwühlter Laken. Ein rosa Slip guckt unter dem roten bedruckten T-Shirt raus – einem T-Shirt, das sie mir in unserem ersten Jahr zum Geburtstag geschenkt hat, nur um es sofort zurückzustehlen, sodass ich es nie getragen habe. Auf der Brust prangt das Bild eines traurigen Roboters, darunter die Aufschrift: »Mit mir macht es keinen Spaß.«

Da es ihr bevorzugtes Nachthemd ist, würde ich sagen, dass wir schon jede Menge Spaß hatten, während sie dieses T-Shirt getragen hat – und noch viel mehr, wenn ich es ihr ausgezogen habe.

Dass sie überhaupt etwas anhat, verrät mir, dass sie heute schon mal irgendwann aus dem Bett gestolpert sein muss, denn als ich heute Morgen gegangen bin, war sie nackt. Es überrascht mich nicht, dass sie noch schläft. Gestern war der letzte Teil ihrer Abschlussprüfung, und vor lauter Lernen, Stress und Koffein hat sie seit Wochen nicht mehr anständig geschlafen. Als sie gestern Abend nach Hause kam, war sie so überspannt, dass ich gar nicht dazu kam, mich nach der Prüfung zu erkundigen, bevor sie mich küsste und meinen Gürtel öffnete, und dann schlief sie dreißig Sekunden, nachdem sie gekommen war, in meinen Armen ein, noch bevor ich mich aus ihrer köstlichen Wärme zurückgezogen hatte.

Mein Schwanz schreit danach, an gestern anzuknüpfen, aber wenn ich mich jetzt zu ihr ins Bett lege, dauert es Stunden, bevor ich es wieder verlasse.

Und es ist Zeit, vorwärts zu gehen.

Vielleicht hört sie, wie ich ins Schlafzimmer komme, oder sie spürt meine Gegenwart, so wie ich es immer merke, wenn sie in der Nähe ist. Sie öffnet ein Auge, und ihre vollen Lippen verziehen sich zu einem verträumten Lächeln.

»Hallo.« So kurz nach dem Aufwachen kratzt ihre Stimme noch stärker als sonst. »Was für ein sexy Anzug. Machst du dich auf, um Geschäfte zu betreiben?«

»Nein, ich komme schon zurück.« Grinsend gehe ich neben dem Bett in die Hocke, sodass ich auf Höhe mit ihrem Gesicht bin, das immer noch halb im Kissen vergraben ist. »Wie lief die Prüfung? Machst du dich bald auf, um das Recht zu vertreten?«

Ihr verträumtes Lächeln wird breiter. Sie hebt die Arme über den Kopf und streckt sich, sodass ihr Körper einen geschmeidigen Bogen purer Zufriedenheit beschreibt. »Ich hab's diesem Examen so was von gezeigt.«

»Da bin ich mir sicher.«

»Ehrlich.« Träge rollt sie sich auf den Bauch, wendet sich mir zu und tippt sich mit dem Zeigefinger auf die Lippen. »Also, her mit meiner Belohnung, Blechmann.«

Jeder Kuss, den ich ihr gebe, ist Belohnung für *mich*,

obwohl ich nie verstehen werde, wie ich sie verdient habe. Ich stütze die Ellbogen auf die Matratze und umfasse ihr wunderschönes Gesicht. Sie hat die Augen geschlossen, dicke Wimpern ragen über ihre Wangenknochen, ihre rosa Lippen sind erwartungsvoll geöffnet.

Ich lasse sie nicht warten, sondern küsse sie zärtlich, langsam und süß. Es ist jetzt über vier Jahre her, dass ich sie zum ersten Mal geschmeckt habe, in einem Pool auf dem Mount Hood, während Verlangen und Wut in mir kämpften. Die Wut ist verschwunden, doch das Verlangen ist nie schwächer geworden, sondern immer nur stärker, sodass es eine Übung in Selbstbeherrschung ist, es bei *zärtlich*, *langsam* und *süß* zu belassen.

Beherrschung, die sie mit einem sehnsüchtigen Wimmern und der reifenden Hitze ihres Munds zu brechen versucht. Beherrschung, die ich verlieren *werde*, wenn ich noch länger so weitermache.

Widerstrebend löse ich mich von ihr und verbeiße mir ein Seufzen, als mir der Anblick ihrer schweren Lider und des frisch geküssten Munds noch mehr Blut in den schon harten Schwanz treibt. Ihre Lippen sind geschwollen und glitzern, und als sie einen enttäuschten Laut ausstößt, kann ich es mir nicht verkneifen, sie noch einmal kurz zu kosten.

Aber jetzt muss Schluss sein. Ich hebe den Kopf und sage: »Ich habe etwas für dich.«

»Ach ja?« Sie kichert. »Ist es lang und hart?«

»Wenn du so fragst, ja.« Und es stimmt. »Oder muss ich dich erst füttern? Du hast sicher Hunger.«

Denn sie hat immer Hunger.

»Ich könnte etwas essen«, sagt sie, dann blickt sie irritiert zum Fenster. »Wie spät ist es?«

»Kurz vor fünf.«

»Fünf?« Sie reißt die kupferbraunen Augen auf und

setzt sich auf. »Nachmittag? Ich hab den ganzen Tag verschlafen?«

»Das hast du.«

Sie befreit ihre langen Beine aus den Laken. »Wann landen Bethany und Murphy?«

»Erst um zehn, und sie fahren direkt raus auf die Insel. Hier ist schon alles gepackt. Wir haben also Zeit.« Ich erlaube mir einen letzten kleinen Kuss, bevor ich zur Tür gehe. »Ich bestelle uns was zu essen, dann solltest du zu mir rüber ins andere Apartment kommen.«

»Okay.« Sie klettert aus dem Bett und geht in Richtung Bad. »Muss ich mich dazu anziehen?«

»Nein.« Besonders deshalb nicht, weil ich mich nicht mehr lang beherrschen kann.

Das ist mir in ihrer Nähe noch nie gelungen. Seit acht Jahren kenne ich Aspen nun – und während der ersten vier habe ich gegen die Gefühle angekämpft, die sie in mir auslöst, doch auch in dieser Zeit hatte ich eigentlich keine Kontrolle. Also wurde ich grob und habe sie von mir gestoßen. Was für eine Zeitverschwendung.

Aber das machen wir jetzt gut.

Ich gehe durch das Foyer in die Nachbarwohnung, die ihr zum Studieren gedient hat, seit sie an der juristischen Fakultät aufgenommen wurde, und als privater Rückzugsbereich, falls sie Abstand von mir brauchte.

Doch dazu ist es nie gekommen. Außer während ein paar Geschäftsreisen oder nächtlichen Lernsessions waren wir nie voneinander getrennt. Wir haben uns zwar in den letzten vier Jahren ein paarmal spektakulär gefetzt, aber danach ist sie immer in meinen Armen eingeschlafen. Ich weiß, sie glaubt, es läge an der Therapie – daran, dass ich die ganze Schuld ablade, was den Tod meiner Eltern betrifft –, und vermutlich hat das auch geholfen. Doch ich weiß, woran es wirklich liegt.

Jedes Mal, wenn ich meinen Vater im Ohr habe, jedes Mal, wenn mir Mist durch den Kopf geht, der mich nicht weiterbringt, denke ich an den Moment in Lake Tahoe, als mir klar wurde, dass sie weg war. Ich denke an Aspens Tränen, als Bethany und ich bei ihrer Mutter ankamen. Ich denke daran, wie sie es kaum ertragen hat, mich anzusehen, wie sie vor meiner Berührung zurückgeschreckt ist und wie schlimm ich sie verletzt habe.

Ich denke daran, wie es war, sie zu verlieren. Was für ein Gefühl es war, als mein Herz und meine Seele und jedes letzte bisschen Hoffnung zerrissen wurden – und dass *vorwärts* ohne sie keinerlei Bedeutung hatte.

Diese Erinnerung übertönt selbst im schlimmsten Streit die Stimme meines Vaters und all den andren dummen Mist in meinem Kopf. Denn ich werde ihr nicht noch mal wehtun. Ich werde sie nicht noch mal verlieren. Nicht für eine einzige Nacht.

»Oh, wow.«

Ich drehe mich um. Aspen steht im Eingang zum Penthouse, immer noch in Slip und T-Shirt, und sieht sich mit großen Augen um, bevor sie meinem Blick begegnet.

»Das haben sie alles heute gemacht?«, fragt sie ehrfürchtig.

Die Wohnung ist komplett leer bis auf die Wände und Steckdosen. »Das haben sie«, bestätige ich. »Morgen fangen sie drüben an.«

Und wir wohnen auf der Insel, bis die Renovierung abgeschlossen ist. Wir haben überlegt, ob wir dauerhaft in das große alte Haus ziehen sollen, aber obwohl es uns beiden gefällt, liebt es keiner von uns so sehr wie Bethany. Dieses Penthouse ist unser Zuhause – und wenn die Renovierungsarbeiten fertig sind, wird es das noch viel mehr sein. Dann haben wir beide Büros auf dieser Seite – sie ihres für Arbeit, die sie sich von irgendeiner Kanzlei mit nach Hause bringt, ich meins weiterhin als Hauptbüro –, und die andere Seite ist unser Wohnbereich. Die Veränderungen drüben werden nicht so drastisch sein wie hier, im Grunde bestehen sie darin, dass eines der Gästezimmer irgendwann in ein Kinderzimmer umgewandelt werden kann und leicht vom Elternschlafzimmer aus zu erreichen ist.

Bis dahin werden allerdings noch ein paar Jahre vergehen. Doch es ist die Zukunft, auf die wir uns zubewegen. Und heute machen wir einen großen Schritt.

Sie kommt weiter in das leere Apartment. »Also, was hast du jetzt für mich?«

Schließlich habe ich ihr etwas Langes, Hartes versprochen. Ich nehme sie bei der Hand und führe sie in den Flur mit der Verbindungswand zur anderen Wohnung. Dort wartet mein Geschenk auf sie – ein Vorschlaghammer. Er steht mit dem schweren Kopf auf dem Boden, und der Griff, der in die Höhe ragt, ist mit einer großen roten Schleife versehen.

Ihr heiseres Lachen fährt direkt in meinen Schwanz. Genauso die Art, wie sie den langen Griff mit beiden Händen umfasst und aufreizend über die Schulter blickt.

»So? Oder soll ich mich noch ein bisschen tiefer bücken?« Sie fährt mit den Händen am Griff hinab und wackelt mit dem Hintern. »Soll ich ihn direkt unter dem dicken, großen Kopf umgreifen?«

Gott, ich liebe sie. »Du weißt, wie man es anstellt, Baby.«

»Ja, ich – ach du Scheiße, ist der schwer.« Lachend taumelt sie unter dem Gewicht, bis ich mich hinter sie stelle und ihr unter die Arme greife. Zusammen halten wir den großen Hammer – obwohl sie so unkontrolliert dabei kichert, dass ich den größten Teil der Last trage.

Genauso soll es sein.

Sie von hinten umfangend, die Hände am Vorschlaghammer, drücke ich einen Kuss auf ihr seidiges Haar und sage: »Also, wollen wir die Wand einreißen?«

»Tun wir es. Obwohl ich kaum glauben kann, dass sie noch steht, nachdem wir so oft dagegen gevögelt haben.«

Ich auch nicht. »Ich schätze, dazu hätten wir etwas Längeres und Härteres gebraucht, als mir zur Verfügung steht.«

Oder eine weniger robuste Wand. Denn unser erster unbeholfener Schlag ist nicht so wirkungsvoll, wie wir erwartet haben. Wieder wird Aspen von Lachen geschüttelt, als der Kopf des Hammers in die Trockenbauwand kracht und in dem kleinen Loch stecken bleibt, das er verursacht hat.

»Fuck. In Ordnung.« Ich setze den Hammer ab und rolle die Ärmel hoch. »Tritt zurück, Baby.«

Der nächste Schlag ist schon viel besser. Er reißt ein klaffendes Loch in den Gips und legt die Spanplatte dahinter frei. Nach ein paar weiteren Schlägen trete ich zurück und begutachte mein Werk. Ich habe nicht vor, die ganze Wand einzureißen – das Ganze war als symbolischer Akt gedacht –, trotzdem ist es ein Erfolgserlebnis, durch die Wand in die andere Wohnung schauen zu können.

Ich halte den Vorschlaghammer in beiden Händen und sehe mich nach Aspen um. »Dein Roboter registriert bauchgefühlte Zufriedenheit.«

Ihre kupferbraunen Augen funkeln. »Heißt das, du wirst deinen Anzug gegen einen Werkzeuggürtel eintauschen?«

Vielleicht, wenn sie mich noch länger so ansieht. »Soll ich?«

Ihr Blick wandert an mir hinunter, als würde sie darüber nachdenken – und meine Beherrschung beginnt zu bröckeln. Ich stelle den Vorschlaghammer ab und gehe auf sie zu. Aber als sie mir forschend ins Gesicht sieht, liegt nicht nur Glut in ihren Augen, sondern auch Zärtlichkeit und Staunen. Ich stütze die Hände an der Wand hinter ihr ab und senke den Kopf. »Was ist?«

»Du.« Ihre Finger fahren über mein Kinn. »Ich musste gerade daran denken, wie ich dich zu Beginn unserer Reise, noch bevor wir aus Reed losgefahren sind, angesehen habe und dachte, dass du nie glücklich aussiehst. Zwar auch nicht unglücklich, aber eben nie so richtig glücklich. Aber jetzt … jetzt siehst du ständig glücklich aus.«

Weil ich es bin. Doch meine Kehle schnürt sich zu, sodass ich nur ein heiseres »Es tut mir leid« rausbringe.

Sie legt die Stirn in Falten. »Was tut dir leid?«

»Was ich jetzt tun werde.« Mit klopfendem Herzen greife ich in die Tasche. »Du weißt, wie wichtig es mir ist, dass du die Wahl hast. Aber diesmal lasse ich dir keine.«

Die Verwunderung in ihrem Gesicht weicht grenzenlosem Erstaunen, als ich den Ring zwischen uns in die Luft halte. Der funkelnde Diamant spiegelt sich in den Tränen, die plötzlich in ihren Augen stehen. Ich fange an zu reden, und in jedem Wort prallen Angst und Hoffnung aufeinander.

»Du kannst zwischen Winter und Sommer, Frühling und Herbst wählen. Du kannst zwischen einer großen oder einer kleinen Hochzeitsfeier wählen. Du kannst wählen, ob wir mit tausend Leuten feiern oder nur mit der Familie. Du kannst wählen, ob wir hier, in der Kirche an der Ecke oder in einem verdammten Schloss in Transsilvanien heiraten. Du kannst wählen, ob wir in den Flitterwochen nach Paris fahren, den Everest besteigen, mit dem Auto quer durch die Staaten fahren oder uns einen Monat lang in einem flohverpesteten Hotel vergraben.« Von meinen Gefühlen überwältigt, wird meine Stimme brüchig. »Aber was du nicht wählen kannst, ist deine Antwort. Sie lautet Ja.«

»Ja«, flüstert sie. »Ja, ja, ja. Ich liebe dich.«

Ah, fuck. Bis zu diesem Moment wusste ich nicht, was *wahres* Glück ist. Aber genau das ist es – ihr den Ring an den Finger zu stecken. Wie sich unserer Münder in einem wilden Kuss vereinen. Wie sich ihre Arme um meinen Hals schlingen und sie in mein Haar greift, während sie sich zurücklehnt und krächzend sagt: »Ich werde dich heiraten, Blechmann. Und dann gehörst du endlich mir.«

Das tue ich bereits. Schon seit Langem.

Aber so einfach war es noch nie zwischen uns. Sie keucht, als ich ihre Handgelenke mit der Linken an die Wand drücke, und ein Schauder durchläuft sie, als ich mit der Rechten an ihrem Schenkel emporfahre.

»Ich werde dich so heftig vögeln. Du wirst so heftig kommen«, knurre ich an ihren Lippen. »Und dann zeige ich meiner Frau, wer hier wem gehört …«

Ich muss schwer schlucken. Es ist dieses Wort. *Frau*. Sooft ich daran gedacht habe, sie zu heiraten, sooft ich in die Zukunft geblickt habe, ist es doch das erste Mal, dass ich es verwende.

Es auszusprechen, nimmt mir den letzten Rest Beherrschung. Jetzt geht es nur noch darum, sie zu besitzen. Ihr Slip ist kein Hindernis. Ihre Pussy wartet schon auf mich. Ich hebe sie an die Wand und versenke mich in ihr, in einem einzigen tiefen Stoß, direkt in den Himmel.

Sie streckt den Rücken durch und ruft meinen Namen – dann kämpft sie gegen mich an, drückt und schiebt, versucht, die Oberhand zu gewinnen. Ihr Kampf hört auf, und ihre Pussy zieht sich eng um mich zusammen, als ich ganz nah an ihren Mund gehe und flüstere: »Sei meine Frau und komm mit mir.«

»Das werde ich.« Ihre Antwort ist halb Lachen, halb Stöhnen. »Immer und überallhin.«

Immer. Ob vorwärts oder rückwärts, es spielt keine Rolle. Aspen ist mein Herz und mein Leben.

Es gibt nur einen Weg für mich: an ihrer Seite.

Liv Keen

BACKSTAGE LOVE – *Unendlich nah*

Roman

Dieser Roman ist ab dem 02. 11. 2018 im Print und ab dem 01. 10. 2018 als eBook erhältlich.

LESEPROBE

KNAUR

Bei »Backstage-Love – Unendlich nah« handelt es sich
um eine überarbeitete Neuausgabe des bereits unter den Titeln
»Sandkasten-Groupie« und »Unendlich nah – Backstage Love 1«
erschienenen Werks der Autorin Kathrin Lichters.

Vollständig überarbeitete Neuausgabe November 2018
Knaur Taschenbuch

Ein Imprint der Verlagsgruppe
Droemer Knaur GmbH & Co. KG, München

Redaktion: Hanna Bauer
Covergestaltung: ZERO Werbeagentur, München
Coverabbildung: © FinePic / shutterstock
Satz: Adobe InDesign im Verlag
Druck und Bindung: CPI books GmbH, Leck

ISBN 978-3-426-52253-0

Für Jan und Lenny,
die Liebe meines Lebens

PROLOG

»Frauen sind mutiger als wir Männer!«
Nic Donahue spricht exklusiv über seine Frauen!

Der gefeierte Frontmann der Swores erscheint beinahe eine halbe Stunde zu spät an unserem Treffpunkt im Hotel Savoy – lässig gekleidet, unrasiert, mit einer RayBan-Sonnenbrille und unglaublich charmant. Als er mich entdeckt, begrüßt er mich verschmitzt grinsend mit zwei Küsschen.

Er ist einfach megasexy! Und das habe wohl nicht nur ich inzwischen bemerkt. Jede britische Frau zwischen sechzehn und sechzig scheint diesem so sensationell lächelnden Mann verfallen zu sein.

Nic: *Entschuldige meine Verspätung, ich hatte so viele Termine heute Morgen, und in London ist es um diese Zeit beinahe unmöglich, durch den Verkehr zu kommen.*

Seine Entschuldigung wird von einem schiefen Lächeln begleitet, und er greift zu dem Cappuccino, der für ihn bereitsteht. Nic Donahue, der Leadsänger der momentan angesagtesten britischen Rockband, widmet nun seine gesamte Aufmerksamkeit meinen Fragen.

JM: *Was trinkst du denn da?*

Nic: *Fettarmen Cappuccino mit Süßstoff. Es ist schließlich auch für einen Mann nicht einfach, seinen Körper in Form zu halten.*

Vor allem nicht, seit mir mein Terminkalender kaum genug Freizeit für das Fitnessstudio lässt. (Er grinst breit und zwinkert mir lässig zu.)

Mia, die in diesem Boulevardblatt las, stieß einen verächtlichen Ton aus. Sie dachte an die Abende mit Nic vor dem Fernseher, an denen sich die Pizzakartons auf ihrem Bett gestapelt hatten. Nie zuvor hatte sie Nic einen Cappuccino trinken sehen, und was sollte das mit der fettarmen Milch? Er mochte seinen Kaffee schwarz mit drei Löffeln Zucker, und eine Schwäche fürs Fitnessstudio hatte er noch nie gehabt. Dafür liebte er es, mit seinen Jungs Basketball oder Fußball zu spielen. Mia fragte sich unweigerlich, wie viel von dem Nic, mit dem sie groß geworden war, noch in dem Sänger auf dem Titelblatt dieses Heftchens steckte. Ein wehmütiges Lächeln huschte über ihr Gesicht, während sie den Kopf schüttelte und sich wieder der Starzeitschrift widmete.

JM: *Nun, Nic … Wie war dein Tag?*

Nic *(streckt sich in seinem Sessel): Na ja, ich bin seit vielen Stunden unterwegs und habe letzte Nacht nur knappe drei Stunden geschlafen … Sagen wir einfach, ich sehne mich nach einem großen Bett und drei Tagen Tiefschlaf.*

JM: *Sind das die Schattenseiten des Starlebens?*

Nic: *Nein, ich denke, das ist nun mal mein Job. Sieh mal, ein Arzt im Krankenhaus arbeitet nicht selten achtundvierzig Stunden am Stück, eine Kellnerin steht oft bis in die frühen Morgenstunden im Pub, vor allem wenn die Swores da sind. (Er lacht und reibt sich übers Gesicht) Das ist ein ganz anderer Druck. Im*

Vergleich dazu ist mein Job wohl der bestbezahlteste und einfachste, den ich mir vorstellen kann.

JM: *Glaubst du, dass dir der Erfolg zufällt?*

Nic: *Oh nein, ich denke nicht, dass jeder so einfach einen guten Song schreiben könnte oder mit dem Druck der Öffentlichkeit fertigwerden würde. Meine Jungs und ich haben jahrelang unsere Tapes eingeschickt, und lange Zeit hatte es keine positive Rückmeldung gegeben. Wir haben hart daran gearbeitet, dass ich heute hier mit dir zusammensitzen kann. Doch mal ehrlich: Mein Job ist von der Verantwortung wohl kaum mit der eines Arztes zu vergleichen. Denk zum Beispiel mal an diesen tragischen Moment, wenn die Kamera bei* Grey's Anatomy *das ernste Gesicht des Arztes zeigt, bevor er mit der Herzmassage beginnt.*

JM: *Du schaust dir* Grey's Anatomy *an? Das überrascht mich jetzt doch etwas.*

Nic: *Nun ja, ich habe zwei Schwestern und wurde oft von meiner besten Freundin genötigt, diese Serie zu verfolgen. Aber mal ehrlich, gegen McDreamy hat niemand eine Chance (lacht).*

JM: *Und welcher Art von Druck ist eine Kellnerin ausgesetzt? Diese Frage steht zwar nicht auf meiner Liste, aber es interessiert mich brennend, was du dazu zu sagen hast …*

Nic: *Hast du jemals einer Meute wilder Kerle gegenübergestanden, die völlig betrunken waren und sich mit Stühlen und Stehtischen bewarfen? Da braucht man ein gewisses Maß an Mut und noch mehr Verantwortungsgefühl, um sich einzumischen und behaupten zu können. Das soll nicht heißen, dass ich das einer Frau nicht zutraue, ganz im Gegenteil. In meinem Leben über-*

zeugen mich einige Frauen tagtäglich davon, dass sie nicht nur mutiger sind als wir Männer, sondern auch selbstloser.

JM: *Nun, ich verstehe, was du meinst, aber da du es schon selbst ansprichst, und ich wage zu behaupten, dass diese Frage unsere Leserinnen am meisten interessiert: Wie dürfen wir uns diese mutigen Frauen in deinem Leben denn vorstellen?*

Nic: *Meine Fans sind tatsächlich sehr an dieser Frage interessiert, wie sich in der Vergangenheit gezeigt hat … Meine Mutter ist beispielsweise so eine wundervolle Frau, meine Schwestern ebenso. Sie sind tough und auf eine nervtötende Art und Weise ziemlich verbissen (lacht). Vor vielen Jahren wollten sie mich unbedingt schminken. Du glaubst gar nicht, wie ausdauernd ich ihnen entkommen musste, nur um am nächsten Morgen in den Spiegel zu sehen und den Schreck meines Lebens zu bekommen. Heute traue ich ihnen immer noch keinen Meter über den Weg, aber ich bin ihnen auch sehr dankbar für ihren Rückhalt und ihre Unterstützung. Ohne sie wäre ich sicher nicht der geworden, der ich heute bin.*

JM: *So viel also zu deinen weiblichen Familienmitgliedern … Noch brennender interessiert uns aber, ob es die eine Frau in deinem Leben gibt?*

Nic: *Wenn ich diese Frage bisher offengelassen habe, wieso glaubst du, dass ich es diesmal nicht wieder tun werde?*

JM: *Weil du meinem Charme nicht widerstehen kannst? Es gibt Gerüchte, dass du das It-Girl Melanie Green datest? Stimmt das?*

Seufzend schlug Mia die Zeitung zu, legte sie verärgert zur Seite und schloss die Augen. Sie hatte genug von dem

Unsinn. Warum las sie diese Interviews überhaupt noch? Es war jedes Mal dasselbe. Als sei man auf Diät und ginge in einen Süßwarenladen. Man quälte sich mit dem Anblick der leckeren Schokolade und rang so lange mit sich, bis man alles auf einmal verschlungen hatte. So erging es ihr in diesem Augenblick auch. Das schlechte Gewissen wog nicht so schwer wie der Ärger, dass sie eingeknickt war. Nicht nur, dass Nic sie gebeten hatte, nie eine dieser Zeitschriften zu lesen, in denen er so abgelichtet war, sondern auch Mia hatte sich fest vorgenommen, nicht in diese Falle zu tappen. Es war vorauszusehen gewesen, dass sie sich danach keineswegs besser fühlen würde. Nach der wochenlangen Funkstille war sie der Versuchung, wenigstens ein winziges Lebenszeichen von ihm zu erhalten, erlegen. Obwohl sie jetzt wusste, dass er irgendwo da draußen war, umjubelt von unzähligen Fans, fühlte sie sich elend. Warum rief er sie nicht zurück? Wo war nur ihr bester Freund bei all dem Zirkus geblieben?

Kapitel 1 und 2
sind nicht Teil dieser Leseprobe.

KAPITEL 3

Die Fahrt nach London verbrachte Lizzy größtenteils damit, Mia ihre neu aufgenommenen Songs vorzuspielen. Sie waren extra schon in der Nacht aufgebrochen, um den ganzen Tag noch in der Großstadt verbringen zu können. Die Swores waren sicher schon in der Halle und probten, während Lizzy und Mia die Londoner Innenstadt unsicher machten und ein hippes Restaurant besuchten. Lizzy war so herrlich aufgedreht, dass Mia sich trotz ihrer Bedenken dieser Sogwirkung unmöglich entziehen konnte und von der Abenteuerlust ihrer Freundin angesteckt wurde. Es war erstaunlich. War sie noch trübsinnig und mit bleiernem Gefühl in den Beinen in Lizzys blauen Toyota, den Terminator, eingestiegen, so fand sie sich nur Stunden danach lachend neben ihrer Freundin wieder und grinste für diverse Selfies. Zum Abend machten sie sich dann mit einer ganzen Menschenmasse auf den Weg zum Millennium Dome, auch O2 Arena genannt. Mit geöffnetem Mund staunte Mia der Menge hinterher, die ausgestattet mit T-Shirts mit dem Logo der Swores, Fanschals und Plakaten auf die Eingänge zuströmten. Das letzte Konzert, das Mia von den Jungs besucht hatte, fand in einer Halle statt, die für maximal sechshundert Fans ausgelegt war. Obwohl Mia natürlich die wachsende Begeisterung der Fans mitbekommen hatte, wurde ihr erst jetzt richtig klar, welche Ausmaße das Ganze angenommen hatte, als ein übergroßer Nic von einem Plakat in ein Mikro grölte. »Die Swores – Heute« stand darauf. Lizzy hakte sich bei Mia unter und musterte sie amüsiert. »Wenn du nicht sofort weiteratmest, läufst du blau an.«

Mia lächelte ertappt und holte tief Luft. »Ich kann gar nicht glauben, was hier los ist«, gab sie zu. »Siehst du das auch? Ich meine, wie viele Leute hier sind.«

»Irre, oder?«, bestätigte Lizzy. »Wenn ich nur daran denke, dass sie alle wegen meines behämmerten und nervtötenden Bruders herkommen, werd ich hysterisch.«

Mia lachte und nickte zustimmend. »Ich kann mich noch gut daran erinnern, wie wir mit den Jungs umgeben von Bergen von Pizzaschachteln in dem Aufnahmestudio saßen, für das sie ihr letztes Geld zusammengekratzt hatten.«

»Weißt du noch, die unzähligen Trödelmärkte, die wir besucht haben, bloß um ein paar Pfund aufzutreiben? Und jetzt sieh dir das nur an!« Lizzy schüttelte ungläubig den Kopf, und Mia nickte zustimmend. Das war der absolute Wahnsinn. Trotz der Dinge, die man über die Presse mitbekam, wurde die Vorstellung von der Berühmtheit der Swores erst klarer, wenn man den Menschenandrang tatsächlich vor Augen hatte. »Komm, lass uns reingehen. Ich will wissen, was da so abgeht.«

Stolpernd ließ Mia sich von Lizzy hinterherschleifen. Plötzlich fühlte sie sich, als würde ihre Freundin sie zur Schlachtbank geleiten. War sie wirklich bereit für das, was dort auf sie wartete? Wollte sie Nic tatsächlich auf dieser Art wiederbegegnen? Alles in Mia schrie Stopp, aus Angst, er würde ihr nur bestätigen, wie unbedeutend sie für ihn geworden war oder auch, wie wenig sie noch in seine Welt hineinpasste. Lizzy ließ sich natürlich nicht aufhalten und ignorierte ihren kläglichen Protest. Zugleich wurde sie von einer Euphorie ergriffen, die sie verwirrte. Sie wusste, dass sie da hineinmusste, um ihn zu sehen. Außerdem würde Lizzy keinen Rückzug dulden, ganz zu schweigen davon, dass Mia nicht nur wegen Nic hier war. Im Gegenteil, das würde sie ihm heute deutlich vor Augen führen. Immerhin gehörte Liam ebenso zu den Swores wie Nic, und ihn wollte sie unbedingt auf dieser großen Bühne sehen.

Auf dem Weg in den VIP-Bereich mussten sie unzählige Kontrollen passieren, ehe sie in die Nähe der Band kamen.

»Sieh nur«, stellte Lizzy mit Bedauern fest. »Im VIP-Bereich gibt es ein Wahnsinnsbüfett. Schade, dass ich mir den Bauch schon mit Fish and Chips vollgehauen habe.«

Mia war das Essen vollkommen egal. Ihr war schrecklich schlecht vor lauter Aufregung und Unbehagen wegen des ganzen Rummels. Wie viel war von dem ursprünglichen Wesen ihres Bruders und Nic noch übrig, wenn sie in diesem Zirkus lebten? Hastig blickte sie sich nach allen Seiten um, um eventuell jemanden zu sehen, den sie kannten. Abgesehen von ein paar Männern aus der Crew und irgendwelchen wichtig aussehenden Managertypen war niemand in Sicht. Lizzy bugsierte Mia neben sich her, die sich nichts sehnlicher wünschte, als dieses Wiedersehen hinter sich zu bringen. »Warum bist du denn so wuschig, Mia? Tief durchatmen. Wir suchen nur einen Platz, von dem aus wir eine gute Sicht auf die Bühne haben. Lass mich kurz hier nachsehen und beweg dich ja nicht weg, verstanden?«

Gehorsam blieb Mia stehen und nestelte nervös an ihrem VIP-Bändchen herum. Plötzlich mischten sich unter die kreischende Meute andere Stimmen, die näher kamen, und Mias Herz schlug fest gegen ihre Brust, als wolle es herausspringen. Eine kleine Menschentraube arbeitete sich durch die Gänge und blieb in einiger Entfernung von ihr stehen. Es war jedoch nah genug, um den Mann mit den blonden, unordentlichen Haaren zu sehen, der sich gerade eindringlich mit einem Typen unterhielt, der ihr bekannt vorkam. Nic. Sie zupfte ungewohnt hektisch an ihrer Kleidung und beobachtete, wie Nic, der eine engsitzende Jeans und ein Muskelshirt trug, das seine tätowierten Oberarme betonte, mit seiner rechten Hand durch sein Haar strich. Was war nur los mit ihr? Es gab doch echt keinen Grund, derart nervös zu werden? Irgendwo in diesem Nic befand sich noch ihr bester Freund. So musste es ganz einfach sein. In der linken Hand hielt er ein Mikro, und um sein Handgelenk hatte er mehrere Lederarmbänder gebunden. Unbewusst fasste sie an ihr eigenes Armband, das er ihnen beiden vor einigen Jahren auf einem Festival gekauft hatte. Ob er es noch trug? Oder hatte er es durch neuere, vielleicht hübschere Dinge ersetzt, wie so vieles seit dem Durchbruch der Swores? Ein Kloß bildete sich in Mias Hals, und sie war versucht zu flüchten, als Lizzy zurückkehrte.

»Also da oben ist schon recht viel los, lass es uns lieber unten versuchen«, hörte Mia sie sagen, dennoch war es ihr unmöglich, sich zu rühren. »Was ist denn los?«, hakte Lizzy ungeduldig nach und erblickte kurz darauf den Grund für Mias Erstarrung. »Nicht zu fassen, da ist er ja endlich.« Lizzy war drauf und dran, auf ihn zuzueilen, als Mia sie grob am Arm fasste und zurückhielt. »Was denn?«, fragte sie verwundert.

»Wir … sollten die Jungs nicht stören«, antwortete Mia lahm, doch Lizzy lachte.

»Sei nicht albern, sie haben uns eingeladen, oder nicht?«

Untätig sah Mia ihr hinterher und hörte Lizzy Nics Namen rufen, der erst nach dem dritten Mal verwundert seinen Kopf hob. Sofort eilten zwei Männer auf ihre Freundin zu und schirmten Nic vor ihr ab, was Mia mit Verwirrung erfüllte. Lizzy offenbar auch, denn sie protestierte lautstark: »Hey, was soll das? Ich bin doch nicht gemeingefährlich, nur seine Schwester.« Zur gleichen Zeit kamen weitere Leute aus einem der Räume dahinter. Mia erkannte Liams dunklen, lockigen Haarschopf sofort und musste den Impuls unterdrücken, ihm in die Arme zu laufen.

»Schon gut, Jungs, es stimmt. Sie ist zwar meine Schwester, aber hin und wieder auch gemeingefährlich.« Augenblicklich glitten Nics Augen suchend umher, und ein Lächeln breitete sich auf seinem Gesicht aus, als er Mia erkannte. Schlagartig wurde Mia von einer heißen Welle der Euphorie erfasst, und sie errötete. Jeder besorgte Gedanke war wie weggepustet und Mia sah aus den Augenwinkeln, wie ihr Bruder Liam sich an den Leuten vorbeiarbeitete, ehe er sie in seine breiten Arme schloss. »Schwesterherz«, murmelte er sanft und eindringlich. Ganz neue Töne von ihrem sonst eher zurückhaltenden Bruder. »Lass dich ansehen, du siehst einfach großartig aus.« Liam hatte sie eine Armlänge von sich fortgehalten und betrachtete sie wohlwollend. »Du wirst jedes Mal schöner, wenn ich dich wiedersehe.«

»Und du übst dich wohl darin, Frauen Komplimente zu machen«, neckte Mia ihn und sah wieder zu Nic, der Lizzy gerade einen Arm um die Schulter legte und sie an sich drückte, ehe er mit ihr auf sie zukam. Stan und Jim grüßten Mia flüchtig und hasteten an ihnen vorbei, während John sie kurz umarmte.

»Das hat er bereits perfektioniert«, lachte John und stopfte sich seine Ohrstöpsel in die Ohren.

Mia lächelte zwar darüber, war jedoch nicht fähig, Nic

aus den Augen zu lassen, der sie mit einem unergründlichen Blick ebenfalls betrachtete. Er wirkte zurückhaltend, und doch war sein Lächeln echt.

»Hey, Mia«, sagte er, ließ Lizzy los und trat auf sie zu.

Mia richtete sich auf und straffte entschlossen die Schultern. »Nic«, murmelte sie und ärgerte sich über den weichen Klang ihrer Stimme. Sie hatte ihm die kalte Schulter zeigen wollen! Nics unverwechselbarer Duft nach ihm, Aftershave und Haargel umgab sie und ließ sie kurzzeitig die Augen schließen. Er war immer noch da und ihr Freund. Zumindest roch er wie er. Sie schaute in seine blauen Augen, die ganze Scharen Frauenherzen höherschlagen ließ.

»Schön, dass du da bist«, murmelte er und wirkte so vertraut wie eh und je. Für den Bruchteil einer Sekunde schien es so, als gebe es nur sie beide, und die Stimmen der anderen verschwammen im Nebel um sie herum. Vertraut strichen seine Fingerspitzen eine ihrer vielen wilden Strähnen hinters Ohr und fuhren anschließend zärtlich über ihren Hals. Ein Prickeln lag in der Luft, Mias Nackenhaare stellten sich auf. Plötzlich veränderte sich Nics Augenausdruck. Er wirkte bedrückt, als betrachte er etwas Unerreichbares. Dann ließ er abrupt von ihr ab und distanzierte sich ungewöhnlich stark von ihr. Der Moment war vorüber. Eine fremde weibliche Stimme rief nach Nic. Mit zeitlicher Verzögerung wandten Nic und Mia sich zu der Blondine um, die mit Klemmbrett und einem Headset ausgestattet war und trotzdem ziemlich heiß aussah. Sie trug ein Top und einen Minilederrock mit hochhakigen Stiefeln, was ihre langen, schlanken Beine betonte, ebenso wie der freizügige Ausschnitt ihres Tops.

»Es ist gleich so weit – ihr müsst zur Bühne!«

»Ja … klar.« Nic räusperte sich und nahm den Ohrstöpsel entgegen, den sie ihm reichte. Dabei lächelte sie ihn mit einem aufreizenden Augenaufschlag an.

»Wir sehen uns später«, murmelte Nic an Mia und Lizzy gewandt und klang plötzlich kühler und distanzierter.

»Ich habe dich schon in der Maske gesucht, aber du warst schon weg«, plapperte die Fremde weiter auf ihn ein und ging hüftewackelnd neben ihm her. Dabei strich sie ihm vertraulich über den Arm. Mia holte tief Luft. Liam versperrte ihr schließlich die Sicht auf die beiden und grinste auf sie herab. »Ich bin so glücklich, dass du heute Abend hier bist, Mia«, sagte er und deutete auf einen fremden gehetzt wirkenden Mann, der ebenfalls mit einem Headset ausstaffiert worden war. »He, Ross«, rief er. »Bitte bring Nics und meine Schwester hoch in die Lounge. Von dort haben sie den besten Blick auf die Bühne.«

Ross, der vollkommen verdutzt dreinblickte, dass Liam ihn angesprochen hatte, stammelte: »Ähm … j … ja, Mr Kennedy.«

Liam umarmte Mia und knuffte Lizzy anschließend gegen die Schulter, was sie mit einem lauten »Au« kommentierte und ebenfalls nach ihm ausholte.

Mit einem unguten Gefühl folgten die beiden Ross, der sie ein paar Treppen hinaufführte und eine Tür öffnete, wo sich augenblicklich alle anwesenden Gesichter zu ihnen umsahen. Man musste kein Gedankenleser sein, um zu erraten, was sie alle dachten. »Wer zum Teufel sind die beiden denn?« Sofort fühlte Mia sich in der Umgebung von Maßanzügen und Prada-Handtaschen mit ihren Leggins und dem selbstgenähten Blusenkleid darüber sowie Ballerinas vollkommen underdressed. Lizzy schien es ähnlich zu gehen, denn sie zupfte an ihrer Jeansjacke, die ihre besten Jahre schon hinter sich hatte. Sanft schob Mia Lizzy in eine Ecke, in der noch freie Stühle standen, und nahm dort Platz. An einer Theke wurden von elegant gekleideten Männern Cocktails zubereitet, und auf Tabletts wurden Häppchen angeboten. Mias Magen wehrte sich immer noch gegen weitere Nahrungsaufnahme, doch Lizzy griff zu. Verzückt kaute sie und beobachtete verstohlen die anderen Gäste.

»Ich fürchte, ich bin nicht passend gekleidet, um mich hier jemandem vorzustellen«, murmelte sie enttäuscht.

»Sollten Rockstars nicht rebellisch aussehen?«, fragte Mia, die an das Outfit der Swores zurückdachte.

Lizzy biss sich auf die Unterlippe. »Rockstars vielleicht, aber ich bin im besten Fall Musikerin und möchte Songwriterin werden. Dafür brauche ich offensichtlich mehr Professionalität.«

»Willst du dir diese Gelegenheit wirklich entgehen lassen?«, wisperte Mia, während das Licht der Bar ausging, sich die geschlossene Fensterfront öffnete und gleichzeitig die ersten Gitarrenklänge erklangen. Ein ohrenbetäubendes Gekreische folgte, sodass Lizzys Antwort im Lärm unterging. Ein einzelner Lichtkegel glitt über die Bühne, als befinde er sich auf der Suche nach den Jungs. Eine vertraute Stimme rief in ein Mikro: »London, seid ihr da?«

Die Massen, die Mia staunend betrachtete, tobten und sprangen umher, und es war, als glitt eine Energiewelle durch das Publikum, als Nic gefolgt von den anderen Swores die Bühne stürmte. Unweigerlich wurden die beiden von der Begeisterung angesteckt, als die ersten Töne von *Open your Eyes* erklangen, einem von Mias Lieblingssongs. Die rockigen Akkorde, die Gitarrenklänge und die eingängigen Melodien machten jeden Song zu etwas Besonderem. Es dauerte nicht lang, da sprangen Mia und Lizzy von ihren Stühlen auf und tanzten und klatschten mit. Die verstockten Gäste um sich herum hatten sie längst vergessen, und sie wurden von einem Lied zum nächsten getragen. Mia staunte, wie Nic von einem Ende der Bühne zum nächsten rannte, auf Boxen sprang und sich in die Menschenmasse stürzte. Er betrieb dort unten nicht nur körperlich Höchstleistungen, sondern auch stimmlich. Von Minute zu Minute schwoll ihr Herz an, und sie verstand die Aufregung der Fans dort unten gut. Selbst auf die Entfernung war Nic eine Augenweide. Er war vielleicht nicht so cool und lässig wie Liam oder so muskelbepackt wie John, trotzdem war er trainiert und vor allem humorvoll und charismatisch. Obwohl Nic nicht auf diese Weise unerreichbar für sie war, nagte etwas an ihrem Herzen, das ihr neu und fremd war. Es gefiel ihr nicht, wie er mit der Frau, die er zu sich auf die Bühne holte, unverhohlen flirtete. Zuzusehen, wie er einen Arm um sie geschlungen hatte, während sie ihre Hand anzüglich über seinen Bauch gleiten ließ, ehe er sie sogar beim Abschied flüchtig auf den Mund küsste, war unerwartet unangenehm. Es mochte die Massen dort unten anturnen, doch Mia schämte sich fremd und musste fortsehen, ehe der nächste Song begann. Die Show der Jungs dauerte über zwei Stunden, und es glich einer gefühlten Ewigkeit, ehe die Menschenmasse das Stadion verlassen hatte. Abgesehen von der VIP-Lounge, wo die Party gerade erst begann. Zuerst kam Paul, der Manager der Swores, auf Lizzy und Mia zu, schüttelte höflich ihre Hände und versprach, dass die Jungs nach einem Interview und einer ausgiebigen Dusche zu ihnen kämen. Derweil liefen die Service-Damen mit gefüllten Champagnergläsern herum.

Zwei Frauen tauchten in Mias Nähe auf und tuschelten aufgeregt. Sie schnappte unabsichtlich ein paar Gesprächsfetzen auf: »… Clubtour und die Partys waren unglaublich, genau wie die Nächte.« Kichern. »… die Fans nur wüssten, wie heiß Nic wirklich ist …« Mia wurde zuerst heiß und kalt. Sie arbeitete sich zu Lizzy zurück, die sich gerade angeregt mit einem Typen mit Beaniemütze und Piercings unterhielt. Er gehörte offenbar zur Crew, zumindest trug er ein entsprechendes Shirt.

»Wollen wir los?«, platzte Mia in das Gespräch hinein.

»Was? Wieso?« Perplex sah Lizzy ihre Freundin an. »Die Party beginnt doch gerade erst, außerdem sind die Jungs noch gar nicht da.« Sie musterte Mia, deren Miene wohl Unbehagen andeutete. »Was ist denn los?«

Mia wusste es selbst nicht. Unmöglich konnte sie ihrer Freundin etwas vormachen und schon gar nicht wegen Unwohlseins den Abend verderben. Das war nicht ihre Art. »Ich dachte, dass du vielleicht erschöpft von der Fahrt bist, weißt du?«

»Ach was! Mir geht's gut. Ich trinke gleich einen Energydrink und dann passt das schon.« Lizzy war ein Energiebündel und schien skeptisch wegen Mias Ausrede zu sein.

Plötzlich brach Jubel aus, als die Swores die Lounge betraten. Es wurden Hände geschüttelt, Umarmungen und Schulterklatscher ausgeteilt und Champagnergläser auf Ex getrunken. Vom Rand betrachtete Mia ihren Bruder, den sie selten so gelöst und euphorisch gesehen hatte. Liam war generell ruhiger. Ihm haftete eine melancholische Seite an, die Mia oft an ihren Vater erinnerte. In manchen Situationen war er ein regelrechtes Abbild von Alan Kennedy. Die Schatten unter Liams Augen, die selbst das Bühnen-Make-up nicht vertuschen konnten, beunruhigten Mia. Nic lachte und klatschte in die Hände, ehe die Blondine von vorhin sich in seine Arme stürzte und ihm ungeniert einen Kuss auf die Lippen drückte, der von Grölen und Johlen begleitet wurde. Nic schien ihn zumindest kurzzeitig zu erwidern, und Mias Atem stockte. Es fühlte sich an, als zöge sich ihr Magen zu einem winzigen Knäuel zusammen. Was stimmte nicht mit ihr? Es war kein Geheimnis, dass Nic Groupies und mit diesen auch Sex hatte. Wie oft hatte sie Fotos von ihm und irgendeiner Frau gesehen, die jedoch meist recht unscharf waren. Aus der Nähe war es das erste Mal, dass sie ihn so bei der Sache sah. Die Fremde ließ von ihm ab, und wie von selbst glitt Nics Blick zu Mia. Unergründlich und tiefblau, ja beinahe schwarz durch das Licht waren seine Augen, und Mia konnte den Ausdruck darin unmöglich deuten. Warum erzählte Nic ihr nichts von seinen Freundinnen? Sie fühlte sich vollkommen aus seinem Leben ausgeschlossen. Was war von ihrer so innigen Freundschaft überhaupt noch übrig? Die Angst, Nic endgültig zu verlieren, schnürte ihr die Kehle zu. Plötzlich war ihr alles zu viel. Zu viele Menschen, zu viel Lärm und zu viel Gedrängel. Panik ergriff Mia. Immer noch schaute Nic sie an, und für einen winzigen Augenblick schien er zu ihr eilen zu wollen, doch dann trat jemand zwischen sie beide und unterbrach damit den Blickkontakt. Stocksteif zog Mia sich zurück, was nur von Lizzy wahrgenommen wurde, die ihr hinterhereilte. »Mia!«

»Muss nur zur Toilette … bin gleich zurück!«, rief sie mit fremd klingender Stimme zurück.

»Aber die Toiletten sind da entlang«, bemerkte Lizzy, als Mia kopflos durch die Tür stürmte. Erst als die schwere Metalltür hinter ihr ins Schloss fiel und den Lärm dämpfte, hielt Mia inne. Schweratmend lehnte sie sich gegen die verschmutzte Betonwand und griff an ihre Brust. Der Druck darin war kaum auszuhalten, und Mia kämpfte mit einem ganz eigenartigen Gefühl. Bekam sie etwa gerade einen Herzinfarkt? Nur langsam nahm das Gefühl ab, dafür gewann die Sehnsucht, diesen Ort endlich zu verlassen, Oberhand. Sie musste weg von hier, und zwar sofort. Die Tür öffnete sich, Mia hielt ängstlich inne. Wie sollte sie Lizzy nur erklären, was mit ihr los war? Sie wusste es ja selbst nicht genau. Es waren allerdings nur zwei Frauen, die Mia keine Beachtung schenkten. »Diese arrogante Schlampe … hab gehört, sie prahlt überall damit rum, dass Nic sie flachgelegt hat. Kaum zu glauben, oder?«

»Hübsch ist sie ja, aber sie ist nur scharf auf seine Kohle. Wenn er nicht aufpasst, hängt sie ihm noch ein Kind an. Was meinst du, mit wem sie es noch alles getrieben hat?«

»Willst du damit sagen, sie macht so was öfter?«

»Wundert dich das wirklich?«, lachte die eine, und damit verschwanden sie in irgendeiner Tür und aus Mias Hörweite. Mia schluckte mühsam einen Kloß hinunter. Was hatte sie bitte erwartet? Dass Nic sich bloß für sie und Lizzy Zeit nehmen würde? Wenn sie ehrlich zu sich war, hatte sie darauf gehofft. Sie hätte wissen müssen, dass Nic an diesem Ort ein anderer war. Warum hatte sie sich nur darauf eingelassen, mitzukommen?

Die Tür zur Lounge öffnete sich erneut, und diesmal war es Lizzy, die mit Liam hinaustrat und erleichtert aufatmete, als sie Mia entdeckte. »Da bist du ja!«, stieß sie aus.

»Was ist los? Lizzy sagte, dir gehe es nicht gut und du seist hinausgestürmt.«

»Mir war nur ein bisschen schwindelig. Ich … weiß

auch nicht. Vielleicht die Luft da drin«, versuchte sie ihren Aussetzer zu erklären.

»Tatsächlich?«, fragte Lizzy misstrauisch. »Womöglich hättest du noch mal etwas essen sollen. Deine Fish and Chips hast du kaum angerührt«, bemerkte sie.

»Wirst du krank?«, fragte Liam und ging vor ihr in die Hocke und fühlte ihre Stirn.

»Bestimmt nicht«, beruhigte sie ihn.

Auch Lizzy hockte sich neben sie und strich ihr das Haar über die Schulter. »Sie ist sicher nur erschöpft. Wir sind ja schon lange auf den Beinen. Wollen wir fahren?«, fragte Lizzy und wechselte einen eindringlichen Blick mit Mia. Sie kannte Liam gut, der schon beinahe gluckenhaft um Mias Gesundheitszustand besorgt war.

»Das wäre toll!« Erleichterung durchfuhr Mia, und das erste Mal holte sie wieder tief Luft. Diese währte jedoch nur kurz, als Nic gefolgt von Jim zu ihnen eilte.

»Was ist mit ihr?«, fragte er und schob Lizzy ein wenig zur Seite, um Mia besser sehen zu können.

»Nichts, alles ist gut«, entgegnete Mia und errötete. Das Letzte, was sie jetzt noch gebrauchen konnte, war diese Art von Aufmerksamkeit.

»Es war ein langer Tag, Bruderherz, wir machen uns mal auf den Weg.«

»In welchem Hotel seid ihr denn?« Mia vermied es, Nic anzusehen, konnte aber kaum etwas dagegen tun.

»Hotel? Du bist gut«, lachte Lizzy und zog Mia auf die Beine. »Wir hatten Glück, in einem dieser Hostels mit Mehrbettzimmer noch was zu kriegen.«

Entsetzt wechselte Nic einen Blick mit Liam, der die Hände locker in die Hüften gestemmt hatte. »Ihr hättet ohne Probleme in unserem Hotel gleich gegenüber unterkommen können«, bemerkte Liam und runzelte die Stirn.

»Tja ... das hätten wir eher wissen müssen«, gab Lizzy zurück. Das schlechte Gewissen zeichnete sich auf Liams Gesicht ab.

»Soll euch jemand fahren?«, bot Nic an. Natürlich wollte er sich nicht selbst um sie kümmern. Immerhin verpasste er dann seine Party, dachte Mia säuerlich und schüttelte den Kopf. Fairerweise musste sie zugeben, dass es einem Himmelfahrtskommando geglichen hätte, wenn er sie begleitet hätte. Die Fans, die überall noch rumlungerten, stürzten sich sicher sofort auf ihn. Dennoch tat es weh, dass sie sich wie eine Last vorkam, um die sich *jemand* kümmern musste.

In diesem Moment öffnete sich die Tür erneut, und eine weibliche Stimme erklang. »Nic? Die beiden Agenten von *Dome mobile* möchten dich gern wegen des geplanten Albums sprechen ...«

»Mein Auto steht ohnehin auf dem Parkplatz ...«, verneinte Lizzy schroffer, als es eigentlich ihre Art war, und Mia war ihr im Stillen dankbar.

Nic rollte genervt mit den Augen. »Ich komme gleich, Angela, gib mir zwei Minuten!« Mias Blick traf Nics, und sie hob abschätzig die Brauen. ›Zwei Minuten?‹, dachte sie und wandte verletzt den Blick ab. »Ich könnte ...«

»Vergiss es«, stieß Mia kühl aus. »Wir kommen das ganze Jahr ohne euch klar, dann werden wir das jetzt auch noch hinkriegen. Lass uns gehen, Lizzy.«

Wortlos blickte Nic Mia an, verschränkte seine Arme vor der Brust und sah wenig versöhnlich drein. Gut so. Mia hatte nicht vor, ihm zu verzeihen. Ihr war mehr nach Ausrasten zumute. Er konnte sich selbst oder ins Knie ficken! Nur nicht diese arrogante Ziege.

»Tja, wir verdrücken uns mal«, murmelte Lizzy ein wenig verblüfft und fügte hinzu: »Feiert noch schön!«

»Wir sehen uns in ein paar Tagen«, rief Liam ihnen nach, doch Mia schaute nicht mehr zurück. Sie kämpfte mit den Tränen, die sie selbst nicht verstand, und gönnte keinem von ihnen diesen Anblick.

Lust auf noch mehr verführerische Geschichten?

Young Romance bei Knaur

Lauren Blakely

One Dream

Was tun, wenn man ausgerechnet in den Mann verliebt ist, der tabu ist? Noch dazu, wenn man ihn jeden Tag sieht?

Erscheinungstermin Print-Ausgabe: 01.08.2018
Erscheinungstermin eBook-Ausgabe: 01.07.2018

Liv Keen

Backstage Love – Unendlich nah

Er könnte jede haben, doch er will nur sie: Rockstar Nic sehnt sich nach seiner besten Freundin aus Kindheitstagen, Mia.

Erscheinungstermin Print-Ausgabe: 02.11.2018
Erscheinungstermin eBook-Ausgabe: 01.10.2018

Sasha Wasley

Outback Dreams – So weit die Liebe reicht

Sie waren beste Freunde, die sich nie ineinander verlieben sollten – doch für einen von ihnen war es dafür schon viel zu spät. Willkommen auf der Rinderfarm Paterson Downs in Western Australia.

Erscheinungstermin Print-Ausgabe: 03.12.2018
Erscheinungstermin eBook-Ausgabe: 02.11.2018